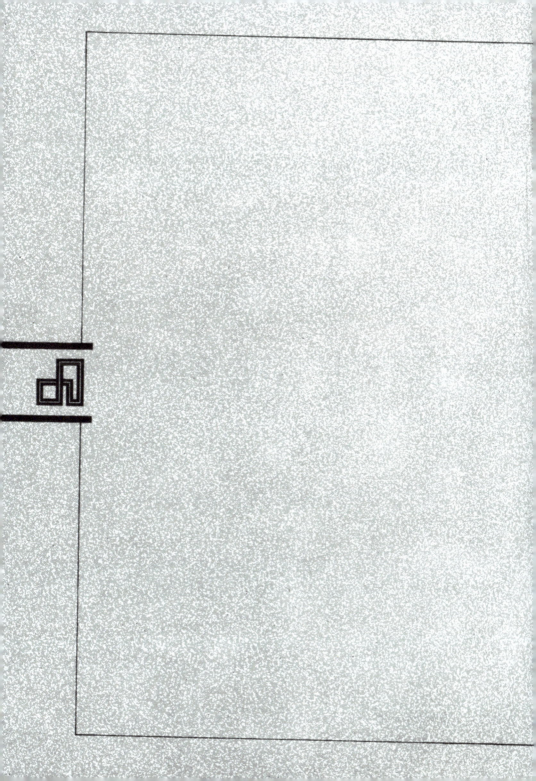

九歌文庫718

九十三年散文選

陳芳明 主編

九歌

《九十三年散文選》

年度散文獎得主

季季

作品

〈鷺鷥潭已經沒有了〉

93年度散文選

得獎感言

季季

真的是驚喜。〈鷺鷥潭已經沒有了〉。沒有之後，竟有了這個獎！

從沒有到有，其中轉換，頗為微妙。在新聞界服務了二十七年，約過許多稿，深知約不到稿的滋味。編輯人惜編輯人，凡有約稿，我總盡量不讓編輯失望。去年三月，我正在趕寫舞蹈家蔡瑞月的傳記；這本書因家父重病而拖延三年，去年十月如未完成，將被國家文藝基金會取消研究補助。三月五日，《印刻文學生活誌》主編張清志約我寫一篇回顧青春時代的散文，十五日就需交稿，我硬著頭皮答應了。暫時擺脫繁瑣的傳記寫作，自由創作的喜悅深入骨髓，那滋味只能以「失神」形容。十至十五日完成〈鷺鷥潭已經沒有了〉，我還在「失神」狀態，十五至二十日接著寫了〈額〉，也入選了年度小說。「失神」十日，有此驚喜，不是很微妙嗎？

今春退休重返專業寫作，希望以後還能常常「失神」。

目錄

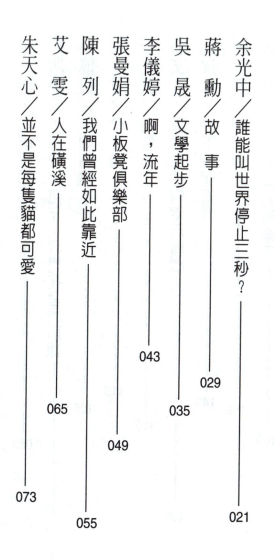

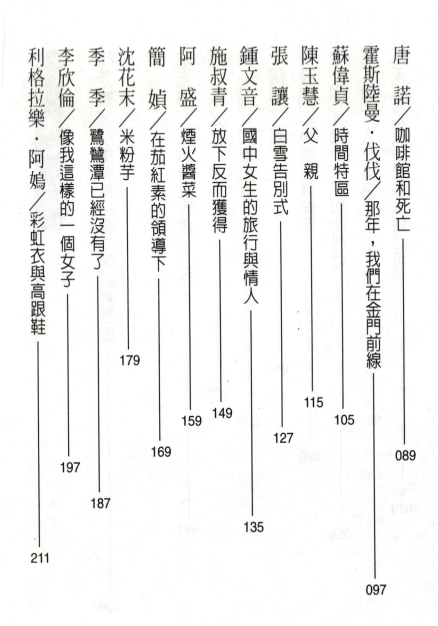

以擦亮每一顆文字刷新歷史

——《九十三年散文選》序

陳芳明

一個新的歷史正在成形。台灣文壇在二〇〇四年見證了一個重要現象，那就是六年級與七年級的作者正式宣告登場。毫無預警的，而且是以集體合唱的方式，幾乎每一文學刊物都可發現新世代的書寫蹤跡。從《皇冠》、《野葡萄》、《幼獅文藝》、《明道文藝》，到《文訊》、《聯合文學》、《印刻文學》，不約而同讓文學新勢力有登台演出的空間。無論是會議現場，或是公開對談，也很難拒絕聽到新銳的聲音。洶湧而來的力量，逼迫讀者必須承認，文學版圖的整編與改造就在不久，新時代轟然急馳而來，是不是意味著文壇發言權就要轉移到這些書寫者手上？原來的文學風景是不是也到了需要隱退的時刻？並不必然。

打開二〇〇四年的文學地圖來看，書寫新手誠然已開始佔領許多重要陣地。

不過，資深作者的文字並不因為新浪潮的湧現，從此就必須擱淺或沉澱。恰恰相反，這一年是頗有可觀的精彩一年。沒有人敢於否認，至少在散文領域，太多足堪咀嚼玩味的作品都出自資深作者之手。這是台灣文學的一個幸福，老手與新手並肩迎接新歷史、新時代的到來。由於新舊世代的交錯演出，使許多不同時期的風格技巧都在同一時期展現出來。素樸的、華麗的、豪氣的、內斂的文字，負載著不同亮度的色彩，構成了一個閃爍燦爛的散文世界。

台灣文學的藝術造詣之所以能夠維持不斷翻新的能力，坊間有太多人都毫不遲疑將之歸功於詩人與小說家的努力。學院裏的研究、文學史的撰寫、批評家的觀點，似乎也都在支持這樣的看法。正是在眾口鑠金的情況下，散文書寫便理所當然被邊緣化了。事實上，詩、小說、散文在藝術營造的任務上各有其偏重的方向。詩強調的是意象（image），小說關切的是敘事（narrative），而散文的重心則放在文字（word）之上。這並不表示，詩不在乎文字，或散文完全不顧意象，而是說不同形式的書寫，在美學要求方向有其個別的藝術要素與紀律。詩是文字的濃縮，小說是文字的擴張，唯散文在於從事文字本身的鍛鑄與塑造。散文可以支援詩的構築，也可以協助小說的鋪陳。不過，散文本身也能夠成為一種自主的藝術（art），並發展出一種別緻的技藝（craft）。

以擦亮每一顆文字刷新歷史

◎陳芳明

文字本來就是一種抽象的容器，盛裝著豐饒的情感、思想、欲望、記憶。但是，正因為它是一種容器，文字也無法勝任承載思想與情感的全部內容。在複雜多變的生命與人性之前，文字有時不免是貧乏且貧血。如何使文字免於腐敗枯萎，是許多散文寫手竭盡思慮在追求的。自一九五〇年代以降，散文的藝術成就之所以特別可觀，乃是因為有許多作者致力於把文字從疾病中拯救出來。他們開拓挖掘文字的容納空間，使各種困難曲折的感覺能夠恰如其分地置放在適當的文字裏。他們擦拭琢磨每一顆文字，使其潤滑發亮，從而也使散文技藝日新又新。文字的生命能夠維持如此的活力，散文家的投身介入不容忽視。然而，他們注入的心力是那樣巨大，在文學史上所得到的關切與評價卻完全不成比例。

五十年來的散文傳統，與整個戰後文學發展的節奏其實是相互呼應的。從沿襲日據文學與五四文學的餘韻，到現代主義運動帶來的第一次美學斷裂，以及後現代主義思潮造成的第二次美學斷裂，都見證到散文家在這樣的歷史流變中從未缺席。感時憂國式的藝術表現，都同樣是日據文學與五四文學的主要風格。這種風格在一九五〇年代之蔚為風氣，主要是當時官方文藝政策的鼓吹。本地作家與外省作家都胸懷著一股沉鬱之氣，文字表達往往游移在欲言又止之間。不過，這個時期的重大轉變便是漢文書寫在台灣社會的重新復歸。這當然是拜賜於五四文學白話文傳統的延續。本地作家努力學習如何寫好白話文，外省作家則是企圖使白話文刷新。歷史已經證明，這段時期的文學豐收，並不是小説，也不是詩，而是大量生產的散文。

台灣散文在戰後初期的再出發，無疑是建立在五四白話傳統的基礎之上。在白話文的美學要求下，文字往往必須表達得非常正確而準確。無論是愛國情操或懷鄉情操的散文，都與當時寫實主義的製造風氣密切相關。不過，即使在正確與精確的文字表達方式風行之際，仍然還有不少作者企圖把貧乏的文字提煉成純粹的美文。趕上五〇年代歷史列車的散文家艾雯，是收入這冊散文選最為資深的作者。已經跨過八十歲的艾雯，仍然握著鋭利的筆描摹生動的景物與靜物。至少在台灣文學史上，很少有作家在六十歲以後還是堅持書寫的信念，對藝術從事不懈的追逐。艾雯在一九五一年出版第一冊散文集《青春篇》，就已受到文壇的首肯。在二〇〇三年以八十歲高齡，又出版了散文集《花韻》，更使許多讀者感到震撼。在前後五十餘年的文學生涯中，她擅長以內心獨白的方式對生命、對人間、對世間發出頌讚，選入的這篇〈人在磺溪〉，以寫實的方式傳達她生活的自在與喜悦，文字功力不減當年。她的繼續創作，是台灣散文的幸運。

同樣在五〇年代就展開書寫的王鼎鈞，已創造了無數敲擊人心靈魂的散文作

以擦亮每一顆文字刷新歷史

◎陳芳明

品。現階段他正集中心神建構生命之書，把壓抑在內心深處的歷史記憶釋放出來。他的龐大回憶巨著即將問世，〈天津戰俘營半月記〉是其中一章。在前半生屬於政治禁區的記憶，不能講也不能寫，如今都在新的世紀汩汩呈露出來。回眸半世紀，恍惚是前生今世！

我的老師齊邦媛（請容許我這樣表達），在二〇〇四年出版散文集《一生中的一天》，帶給讀者無比的喜悅與憂傷。喜悅的是她創造的散文藝術，憂傷的是她紀錄的懷友文字。〈追憶橋〉仍具有她特殊的寬容而悲憫的質感，字字句句都緊扣著生命的脈動，縱然這是一篇有關戰爭死亡的文字。

如果這三位資深作者傳承著寫實式（realistic）的美文，則經過現代主義洗禮的散文家所創造的作品，應該是屬於象徵式的（symbolic）。現代主義運動發軔於五〇年代，成熟於六〇年代，開展於七〇年代，橫跨長達三十年。即使到今天，現代主義美學仍然還存留於新世紀的書寫之中。然而，有關它的評價還未獲得定論。在寫實主義論者與本土文學論者的史觀中，現代主義的藝術營造一直是受到貶抑與窄化。但是，從實際的文本閱讀來看，現代主義運動對台灣詩與小說的衝擊可謂至大且鉅。至於它對散文的影響，也是非常深遠。身為現代主義者余光中（他也跨過七十五歲），便是在六〇年代提出中國文字必須改造的主張。「現代散文」一詞的成立，正是來自他的現代主義信息。

今天台灣散文的表現技巧，已經偏離五四白話文所講求的傳統。這種斷裂，發生於六〇年代現代主義的介入。散文不再只是寫實而已，它也可以用來挖掘內心的意識流動，可以使私密的欲望與想像裸裎。文字意義也跟著流動，變得游移而不穩定。正因為有這種技藝上的革命，文字的容器也不斷加大加寬，感時憂國式的、悲春傷秋式的散文，逐漸為知性的、冷靜的書寫所取代。台灣散文縱然沒有做到如余光中當年所說的「降五四的半旗」，不過現代散文的崛起，已經與中國的共和國文體截然劃清界線。〈誰能叫世界停止三秒〉是典型的余光中文體，對文字速度的控制，伸縮自如。句子的節奏，流動著一種看不見的明快與幽默。這篇散文明顯是在讚嘆相片，暗地裏卻是憑弔時間。這種明暗相襯的書寫功力，是余氏散文藝術的極致。

另外兩篇有關時間書寫的散文，一是楊牧的〈抽象疏離：那裏時間將把我們遺忘〉，一是李黎的〈星沉海底〉。楊牧的散文發表於東京大學的公開演講，是一篇浪漫與象徵交織的文學歷程回憶。這是第一次他對自己投入詩的追求做最為幽微而徹底的省視，也是第一次重新解讀《燈船》與《傳說》創作時期的心情。文字的思考綿密，詩情濃稠，可以預言這是楊牧的一篇重要自述散文。李黎的作品，往往散發一種惆悵、滄桑的氣味，這篇散文尤其如此。透過《小王子》這冊童話的追敘，她也尋獲了生命中時間的殘骸遺骨。哀而不傷，冷而不靜，已成為李黎散文的深刻印記。

現代主義運動的影響，並非僅止於文字技藝的提升與變革。由於它使台灣作家獲得啓悟，找到無意識挖掘的途徑，使得女性作家也因此而開始對長期被壓抑的記憶進行探勘。女性散文在六〇年代的漂亮演出，毫不稍讓於男性散文。特別是通過一九八〇年代以後，女性散文書寫已經撐起文壇的半片天。重要作者如周芬伶、蘇偉貞、簡媜、沈花末、張讓、鍾文音、黃寶蓮、張曼娟、廖玉蕙、陳玉慧，已形成產量豐碩的族群。把她們的名字拿掉，年度散文選必將傾斜。

近兩年來的周芬伶，轉變最為劇烈，似乎已經開始為女性散文重新命名。她探索的記憶，已經不是沿著時間之軸進行，而是依據自己肉體的感覺重建時間。她的時間是跳躍、失序、裂變，然而卻真實呈現她的欲望與情緒。〈最藍〉是她系列創作的其中一節，從她架構起來的格局，幾乎已可嗅出這將是一冊值得期待的作品。她的文字不再隨著思考流動，而完全是跟著感覺走。行其所當行，止於其所不可不止。

另外一位正在轉型的作家，當推陳玉慧。如果周芬伶建構的是自己的身體史，陳玉慧則是朝向家族史的方向書寫。她在這一年出版的《海神家族》，既是一部小說，也是散文，更是一部思潮洶湧的女性史詩。〈父親〉是這冊文體難分的作品中的一章。家族史的建構，是九○年代以後女性作家的共同關切。鍾文音、郝譽翔、簡媜都嘗試過，但是陳玉慧卻採取解構手法讓主宰家庭的男性退位，使女性主體在歷史記憶中誕生。父祖之國消失，媽祖之土浮現，彷彿在重新詮釋台灣史的流變，是全新的女性史觀。

陳玉慧的散文技藝，就像同時期的鍾文音、黃寶蓮，都是在異鄉旅行中體悟女性的身分認同。她們的追求，不僅在於文字的鍛鑄，而且也在於突破文類的界線。到了九○年代中期以後，台灣作家越來越不耐於文體的規範。文學本身的意義不只漂移不定，文體的定義也同樣開始產生鬆動。這已經意味著第二次的美學斷裂儼然降臨。六○年代現代主義帶來的斷裂，只是從寫實技巧轉換為象徵技巧。可是第二次的斷裂（如果可命名為後現代主義），則不是停留在美學的層面，而是文字與意義之間的拆解，也是文體與形式之間的重整。具體而言，散文不再滿足於文字的表演，它也涉入敘事的領域，與小說進行毫不曖昧的結盟。後設敘事（metanarrative）的散文，逐漸臻於盛況，是新歷史到來時相當明顯的一個方向。

以擦亮每一顆文字刷新歷史

◎陳芳明

擅長後設敘事的散文高手駱以軍，在過去兩年出版的《遠方》與《我們》，正是文體可疑的兩部作品。他耽溺於家族記憶的重建，也浸淫在個人成長經驗的追敘。由於他的散文在《壹周刊》連載，每篇都是獨立單元的敘事。但是，全部集結在一起時，又變成結構完整的小說。駱以軍的文字，特別瑣碎、細微、反覆，令人懷疑他的靈感來自女性書寫的模仿。不過，他顯然把敘事當做技藝，由於文字練達，想像豐富，好像是說故事一般，自有一種使人無法抗拒的魅力。他的散文可以處理人性的衝突、家族的矛盾、性別的抗衡、時事的諷刺，幾乎當下的事事物物都可以納入尺幅有限的作品裏。〈觀落陰〉，事實上也是這種小說敘事性散文的表演，時事、神話、幻想匯集成為一個生命的多種面向。

散文新手李欣倫完成的《有病》，再一次挑逗小說與散文之間的界線。疾病的隱喻，在這部作品裏，其實就是女性身體的轉喻。精神的病、心理的病、生理的病、肉體的病、愛情的病、慾望的病，構成千瘡百孔的人生。李欣倫是這冊散文選中最為年輕族群的其中一位，她所寫的〈像我這樣的一個女子〉，頗能代表年輕世代的女性思維方式。在她的書寫中，已經沒有什麼名詞不能進入散文。所有避諱的、詬病的、禁忌的文字，都在她筆下呈現。她挑戰既有的感覺，包括視覺、味覺與聽覺。不能接受她那種書寫方式的讀者，恐怕內心才是「有病」。

93年散文選

老中青三個世代，書寫生命橫跨五十年，竟然都同時納入一冊選集。寫實的，象徵的，後設敘述的三種技藝，代表了戰後台灣散文的三次轉折。這個事實顯示，文學史的發展從來就不是以單一線性的方式在進行。縱然新的世紀已經到來，舊有的創作形式並不必然就要隱逝。後現代主義方與未艾之際，現代主義仍然以各種表現方法流淌在不同的散文作者之間。多軸的歷史，多元的美學，拉開了二〇〇四年精彩的散文景觀。

值得致敬的是，今年宣佈從職場退休的季季，以旺盛的創作生命力證明她的文學並未退休。這位從雲林出發的作家，將近四十年前以《屬於十七歲的》在文壇登場，成為六〇年代的一位重要小說家，她在過去一年選擇以散文書寫，開始追憶文壇舊事與個人經驗。曾經追逐過現代主義技巧的季季，在七〇年代以後轉而求諸寫實手法，揭露台灣社會被遺忘、被壓抑的人與事。這一年來，她的散文風格特別穩重紮實，回憶的文字充滿了時間與歷史的質感。〈鷺鷥潭已經沒有了〉，髹上一層暗黃的色澤於記憶之上。有點感傷，又有點灑脫，搖曳著少女時期的夢與幻。年屆六十的季季，以書寫抗拒歲月，以文字留住生命。等待她去敘述的，還有更多的人與事！

這冊散文選不足以概括過去一年的藝術成就，但足以窺見散文家的無盡想像

以擦亮每一顆文字刷新歷史

◎陳芳明

與無窮追逐。到今天還未受到恰當評價的散文書寫，將成為未來研究者的重要寶藏。以後的文學史將會發現，這是一片還未被全部穿越的富麗大陸。在散文還未獲得像詩與小說的待遇之前，許多作者仍然還不辭辛勞為每一個文字選擇恰如其分的位置去安放，為台灣文學史謹慎鑲嵌精緻的一磚一石。在文體越界的時代到來之際，散文地位必然就要翻新。

——二〇〇五年二月二十日於政大

余光中／

誰能叫世界停止三秒？

余光中

1928年生於南京，歷任師大、政大、香港中文大學教授，中山大學文學院長。2004年在復旦大學、同濟大學、海南師範大學講學。已出專書五十餘種，最新散文集《青銅一夢》。曾獲吳三連散文獎及吳魯芹散文獎、國家文藝獎。2004年獲廣州《南方都市報》之散文家獎。七月間所譯王爾德喜劇《不可兒戲》在香港上演，連滿十八場。

如果鏡子是無心的相機，所以健忘，那麼相機就是多情的鏡子，所以留影。這世界，對鏡子只是過眼雲煙，但是對相機卻是過目不忘。如果當初有幸映照海倫的鏡子是一架相機，我們就有福像希臘的英雄，得以饜足傳說的絕色了。可憐古人，只能對著鏡子顧影自憐，即使那惜色死（Narcissus），也不過臨流自戀，哪像現代人這樣，自憐起來，總有千百張照片，不，千百面鏡子，可供顧影。

在忙碌的現代社會，誰能叫世界停止三秒鐘呢？誰也不能，除了攝影師。一張團體照，先是爲讓座擾攘了半天，好不容易都各就神位，後排的立者不是高矮懸殊，就是左右失稱，不然就是誰的眼鏡反光，或是帽穗不整，總之是教攝影師看不順眼，要叫陣一般呼喝糾正。大太陽下，或是寒風之中，一連十幾分鐘，管你是君王還是總統，誰能夠違背掌控相機的人呢？

「不要動！」

最後的一道命令有絕對的權威。誰敢動一根睫毛，做害群之馬呢？這一聲呼喝的威懾，簡直像美國的警察喝止逃犯：Freeze! 眞嚇得眾人決眥裂眶，笑容僵硬，再三吩咐 Say cheese 也沒用。相片沖出來了，一看，美中不足，總有人反應遲緩，還是眨了眼睛。人類正如希臘神話的百眼怪物阿格斯（Argus），總有幾隻眼睛是閉目養神的。

排排坐，不爲吃果果，卻爲照群相。其結果照例是單調而乏味。近年去各地演講，常受鎂光閃閃的電擊，聽眾輪番來合影，更成了「換湯不換藥」的場面，久之深嘗爲藥之苦。笑容本應風行水上，自然成紋，一旦努力維持，就變成了假面，淪爲僞善。久之我竟發明了一個應戰的新招。

攝影師在要按快門之前，照例要喊「一——二——三！」這老招其實並不管用，甚至會幫倒忙，因爲喊「一——二——」的時候，「攝眾」已經全神戒備，等到喊「三——」表情早已呆滯，而笑容，如果眞有的話，也早因勉強延長而開始僵化。所以群照千篇一律，總不免刻板乏味。倒是行動中的人像，例如騰跳的選手、引吭的歌手、旋身的舞者、舉杖的指揮，表情與姿勢就都自然而生動。

因此近年我接受攝影，常要對方省掉這記舊招，而改爲任我望向別處，只等他一聲叫「好！」我就驀然回首，注視鏡頭。這樣，我的表情也好，姿勢也好，都是新的，即使笑容也是初綻。在一切都還來不及發呆之前，快門一閃，刹那早已成擒。

攝影，是一門藝術嗎？當然是的。不過這門藝術，是神做一半，人做一半。對莫內來說，光，就是神。濛鴻之初，神曰，天應有光，光乃生。斷霞橫空，月影在水，哲人冥思，佳人回眸，都是已有之景，已然之情，也就是說神已做了一半。但是要捕永恆於刹那，擒光影於恰好，還有待把握相機的高手。當奇蹟發生，你得在場，你的追光寶盒得在手邊，一掏便出，像西部神槍手那樣。

阿富汗少女眼瞳債睜的神色，既驚且怒，在《國家地理雜誌》的封面上，瞪得全世界背脊發毛，良心不安。僅此一瞥，比起阿富汗派遣能言善辯的外交官去聯合國控訴，更爲有力，更加深刻，更像一場眼睜睜的夢魘。但是那奇蹟千載難逢，一瞥便逝，不容你喊什麼「一——二——三！」

其實攝影要成爲藝術，至少成爲終身難忘的紀念，鏡頭前面的受攝人，有時，也可以反客爲主，有所貢獻的。不論端坐或肅立，正面而又正色的人像，實在太常見了，爲什麼不照側面或背影呢？今日媒體這麼發達，記者拍照，電視攝影，久矣我已習於鏡頭的瞪視。記者成了業餘導演，一會兒要我坐在桌前作寫詩狀，一會兒又要我倚架翻書；到了戶外，不是要我獨步長廊，便是要我憩歇在菩提樹下，甚至佇立在堤上，看整座海峽在悲愴的暮色裏把落日接走。我成了一個半吊子的臨時演員，在自己的詩境裏進進出出。久之我也會選擇背景，安排姿勢，或出其不意地回頭揮手。

有一年帶中山大學的學生去南非交流，到了祖魯族的村落，大家都爭與土著並立攝影。我認爲那樣太可惜了，便請一位祖魯戰士朝我揮戈，矛尖直指我咽喉，我則舉手護頭，作危急狀。

一九八一年大陸開放不久，辛笛與柯靈隨團去香港，參加中文大學主辦的「四〇年代文學研討會」。辛笛當年出過詩集《手掌集》，我就此書提出一篇論文，因題生題，就叫〈試爲辛笛看手相〉，大家覺得有趣。會後晚宴，攝影師特別爲我與辛笛先生合照留念。突然我把他的右手握起，請他攤開掌心，任我指指點點，像是在看手相。辛笛大悅，眾人大笑。

有一次在西子灣，鍾玲爲獲得國家文學獎宴請系上的研究生，餐後師生輪流照相。何瑞

誰能叫世界停止三秒？

◎余光中

蓮與鄭淑錦，一左一右，正要和我合影，忽然我的兩肩同受壓力，原來是瑞蓮的右肘和淑錦的左臂一齊擱了上來。她們是見機即興，還是早有陰謀，我不知道。總之這一招奇襲，令平日保守的師生一驚，一笑，並且爲我家滿坑滿谷的照片添了有趣的一張。那天陽光頗艷，我戴了一副墨鏡，有人看到照片，說我像個黑道大哥。

上個月回去中文大學，許雲嫻帶我去新亞書院的新景點「天人合一」。她告訴我，金耀基校長誇稱此乃香港第二景，人問第一景何在，金耀基笑曰：「尚未發現。」我們走近「天人合一」，只覺水光瀲灩，一片空明，怎麼吐露港波滿欲溢，竟然侵到校園的崖邊來了？正感目迷神蕩，驚疑未定，雲嫻笑說：「且隨我來」，便領我向空明走去。這才發現，原來崖邊是一汪小池，泓澄清澈，滿而未溢，遠遠看過來，竟有與海相接的幻覺。人工巧接天然，故云「天人合一」。一條小徑沿著懸崖繞到池後，狹險之極。大家輪流危立在徑道上，背海面池照起相來。輪到我時，我便跪了下來，把下巴擱在池邊。照片沖出來後，只見我的頭顱浮在浩淼之上，朋友乍見，一時都愕然不解。

人生一世，貪嗔兼痴，自有千般因緣，種種難捨。雪泥鴻爪，誰能留得住，記得清呢？記日記嗎，太耗時了。攝影，不但快速，而且巨細不遺，倒是方便得多。黃金分割的一小塊長方形，是一整個迷幻世界，容得下你的親人、情人、友人；而更重要的，是你，這世界的主角，也在其中。王爾德說他一生最長的羅曼史，便是自戀。所以每個人都有無數的照片，尤其是自己的倩影。孫悟空可以吹毛分身，七十二變。現代人攝影分身，何只七十二變呢？

家家戶戶，照片氾濫成災，是必然的。

這種自戀的羅曼史，不像日記那樣只堪私藏，反要公開炫示才能滿足。主人要享炫耀之樂，客人就得盡觀賞之責。幾張零照倒不足畏，最可畏的，是主人隆而重之，抱出好幾本相簿來饗客。眼看這展示會，餐罷最後的一道甜點，一時是收不了的了，客人只好深呼吸以迎戰，不僅凝眸細賞，更要嘖嘖讚歎。如果運氣好，主人起身去添茶或聽電話，客人便可乘機一下子多翻幾頁。

一人之自戀，他人之疲倦。話雖如此，敝帚仍然值得自珍。我家照片氾濫，相簿枕藉，上萬張是一定的，好幾萬也可能。年輕時照的太少，後來照的太多，近年照的有不少實在多餘。其中值得珍藏並對之懷舊甚至懷古的，也該有好幾百張。身為人子、人夫、人父、人祖、人友、人師，那些親友與寶貝學生的照片當然最為可貴。但身為詩人，有兩張照片，特別值得一提。

第一張是群照，攝於一九六一年初。當時我英譯的《中國新詩選》在香港出版，台北美國大使館辦了一個茶會慶祝，邀請入選的詩人參加，胡適與羅家倫更以新文學前輩的身分光臨。胡適並且是新詩的開山祖，會上免不了應邀致詞，用流利的英語，從追述新詩的發軔到鼓勵後輩的詩人，說了十分鐘話。有些入選的詩人，如瘂弦、阮囊、向明，那天未能出席，十分可惜。但上照的仍為多數，計有紀弦、鍾鼎文、覃子豪、周夢蝶、夏菁、羅門、蓉子、洛夫、鄭愁予、葉珊和我，共為十一人。就當年而言，大半個詩壇都在其中了。

誰能叫世界停止三秒？

◎余光中

另一張是我和佛洛斯特的合照，攝於一九五九年。當時我三十一歲，老詩人已經八十五了。他正面坐著，我則站在椅後，斜侍於側。老詩人鬚髮皆白，似在冥想，卻不很顯得龍鍾。他手握老派的派克鋼筆，正應我之請準備在我新買的《佛洛斯特詩集》上題字。我心裏想的，是眼前這一頭銀絲，若能偷剪得數縷，回去分贈給台灣的詩友，這大禮可是既輕又重啊。

這張合照經過放大裝框，高踞我書房的架頂，久已成了我的「長老繆思」；也是我家四個女兒「眼熟能詳」的藝術圖騰，跟梵谷、王爾德、披頭四一樣。只有教美國詩到佛洛斯特時，才把他請下架來，拿去班上給小他一百一十歲的學生傳觀，使他們驚覺，書上的大詩人跟他們並非毫無關係。

胡適逝於一九六二，佛洛斯特逝於翌年。留下了照片，雖然不像留下了著作那麼重要，卻也是另一方式的傳後，令隔代的讀者更感親切。從照片上看，翩翩才子的王爾德實在嫌胖了，不像他的警句那麼鋒芒逼人，不免掃興。我常想，如果孔子眞留下一張照片，我們就可以仔細端詳，聖人究竟是什麼模樣，難道眞如鄭人所說，「纍纍若喪家之犬」？中國的歷史太長，古代的聖賢豪傑不要說照片了，連畫像也非當代的寫眞。後世畫家所作的畫像，該是依據古人的人品或風格揣摩而來，像梁楷的〈太白行吟圖〉與蘇六朋的〈太白醉酒圖〉，雖爲逸品，卻是寫意。楊蔭深編著的《中國文學家列傳》，五百二十人中附畫像的約有五分之一，可是面貌往往相似，不出麻衣相法的典型臉譜，望之令人發笑。

英國工黨的要角班東尼（Tony Benn）有一句名言：「人生的遭遇，大半是片刻的歡樂換來終身的不安；攝影，卻是片刻的不安換來終身的歡樂。」難怪有那麼多發燒的攝影迷不斷地換相機，裝膠捲，睜一眼，閉一眼，鎂光閃閃，快門刷刷，明知這世界不斷在逃走，卻千方百計，要將它留住。

——原載二〇〇四年一月號《皇冠》雜誌

蔣勳／

故事

蔣勳

福建長樂人，1947年生。留學巴黎，專研藝術史，曾任東海大學美術系主任，現任《聯合文學》社長。著有散文集《萍水相逢》、《大度·山》、《今宵酒醉何處》、《蔣勳精選集》及小說、詩集、藝評論述等近五十冊。1981年受邀參加美國愛荷華大學「國際作家工作坊」訪問。曾獲中國時報文學獎散文推薦獎、新詩推薦獎、吳魯芹文學獎、國家文藝獎等。

我身分證上出生的年份是民國三十六年。民國三十六年應該是西元一九四七年。但是我生在年底，十一月二十八日。那時中國北方民間還普遍用陰曆，十一月二十八日有可能是一九四八年的年初。朋友幫我查過一次，換算成陽曆，好像是一九四八年的一月八日。二次世界大戰結束，剛剛脫離戰爭的威脅，全世界都在生孩子，有所謂戰後「嬰兒潮」的說法。我算是戰後龐大嬰兒潮中的一員吧。

我的父親是軍人，中日戰爭的時候，隨軍隊四處調動，母親帶著我的哥哥姊姊住在西安老家，他們也分散了很長一段時間。戰爭一結束，家裡一連就添了兩個孩子。我上面一個姊姊，大我一歲，接著就生了我，好像迫不及待，仗一打完，覺得有好日子過了，趕緊生孩子。

父母大約總希望給孩子一個太平世界，太平時代來臨了，孩子可以有一個美好的未來。我的父母是否這麼想，我不知道。他們如果真這麼想，可上了當，上了命運弔詭的當。我一出生，國共內戰就打得不可開交。父親是國民黨軍官，隨著國民黨軍隊的土崩瓦解，一路攜家帶眷逃亡，輾轉從上海到福建，漂流到西沙的白犬島，一直到一九五〇年後才在台灣落了腳。

我的童年從來沒想過「文學」這兩個字。兵荒馬亂的時候，買本書都是奢侈，哪裡談得到文學。我最初的「文學」其實也就是母親口中的「故事」。

母親是清朝正白旗後裔，她的祖父是最後一任西安知府，老家在西安二府街。二府街還

故　事

◎蔣　勳

在，一九八八年我去看了一下，老宅子拆了，新蓋了一幢大樓，住了有幾十戶人家。我東張西望，一個老太太問我：「找誰啊！」我笑一笑，沒有說什麼，拍了張「二府街」街牌照片就走了。

母親口中的故事許多是與辛亥革命有關的，她說，革命的時候，西安城四個城門都堵上了，旗人都化裝成漢人，逃到城門口，革命軍手裡拿著一個饅頭，吆喝著：「這是啥？」說「饅頭」就放行，說「餑餑」，一定是滿人，即刻拉到一邊砍頭。「一個城殺了一半的人。」這是母親的結論。母親是民國七年生的，辛亥革命的事她也是從年長的人聽來的，正不正確我不能保證。稍稍長大了，學校教歷史，辛亥革命當然沒有母親講的那一段，歷史課本裡說的是「腐敗的滿清」，我回到家，覺得自己大義凜然，指著母親說：「腐敗的滿清！」母親在我頭上一巴掌，罵道：「小雜種！」

母親的故事包括《封神榜》裡的妲己和比干。商朝到了「腐敗」的時候，紂王寵愛妲己，比干是忠臣，極力勸阻，妲己就用讒言陷害比干。比干被處以剖胸挖心的酷刑，「但是，」母親說：「比干有法術，挖了心，披了衣服，騎上馬，出城去了。」我小小年紀，也也知道爲忠臣高興，鼓掌歡呼。母親的故事卻還沒完，她說：「妲己更厲害，她變成一個老婦人，躲在城門口賣菜。比干問：『賣甚麼菜啊！』妲己說：『空心菜！』破了比干的法術，比干就從馬上摔下來死了。」母親說完站起來跑去洗碗，我大哭捶她，覺得她怎麼把故事說成這樣的結局。

故事究竟應該有什麼樣的結局？

母親口中荒誕不經的故事陪伴我長大，那些故事，沒有邏輯，沒有章法，美麗混攪著殘忍，崇高混攪著恐怖，那些故事裡沒有結局，她自己的結論常常是：「我要去洗碗了！」她總是在吃完晚飯後跟我們講一段故事。

我的成長交錯在母親口中的故事和學校教科書之間，我覺得荒謬，在兩邊搖擺，常常覺得被分裂了，統一不起來，下不了結論，看到別人輕易下結論，也不由害怕心驚。

一九五七年左右吧，記不確切了，大概是我小學四年級或五年級，美國總統艾森豪到台灣來訪問，學校發動學生去歡迎，每個小朋友手上拿著一面美麗國旗，排成隊伍，浩浩蕩蕩，走路到中山北路，一大早就排列在路的兩旁，人山人海，在教官的引導下練習呼口號：「美國萬歲！」「蔣總統萬歲！」「艾森豪總統萬歲！」「中華民國萬歲！」

小朋友都很興奮，不時在人潮裡踮起腳尖，伸長脖子，生怕錯過了這歷史的一刻。大概足足等了有三四小時，太陽太大，有些體弱又過度興奮的學生，熬不住，昏倒了，抬到樹蔭下躺著。終於，開道的警車一輛一輛駛過，一片旗海在人潮頭上顫動招展，美麗壯觀極了。躺在樹下的學生掙扎著爬起來，擠在人潮裡跟著呼口號，竟然淚流滿面。

我看到艾森豪了，紅紅的臉，白白的頭髮，頭頂禿了一大塊，笑咪咪，向兩邊的學生民眾揮手，眞像耶誕卡上畫的聖誕老人。

「眞的像聖誕老人欸！」回家以後，我搖著旗子，很興奮地跟母親說。母親一把扯去旗

◎蔣　勳

子，扔在地上，板著臉罵了一句：「小洋奴！」

整個童年好像都在備戰，每一戶人家都被命令挖防空壕，晚上突然響起警報，要趕緊關窗熄燈，躲在防空壕裡，看到遠遠的探照燈在空中移過，一直等到解除警報的笛聲遲緩響起，防空洞裡的人陸續出來，搖著扇子，閒聊一回天氣，才各自回家去睡了。

戰爭始終沒有發生，空襲警報也一直只是軍事演習。防空洞上長滿芙蓉花和野莧菜，姊姊已經長成少女，把芙蓉花摘下來簪在鬢邊。鄰居的大哥發育了，講話粗粗的，一腿毛，常常躲在洞裡，一小時不出來。防空洞不再用來躲警報，各家雜物都堆放在裡面。我悄悄爬進去，舊的發霉味的棉被，缺腳的椅子歪倒在一邊，一隻貓驚悚地盯著我看，垂吊著蜘蛛網，我心跳越來越快，在一團闃暗幽微的深處，我聽到少年粗粗的喉頭的呻吟，他背對著我，全身劇烈顫動，好像得了大病，呼呼喘著大氣，痙攣震顫，一股濃烈嗆腥的氣味撲鼻而來，他像死去一樣，垂著頭，一動不動了。

母親說，防空洞上長的野莧菜，正是〈武家坡〉裡王寶釧苦守寒窯十八年吃的野菜。母親唱的〈武家坡〉我聽過，荒腔走板，不怎麼好聽。她很愛唱。父親長年在戰場上，母親一個人帶著孩子，有時候不知道父親在哪裡，不知道戰爭何時結束，不知道父親是否還活著。她或許從戲裡認同了王寶釧吧，吃了十八年的野菜，守了十八年的寒窯，她相信什麼嗎？母親關於王寶釧的故事一樣沒有結論。

稍大一點以後，我和母親在台北大龍峒保安宮廟口看歌仔戲，演的正是〈武家坡〉。她若有所思，告訴我武家坡就在西安城外，她去過，寒窯也在，寒窯上還插著王寶釧挑野菜用的鐵鏟。「我上前去搖，鐵鏟搖得動，卻拔不出來。」母親感傷地說：「吃了十八年野菜，肚皮都吃成綠的了。」

母親的故事仍然沒有結論，我只是一直記得她的形容：「肚皮都吃成綠的了。」

母親二〇〇三年二月在加拿大溫哥華去世，她一生居住過許多地方，好像也從來沒有把任何一個地方當作永遠的家，她只是一直在戰爭的逼迫下四處流亡。或許她一出生就注定是「腐敗滿清」的餘孽，他人興奮榮耀的「民族」、「國家」、「主義」都與她無關，她只是心裡守著她那個小小的寒窯，口中說著她相信的故事。

因為母親，我親近了文學，但是我懷念的還只是母親口中的故事而已。

——原載二〇〇四年一月號《印刻》雜誌

吳 晟／

文學起步

吳 晟

本名吳勝雄，1944年出生，台灣彰化人。1971年屏東農專畢業，即返鄉擔任溪州國民中學生物科教師。教職之餘為自耕農，親身從事農田工作，並致力詩和散文的創作。1980年曾以詩人身份應邀參加美國愛荷華大學國際作家工作坊。2000年2月自教職退休，專事耕讀；並兼任靜宜大學講師，授文學課程。2001年7月至2002年6月擔任南投縣駐縣作家。出版詩集《飄搖裏》、《吾鄉印象》、《向孩子說》、《吳晟詩選》等及散文集《農婦》、《店仔頭》、《無悔》、《不如相忘》、《筆記濁水溪》、《一首詩一個故事》等。

1

我從年少就喜歡孤獨，喜歡在孤獨之中沉靜閱讀；我也喜歡朋友，喜歡和朋友一起切磋文事。所謂「以文會友」，每個人生階段因文學結緣的朋友，在我的生命歷程中，占了非常重要的地位，這是愛好文學「附加」的最大收穫。

初中時代接觸文學，就有幾位親近的「文友」，無論是至今仍保持交往、或早已失去聯繫，那份單純的文學情懷，留下許許多多回味無窮的美好記憶。

六〇年代左右，盛行反共及鄉愁文學之外，現代主義風潮逐漸興起，我不會忘卻和林國雄一起閱讀「奇形怪狀」的「現代詩」，費盡心思去解讀、詮釋，一面在玩笑中模仿、一面深爲疑惑而隱隱覺得不以爲然，承認自己沒有「慧根」。大多時候在誦讀較清新可解的詩篇……。

初中二年級學期末，在作文簿上洋洋灑灑寫了數十行送別畢業生的詩篇，滿心期待老師的誇獎，作文簿發下來，卻只批三個字：勿抄襲！「鄰座」的林武憲，爲我的委屈而不平，執拗地帶著我去向老師「證明」我的「清白」……。

我常獨來獨往。獨自去圖書館、書店，也常獨自去彰化市多家戲院看電影，可能是日本武士片、美國西部片看多了，據說走路姿勢十分「搖擺」，惹火了一群都會權貴子弟，揚言要修理我，是俠氣豪邁的學長王孝廉出面「罩」我才免於遭殃，並邀我參加他召集的「文藝

文學起步

◎吳　晟

社」（我是唯一的初中生）。

楊緒賢，我每有新作發表，總會當面向我吟誦其中詩句，對我頗有知己之感、鼓勵有加；楊獻宗年少持穩，務實中也愛發此議論，如大哥般一直愛護我、關心我的創作……，我永遠銘感於心。

大家公認才情勝過我多倍的王震武，初一開始閱讀《虎魄》、《高老頭》、《咆哮山莊》等等世界名著，見識廣博，我很喜歡聽他高談闊論，或一起笑談「詩壇軼事」，斟酌新作，一起投稿……，生趣盎然的情景，綿密的情誼，一一清晰留在腦海中，不時浮現。

2

高三下學期，我因故從台北樹林中學自動退學，返回彰化初中時代住處，位於八卦山山坡的宿舍，和王震武同住，名爲準備聯考，其實大部分的時間不由自主就會談起某篇小說、某個詩人某篇詩……，尤其是晚上，往往一談就是深夜，躺在榻榻米上，說過數遍要趕緊睡了，仍停不下話題，那是文學趣味，文學理想何其熾熱燃燒的「輕狂」歲月呀！

聯考前一個多月，震武「衡量情勢」，面對現實，決定回家閉關苦讀，終於考取台大。我則只好重新插班高三，就讀彰化市私立精誠中學。

那時的精誠中學剛創辦才幾年，是彰化中學的「兄弟學校」，因此和我同時插班進去的，還有幾位彰中的留級生百華、耀堂、健民及啓甫……，同是「落難」的師兄弟，建立了至今仍有來往的友情。

曾以筆名「楊照」發表過多篇古典韻味詩作的楊機動，我常想起他騎著鐵馬，一路吟讀詩詞，那樣逍遙寫意的灑脫模樣。

3

多出來的這一年高三，對「最後一搏」的升學壓力，不可能不緊張，理性上一再警惕自己，必須全力以赴「攻讀」聯考課業，然而仍不時「抽空」閱讀、寫詩，繼續在《文星》雜誌投稿。

精誠中學圖書館管理員，美麗和善的吳美代小姐，十分熱心，隨時可去借書，提供了我方便閱讀的環境，上課時間也會拿出來「偷看」，有一次正專注讀著《中國文學史》，被教務主任發現，「沒收」的書歸還給我時，搖搖頭，嘆息了幾聲。

我的課業確實令多位關心我的老師搖頭嘆息，既誇讚我「很有文采」、「思路清晰」，又眼見我將斷了升大學的路太可惜；初三時教過我、對我頗爲稱許的國文老師李捷凱，這年也來精誠兼課，看到我正在辦公室補考數學、化學，又氣又惋惜數落我說：明明喜愛寫作，讀文科就「好代好誌」，偏偏固執要讀什麼自然組，讀得「欲哭欲淚」，連畢業都那麼困難。

4

我如此熱愛文學，並懷抱著長遠的文學理想，卻執意讀自然組，乃是自己的抉擇，非關家長所迫，也沒什麼「內心掙扎」；大概是整體台灣社會普遍「輕文」的傳統風尚，男生大都傾向實用的理工科系，有「潛移默化」的影響。不過，最主要的因素還是在於將自己定位爲文學創作者而非研究者，更希望保有絕對自由揮灑的空間，不願或不敢倚靠文學作爲維生的工具受到束縛。

當時國內大學「中文系」（國文系），少有新文學課程，我「打探」得還算清楚，認定鑽研經史子集考據訓詁，無利於創作。不無一些年少的狂妄。

同時我出身農家，在鄉間成長，從小即需幫忙農事，尤其寒暑假，正逢農忙時期，愈長大擔負的農事愈多，和土地有不可言喻的深厚情感，對農業也有一定程度的「願景」，因而決定選讀農科。

5

正因我個人在課業上一再挫敗的經驗，飽受其苦，備嘗辛酸，深知各人才智有莫大差異，數十年擔任自然科教師，對待功課不佳的學生，總有較多的諒解及同情，更不敢出之以輕視或嚴厲責備。

我所以能夠勉強吊上大專聯考火車尾，考取屏東農專，除了自己在高三下學期，有所「認分」下了些工夫，其實是得力於多位同學的好意協助，多位老師的特別輔導，尤其是大哥的朋友謝榮輝、張景松、許辰沼。

謝榮輝當時任職於南港中央研究院，曾經連續數個月，每個星期六晚上，在他的辦公室陪我做功課；我從樹林回彰化重讀高三，張景松任教於精誠，即將出國留學，仍撥空爲我補習數學；任教於彰化中學的許辰沼，從最基本的元素符號，不厭其煩帶領我複習化學。

不只是在課業上耐心的教導我，精神上更是兄長般不時的鼓舞我，他們對我的善意和期許，是多麼溫暖的支持力量，是多麼感激的回憶。

6

「漫長」的中學階段，我「犧牲」優良成績交換而來的文學閱讀，雖然觸角還算多面，數量也不少，而且概略認識「文學發展」，畢竟止於粗淺浮泛；而我傾注大半年少心血的文學習作，發表的數量還算可觀，不免過於青澀。然而就像武術功夫的蹲馬步，這些閱讀和習作，大致培育了我的文字能力、文學品味的起碼基礎，邁開了文學馬拉松的起步。

性情決定風格；性情的形成則和各人的成長背景、生活體驗、社會環境以及文化教養的累積，都息息相關，密不可分。

而我畢竟是道道地地的農家子弟，家鄉的土地和土地上的人、事、物、風俗民情，一直牽繫著我的濃厚情感。尤其是農專畢業，結束求學生涯，隨即返鄉定居，一面教育鄉間子弟、一面跟隨母親耕作家鄉田地，親身擔負農事勞動，斯土斯民的體驗更深刻，自然而然孕育了我最主要的創作根源，確立了我的「鄉土」文學風格。

——原載二〇〇四年一月五日《自由時報》

李儀婷／

啊，流年

李儀婷

山東人，1975年生。台中嶺東商專畢業，現就讀東華大學創作與英語文學研究所。作品曾獲梁實秋文學獎、吳濁流文藝創作獎、全國學生文學獎、台灣省文學獎等，並獲國家文化藝術基金會創作補助、文建會出版補助等。

最初，是早春綻放橙紅的耀眼，照醒沉靜的街道，也照滿我五歲童騃的記憶。惺忪著眼，我坐在父親老偉士牌前的兒童座位裡，春天便以蝴蝶散播花香的姿態，向我撒下彷彿被窩溫暖的氣味，在零星車輛的馬路上飄著，浮著，地上則是日光斜照後，投射兩旁行道樹棋盤狀枝椏的日影不斷地閃動，太陽才剛初升。

有好長一段時間的清晨，父親總是在上班之前駕車載我，穿走靜長無車的街道，前往外婆住居。那天，我在轟隆響著的摩托車上張望陽光時，我看見了街道兩旁蕭瑟的行道樹上，突然炸放了滿樹鞭炮的火紅，我仰臉問父親那是什麼，父親振抖著精神說，春天。

那是我第一次看見春天。

春天以鮮豔的橙紅降臨，在滿是瘤刺的枝條上開花、綻放。一陣清風拂吹，我看見從橙紅花朵裡飄飛出來一簇簇棉花球團般的雲朵，像蒲公英般在空中飛舞盤旋，父親說那是春天的種籽，爲尋找下一季開花的地點努力。我支頭仰臉，望著輕盈地騰飛的雲朵，那雲朵有時飄飛很近，卻又忽然飛遠。

父親停車，爲我摘一朵火紅，在盛開春天的羅斯福路上。

那是木棉，也是初春的顏色。

父親繼續驅車向前，終於穿過了長長的木棉道，我揉揉眼，依戀不捨的回頭，看著逐漸遠去的木棉樹，也怔望漸離漸遠的春天。

再揉揉眼，夏天以清涼的姿態展現眼前。那時我已是每天擠趕校車上學的年齡，終日推

◎李儀婷

擠在熱汗涔涔而且黏膩的車廂裡，情緒都顯得枯燥乏味，而透過窗玻璃，觀看外頭流逝的世界，則成了唯一的樂趣。

當校車轉進夏天的街道時，味道會先飄進車廂裡，那是一種清涼醒腦的香氣，彷彿《G大調安魂曲》，穿透每個人的肺葉，安定夏日暴躁的心緒。而除了清香氣味外，還有一股濃烈的綠蔭香，當聞到綠蔭的味道時，我便知道車子即將行過清涼的綠色隧道，中山北路，那是我最喜愛的夏天街道。

輕啓窗框，嘹亮的蟬聲立即溢進車內，透過窗玻璃，我看見一株株滿布皺紋老幹的樟樹，在車行之外，起勁地搖曳著滿樹的蓊鬱，歡迎我們到來，也舞起一陣又一陣悠揚的樂音，給酷炎夏日注一劑清涼。望著車窗外的景色，我支起下巴，好想好好地打個盹，享受夏日難得的清涼。只是車行愈來愈快，終於轉出曼妙婆娑的街道。

「啊，黃金雨！」正當車子以奔馳的急躁速度轉進另一條通往校園的道路時，夏天以另一種姿態展現，在同學的嘴裡炸裂開來。

學生們紛紛探出窗外，用手或視線感受黃金雨絲般的景致，而一瓣瓣金黃小碎花瓣的雨絲則順著風吹落的方向，以天女散花之姿從阿勃勒樹梢降下，覆蓋了整條街道。

瞇著眼靠坐窗邊，凝視阿勃勒樹梢垂掛著彷彿風鈴般的金色花串，藉風勢向空中叮咚飄灑著音符，我恣意享受夏日所帶來的獨特禮物，意識逐漸混沌，枕著黃金雨的夢，不多久我終於瞌睡在長興街的懷抱裡。

終點到了之後，我伸個懶腰，打一口呵欠，驅趕了睡意，卻也趕走了混沌的夏日。夏天帶走阿勃勒樹梢所有清朗亮麗的花串之後，蟬聲漸淡，秋愁的涼意卻濃了。

聽不到蟬鳴之後，秋天挾帶著祕密的哀愁來了，而楓香是第一個知道。

推走了夏天，送來秋天的那一年，我離開學校，正式進入社會，開始了每天步行上班的生活。出了租賃小公寓的巷口右轉，沿著羅列整齊的楓香樹，步行十餘分鐘便能抵達上班的地方。當第一道冷風來襲，楓香的葉片立刻從青澀羞赧的含蓄，幻變成飽經思念的苦澀顏色。

每當楓葉開始變色，心緒彷彿也隨著起伏變動，走在楓香樹街下趕忙行路的我，總是不由得放慢腳步，望著那淡淡哀愁的一抹苦澀，總會勾想起遙遠得不能再遙遠的記憶，淡淡淺淺地不停在腦中重播早已模糊的往事。我就這樣無法抗拒或避免地走過一季長長的美麗哀愁，走向不再復返的青春歲月。

一直以為，楓葉也是因為思念而哀傷得變了顏色，然而在許久之後，我才知道楓葉的變色是為了抵禦寒冷冬季的到來而準備，就像動物冬眠般，隨著氣溫陡降的變化，必須減緩體內的活動，以儲存足夠的養分或水分好度過嚴冬。

隨著天氣愈寒，不只楓香，還有槭樹染以秋黃覆蓋了街道。我偶爾佇立抬頭，便會看見整片夕陽的顏色映照在天空的蔚藍裡，像烈士那般的壯觀。不小心打了個小小的噴嚏，烈士的血紅卻一片片翻飛飄落，整座城市旋即被落葉染紅，然後湮沒於車囂之中，在民權東路上逐漸淡去。

噴噓悄無人聲地迎來默默嚴寒的冬天。

冬天來了，筋骨卻懶了，總是和父親懶洋洋地對坐在靠窗台前的窗邊，泡一壺清香甘甜的橘茶，呵著熱氣，觀看外頭冬日寂靜的街景。窗外雖沒有白雪皚皚的動人雪景，也沒有著名景色可看，但是只要耐心等待起風，便會有……。

有什麼呢？父親問。

噓，是祕密。仔細瞧，要開始了。我手指窗外幾株被冷風吹得全身打顫的行道樹。

不一會兒，風像搖鈴手，粗獷地將原本生得茂密的行道樹搖出了綿綿卻不紛亂的綠色細雨，伸長脖子再瞧仔細點，那是細葉欖仁的小葉片幻化而成，隨著冬季寒風吹拂，一瓣瓣飄灑，彷彿細雨綿綿般展現浪漫迷人的難得景觀。

葉片落盡後，冬天還剩什麼？父親又問。

這會兒不都全露出來了麼。風吹落最後一片繽紛後，露出細葉欖仁的獨特枝椏，是那樣龐大而繁密，彷彿一股腦兒的訴盡了嚴冬之寒，也勾勒出冬天該有的凋零氣氛。

不一會兒，冬陽撥雲出來了，露出難得的暖陽。放下甜橘茶，我推著父親，趁陽光溫暖，到外頭曬曬太陽。

一到外頭，我便看見一大片方才紛飛的落葉，透過微風，仍在奮力地起舞，打旋，偶爾風起大了，落葉便吹堆在街道的兩側，沿著行人走道一路排壁貼站，繼續等待下一陣風的慫愚。

掉下的葉片永遠那麼乾燥，容易受挫，等不住另一次起舞，我提著腳，孩子般踢踏踩著成堆的落葉，喜歡那粗糙的沙沙聲響，彷彿自己是踩踏在一整片白皚皚厚達膝蓋的深雪，沙沙、沙沙。父親則在一旁微笑陪伴。

玩累了，我便像倦鳥一般回到父親身邊，然後推著父親沿著武昌街邊透光的欖仁樹下行走，曬懶懶的太陽。偶然一抬頭，細葉欖仁的枝椏上不知什麼時候開始冒出青色小枝芽。啊，春天又開始萌芽了。

我又想起父親駕車載我，爲我摘一朵火紅的童年春天。

——原載二〇〇四年一月十七日《自由時報》

張曼娟／

小板凳俱樂部

張曼娟
河北豐潤人，1961年生。東吳大學中文研究所博士，現為東吳大學中文系專任教授。曾任教於成功大學、香港中文大學。已出版小說、散文等文學創作近三十種。2004年作品為短篇小說集《芬芳》、散文集《黃魚聽雷》。

天氣漸漸炎熱，我站在落地窗前，清涼的晚風吹來，我彷彿仍可以聽見那些呼朋引伴的喊聲，從村子的這一頭到另一頭，「放電影的來啦。」村子口的布告欄早用毛筆淋漓的書寫著，星期六的晚上，七點半開始，在小廣場上放映電影。有些人家已經吃過晚飯；有些人家晚飯才開上桌，一陣陣急促的空氣，弄得每個人心神不寧。「大毛！先幫我占位子。」還出不了家門的孩子先把小板凳遞出去。然後，孩子的媽嚷嚷起來：「小板凳呢？小弟要撒尿啦。」

小板凳電影院是我們四、五年級最初的A級娛樂，全家大小都在廣場集合，左鄰右舍紛紛前來報到。上個禮拜才在巷口打過架的夫妻，現在和樂融融坐在一起，合打著一把蕉扇；不久前因爲一點雞屎弄得反目成仇的兩位太太，各坐在廣場一邊，相當的楚河漢界；十幾歲的男孩子女孩子爭風吃醋打破頭的，現在已經各自洗牌，與新歡絞麻糖似的絞在一起。廣場上很難安靜下來，拍打蚊子的聲音；小小孩不斷問「他們在幹麼啊？」的聲音；媽媽來尋找應該在家裡做功課的小孩的聲音。廣場上充滿各種氣味，貝林痱子粉的氣味；明星花露水的氣味；韭菜盒子與雞絲拉皮的氣味。

直到搖搖晃晃的布幕上的故事，進行到悲歡離合的高潮，廣場像給人施了法術一樣，安靜下來。我記得那時候看的《我女若蘭》，是謝玲玲演的，她那雙慧黠靈動的大眼睛，是我看過最美麗的童星。她是愛跳舞的快樂女孩，卻因爲罹患小兒痲痹症，再也站不起來了，半夜裡偷偷練習著，一步一步，艱難的踏出去，頹然地，重重摔倒在地上。身邊傳出窸窸窣窣

小板凳俱樂部

◎張曼娟

擤鼻涕的聲音，那是罵起人來嗓門最大的鄰居媽媽，我甚至不敢轉頭，怕她尷尬。若蘭幫著父親養蘭花，她的蘭花參加比賽，贏得很好的名次，頒獎典禮上，她的名字被喚出來，全場掌聲響起，大家都等著她上台領獎，可是，她站不起來。她應該站不起來的，她的雙手緊握著座椅扶手，她搖搖晃晃的站起來了，我其實無法分辨到底是她在搖還是布幕在晃？但，她眞的站起來了，一步一步的向台前走去。那一瞬，我看得癡了，周圍的氣味都消失了；所有的聲音都靜止，只剩下我，和若蘭。她不怕摔，她突破了身體的限制，她可以走了，迎向命運，無所恐懼。

我被奇異地蠱惑，就在那一刻，愛上電影。

念中學以前，看電影是家庭娛樂，父親會在薪水袋的支出單愼重寫下：「看電影：康樂費＄12」。我們從早上就開始期盼，一整天都特別乖，不吵不鬧，兄友弟恭，最擔心的就是忽然有客人來訪。假若一切順利，天黑以後，父母親便牽著我和弟弟往電影院的方向走了，那時候看了許多楊群和李麗華主演的諜報片，從《長江一號》、《長江二號》到《一封情報百萬兵》。李麗華的鳳眼和緊繃的瓜子臉，使我見識到巾幗英雄的美麗，可是，那些媽媽們總說她渾身都是假的，還說有人試過，在椅子上放了一個圖釘，她竟然就這麼容色不改的坐了下去，起身的時候，旗袍上還能看見那根釘得很牢的圖釘。我聽得好怕，倒不是怕她的假，而是怕那根圖釘的心腸。所以，我從不用這種方法去試人的眞假。

小學時看過一齣大卡司大製作的電影《十四女英豪》，漂亮的何莉莉反串楊文廣，裡面的許多場面都很撼動。女英豪們被困在懸崖邊，後有追兵，前有萬丈深淵，無計可施，穆桂英忽然想到好方法，用疊羅漢的方式搭成人橋，喝，霹靂一響，從這一邊盪到另一邊，就這樣全身而退。我在課堂上又比又說，跳上跳下的演給同學看，同學們聽得津津有味。他們後來很願意湊錢送我進電影院去看電影，再把電影演給他們看，對他們來說，這就是娛樂。然而，他們不知道，看著那些專注的、緊張的、歡趣的臉和眼神，其實，也是我的娛樂。最近看電影《巴爾札克與小裁縫》，兩個下放知青，將鎭上的電影講述給鄉民聽，甚至將被禁的西洋小說當成電影講給鄉民聽，我都覺得這眞是幸福的時光啊，是知青的，也是鄉民的。是我的童年的，也是一世人生的。

除了電影之外，我最重要的娛樂就是看圖畫書，做為一個乖巧文靜的女孩，讀故事書總是容易被大人稱許的活動。家裡很少爲我們買圖畫書，但我還是從鄰居或同學那裡借了不少書來看，像是《阿金與機器人》、《阿三哥與大嬸婆遊台灣》都是那時候看完的。在我童年時代，每隔一個禮拜，就會有一部活動圖書車開進村子裡來，通常是在炎熱夏天，放暑假的安靜午後，車子是小型遊覽車的規模，擺滿了書架，琳瑯滿目的書籍，有一股紙張的霉味，跳上車去便先從兩個噴嚏開始。書架中間放著一張桌子，有一位負責借書事宜的阿姨，仔細爲我們借書還書做登記。有時候她會講故事給圍聚過來卻還看不懂故事書的小朋友聽，我便也搬一張小板凳和比我小的孩子擠在一起，膝上疊著許多故事書，一邊睜大好奇的眼睛聽借書阿姨說故事。看著他們缺了牙的嘴一起咧開大笑的時候，我也感到了震動的快樂。

小板凳俱樂部

◎張曼娟

許多年之後，我在大學裡教書也教了十幾年，畢業班的學生給我的卡片上寫著，修習我的古典小說課，最著迷的就是我講述故事時說書人的神態，豐富的表情與肢體語言，自信的眼神，充滿感情的聲音，獨特的觀點，都讓他們印象深刻，難以忘懷。我於是想到在教室裡說電影給同學聽的自己；想到在圖書車上講故事給小朋友聽的借書阿姨，我認爲那是一種魔力，多麼幸運我有時竟擁有這樣的魔力。

少女時代念五專，我不像其他同學有那麼多的聯誼和舞會，我每一堂課都坐在教室裡，無精打采的托著腮。後來，同班的女生把她們的小說借我看，看完瓊瑤之後看古龍，並且看完了日本漫畫《玉女英豪》、《尼羅河女兒》，生平頭一回，同學帶我進入租書店。父母親一向禁止我們進入租書店，我便覺得那地方似乎不怎麼正當，一探究竟的心態裡有點反叛，還有太多的好奇。租書店很陰暗，因爲堆積了太多書，有些已經生出蛛網來，老闆娘也不大清理。我們幾個同學一人租一本書，三天之內交換看完，有個女生特別愛看羅曼史作家卡德蘭的翻譯小說：總是一對身分相差懸殊的男女，激烈的愛上彼此，卻充滿猜忌與自卑，幾經離亂與坎坷，最後的最後，終於前嫌盡釋，兩人深情擁吻，男主角便帶著女主角「一同進入一座充滿鳥語花香的美麗的無人島」，我覺得很奇怪，明明是在臥房裡，怎麼會到了無人島呢？可見那時候的羅曼史還是相當純情的呢。

我明明是在閱讀著，卻沒感到閱讀的知性與嚴肅性，只感到身心鬆弛的快樂。當我看著楚留香破空而去，從書頁之間飄到港劇裡，鄭少秋瀟灑的身影飄到每個人的家庭，他的彈指神功如此輕盈而又威力無限，每到星期天晚間八點鐘，街上看不見行人，商店直接拉下門打烊，喜宴也總是匆匆結束。當「湖海洗我胸襟」的歌聲響起，整座島上的人都整齊劃一的集合在電視螢光幕前。就像童年時集中在廣場的小板凳俱樂部。聽說古龍去世的時候，很有些難以置信，這樣不受羈絆的大俠，怎麼竟束手於死神的網羅中？十八年後他又登上新聞，這一次不是在酒家裡爭風吃醋，而是他的私生子爲了爭遺產，要求開棺驗DNA，已經飄然遠去的大俠，怎麼也達不到「千山我獨行，不必相送」的境地。

天氣漸漸炎熱，我和朋友一起去她新買的套房裡喝咖啡，她展示了一張從宜蘭買回來的手工木板凳，說要三百多塊錢呢，現在很少見的了，純手工的喔。我說小時候我們的板凳其實都是竹編的，比較輕巧，拎起來就跑。「跑去哪兒？」朋友問。「去看電影啊。」「啊……那種電影，我也看過。」朋友會心的說。她將板凳端端正正放在電視前面，頻道轉的正是電影台，電影裡放映的是許多年前張國榮、周潤發和鍾楚紅合演的片子，多麼漂亮的三個人啊，我們安靜的看著電影，看著一去不回的閃亮時光。

——原載二〇〇四年一月二十九日《自由時報》

陳　列／

我們曾經如此靠近

陳　列

本名陳瑞麟，台灣嘉義人，1946年生。淡江大學英文系畢業，曾任教於花蓮花崗國中。1972年因「叛亂罪」入獄，1976年出獄後以自耕農為主，並從事寫作。九〇年代投身政治，獲選為國大代表。著有散文集《地上歲月》、《永遠的山》、《玉山行》等。曾獲時報文學獎散文首獎及推薦獎等。

敬愛的柯斯勒先生（Arthur Koestler）：

雖然我知道您和夫人相偕而去之後已滿二十年了，如今我之所以會突然要寫這一信給您，主要是我的朋友東年的關係。東年是我們台灣文壇一個相當出色的好傢伙，長年一身白衣服白鞋，灰色長髮披肩或綁成馬尾，很有一些學問知識的底子，時時前進，認眞又率性，才情洋溢，他的小說作品，於題材，於文字藝術，都一再有獨到而特別的探索和創造。幾個月前，他突如其來電傳給我一封萬言的長信，著實讓我很意外（此前我和他從來不曾有過任何書信往返，而且很多很多年了，我自己也極少跟人寫信回信，包括賀卡）。就在這一封信裡，他充滿熱情和信念地談寫作談農業談農村的未來，其中也提到了我翻譯過的您的小說《黑色的烈日》（*Darkness at Noon*，亦有人直譯爲《正午的黑暗》），當年如何在他和唐文標、杭之之間傳閱的事。是啊，當年。他這一提起，令我百感交集。我想到當年我雖已讀過東年的少數作品，也很喜歡唐文標和杭之的論述文章，卻還不曾見過他們，自己也尚未開始寫作，但是東年讓我知道，通過您的這一本作品，通過文學，原來我和他們竟然早就認識、彼此很親近了。（也曾有一位朋友告訴我，他後來會投入黨外政治運動，主要是因爲高三的時候讀了我譯的您這本書。）原來，文學就是這樣子的。它透過文字默默發聲，越過時間和空間的若干距離，在某個時候給了某個角落的某些人以喜悅、溫暖或安慰，啓示美和理想，鼓舞他們向前走，思索和尋找意義，甚至於匯聚出改革的力量。東年的信提到您，當然也讓我想到自己當年的處境和心情，想到我一直欠您一份很深的感謝和歉意，因爲您曾陪伴我度過一段困惑失落的時光，而且我之翻譯和出版您這本創作，由於那時候我們這裡還沒有著作權法的相關規定，至今都沒有徵求過您或出版公司的同意。

我初次接觸到您的*Darkness at Noon*是在大學時代王文興老師的「現代小說」課。我記得，王老師還帶我們讀過勞倫斯的*Sons and Lovers*和卡夫卡的*The Trial*；其他的老師也教我們霍桑、梅爾維爾、海明威、福克納、康拉德、喬哀思等人的小說。這些大師的名字，之前我大抵是耳聞過的，甚至於還多少讀過他們的作品和相關評介，只有對於您和您的作品，卻完全陌生。它是課堂上唯一有過的一部所謂政治小說，所以印象很深刻。它，連同其他的一些小說、一些英美古典詩和現代詩、戲劇、理論和文學史，一起大大地開啓了我的文學視野，讓我這樣的一個自小生長在鄉下農村、高中時期曾經迷迷糊糊且強說愁地模仿人家寫過幾首所謂的現代詩、對文學懷著模糊憧憬的文藝青年，逐漸看到了一個繁花盛開的文學世界，曉得人類有什麼成就可久可遠。

大學畢業後，因著一些浪漫的情懷，我曾很任性地隻身前往台灣東部有著大山大海的花蓮教書。但我仍念念不忘文學。所以兩年後我乾脆辭職，躲到山中的一間佛寺裡，專心準備投考西洋文學研究所，希望將來能從事文學理論和批評方面的工作。然而，就在我如此用功和期待的大約六個月之後，我被捕了，成爲一名政治犯，成爲在台灣的中國國民黨蔣家政權的階下囚。那一年，我二十六歲。

關於被捕被監禁，我知道，敬愛的柯斯勒先生，您的經驗比我豐富多了。您曾經是歐洲思想戰場上的老兵，同時也是監獄的常客。您一生的這種種坎坷的經歷，包括您的文學創作以及後來的從容安排自己的大去，和夫人雙雙同時自殺，我猜也許和您積極介入的個性有關，但是柯斯勒先生，我是否更可以這麼說呢，這些，主要還是因爲您對某些意義的不妥協的追尋探索，包括對個人生命、對正義公理、對一個理想的人類社會？

一九〇五年，您在匈牙利的首都布達佩斯出生。十七歲時，您去維也納念大學，卻成了一位熱切的猶太復國運動者，有時還和反猶太的勢力做街頭鬥爭，甚至在即將拿到畢業文憑之前跑去了巴勒斯坦，在約旦河畔體驗艱辛的農村公社的生活。後來您做了德國 Ullstein 報系的中東特派記者，且在一九三〇年被調回柏林的總部。這時納粹的興起，使您傾心於共產主義，並於隔年年末祕密加入了共產黨。但沒多久，您就因身分暴露而被報社革職。幾個月後，您在組織的安排下，赴蘇聯旅行一年，爲無產階級的祖國寫宣傳文章。然而這一年的親身所見所聞，卻讓您有了幻滅之感。三〇年代中期，您過著放逐的生活；大部分時候仍在巴黎做黨的工作。在回憶錄裡，您說您曾幾次想要脫黨，但因每每覺得共產黨是唯一以行動對抗納粹和法西斯的力量，所以就作罷了。一九三六年，西班牙內戰，您自動請命以記者的身分兩度深入戰區，蒐集法西斯暴行和德義兩國干預奪權的證據。後來您被捕了，並且被判處死刑。處決的日期未定；您也不知道，單獨拘禁的囚室門鎖轉動時，是否就是您的一命嗚呼日。九十五天之後，在若干外交壓力和換俘條件下，您獲得釋放，在鬼門關前走了一趟。

這時候，由於蘇聯的恐怖清黨運動，您對共產主義的嚮往完全破滅了。（我也從一些記載中知道，在三六至三八年的大整肅中，犧牲在鐮刀斧頭旗幟下的人，已不再限於所謂的過時的歷史人物——帝俄時代的官員、地主和富商，更遍及俄共內部的各級黨政軍要員和學者作家。據史家的統計，這段期間的若干次叛亂犯審判中，喪命或失蹤的黨內顯赫人物，至少包括：上屆蘇維埃中央執行委員會七位主席中的五位、三六年末十一位聯邦部長中的九位、俄共中央組織五十三位書記中的四十三位、蘇俄作戰會議八十名委員中的七十名、蘇俄全部將領的百分之五十八，等等等。這些數字，光是看了就令人毛骨悚然。）您的兩位密友和第一任妻子的兄弟也遭到逮捕。也就是在這個時候，在三八年後期，您開始著手寫*Darkness at Noon*——繼*The Gladiators*之後的第二本小說。

您寫這本小說，過程也頗爲多災多難。您先是在初寫期間曾爲了餬口而須從中騰出兩個月的時間去撰湊一本性方面的書；回來寫了三個月之後，二次大戰爆發了，您因敵國僑民的身分被法國拘捕，入集中營四個月；釋放後，再繼續寫，但因不時受到警方的騷擾，您常擔心文稿會被抄走沒收。「但似乎有一個友善的魔法師在保護著這本書，」您事後寫道。「一九四〇年三月，有一次，警察搜查我的公寓，將我所有的檔案和文稿幾乎全部拿走，卻沒注意到*Darkness at Noon*的打字稿。……最後，我又被逮捕了，這本書的德文原稿也不見了。但是英文翻譯本這時已經完成。它在德國開始入侵法國的十天前緊急送到了倫敦，因而得以逃過一劫。」在接下來的半年裡，您忙著安排逃亡去英國，而這時這本書也已悄悄進入校樣的階段。您在倫敦的一所監獄裡看到了這份校樣，因爲，您一到達就被捕了。在獄中，您初次聽到該書英譯本的書名，也初次和譯者見了面。書出版的時候，您仍在獄中。

敬愛的柯斯勒先生，我重讀您的這本著作，並決定著手翻譯，也是在獄中。

當時，這本書能夠進入我被監禁的牢獄，來到我的手中，其實也有一些意外。

我前期坐牢的地方叫軍法處看守所，其中關的絕大多數是所謂的叛亂犯及很少數因須受軍法審判而暫時在此留置的刑事犯。對獨裁的蔣家政權而言，我們就是因爲政治不正確、思想有問題而被認定會威脅到他們對政權的掌控而必須被關被槍斃的，所以對任何文字印刷品的管制都極爲嚴格。我被判刑七年定讞後，從押區被調往工廠區（內分洗衣、製衣、工藝三個部門，我們白天在樓下的廠房工作，晚上回樓上的牢房睡覺）。廠區裡有一個小圖書館，藏書甚少，都是官方認爲對我們「無害」的（但我曾認眞讀過從中借來的羅素的西洋哲學史和幾本明儒學案）。餐廳前廊下的一個木架子上，有些時候會張貼挖了洞或塗了墨的黨報中央日報。雖說不禁止從外頭送書進來，但這些書在經過審查後往往就被扣留了，尤其是審查人員可能看不太懂的外文書。我還記得我第一本獲准的英文書是梭羅的《湖濱散記》。後來有一位叫余宗健的朋友也成功地送入一本 Frederick Forsyth 的暢銷小說 *The Odessa File*，他說有一家出版社想要出中譯本，若我有興趣，不妨試試看，但他也強調，可能會有其他的出版社也搶著要出這本書，所以必須盡快譯完送出。我隨即進行翻譯的工作。我把譯文抄寫在三十二開、分行線間距很小的一種筆記簿上，而且儘量把字寫得很細很小，儘量壓縮空間，以增大簿子的容量。我當時是這麼想的：想要經由審核的手續把譯好的文稿送出去，是行不通的，因爲一者曠日費時，一者內容通不過（這本小說談的是納粹集中營和戰後追緝納粹戰犯的事），所以只能藉由偷渡的方式；我希望能爭取到一兩次特別接見——不必隔著玻璃以電話交談，而是能與探訪者直接接觸和說話的一種會面方式——的機會，然後設法將體積縮得很小的譯稿暗地裡交給探訪者帶走。

我大概用了兩個多月的時間把這本小說譯完，極其密密麻麻地寫在三本簿子裡。但一直沒有適當的時機將它們送出去。焦急地拖了一段時日之後，這位朋友告訴我，別的出版社已經出了這本書的中譯本，書名好像譯作《奧德煞祕件》。目前，我仍保存著這三本小簿子，算是一種紀念。

然而也就在這段時間，因著這第一次譯書的經驗，我想起您的 *Darkness at Noon*。我想起您小說中描述的一些陰慘的審訊過程，以及個人在專制獨裁體制下的折磨和救贖。我期望能把它翻譯出來，不管將來是否能出版。

您的這本書眞的進入了我的監獄裡。我喜出望外。和所有的通過審核的書一樣，它的扉頁右上角蓋了一個刻有「毋忘在莒」四個字的印章（這幾個字的意思，它的典故，請容我不跟您多做解釋，反正就是蔣氏政權當年用來壓制、脅迫和麻痺人民的一個政治口號）。您這一本政治小說能夠進來，當時我猜測，若不是因爲審查人員看不懂，就是因爲他們認爲這是一本反共的書。若是屬於後者，我想，敬愛的柯斯勒先生，他們就太小看您了。您鄙視唾棄和批判的，是所有的獨裁暴政，無論它是共產黨還是法西斯。更重要的是，您選擇經由文學這樣的藝術形式來表達您對生命經驗、對一個時代和歷史的深思細索，呈現您幽微的情懷、觀察和洞視。您不可能爲任何藏污納垢的權力當局講話；您關心的是久遠的東西。

有好一段時間，您的 *Darkness at Noon* 就放在我專用的縫紉機小抽屜裡。我已很快地讀過一遍，也已著手翻譯了幾頁，但不久就決心放棄。即使對管理較爲寬鬆的工廠區，獄方仍然會突然查房，尤其是某個所謂的偉人生日或重要節慶日前後；我害怕這些譯文若被看到了會出問題，會惹來難以預料的麻煩。所以在縫製了每天最低固定量的衣服之後，有時我就會再回去讀那一本不知已讀過多少回的《湖濱散記》，在寧靜的山水裡散步，領會梭羅如何過他簡單的日子。

偶爾我抬起頭來，看一看廠房的窗外。獄吏在走動，洗衣工廠的人在對面二樓頂的大平台上忙著掛曬郵局的大帆布袋。陽光有時亮麗，白雲在藍天裡。一切好像都很安靜，即使有人聲，也很模糊，只有廠內仍在踏動的幾部縫紉機斷斷續續發出單調無聊的砢咳砢咳聲。低頭工作中的人，臉上沒什麼特別的表情。這樣的時候，我也常會想起僅隔著一道高牆的另一邊的押區裡，那許許多多清白無辜而優秀的人，在經歷過一些設置在祕密處所的偵訊機關可能施加的種種殘酷刑求凌虐羞辱的階段後，這時被移送到這個軍法處來，這時在囚房裡，等待下一次的出庭受審，出庭去無助地面對那一群依然是統治者工具的所謂法官、檢察官、書記官和獄吏，等待一次完全與正義相悖的判決。我曾經在那裡面將近一年，我見聞過一些人的故事，一些悲慘的遭遇。我會想，這時，他們正在想什麼、做什麼事呢？

我們曾經如此靠近

◎陳　列

「關在這些蜂巢小室裡的兩千個人正在做些什麼事呢？」您在小說裡也這麼問。「他們的那些別人聽不見的呼吸聲、別人看不到的夢境，以及他們因恐懼和渴望而發出的低抑喘息……。如果歷史是一個可以計算的問題，那麼，兩千個夢魘會有多重呢？兩千個無助的懇求總共又有多大的壓力？」

但正如您所說的，「歷史無所謂良心」。歷史不曉得，也不記載，您和您的小說人物魯巴休夫和我和其他許許多多的人在監獄中所曾看見的藍天、飛鳥和高高在瞭望塔上監視的衛兵。歷史不在乎我們在囚室裡的憂心踱步，不關心被冤枉槍斃者最後的悽厲呼喊，甚至不處理烏天暗地裡的種種刑求的細節和各個加害者的罪愆。

然而，敬愛的柯斯勒先生，歷史無能爲力或忽略的這些事，您，經由文學，做了動人而有力的見證。E.M.佛斯特說過，小說依傍在兩座峰巒起伏的山脈之間，一邊是歷史，一邊是詩。對我而言，您這本小說就是一首既與歷史爭辯又讓人物自我對話的史詩，它曾經在一段特殊的時候，進入我的內心深處，安慰我。它讓我們在獄中重逢，讓我們曾經如此靠近。

感謝您，敬愛的柯斯勒先生。

——原載二〇〇四年二月號《聯合文學》

艾　雯／
人在磺溪

艾　雯

本名熊崑珍，蘇州人，1923年生。曾任職圖書管理、報紙副刊主編，來台後專事寫作。1951年出版第一本散文集《青春篇》，曾被選為「青年最喜愛閱讀的作品及作家」。已出版小說及散文集《生死盟》、《小樓春選》、《霧之谷》、《夫婦們》、《漁港書簡》、《曇花開的晚上》、《不沉的小舟》、《明天去迎接陽光》、《倚風樓書簡》、《綴網集》、《花韻》等二十餘種。

春晴不在家

春天到來，暖陽初現，驅散了連日來的冷雨寒風，久陰乍晴、預兆豐稔，正好讓芒神春牛風光風光。

春晴不在家，自去訪磺溪。

去磺溪朝水，是我的早課、我的靈修，只要是天好人健康的日子，起床第一件事，便是去赴約，夏秋趕在日出之前，常常是晨星稀微、露珠濡濕、草木將醒猶醒。薄寒稍涼時，卻與太陽同步。披一身光輝，像枝葉般發亮、花草般歡欣。一路上鳥雀遠近呼應、低掠迴飛，清冷的空氣涼沁心神。出門右拐，步上淺淺斜坡，調整呼吸時順便望一望兩旁人家牆內的櫻花可曾著苞，籬外的珊瑚刺桐是否茁紅，路邊高聳的油加利永遠是風向的指標。三株根節蟠虯、蒼鬱稠密的老榕樹、濃蔭覆遮著一座深邃的大圓環，路從這裡呈放射狀，最直的一條便通向公園，沿著路的伸展、叢樹雜草前、綠籬矮垣間、菜農鄉民們或立或蹲地展售他們摘自田裡的小小產品：青翠的蔬菜、帶花的瓜果、沾泥的竹筍，早起的人們來往穿梭其間，有去散步的，有去運動的，也有去登山的，赴大自然的約會，人人神清氣爽，步履輕盈。眉眼唇角像蔬果般透著鮮潤。額上映著晨曦的光澤，和善可親。

走到路右公園牌坊前面，才知道走的路應該算是山上，路邊崖堤直削砌，自小小的平台上望下去，蓊蓊鬱鬱、枝柯交叉，不知有多深一座森林窪地，並列兩處入口。右向便沿著

人在礦溪

◎艾　雯

山崖迂迴曲折、順勢迤邐。左側傍著花圃、右階拾級而下，兜擁著長長一帶綠園，茂密遮天的樹叢掩映著一處處跑道、場地、台基，和鞦韆、滑梯、單槓等。翠微間不時飄揚起國樂、迪斯可、民族音樂、現代舞曲，及口令以及隨聲閃動的身影。清淨的空氣被帶動得活潑起來。就在這些飄浮的音韻間，總有另一種深沉、穩定、持續而悠久的聲音，彷彿來自天際，又像出自地層，充斥空間。穿過草地，移步向前，越近越響，隨著眼前豁然敞亮，自身已淹浸在聲源中，沿著綠岸邊緣，仿竹欄杆下，竟是一道宛轉奔騰的溪流！

一道湍急的山溪，自上方濃蔭深處奔騰直瀉，一路穿越溪床中堆疊著大大小小的石塊。浪花沖激、水珠迸濺，發出巨大的呼嘯，蓋過所有大自然及人類的聲音，唯有那股澎湃的聲勢氣魄，那種生命行進中無比的歡暢，充沛了宇宙空間。

從第一次第一眼見到礦溪，我就被震撼、被懾服、被吸引，爲之傾心、爲之忘我、爲之皈依歸順、頂禮朝拜……一直到如今，而每一次接觸會晤，感受依然如新。

我滿心歡喜的想把發現溪流的消息告訴城市的朋友，誠懇地邀請他們來共享這清澈的溪之饗宴。

我許下心願準備好好記述與礦溪和大自然的交往，以及因之結識許多野生植物、飛鳥蟲蝶、松鼠山雉的種種愉悅、啓示、心得、憬悟……有性靈上的修爲，有精神上的鼓舞，還有那些誠樸人性的溫馨，微妙的情趣，曠達的心境……。

然而，也許是太多的寫作計畫亂了步驟，也許是太多的愛好禁不住分心，也許是對做好這份記錄太鄭重了些。還有，那阻塞性的宿疾總不住糾纏消耗，我寫是寫了，用豐盈的感受，輕靈的思想，在黎明時分，蘸著晨曦，悄悄寫在水面，寫在急流和漣漪間。

溪水永遠不停地奔流沖激，那迸濺的浪花水沫中有我不盡的感恩文思及靈感。水過不留痕、數千個日子流走，竟是未著半點墨跡。

毅然選了今年「立春」開工動筆，「春」自不必說，一切生命的開始、萌發、蓬勃有朝氣。我更喜歡「立」字，肯定、堅決、做好行動的準備，一種蓄勢待發的銳健狀態。

今朝立春，

春晴不在家，自去訪磺溪。

迎春納福

過了春節就立春，春天到來一切興旺，正合乎傳統的祈願：「迎春納福」。

好一個「納」字，不只接納，而且容納。一種契合和蘊藉，交融互滲，運轉自如。福是能源的充沛、生命的展揚、成長的喜悅、收成的歡暢，無限生機、一片祥和。而涵納蘊藏兼容的大自然正是這一切的淵源。

接近淵源，我從囚蟄的小樓下來到去公園的林蔭路，一季的冷雨似乎浸透了整個世界，黑色的土地一腳踩下去會冒出水來。膠底鞋仍有彈性。冷冽的空氣就像冰凍過的啤酒泡沫，撲濺上臉頰眉睫。冷風吹拂著肌膚，冷空氣吸入肺腑，我御冷風以遊，群樹列隊，掉臂前行，一面深深吐納，一面顧盼俯視睽別多日的花草朋友，擔心太多的雨水，會侵蝕根脈。太長的寒冷，會摧抑生命力。畢竟，是那樣的柔梗纖莖、嫩葉幼苗，一經從大地的子宮孕育出土，野地裡植物的小貝貝就得全靠自己成長生存。

廢墟的斷垣殘籬下，堆積著些敗枝腐葉。路側的溝渠石罅中，填塞了污泥砂礫，但那些比較高䠷的枝莖，早已超越了種種障礙、四季不凋的咸豐草依然疏疏朗朗的開著小白花。高壯的荒煙草葉底已孕育著簇簇小花蕾。昭和草垂著軟搭搭的寬葉。冇骨消、刺莧、鱧腸、睫毛蓼、刀傷草正在枝高挺秀。火炭母草的葉片尚未印上烙紋。紫背草、酢漿草的嫩葉細莖顯得怯怯地，大車前草卻平平地展開它的瓜紋葉，剛竄出來的馬齒莧像一枚枚厚肉瓜子。雷公根和馬蹄金各自貼伏在地面悄悄蔓延，最獨特的是細緻的早熟禾。一叢叢挺直了纖長淡綠的嫩葉，儼然一副禾稻的雛形。不管氣候如何，它總是領先一步。

淡怯的初陽漸漸明亮加溫，天空藍而深，壓彎的群樹枝葉一一向上伸揚，瑟縮的鳥雀展翅飛翔歡唱。我不住頷首、微笑，回答鄉農誠意推介他們鮮潤豐美的蔬菜和瓜果。今天餐桌上會有初春的翡翠白玉。自然，不會忘記補充幾枚出土的紅番薯，給來訪的松鼠磨牙齒。

我習慣沿著路旁傍山崖的石徑下到公園，迂迴曲折，有蘇州園林曲徑通幽的情趣。從崖頂俯偃的樹幹，和地底上聳的樹梢，枝柯交參成深邃的林蔭拱道。喜歡潮潤的蕨類植物經過冷雨的淋沐，長得茂盛極了，尤其是壯碩的長毛腎蕨，叢叢簇簇從崖壁上成拋物線翹揚懸垂。褐色的岩石有了綠色的豐腴，幼嫩的鳳尾蕨欣然展現它精緻的圖案、伏岩蕨才長出指甲般緊貼石上的三五片。姑婆芋甫出土就不同凡響，嫩葉顯得寬宏雍容，迎春花串綴著小黃花，人叫它金腰帶，春神繫著它。

我一個緊急煞車停住了腳步，一隻淺褐色帶橄欖綠的蜥蜴正惺忪地昂著頭橫過山徑，迅疾隱入另一邊草叢，那倉卒的模樣，彷佛剛從冬眠中醒來，怕錯過了什麼似的。

傾斜的山徑盡頭，正是公園中心點，兩側似長翼伸展。迎面是落盡葉子呈現出枝幹之美的苦楝，沾雨開的紅白杜鵑有點單薄。半枯的草地還是濕漉漉的，到處散落棕色帶針刺的楓香種籽。我踮著腳尖踩空隙前進，耳邊已傳來熟悉的水聲。來自前方、來自空中、來自四面八方。清越、悠忽而又持續，具有磁性的吸引力，是在召喚、是在招呼，我撥開拂面的榕鬚，繞過高聳的雲杉，已望見水躍光閃，待俯身在仿竹綠欄杆上；急湍清流盡收眼底，全在腳下。一時眾聲俱寂，獨有奔騰喧嘩流沛天地綠野，也覆沒了我。

溪流自上游濃蔭深處，順著弧岸躍進，越過河床中堆積的大小石塊，迸裂成無數支流，浪花四濺、聲勢浩大。匯流到平坦處，又微波瀠迴，悠悠潺潺。水面比平時豐盈了許多，淺灘淹沒了。那些像海象、海龜的巨石只露出脊背，兩岸植物都飽吮水分，不需灌溉，溪流儘管一路歡暢奔放，不時捲著幾片落葉沖浪，撞到石頭激起密密麻麻雪白的泡沫，串成數不清的一條條銀鰻騰躍翻滾，我上半身俯伏在綠欄杆上，雙頰沾濺，深深被吸引融入，感到生命的歡欣在心中澎湃，活力在血液中提升，思想活潑起來。溪流傳遞了春的音訊，響應春的感召，人和自然萬物再重新出發。

人在磺溪

◎艾　雯

置身在大自然中，感受生命的喜悅和力量，接納宇宙間無盡的靈動和氣韻，能接近這一切一切生命淵源的人有福了。

——原載二〇〇四年二月四日《中國時報》

朱天心／

並不是每隻貓都可愛

朱天心

山東臨朐人，1958年生。台灣大學歷史系畢業。曾主編《三三集刊》，現專事寫作。著有《方舟上的日子》、《擊壤歌》、《昨日當我年輕時》、《未了》、《我記得……》、《想我眷村的兄弟們》、《小說家的政治周記》、《古都》、《漫遊者》等。多次榮獲時報文學獎及聯合報小說獎、年度推薦獎、年度十大好書獎等。

因爲隨手寫了幾篇貓文章，便有一些識與不識的人被挑動，打算去認領收養流浪貓，滿心以爲是一段美好情緣的開始。

我因此有義務告知，並非如此，並非每隻貓咪都可愛，並非每隻貓咪都多少可實現我們未完成的荒野夢，例如「國家地理雜誌」頻道、Discovery、「動物星球」頻道中動物學家們方可二十四小時近身觀察的獵人們。

膽小的貓

極有可能叫你嚴重失望的，你收留的是一隻與荒野獵人形象大異其趣的膽小鬼，這平常得很，幾乎每一隻流浪小野貓都有一段辛酸史，跟丟媽媽的，或因弱小殘疾被媽媽（包括大自然）遺棄的，或媽媽因故回不來的……，我們家貓史上公推最膽小的APEC就十分典型，牠被媽媽挪窩挪到正在整修的空屋人家的冷氣口縫中，媽媽不知何故不再現身，呸咕（APEC的小名）大哭了一整天，聲震方圓數十公尺，弄得隔條巷子的我們一天被喵嗚得啥事都做不了，心腸最軟的天文終於擲筆前往探看，發現貓媽媽果然把牠藏得好，就算擅闖人家空屋一樓二樓都搆弄不到，天文只得拜託正要收工的水電工，水電工好心願意幫忙，用個超級大扳手胡亂大力地敲打冷氣，用的是暴力法。

半小時下來，人貓皆給震昏，所以起初天文還擔心呸咕會因此成個聾子。但這擔心全沒必要，呸咕嚇壞了所以破例沒放在一樓起居室與眾貓眾狗眾人試著相處適應，天文把牠攔進臥室，牠自此鑽在書桌與牆角間，一點風吹草動（所以沒聲）就不見人影，差不多要到一個月以後我們才稍能見到牠，呸咕是一隻黃虎斑白頸腹的公貓，通常這款花色的公貓，話多，大派到接近厚臉皮地步，是次於虎斑灰狸公貓與人關係黏膩的。APEC完全破例，即便對最信賴的救命恩人天文仍非常含蓄拘謹，天文有空時故作瘋癲逗牠，想讓自己放鬆片刻也算心靈治療一番。APEC從不爲所動，只緩步退到遠遠的窗台上蹲踞，憂慮地注視著天文，斷定她是個瘋婆子。

必須說明一下何以命名爲APEC，長期以來，家裡貓口一直保持在少則五隻多則一打間，而且來來去去生生死死，直到貓族也植晶片登錄身分時，才發現要能一一準確說出牠們大致年齡的難度，便圖省事用時事來作記，例如APEC來的那年十月，正巧是欠缺外交實務經驗的新政府第一次面對派員參加APEC的紛擾時刻；次年的北台灣嚴重苦旱，乃有旱旱；鮪魚熱季收的叫TORO；人人談論張藝謀的《英雄》時撿來的小黑貓叫英雄雄；最近期收的醜醜的小女生叫小SARS等等……。

醜貓咪

是的，你可能遇到的是隻醜到讓你猶豫縮手的貓咪，曾經有隻黑白大公貓，因長相得名叫阿丑，有時也喊牠希特勒，因爲牠黑白分佈毫無規則可言到破相的臉的人中處有一撇濃黑，乃至第一屆民選直轄市長族群動員激烈時，不少公開張貼的候選人趙少康海報被對手支持者給塗黑人中處，用以暗示他主張的「把不法統統抓起來」如希特勒，我們怎麼看怎麼忍不住說：「不是我們家阿丑嗎！」

還有苦旱分區限水時被主人放在（我不願意說丟，因為從旱旱的舉動看來主人對她是愛不釋手的）我們家大門口的旱旱，旱旱的貓籠好漂亮，裡面有專用的鏤金雕花水杯，有個日本某神社求來的護身御守，隨附上的貓食也是進口高檔貨，旱旱會像小孩子一樣鬧覺，繞樹三匝發著黃蜂聲腹語抱怨個不停，最終一定要睡在正使用的桌上攤著的稿紙上，啃咬著人的手指才得睡去。我們因此猜測她的主人平日一定將她抱進抱出同寢同食同工作，這回要不是出國念書斷不會如此替她另覓主人的（我也不用遺棄二字，我相信她主人偷偷觀察了我們家好久，確定我們肯善待一隻……大醜貓）。

旱旱長得真醜，頭臉毛短髭髭的像剛入伍遭剃了平頭的男生，智力立時減半，常讓人忘了牠是一名女生，牠的白底灰花散佈得毫無章法，盟盟形容旱旱彷彿是蹲在一旁看人畫畫，被洗筆水一甩、甩成這模樣的。我們想起來便喊她一聲：「朱旱停、大醜女。」旱旱次次都爽快回應，語言複雜極了，不只我們人族這麼覺得，貓族也一樣，公推她做通譯，因為往往負責餵食的婆婆在二樓翻譯日文稿子過頭又錯過牠們用餐時間，牠們便會敦請朱旱停上樓到婆婆房門口請願催促，沒有一次不順利達成任務。

愛說話的貓

所以，也可能是一隻愛說話說不停的貓，常常不知不覺被迫和他對話好久，「可是貓和人是不一樣的。」「別家的貓咪有這樣嗎？」「不行就是不行。」「我也很想跟你一樣。」「不可能。」「不信你去問╳╳。」

╳╳，一隻嚴肅木訥正直不撒謊的貓。

嚴肅木訥的貓

起先你會很高興他不多嘴也不偷嘴、不任意餐桌櫥櫃書架上行走打破東西，他沉默、自制、嚴肅、常常蹲踞一隅哲人似的陷入沉思，家中有牠沒牠沒啥差別，我們便也有幾隻這樣的貓，偶爾必須點名數數，最後左想右想怎麼少了一頭牛的就是牠們。

其中一隻是光米，本名叫黃咪，通常如此以色爲名草草暫取的貓，來時都不樂觀，以爲只能苟活一兩日，光米來時比我們手小，要死沒死失重失溫，被我們盡盡人事輪流握在掌心撿回一命。因爲體弱，天文便帶在身邊多一分照護。

光米並沒因此恃寵而驕，時時不苟言笑蹲踞一角觀察人族，不懼人也不黏人。我往往總被那三不五時收來的幾名獨行獵人給吸引，全心傾倒於牠們，卻又被牠們往往突然離家不知所終而悵惘心傷，每每這樣的空檔，我都重又回頭喜歡光米，老去撩撥牠嚴肅不狎膩的個性，捏捏牠的臉，快超過牠忍耐程度地拍打牠，不徵牠同意地硬抱牠，每自稱大舅舅（因我想起幼年時，我的大舅舅每看到我的圓鼓鼓臉就忍不住伸手捏得我又痛又氣）。

光米全不計較我的不時移情別戀，因爲他有天文，我覺得牠們一直以一種土型星座的情感對待彼此。

光米後來得了細菌性腹膜炎，歷經半年的頻頻進出醫院、手術、化療，其間的照護、隨病情好壞的心情起伏，折磨煞人，天文覺得甚且要比父親生病的三個月要耗人心神得多。那是我第一次看到天文無法支撐，藉她編劇的電影《千禧曼波》參獎坎城之際同往，自己一人又在沿岸小鎮一個個遊蕩大半個月，她不敢打電話回家，我們也不敢打去，於是大舅舅我天天學天文把光米抱進抱出，逐陽光而居，並不時催眠療法誇讚光米：「光米你太厲害了，眞是一隻九命怪貓哇。」

光米維持牠健康時的沉默不言笑，努力撐到天文回來的第二天，親眼證實我們一直告訴牠的「天文在喔、就快回來了喔」，才放心離開。

嚴肅不語的貓還有高高、蹦蹦。

高高是一隻三花玳瑁貓，流浪來時半大不小，智能毫無開化，大大違背牠這花色該有的聰慧，而且牠只對吃有興趣，吃完就窗邊坐著發傻，牠骨架粗大，兩隻大眼毫無表情，好大一尊復活島史前巨石像，常把過路的貓族狗族們看得發毛跑人。

蹦蹦情有可原，來時是原主人連籠帶貓棄在後山上，發現時籠門開著，小貓蹦蹦被狗族們咬破肚腸，扯斷一隻後腳，我們盡人事地送到獸醫院縫合、腳關節打鋼釘，說是沒死的話兩星期後再回院取出鋼釘。

才一星期，蹦蹦已如其名蹦蹦跳跳，鋼釘戳出一截天線一樣地豎著，才在猶豫該如何料理，便有人掃地掃到叮叮作響的鋼釘。但蹦蹦從此啞了，牠原有的長尾巴也遭咬傷終至痿縮脫落，像隻截尾貓，又因體型較大，很像藪貓、石虎類。牠從不遠遊，與狗族和善相處，一生健康無病痛，是目前家中最老最長壽的貓，牠且極愛理毛，非把毛舔到濕漉漉且條紋鮮明清楚不可，但因牠沉默又自己打理甚好不麻煩人，我們往往忘了牠的存在，都覺得牠彷彿《百年孤寂》中那名年輕時眼睛像美洲豹、生了孿生子便守寡、而後在廚房終老、上下伺候三四代人、沒人記得她、晚年家族僅餘包括她在內的三個人、她於某個十月早晨決定回高地老家的聖塔索菲亞。

偷嘴的貓

唯獨我們的聖塔索菲亞超會偷嘴。

有一些貓也愛偷嘴，但通常下手前會大聲昭告天下，「就要偷了，」「真的就要偷了，」「不要說我沒警告你們，」「五、四、三、二、一……」很君子地與一路發著喝斥制止聲前來的人族比誰動作快。

蹦蹦是不作聲的偷嘴，往往我們都在附近，卻要待地上狗族發生爭食聲才發現晚餐桌上的魚沒了，貓偷魚，天經地義，我們通常只責怪離餐桌最近的人沒看守好，但蹦蹦不就此滿足，她偷貓通常不吃的泡麵，通常不吃的墨西哥玉米脆片，通常不吃的香菇，通常不吃的眞空包裝研磨咖啡，通常不吃的長長一列清單。

牠通常把這些包裝啃破或抓開，像個好奇的小孩單純只想知道只想嗅嗅看其中到底裝了什麼，我們當場發現也罷，最怕十天半個月後得面對一堆發潮走味的食物。

這還不是最糟的。

小心眼的貓

你也可能收留的是一隻小心眼、愛吃醋、易受傷（心靈）的貓。

我們目前的貓王大白就是，這眞不知是先天或後天，大白是隻資歷夠久的大公貓，斷斷續續做了好幾屆貓王，該怪誰，牠老不只一次被看到暗地暴力邊緣的修理其他老小，牠手長腳長身長，發狂興奮起來像長了一對翅膀，可以低空掠過刷地就攫捕毀東西四下奔竄的老小貓，是故每有新的大公貓加入或長成，牠立即被推翻篡位，很像獅心王查理十字軍東征時不得民心的攝政約翰王。

退隱做平民的日子，大白習慣避居廚房最高的櫥櫃上的制高一隅，暗自做著泣血的表情，吃飯時間才下地，全家包括人族狗族只有盟盟同情牠，常用食物引牠下來，抱抱牠，給牠心靈復健，便不免有人（通常是我）見了插腰向牠翻老帳：「早上追殺貝斯ㄏㄡ，要打！」啊大白牠眞的傷心欲絕作吐血狀，我們便叫牠周瑜，叫他╳╳╳，叫他幾個我們認爲愛計較、陰惻惻的人。

目前的大白，正發起王位保衛戰，因爲剛又新進門一隻大公貓尾黃。

野貓

所以，也很可能是隻野貓，毫無半點妥協餘地的野貓，大大戳破你以爲冬天時牠會蜷在你膝上、睡在你腳頭的美好幻想。

就如同SARS時期，天文半夜放狗，聞聲尋去，在辛亥隧道口抓到的小女生小SARS（所以有人若突然憶起SARS時期某深夜彷彿在充滿鬼故事的辛亥隧道疑似見過一名長髮女鬼，別擔心），我們叫她小薩斯，或薩薩，薩斯斯，如何暱稱，如何餵食，如何照護，都沒用，牠與貓族大哥大姊處得十分良好，對狗族是敬而遠之，對人族則充滿戒備懷疑，牠常在屋子各角落靜靜觀察我們，眼神無表情似野狼，牠甚至有些以必須跟我們同住一屋頂下爲苦，牠在耐心等待我們人族什麼時候肯遷離，把這空間還給牠。（可是我好喜歡無法接近的薩斯斯啊，以偶能摸摸牠而她瞬間不跑爲我非常之樂事。）

同樣的野貓還有辛亥貓

辛亥貓其實是一組貓的泛稱。先是一隻野母貓薩斯媽媽（眼神非常像小薩斯）在辛亥國小校園一隅生養了一窩喵喵奶貓，一旦稍稍確定了牠的活動動線，我們便開始定時定點餵食，一爲想和牠混熟了送結紮，二爲了想讓小貓們熟悉人族日後好抓去認養。

我們風雨無阻地餵食了大半年，包括其間兩場颱風，因爲只要一想到牠們母子尾生一樣地等在那裡（女子與尾生期於梁下，女子不來，水至不去，尾生抱柱而亡），如何都不能失約。

薩斯媽媽半點沒被我們感動，而且牠嚴禁小貓對我們有感情，所以儘管每天晚上八點左右牠們母子仨早等在校園夜黯的角落，見了我們老遠飛奔迎上，兩隻小的，小狸狸、小貝斯（長得像我們家貝斯）已經被我們餵得好大了，但被媽媽教得極嚴格，一面不忘發出「赫、赫」的噴氣威嚇聲，同時刻的肢體語言是愛悅幸福地打直尾巴、四腳輪替踩踏著（吃奶時推擠媽媽胸懷的動作），言行不一，莫此爲甚。

不願家居的貓

不願家居的，不只是辛亥貓組，不知該說好運或壞運，你可能遇到的是一隻不世出的大貓王，其氣概、其雄心，讓你無法、也不忍只你一人擁有牠、拘束牠、囚禁牠、甚至剝奪牠的天賦貓權——結紮牠。

我們近期的貓史上就曾有那樣一隻大貓王，金針。金針與牠的同胎兄弟木耳還沒斷奶就被鄰居當垃圾一樣丟給我們，金針黃背白頸腹，個頭不大，身體小毛病不斷，主要是皮膚病，尤其牠每一遠遊出巡回來，舊傷未癒又添新傷口，最難好的是脖子連肩胛一處，那傷疤跟了牠一輩子，老是化膿發炎，我們不敢給牠戴獸醫一般處理這種狀況時給戴的維多利亞女王項圈，怕牠在外遊蕩時會行動不便造成危險，於是天文發明各種包紮法，歷經無數次改良，終以一方白紗布，用一種童軍綁法斜斜地穿過前腳腋下固定，怕牠不耐扯去，每每敷藥療傷綁好後便在場的人齊聲歡呼：「太帥了太帥了針塔塔。」

針針就自我感覺好帥地忍住不扯它，出門巡訪。

出遊數日回家的針針，每也要我們同樣熱烈地齊聲歡迎。牠通常從後院圍牆、二樓陽台、跳窗進屋，通往一樓的樓梯正對餐桌，有時我們正圍桌用餐聊天，牠一人階梯緩步走下舞台亮相似的，這時有人發現最好，便齊聲鼓掌說：「歡迎歡迎貓大王回來了喔。」不然牠會遲疑片刻，尋思，快步下樓，從廚房推門出去，跳圍牆，上二樓陽台，跳窗進屋，（咳兩聲）再鄭重出場一次，如此這般直到我們忍著笑，熱烈致上歡迎儀式。（我們一直奇怪著，牠怎麼跟那老遠日本國的系列電影《男人眞命苦》裡的寅次郎每趟浪遊返家時的模式一模一樣。）

我們每見牠家居才數日就坐在窗台望空發怔，便言不由衷地婉言勸牠：「傷養好再走吧。」（其實我多羨慕牠的浪蕩生涯哇！）總是，總是在某些個神祕起風的日子，我們之中誰會先發現牆頭的樹枝上掛著針針鑽出去時給刮扯下的白紗布領巾，小小船帆一樣地在風中舞振著，便喟歎：「針針又出門啦……」

單身漢俱樂部

也有可能你遇到的是不安於室、但半點沒意思要當貓大王的公貓（們），我們叫牠們單身漢俱樂部，有時是描述特定的一種個性，有時指的是一組公貓。

這在自然環境生活的群居貓科（獅子、獵豹）是很尋常的，前者在獅王仍年富力盛又獨佔母獅們的交配權時，公獅們只得結黨成群、玩樂吃喝，偶爾分擔保衛疆土職責，待那一生中可能僅僅只有一次的時機到了，再革命篡位。獵豹是母系社會，單身漢獵豹們連唯一的奪權篡位使命也免了，獵食、育後全母獵豹一人獨挑，公獵豹們眞的成天只要遊手好閒、逍遙終生。

我們貓史上不時就有如此個性和生態構成的單身漢俱樂部。典型的可以眼下的貝斯和英雄爲例。

貝斯是盟盟學校樂隊貝斯部的女生去年暑假在校練習時在校園角落撿得的。女生們輪流一人照顧幾天，因爲家裡全都不許養，這也難怪，因爲從貝斯親人的個性可以想見那些女生們一定是一手握著牠一手打電腦、做功課、吃東西、上廁所……，叫父母看了不煩才怪。

並不是每隻貓都可愛

◎朱天心

所以小貝斯如同賈寶玉，是在女生脂粉堆裡混大的，牠長得也像寶玉，灰背白腹白臉綠眼，白處是粉妝玉琢的白，牠的嘴是滿人式的平平一字嘴，並不像其他貓咪的唇線加人中恰恰是一個賓士車的標幟。開學後，女生們把貝斯連同滿籠眾姊姊們買的小玩具找上盟盟託孤。

貝斯是家中唯一肯讓人抱的貓，而且牠喜歡兩前腳環摟人脖子，好心幫人族理毛（髮），人毛比貓毛長太多，牠耐心認真地往往愈理愈亂。牠吃得好胖，結紮之前之後對家中眾美麗貓姊姊貓妹妹毫無興趣，見到無論哪個貓王（大白或貓爸爸或尾黃）都應卯地仰臉露肚皮要害以示輸誠。賊來迎賊，官來迎官，稱良民也。

同樣地還有英雄，英雄唯一張皇哭喊過是牠老媽把牠丟棄在路口自助餐店前那晚上，我們把牠帶回家後牠有吃有喝再不抱怨。英雄雄是標準的黑貓，黑貓的遺傳基因簡直不變異，我在哪個海角天涯見過的黑貓完全是那同一隻黑貓。（多年前，曾在愛琴海的密克諾斯島的港口與一隻黑貓對視良久，以爲是家中那朝夕相處的黑貓因思念我而穿越時空來會。）

我們很快發覺英雄對英雄大業毫無興趣，他的生平大志是當黑手，正巧整條巷子這家敲圍牆那家打掉隔間沒停過工，英雄雄日日專心看工人做工可以看一整天廢寢忘食，付出的代價是幾次被下工的工人鎖在空屋裡回不了家，還有一次是撐著返家時已半死狀態，牠大約掉入某種油漆溶劑桶中，我們用熱水洗髮精洗了五次才把毛給鬆開，唯牠可能吞了不少，嘔一種有汽油味的綠汁嘔整晚才漸漸復元。

飛女黨

與單身漢俱樂部相反的，你可能碰到的是飛女黨。

這似乎與結紮的時機有關係，通常獸醫都認為母貓只要發育成熟就可結紮，但我們的經驗是，不可在懷孕的初期連同做墮胎手術，因為彼刻母性機制已經啓動，最強大的生命驅力卻無法紓解，好幾隻已經做好媽媽準備的母貓，就此精神錯亂、行止異常，最後不知所終。過早過遲結紮都不宜，我們後來就暫把時間點定格在青春期後期，如此的代價是，牠們的心智狀態大體就停格在那個年齡，國中三年級，便有所謂的飛女黨。

這些飛女黨，和那些四處遊蕩、胸無大志懶洋洋的單身漢俱樂部成員不同，牠們甚有默契地結合本該育後、獵捕之精力，有組織地巡守勢力範圍，亞馬遜女戰士般地痛擊包括聞牠們美貌而來的外來者。

牠們有時會同時鎖定某隻看不順眼或結下樑子的落單的貓（如單獨長住在三樓的納莉），牠們會突然有一天放課後，丟了書包，捲短裙子，插幾綹五顏六色的挑染假髮，掏根菸，操著牠們認為野野的口氣說：「走，上樓去堵謝納莉！」簡直覺得那個老師疼愛男生戀慕的好班女學藝股長假仙欠扁極了。

我常在上三樓的階梯上沿階遇到以TORO為首的飛女黨們，牠們高高低低盤踞著，我討好有禮（因要借路過）地打招呼：「ㄊㄡ ㄊㄡ ㄌㄡ、薩斯斯……」

牠們看看我，互望一眼，我彷彿看見牠們心裡嗤了一聲：「虛偽的納莉媽媽！」……

嗯，並不是每隻貓咪都可愛。

並不是。

——原載二〇〇四年二月五日《聯合報》

唐 諾／

咖啡館和死亡

唐 諾

本名謝材俊，台灣宜蘭人，1958年生。台大歷史系畢業，現任職臉譜出版公司。著有《文字的故事》、《讀者時代》等書，譯作則以推理小說為主，近年來專注於有關閱讀的自由寫作。

我在咖啡館裡工作，內容最主要是寫稿，其次是讀書，當然偶爾也停下來喝口咖啡讓腦子漂流，並且不排拒別人的談話進入我耳中、別人的舉止進入我眼底。這樣子一個人不講話的坐咖啡館已超過了十年了，而且愈來愈陷身其中，如今我是每週七天無休，每天早晨一家下午另一家各佔兩三小時，因此，大概已接近居住於咖啡館裡面了，以至於我不免開始在想，如果有這麼一天這個世界不再能存在咖啡館這種東西，（原因誰說得準呢？）就像大隆鳥、像旅行鴿般永遠消失了，那我麻煩就大了，可以如孔子般笑說自己纍纍如喪家之犬。

池塘結冰了，公園裡的野鴨子要到哪裡去？——這個杞憂是沙林傑《麥田捕手》書裡荷頓小子問的。

把咖啡館當白天的家，於是便得攜帶好些家當在身如同國外街頭上公園裡的流浪漢。我的背包裡永遠有一件抵抗咖啡館冷氣用的外套、有一整排制胃酸的善胃得、有兩枝以上輪替著用的鋼筆、有一瓶總維持八成滿的墨水、有整條購買的香菸、有不擔心斷氣的一厚疊稿紙，還有，說來有點丟人，由於我結合早餐用的那家咖啡館不肯再供應塗麵包的果醬，因此，最近我背包中還多了一整排分裝式的進口各色果醬。

其中最麻煩的是書，一種你搬過家就曉得有多不適合搬動的沉重東西，我的工作總得用到相當數量的書，事實上，我的上一個背包便是活生生背斷掉帶子的，壯烈犧牲於信義路街頭。

咖啡館和死亡

◎唐　諾

現實世界裡當然用不著眞擔心野鴨子哪裡可去，牠們比我們人類早察覺出寒冬到來，先一步就會飛往南邊的溫暖溪沼之地。而在台灣這比較紛擾不確定的十年間，做爲總類稱謂的咖啡館也並沒消失，倒下來的只是加了定冠詞在前的這一家或那一家咖啡館，因此，我們仍可以豪勇的講，沒關係沒問題，酒店關門我就走，找另一家去。

十年時間，正彷彿鏡頭拉遠，你會看出每天例行開門、接待你、倒咖啡給你喝、日出日落死生契闊般應該就這麼地老天荒下去的咖啡館原來也是會不等你先走一步死去的。在這期間，我眼睜睜看它死亡的咖啡館數便達五家之多，對我個人而言，每一次仍都是挨了冷不防一棍的驚愕大事情，意味著我當天的流離和接下來幾天幾星期的生活步伐大亂，還有，就是我個人對死亡一事的軟弱、無法釋懷和永不習慣，以至於我很想找一面石牆如死囚（《基督山恩仇記》裡的艾德蒙・鄧蒂斯？）絕望數日子般刻正字於其上。

尤其是第一家的日式連鎖芳鄰西餐廳，和平東路上師大往南走一些，這是我咖啡館生涯的起點，很多事的起點，包括麥田出版公司的成立，把我從幾乎是足不出戶的前半輩子家居生活給驅趕出來，成爲有身分有正常工作也有市場價格的社會有用之人；包括我「唐諾」這個不拿它當眞的筆名，便正式啓用於芳鄰，當時我同時使用三四個推理小說神探之名寫東西，賈德諾筆下「柯賴男女胖瘦私探」中這位賴唐諾是其中最倒楣最蹩腳的一個，「上輩子八成是橄欖球轉世的，每個人瞧見他都不自覺想踢他一腳」，我用這個名字來寫我以爲最不正經的NBA籃球文章，時爲一九九二年初，有一支夢都不敢夢的籃球隊要遠征巴塞隆納。

但眞正讓我懷想不休的，是那個皺著眉、對眼前新世界一切一切都專注認眞的大頭妹妹，那個掉落時間隙縫之中我再不可能尋回的四五歲女兒。當時，她就在龍泉街巷子內一家幼稚園該說上學還是玩（後來該處成了前立委朱高正家），每天早上我負責送她，再步行到芳鄰吃早餐並就地工作，如果待到下午，經常會碰到那時候的張大春和初安民，彼時的張大春還沒結婚也沒張容張宜，身體、時間和金錢都用得極奢侈，啤酒一瓶喝過一瓶；另外一邊固定座位則是兩位詩人，老的羅門和小的林燿德，記憶裡話說個不停像來不及似的永遠是已故的林燿德，但我不相信這其中有任何的逆料乃至於啓示。

眞正有隱喻意義的毋寧是，你以爲只是暫時性的、會先消亡的東西，奇怪卻留下來到今天，像我的出版工作和筆名；倒是你以爲可抵抗時間的，或至少你根本沒想到會改變的東西卻早早抵達終點。

我曾讀過著名科學作家湯瑪斯一篇有關生物死亡的文章。湯瑪斯說生命的死亡總是私密的、隱藏的，理論上死亡的數字是鉅大無匹的，以至於死亡應該是遍在而且時時刻刻發生的，然而除了窗沿裡牆角邊的偶爾細小蟲屍之外，我們其實甚少直接目擊死亡及其遺骸——當然，這十年來的台灣機率陡然升高了，尤其走過大樓底下得留神是否有人扮演超人飛下來已經是必要警覺而不是笑話了。

也許正因爲死亡的如此特質，我們於是需要更長的時間來看到它，長到——長到一方面你讓你年輕時好用耐操的身體器官開始朽壞，開始和死亡聲氣相通；另一方面，你和某些人

咖啡館和死亡

◎唐 諾

某些事物相處得夠久夠綿密了，你才有機會穿透死亡的羞澀本性，像除了守護束手無措的親人般被允許在場目睹它並且目送它。

我自己記得非常非常清楚，我不敢置信的、悲慟的初次認識到死亡這樣單行道的、不再回返的不講理本質是我小學五年級時。我們全家人去看一部好萊塢喜鬧片《飛天老爺車》，座位買到樓上第一排（彼時戲院分樓上樓下，如此格局也死去了），我駭然發現我已經完全看不清銀幕上的字幕了，而且知道今生今世會一直這樣子下去沒救了，我趴在磨石子短牆上偷偷流了一整部電影的眼淚，sad movie，臉上、手臂上乃至全身一片冰涼。

這個過早的，親密事物死亡的震動，種子般再沒離開過我的記憶，穿越了三十年漫漫時間，以一次又一次程度不等的死亡經驗來餵養它，最終在咖啡館寒涼甚或冷冽的空氣中長成再無力撼動它分毫的一株大樹。

其間，親人的真實死亡當然比較哀傷，但咖啡館的一再倒下，卻把人拉出窄絕的唯我小世界，讓你和遍在的、沒那麼直接相干的他者死亡建立起聯繫。我不曉得這算是某種更柔軟更富同情的體認，抑或就只是發神經病的早期徵兆，人，騎樓邊飛下來覓食的胖痲雀，冷清的店家，剝落了一兩片瓷磚的大樓，乃至於一整道街，一整座偌大無事的台北市，原來都會死的，都可能在你下一個眨眼時灰飛煙滅。整個世界顫巍巍懸浮在一道嘩嘩作響的河流之上，時間的河流，不回頭，不舍晝夜。

透明的時間，浸泡了死亡，最終浮現出它的形貌來了。

時間有了具體形貌，便不是空洞的可計算了，而是實感的、有內容有細節的在在體認，終點不是邏輯上理性層面知道必然會來的那個數學點，而是時時刻刻發生分期繳付的——這是雷蒙·錢德勒講的話，亦是他著名小說《漫長的告別》書名的大致意思：「告別，是每次死去一點點。」我們，就說以這一顆跳動的心臟爲中心，然後身體，四肢，家人親族，朋友同事，識者與不識者，生物學意義上有生命和無生命的……，死亡是一步一步不慌不忙走近來的，剝洋蔥般一次只取走你一點點，有點像傅柯講的技藝高超酷刑劊子手一般，它知道怎麼延遲時間，夠你盛裝得下悲傷，而且在你眞正安然休息之前，先把你眼前世界熟悉的東西取走，一樣一樣換成你陌生的事物。

訪舊半爲鬼，你當然可以找另一家咖啡館去，一如你可以再婚，像《聖經》中約伯般再生更多更好的新子女，可以重新交友，重新建構一個家並重新認識一個城市云云，但這不僅僅需要時間，還需要體力，更需要情感。不是不可能，而是不得已，你多少也會勉強自己抖擻精神來，但你心知肚明距離你跟自己說算了的時間已然不很遠了。

時間、體力、情感都是消耗品，尤其是情感，這是存量下降最快、最難補充的部分。因此，偌大世界，偌大城市，比起彼落的遍地咖啡館，你眞正能選用的、安心在裡頭書寫、讀書、補充咖啡因並喘口氣的也就那麼寥寥有數幾家了。這些原本長得都一樣毫無個性可言的尋常咖啡館，只因爲你活該進入了，裝塡了你不可逆轉的生命活動，不知不覺中成爲獨一的、無可替代的，也因此脆弱無比。

咖啡館和死亡

◎唐　諾

年輕時候讀《聖經・啓示錄》，非常非常痛恨那些宣揚教義的這樣不擇手段恫嚇人，但到得現在這個年歲，你已經完全不怕它了，因爲它不會先來，或者退一步說那種天地異變、轟然一響的劫滅方式就算不幸先來，倒也不失之爲乾脆磊落不是嗎？米蘭・昆德拉在我這個年歲時便狠狠嘲笑過這種壯烈的崩塌死亡方式，他以爲，死亡哪需要這麼戲劇性這麼災異意味，而是無聲息的、逃逸出你眼角的、退縮到角落的消亡，事實上，沒了聲息、不再被留意被注視、從人的情感記憶和想望中退出，基本上就是死亡了。

我坐在咖啡館中，偶爾停下筆來看一眼奄奄一息的外頭台北市，偶爾和此時此刻想林燿德生前玩的「城市／廢墟」論述，不免笑出聲來——再清晰不過了，我曉得昆德拉講的一定才是對的。

——原載二〇〇四年二月八日《聯合報》

霍斯陸曼・伐伐／

那年，我們在金門前線

霍斯陸曼・伐伐
漢名王新民，台灣原住民，1958年生。屏東師院數理系畢，曾任國小教師主任。著有《玉山的生命精靈》、《那年我們祭拜祖靈》、《黥面》、《中央山脈的守護神－布農族》等。曾獲吳濁流文學獎、台灣文學獎小說評審獎、南投縣文學創作獎小說正獎、台灣省文學獎短篇小說佳作、原住民文學獎第一名等。

1

學生時代，在學校的圖書館看過不少「光榮入伍」的照片，其中更以「高沙義勇軍」的照片令人印象深刻；單調的黑白和一張張慌張無助的面孔，讓身爲同胞的我心中覺得虛幻莫名。

當我入伍的時候，懸掛彩帶及拍攝留念似乎已不再流行，族親們甚至不知道我是哪一天入伍當兵呢。

記得那天是鄉運的最後一天，鄉公所聘我爲競賽裁判員。到了傍晚，眼看秩序冊內的項目即將比賽完畢，自己也感覺責任已卸，十分輕鬆。一位陌生人走到面前。「王××嗎？」音調宛如秋風般的冷漠。「今天唯一的客運班車已經開回山下，我們現在騎乘摩托車趕到六龜過夜，明天搭乘客運車前往楠梓車站，入伍專用的火車會在那裡等你。」後來才知道陌生人是鄉公所兵役課的課員，主管入營當兵的業務。我想跟親朋好友道別，希望明天一大早再前往楠梓車站，但他不接受。「你不會不想去當兵吧！這是很嚴重的事情。」陌生人的臉上莫名的驚慌起來，彷彿看見沾滿黏液的大蟑螂。「當兵是國民的義務。」我聳了聳肩，背出了考試最標準的答案。「準備一下，我去拿摩托車來……。對了，別帶多餘的東西，部隊裡什麼都有，一切都是免費的。」他輕鬆的笑了起來。彷彿「一切都免費」的承諾讓他感到十分驕傲。

2

新兵訓練結束之後，緊接著就是以抽籤的方式決定所屬的部隊。訓練班長冰著臉說：好籤可以讓你在崗哨上看到自己家鄉的影子；壞籤則會讓敵人看清你的五官，你們自己祈禱吧。壞籤似乎特別多也特別眷顧我，我不偏不倚抽中了剛剛移防金門的陸軍部隊。從此之後，二年的軍旅生涯不但無法回家探親，更讓我這張很原住民的長相被敵人看得一清二楚。

六、七〇年代，兩岸對峙的氛圍仍然持續著。戰地官兵必須……戰地應該……等更是長官訓誡的口頭禪，加上對方「單打雙不打」及我方「雙打單不打」的砲擊事件，讓我們相信長官所有的要求和磨練都是爲了保住我們的小命，心中沒有一絲懷疑和怨言，只有堅定的服從。於是每當對方實施砲擊前，我們躲進防空洞的動作總是快速又安靜。

不知道是習慣帶來的慵懶還是大家已經明瞭對方射擊的是空包彈及砲宣彈，我們這些菜鳥很快學會了老兵面對砲擊的態度，一種事不關己、無關痛癢的灑脫心態，這種態度跟金門同胞一模一樣，不過金門同胞會在砲擊停止的第一秒，勇敢的奔向野外的彈落點，因爲散落的彈片可以做出好價錢的金門菜刀。後來當我退伍的時候，買了四、五把金門刀分送給親友，他們對刀的鋒利和耐用都讚不絕口，滿心感恩哩。

入伍半年之後，雙方的砲擊行爲突然在同年同月同日十分有默契的停止，彷彿雙方簽了合約似的。從此之後，軍人的腳步放慢了，無意間的抬頭也不過是被北方飛來的候鳥所吸引；金門同胞再也不要利用夜晚偷偷跑到彈落點撿拾彈片，每個夜晚都是好覺，到了隔天人人精神飽滿，聚在街道的角落，批評對岸停止砲擊的不是。

3

「奉金防司令部命令：自×月×日起，各班據點、排據點白天之衛兵從二小時改爲四小時，夜晚照例。其餘班兵一律前往連本部改上莒光日課程。」離對岸僅有一千五百公尺的海岸班哨，居然只要單薄的衛兵防守，我心中雖然猜不透其中的原因，但是心中卻有著不祥的預兆。

簡單樸實的中山室，許多士兵緊盯著前方的小電視，模糊紊亂的螢幕上呈現的是，「占滿街道的暴徒手持棍棒、鐵器，緩緩擠到沉穩不動的憲兵弟兄，鏡頭斷訊之後，螢幕上立刻出現棍起棍落、亂成一團的畫面。維持秩序的憲兵弟兄禁不起無情的攻擊，有的昏眩倒地，任人踩踏，有的則蹲在角落掩面止血；暴徒依然窮追猛打，毫無同胞情誼。」看著傷痕累累的憲兵弟兄，許多激動的官兵淚水打轉，死盯著螢幕，緊握的雙拳隱隱抖動。

這是我們國家現在的亂象。連輔導長雙眼泛紅並以最難過心情做出總結。島內有一撮人受到敵人的誘惑，不時以顚覆政府爲職志，最近更變本加厲的煽動善良卻無知，熱情卻盲目的民眾公然挑釁政府的威信，這種匪諜般的叛亂行徑，我們不但要唾棄，更要提高警覺，以最大的力量消滅他們邪惡的企圖。

分組討論的時候，官兵們個個情緒激昂，每個人幾乎都發表了自己的意見。

「我們離鄉背井來到最前線當兵，為的就是保衛自己的同胞，這些人竟然背叛我們，與敵人裡應外合，眞是可惡極了。」一位即將退伍的老班長首先發難。

「憲兵太軟弱了，什麼『罵不還口，打不還手。』這樣更會助長這些暴徒的氣焰，我建議上級長官，應該調派我們步兵，以『死守第一線』的精神將暴徒一一清除。」

「為什麼還有人意圖替這些叛徒脫罪？這種滔天大罪不需要受到法律的懲罰嗎？這些人懂不懂天理？人間還有沒有公道？」有些班兵對替犯人辯駁的律師感到厭惡。經過密集的莒光日教育不但讓大家明瞭國家處境的艱難，也讓大家保衛國家擁護領袖的決心更形堅定。

如今，再回想當初的情景，我心中總會浮現一個問題；是當初的時空沒有天理和公道？還是現在？雖然我早已知道：我生活的這塊土地，經常為了事不關己的外來事務而緊張、而慌恐、而犧牲。我也知道：這塊土地的眞理公義有時候會在特殊時空裡以變形蟲的醜陋態勢存在，失去了放諸四海皆準的普羅價值。但是我確信的是：這段奇怪的歲月我曾經過過。

4

「咚！咚！咚！」某天的凌晨，一陣急促的敲門聲。「報告！頭仔，快起來，對岸打過來了！」夜間衛兵竟然擅離職守的衝進碉堡，看著衛兵極度驚慌的表情讓我不忍苛責，又擔心他說的是事實，抓起衣服走出碉堡，朝著對岸望過去。黝黑的夜空，海象十分平靜，對岸卻熱鬧響起陣陣砲聲，密密麻麻的火光在他們的天空開花般的閃爍，我鬆了一口氣。「那是沖天炮。對方搞什麼鬼？」我順手敲了衛兵的肩膀，那張稚氣的臉又現出驚慌的表情。

第二天，眞相大白之後，全金門的士氣都被對岸那一串串沖天炮擊垮。因爲金門的指標性部隊——「馬山連」的連長突然「敵前叛逃」，游到對岸去了。

那位連長是我們全部隊的榮譽和榜樣，套句E世代的語言，還是整個國軍的「當紅炸子雞」呢！當初他捨棄人人稱羨的台大名系轉讀陸軍官校，「投筆從戎」的壯舉驚艷於全國。在部隊裡，更是師長百般疼惜的寶貝部屬，許多的場合，都會看到師長帶著他四處巡查各部隊單位的業務。師長是留美喝過洋墨水且專精於飛彈應用的科技將官，由於才華橫溢，因此師長看起來總是意氣風發、自信十足，當時我們認爲這樣的長官疼惜飽讀經書的下屬應該是天經地義的事情。但是經過這位連長的叛逃行爲之後，我在電視上看到原本意氣風發、前途一片看好的師長，神情落寞的站在蔣經國先生的後方，部隊的上校旅長因那年的考核不佳而喪失晉升將官的機會，年輕幹練的營長更在我未退伍之前，就奉令提早退休；許多戰地前線的硬漢、指揮官一個個灰頭土臉、鼻青臉腫，幾乎面對丟官回鄉結束軍旅生涯的悲慘下場。

二十年後，我在電視上看到那位連長居然以中國的著名專家出現，並表達想回台灣陪老爸走完人生最後一段路，但是又怕遭受軍法審判的無奈心情。又說：當時是迫於心靈深處一份對歷史的使命感，因此當初脫離國軍投入對岸的行爲，實在是歷史所造成的錯誤。聽完之後，我的心情眞是五味雜陳啊！我想到許許多多以軍職爲榮耀、一生從戎、閃耀軍人本色的長官的下場；想到當時軍人的義務就是反攻大陸、解救同胞，完成歷史的使命。想到他敵前叛逃之後，整個金門前線日夜不停大規模展開「雷霆演習」的日子，雖然意義大於實質的表面工作，因爲我們都知道他已經在對岸，島內演習根本找不到逃犯，那只是上級要讓全體官兵知道，上級長官對叛逃行爲是如何的憎恨，並藉以消弭數十萬官兵心中那一份疑惑和不平罷了。

看著那位連長理直氣壯的以歷史之名試圖美化自己的行爲。我倒是想提醒這位聰明人：歷史是一張白紙，其中的對錯都是人搞出來的。這位聰明人的行爲卻讓師長、旅長、營長等人被動的面臨巨變，並在他們的人生史上加上了無可彌補的恥辱，這些人又情何以堪呢？

有人說：當兵會讓人堅強、獨立和成熟。但是「虛僞的戰地前線氛圍」、「敵後捅刀」和「敵前叛逃」的經驗和結果，確實讓我迷惑了一段時日。不過我始終清楚的記得：我這個獵人的後代，曾經被帶到一個沒有獵物的假獵場，心中還充滿熱情的準備好好狩一場獵呢！

從傳統的部落生活到繽紛冗雜的都市生活，這樣的歷程讓我的生活經驗和閱歷確實多元又精采，其中令人動容的故事比比皆是，唯獨在金門前線當兵的日子卻讓我耿耿於懷，久久久久，不能自已。

——原載二〇〇四年二月九日《自由時報》

蘇偉貞／
時間特區

蘇偉貞
廣東番禺人，1954年生於台灣省台南市。政治作戰學校影劇系學士，香港大學中文研究所碩士。現任聯合報副刊副主任兼「讀書人」周報主編。著有《紅顏已老》、《離開同方》、《沉默之島》、《魔術時刻》、《孤島張愛玲》等。

又一回，你走到人口密度盤踞世界頂端不下的香港，動感之都。遊魂的腳步隨人潮湧向商城，並切進一家居家精品店，你在開放式空間挪移，至一隻五公分見方盒形旅行鐘前停住，於一旅行特區裡建立時間刻度，關上盒子，也就關上接觸。你是這麼想的。

盒形座鐘黃金顏色，價值感十足，解釋著「掌握人生」、「時間爲你所擁有」云云。但香港與台灣並無時差，鐘面凝凍難以言說的並時關係。旅行時間總是好用而不夠用，光是被允許擁有新的時態，就眞教人放心了。娘胎帶來的，嬰兒期你每到黃昏便躁動不安哭啼不止，一個傷心的嬰兒；大了帶著渾身不耐與周圍摩擦，彷彿被烙印錯置的生理時鐘的人身，說不出的難受。你理想中的生命與生活，是一個沒有時差的世界。

鐘面的指針就在你恍神之際卻分明跳動了一格，是活的！刻度與刻度間，蘊藏密度如此高的時程，眞教你好好奇，必須以怎麼樣的生活回應。那一刻，在數百坪店內，多項商品裡，你獨獨爲五公分立方界面停駐，難以置信人間有如此美好的時間象徵，彷彿你終得一回天機站在眞相面前。

卻同時在心底十分世俗的盤算要不要帶走它。你清楚意識到，那不過就是時間的具體化，行旅中手裡握著最多的，就是空白時間啊！不斷回望，如南來北返的候鳥。結果已經確定，你將掉頭由偏門離開。雀鯛科卵形光鰓雀鯛棲息水流強勁的陡峭大礁，以腹部朝向礁壁倒游。某些東西流失了。

◎蘇偉貞

鐘面吸納時間光束，那小小界面，輻射寧靜深海流域，你聆聽極幽藍浮游生物、巨型水母熒光酶燃燒的聲音，繁星四射掠過海草軸孔珊瑚礁縫。146 146 146 146 146 146靜定流水密碼；是的，〈上帝恩寵〉裡，癌症末期的病人安慰不捨的至親說：「愛之外，一定還有別的。我想去看看。」人生旅程即將結束。

深海帶，小帶鰂科，瑰麗塘鱧，體扁延長，小口，幼魚通體透明，背鰭寬大對稱如協和飛機，尾鰭月形，頂流棲息礁石區洞穴上方。水裡是最好的無重力浮游場。

旅行時間也是。

被鐘面磁場吸住，如此傾心只爲來日，而你當時並不知道。以爲不過是一場眞實的旅遊與逸出。浮出水面，你大呼一口空氣，理智與情感等重，經驗告訴你不買回去將是後悔的開始。在你居住的城市，你一貫服膺簡單即是美的信條，從來擠不出空閒及心情去逛去珍視這些標識著生活品味的物件。

只是沒想到，有天你一覺醒來，不再順時針走的界面上，如生死簿與生死時間直面相對。你想起那句流水密碼：愛之外，一定還有別的。我想去看看。

「這裡不是很好嗎？現在不是最好的狀態嗎？」你眞不解。在不該結束的斷層，總該給出一個正大理由或暗示，沒有。好吧，就算上帝給過你一次隱喻，讓你猜一次，一個人五年內因兩種癌症住進同一間病房的機率有多大？

而且，爲什麼不是在消費性旅途不在喜酒筵席同學會平常聚餐甚或一場好玩的交際舞比賽，而從醫院開始？

為什麼是他出事？不是一向疑神疑鬼這裡疼痛那裡長期失眠的你？且發生在節制的家常生活中，並沒出遠門或經常狂歡。時時刻刻啊！疾病的隱喻與威脅。

正要出發而非抵達

比擬巴勒斯坦最雄健的代言人薩依德（Edward W. Said），一九九一年九月初，他在遙遠的英國倫敦與流散四處的巴勒斯坦人研討巴基斯坦民族自決的集體目標，大家自說自話，失望之至他抽空給美國紐約的妻子電話，得到罹患慢性淋巴性白血病的噩耗。人在異域啊！他怎麼撐住的？他寫信給母親，寫到一半作罷——他母親已去世一年半了。病情逐漸加重，他帶妻兒重訪離開四十五年的故園巴勒斯坦。「儘管恐懼，我還是製造離去的場合。」薩依德還說：「你如果現在不出這趟門，不證實你的流動性，不放縱失落迷途的恐懼，不凌越家庭生活的正常節奏，你在最近的未來一定是不會有機會的。」

一定是不會有機會的。你只是沒料到，因為他是正要出發而非抵達，哪都還沒去啊！

一切都計畫好了，中秋節過後第二天就飛去華中一帶黃山上海大連再出關東到長春，你們這些年每年候鳥般的路線，世界之大哪都不想去，如果沒有在地三兩好友，旅行就像登陸月球無重力無著落。計畫中旅程一路落腳處且早都興致地聯絡妥當，毫無異狀或不舒服，只是食慾降低加上打嗝。

時間特區

◎蘇偉貞

一開始就有了結果。

那天你坐在桌前寫稿，玻璃窗倒影他拉開衣櫃尋什物，你納悶：「難道在收行李？」他出門一向畏煩，無論怎麼勸，即使去酷寒的中國東北行囊也只准塞三兩套換洗衣物，怎麼可能七早八早準備行裝。他倒若無其事鎮定：「可能出事了，我剛吐了一大口血。」馬桶裡一大攤鮮血。這回，傳說中的火車站心情被證明曾經上演。是班雅明的話：「如果不能在火車站長久地等待火車到來，旅行似乎也少了最大的樂趣。」這麼說好了，對那些留下的人而言，再也沒有去而復返的旅者了。你呆呆被釘死，他繼續平淡說道：「這衣櫃永遠找不到要的東西。」他稱之爲你的收納功夫就是永遠不讓他找到。永遠不歸位沒秩序。他說，散漫。「散漫不會死人。」你抗辯。

及時奔進最近的醫院急診室，他就是在這裡看了一個月的胃，什麼也沒有做，總是十秒鐘結束診斷，取了胃藥處方箋，二周後再來，最直接的胃鏡檢查都沒做。

同間醫院，打止吐針，照X光，禁食。你遠遠望見X光片，人體作惡終於曝光。那晚，他一個人留置急診室等候明早做胃鏡。（這檢查會不會來得太晚了？）且把大家都掏走：「又沒什麼大事，全杵在這裡做什麼？放心，死不了，讓我好好睡一覺。」只有你知道，燈火通明，他無論如何不可能好睡。離開前他要你留下菸，你整包拿走：「水都不准喝還抽菸！」皮夾一起沒收，免得自己去買。半夜，你又跑去急診室，偌大疲憊的空間，衝面一股血腥味，他閉緊眼皮，突然就睜得老大，把你嚇一大跳：「嘿嘿，還想突擊我！」他說。眞沒道理，該恐懼的他總有本事吃得飽睡得著。

天剛亮，你再度回到醫院，他早醒了，已經看完兩份報紙，你不想知道任何事覺得天塌下來可能會更好。有一個你不知道的重要時刻正逐漸潛近，你已經感覺到了。於是像是時辰已到你腦海開始倒帶看到旅行之鐘片段影像。這回，他將被納入一次永遠的旅行時程？有一個專屬的刻度。

一直等一直等，彷彿可以就這樣永遠等下去。他則四處走動，停不下來且絲毫不擔憂，「爲什麼他總像準備好了的樣子！」每回他逛到你身邊，你一定都如此想。隔床再隔床是個不斷哀鳴的好老的老太太，印傭還是菲傭陪著像疲憊的女兒，天亮了，老太太眞正的家人精神地陸續來到，老太太不哀鳴了；對過病床是對小情侶，一會兒男的睡病床上一會兒女的，帶著三隻布偶無尾熊、Hello Kitty、維尼噗噗熊，相親相愛完全看不出生病倒像度蜜月，年齡、行爲都違法；隔壁則是一位中年太太，被通知照胃鏡，都送回病床等報告出來沒事要出院了，你們還候著。她不是比較晚進急診室嗎？這時候你關心的竟都是這些芝麻蒜皮。

又是不相干的聯想

一會兒他不知道從哪兒繞回來：「我的皮夾呢？」他要買菸，你還是那句：「你在禁食記得嗎？水都不准喝還抽菸！忍忍吧！」他又走開去，你毛躁來回於急診室踱步，突然意識到他口袋有零錢。

◎蘇偉貞

尋出去，老遠，醫院外頭牆角，背景是捷運站人潮，頭頂上，一班捷運車廂正要離開還是進站，轟然作響，襯托人潮被巨大聲浪包圍著，他孤單在角落抽菸。背鰭寬大對稱如協和飛機尾鰭月形，瑰麗塘鱧。

不久之後，你們知道了檢查的結果：食道癌末期。又是不相干的聯想，他在醫院門外抽的那枝菸，將會是最後一枝菸？

逃難般你們迅速離開那裡，你對那醫院的憤怒注視像放了一把火。

你們轉進五年前住過的癌症專門醫院。你沒帶錶或鐘，閉了行動電話，關上病房門，拉攏窗帘，你進入了一個怎麼樣的狀態？走廊很安靜，如投宿在一間隔音阻絕管理佳的五星級旅館。你甚至想打電話給服務台請他們 Morning Call。

忽然，你就在醫院住滿四個月。從秋天住到冬天並跨過一年。先期每天早上叫他起床上學似讓他驗血吃藥做電療推到各類檢查儀器門外等待，行行重行行。這還不夠煩惱似的，他曾經在你面前要把戲似的十分鐘不到體溫遽升到攝氏四十度，瘧疾打擺子般巨大發抖，要拆卸那張床，生命的溫室；中期在醫院換導尿管不當引致尿道感染併發急性敗血病後送進加護病房，「這麼大的醫院！」你咬緊牙關，什麼都碰到了，好後悔爲什麼在那倔強的護士第一次裝導尿管失敗滑落，第二度換導尿管又失手讓尿管頭掉在地上時不立刻制止她？

生命之鐘赤裸透明

是的，即使發生在你面前，你仍然徹底束手無策，像你親手把他送進加護病房。有段時間，你完全失去他的消息。後來你被允許進入加護病房，他躺在一個沒有鐘面的時間長廊腹部，這座生命之鐘赤裸透明（小帶鰷科瑰麗塘鱧幼魚通體透明），得以直視機器齒輪轉動，但是不再給出時間。

只有生命本身還在運作。你簡直快瘋了，這如工業一般的醫病系統，被大量複製的鐘錶，不復精緻。之前大脫水引至腎衰竭，病中之病皺褶時間裡，失而復返的生命訊息，你們卻難得的有了此生單獨相處的機會。

你瘋似的逮到機會便特吃狂吃，永遠不會飽。固執的相信可以感染食慾下滑的他：「你看，連我都那麼努力在吃。」他也曾在聞到食物味探頭過來：「這是什麼？」速食便當重口味：「你不能吃這個。」稀飯吃得有一搭沒一搭：「那小包裝的是胡椒粉？」你的胃藥。

薩依德終於在得知將死消息十二年後的九月過世。「無論怎麼樣，是你自己要走的，但你還是擔心離去是被拋棄的狀態。」他亦沒能逃過這個集體目標最後要赴之地。終其一生無有應答。

他呢？再說一次海底生物瑰麗塘鱧，背鰭寬大對稱如協和飛機。尾鰭月形。頂流棲息礁石區洞穴上方水層，遇問題立刻逃入洞穴中。紅紫鸚哥魚，具性轉變，先雌後雄。人人都有保護層，他沒有。

事情發生了，你從來沒問過他，是什麼意志支撐他又創造了一次回來的機會，最終目標是什麼？身體如此神祕，他的身體。這下連醫生都不解了，套一句安納托・卜若雅（Anatole Broyard）回憶中醫生的話：「我能說些什麼？我能告訴病人的只是事實，如果有事實可言的話。」

走開又回來。再是私人國度私人時間，終歸仍在人間掙扎。於是你總是行色匆匆，急於趕到一個封鎖的時間特區。跨年晚上，倒數計時煙火聲遙遠綻放，一次爆炸，你聽見了，轉頭尋去，什麼也看不見。你知道聽見時間過去之聲。

你無數次理性化死亡復不斷探勘悲慟指數，面對他的生死你無法世故，你總是保持警覺不斷詢問：「爲什麼？」爲什麼的理由你早知道。沒有死亡是不充滿憤怒的。你也一樣。

於是，到了旅行終點，關起盒子，便關上時間。你們落陷在生命的莫大時差。爲什麼那次，你就是不肯買下那隻黃金座鐘。

行行重行行，與君生別離。

——原載二〇〇四年二月十四日《中國時報》

陳玉慧／
父　親

陳玉慧

1957年生，法國高等社會科學研究院歷史系碩士及文學系碩士，語言系博士班。曾參與歐美重要劇場的表演和實習，在台灣發表過多齣自編自導的舞台作品。十七歲開始寫作。移居德國後，從事歐洲特派員工作，除了中文寫作，也在德國媒體發表作品。文學作品：《失火》、《徵婚啓事》、《深夜走過藍色的城市》、《我的靈魂感到巨大的餓》、《獵雷》、《你是否愛過》、《巴伐利亞的藍光》、《你今天到底怎麼了》、《我不喜歡溫柔（因為溫柔排除了激情的可能）》等。戲劇作品：《誰在吹口琴》、《戲螞蟻》、《謝微笑》、《歲月山河》、《離華沙不遠》等。

有時我覺得我已把父親殺死了。

過去有好多年中，我不知道我父親是否還活著，我也不在乎。

有一派心理分析理論說，有些人長大以後，有一天就得把自己心裡的父親形象給殺掉。我看過一些心理分析醫生，但仍然搞不清楚，到底我做了什麼。有時，我覺得我還在尋找一個父親，一個可以安慰我、引導我的人。但有時，我認爲我已經在心裡把自己父親殺死了。西方文學戲劇中不乏弒父的例子，而在中國的文學戲劇傳統，充斥太多父女的衝突，許多父親強迫女兒嫁給他選擇的對象，造成父女決裂的悲劇，但是沒有人殺死父親。

我的父親還活著，他沒死。一九四九年，他從中國來台灣，他曾經以爲會暫時居住的地方，他住了大半輩子，八七年他決定回去中國，打算終老在那裡，但那裡的親戚不歡迎他，他雖然投下他所有的積蓄，但他們討厭他，叫來國台辦的人將他驅逐出境，我的父親鬱鬱寡歡回到台灣，他一回來便得了巴金森症，因爲病得不輕，只能住進醫院。

我的父親幼年喪父，他一輩子要一個兒子，卻生了一個又一個女兒。我就是那個最不「孝順」的女兒，二十二歲到巴黎後，我再也沒回過家。

你應該原諒你父親，也有另一派的心理醫生會這麼說，幼年喪父的人總是渴望繁衍子嗣、傳宗接代。我卻做不到，我的父親不是父親，他很少回家。當他回家，他會把我趕出家門。或者，他因熱戀而把我們正在住的房子當成禮物送給別的女人，連通知我們都沒有。

我的童年在去外婆家前的夏天便結束了。那一天，父親帶我去找一個叫蘇明雲的女人。

父　親

◎陳玉慧

我記得很清楚，那是一間榻榻米房間，我躺在榻榻米上，一個阿姨穿著內衣裙走過去。我記得一張和母親截然不同的臉，白瓷般的皮膚，母親皮膚黑，很多人都叫她黑貓。我從榻榻米上仰視著，房間裡什麼都沒發生，這個世界也什麼都沒發生，阿姨給我糖吃，她一直笑著，我的父親坐在房間的另一邊，他們輕聲說話，我們準備要離開。

「是不是在新竹？」我的母親嚴厲地問我，她打我的手心，因爲我不能說出所有的細節。她後來好多年還在問，是不是換了兩次公路局的車？在那個房間裡停留多久？我全不記得了，我說。我的母親告訴我，「那是因爲妳睡著了，妳總是在人生最重要的時刻睡著了。」

●

我的父母在我們面前吵架，然後，父親把餐桌上的碗盤全摔在地上，不但如此，他還用鍋子捶打母親的頭，母親抱著流著血的臉蹲在地上，父親才意猶未盡地轉身離去，我驚愕地發現，我的童年還未開始便已結束了。

在那之前，每個晚上，我總是等著父親回家，我常等他等到睡著，他半夜回家，我如果聽見便會起床，以睜不開的睡眼偷偷看著父親，我渴望他的出現，我渴望他的關心像沙漠旅人渴望水。但父親責怪我三更半夜還不睡，他把我推回臥室，他並不理會我，他從來沒想到我。他已成爲空洞的人，他的心肝都已被掏空了。

「一個中國父親不應該隨便向孩子顯露情感，父親有父親的威嚴，」長大後，我的母親這麼說，「父親要有父親的樣子」，我痛恨她的懦弱，不管父親如何對待她，她仍然向著他，爲他說話。

一個中國父親？「他不是住在台灣嗎？爲什麼是中國父親？」我和母親頂嘴，但她回答，「他是大半輩子住在台灣，但別人不都還叫他老芋仔？」他們說台灣是番藷，中國是芋仔。

我很想知道一個父親該有什麼樣子？我也很想問父親，他以爲一個父親該有什麼樣子，我從來沒問他。我後來知道，他終身在扮演丈夫和父親，或者他只是扮演他自己，這個角色如此難以飾演，且他不知道這個角色如此難以扮演。我是明眼的觀眾，我看出他的演出破綻。他死也不會知道我看出他的破綻。

•

五歲那年，母親把一些我的用品裝在一個提包，父親到街上叫了一輛三輪車，他與三輪車一起回來，他們把我交給來接我的外婆，外婆先坐上三輪車。

那時我不願意離開他們，我先站在家門內不肯踏出門外，父親等得不耐煩後，終於用力拉著我，並把我抱上三輪車，在三輪車上，我嚎啕大哭，到了車站後我不願下三輪車，外婆生氣地說，「這都是阿山仔留給你的壞個性，查某囝仔，你愛改呀。」這句話她跟我說過好多次，她有時說日語，有時閩南語，有些時刻我仍聽不懂她在說什麼。

兩年後回台北，父親不見人影，偶爾才半夜回家，大部分時間都不在，而母親總是心情不好，鐵著一張臉，很多年後我才知道那是憂鬱症，那時如果我們惹她不高興，她便用雞毛撢子打我們，我最不聽話，所以也最常被打，常常身上都是瘀血，夏天上學時只好故意穿長袖和長褲，老師幾次告誡我必須穿夏裝上課，我騙她我得了怪病，不能曬太陽。每次的瘀血大約都要十餘天才會消除。

那時的我不覺得奇怪，因爲父親回家也常常打母親，他用整張椅子砸向她，或用他的皮帶抽打，母親從不反抗，我感到莫名的恐怖，常常半夜驚醒，想離家出走，我不理解爲什麼母親不能反抗父親，反抗是必要的呀，我必須反抗，如果母親打我，在傷痕未消退前，我決不會跟她說話。但我有時想，我遺傳了他們的暴力，我把暴力一直積儲在內心裡，我不知道自己哪一天會像炸彈般炸掉。

•

母親留在陰暗的房間，也逐漸成爲一間陰暗的房間。她躺在陰暗房間的床上，有時她會煮一大鍋菜，她自己什麼都不吃，那是讓我們帶便當或晚餐，她每天給我們五元，我們得用來買麵包和牛奶，我都把五元留著，多半用那些錢去集郵社買花花綠綠的郵票，我寧願挨餓，上國中時我的集郵冊已滿滿三大本，然後突然就失去興趣了。

外婆三和綾子從大甲來看她的女兒。她和心如坐在客廳那張假皮L形還破一個洞的沙發上，沒有人說話，然後，心如從錢包裡取出幾百塊新台幣要我姊姊收下，姊姊立刻掉頭跑開，只因爲我剛進門，心如立刻將錢塞給我，外婆還拿出一張符紙，她說，「貼起來吧，我去和媽祖求來的，是求夫妻和好、家庭平安。」母親開始流淚，她說，「媽祖已經不理我了，你不必再求了。」

外婆說，她會再去和七娘媽求求看，然後便和心如走了。大姊便從房間跑出來，搶走我手上的鈔票並用力丟在地上，「你爲什麼要收心如的錢，你會讓外婆覺得我們很可憐！」「我們是很可憐嘛。」我向姊姊頂嘴，她氣呼呼地走回房間。

我已記不清楚，母親那幾年究竟怎麼度過，她去了醫院幾次，與自己的母親三和綾子大吵了一架。從此她便變老了，她變得很老，奇怪的是，父親去監獄後，母親的憂鬱症反而好了，她離開了陰暗臥房，每天積極地爲父親的事奔波。後來父親返回中國老家，母親才死了心。

十歲那年吧，長年在外的父親有一天突然回家，他要母親做午餐，他先是埋怨母親動作太慢，又責罵她廚藝不精，最後，他要我把飯從電鍋中取出，因太燙我將煮熟的飯鍋倒在地上，父親沒有打我，他說我可以走了，我以爲他要我回我的房間，但他跟著我到房間門口，他一字一字地告訴我，我必須離開這個家，必須滾出去，我走的時候腳上連鞋子也沒穿。我一個人在外面走了一天。我無處可去。

父　親

◎陳玉慧

那事件發生以後，我從來沒和他談過話，他問我什麼，我必恭敬回答，且使用「您」這個字。我從不敢看他，如果他剛好回家，我便躲回自己的房間，我們都不說話，他也沒話要告訴我。我的父親以前沒當過父親，他不知道應該如何當個父親，他沒當過我們的父親，他有太多人生問題，他來不及處理，還沒有時間管我們。

我是那個宣稱沒有父親的女兒，失去父親的女兒，無政府主義者的女兒。我可能跟我的父親一樣不負責任，遺傳了他所有的缺點。我討厭聽他說話，他總是自以爲是，他說謊，而且自己還相信他說的謊言，他不斷地背叛母親，頑固堅持，死不悔改。

然後，我父親再也沒回家了，母親沒告訴我們他去了哪裡，一些年後，我們才知道他是「可怕」的「匪諜」，他去了他該去的地方——景美看守所。

國二那年，有一個數學老師下課後叫我到教員休息室，我走了進去，那位數學老師正在喝茶，他喝著泡在玻璃杯裡的茉莉花茶，把茶葉吐到他自己的手上，他看著茶葉，問我：你父親是不是馮信文？我點點頭。他繼續看著我，「你知道你父親是什麼樣的人嗎？」我默不作聲，他提高聲調，「妳說呀！」我茫然地搖搖頭。

數學老師看了鄰座一位教三民主義及軍訓課的老師一眼，他又喝起茶來，我很拘束地站在他們面前，數學老師笑著說，「你想一想你父親是什麼人，你想一想。」我說，「對不起，老師，我想不出來。」數學老師開始以犀利的眼光瞪著我，那眼光令我害怕退縮：「你的父親是狗熊，你不知道？」

我的父親是狗熊？數學老師和軍訓老師大聲笑起來，我眞想在他們面前消失。我眞想逃走。後來我發現似乎大家都避著我。我不敢再去上學，終於決定不去上學。好幾個禮拜都在家裡休息，母親問我爲什麼，我一直不敢告訴她原因，母親後來知道原因，要到學校替我興師問罪，我怕她去，就恢復了上學，但我在學校一直沒有朋友。

我從來沒去監獄看過我的狗熊父親。他不要母親讓我們看到他灰頭土臉的樣子，他在監獄寫信給我們，假裝他在南部上班，「要好好讀書，遵從汝母的教誨。」妹妹們還不懂事，姊姊每次讀信便哭，我根本無所謂，我覺得他不是寫給我。他的信不多，自從我知道他眞實的去處後，我連他的信也懶得再瞄一下了。

•

十七歲那年，我父親從監獄回家，他變得很瘦很沉默，他早已失業，沒事便一個人在家讀《聖經》或寫書法，聽說他在監獄裡受了洗，他回家那天，我從學校回來，看到他把他在監獄裡習作的書法貼在牆上，那是《聖經．哥林多前書》談愛的一段，我很不服氣，我覺得他根本沒愛過人，怎麼可以把愛貼在那裡。

他回家後不久，便把母親的神明壇拆了下來，「不可拜偶像。」他嚴肅得如同一個牧師，母親很慌張，她把神像燭台全收在箱子裡，改成初一十五去廟裡祭拜，她說，「你父親眞是荒唐，荒唐，他不知道他所以能提早出獄全是媽祖的庇佑呀！」父親不知道，父親也不想知道，有一天他不小心在箱子裡看到神像，他便把他們全扔到垃圾筒去，正好我看到了，我偷偷收藏起來，甚至把其中兩尊神像帶出國。

那就是千里眼與順風耳。

他從監獄回來後，有一、二年都留在家裡，那是我的青春叛逆期，我討厭看到他，放學後，我總是一個人到處晃蕩，在書店或圖書館逗留，我回家時，他不是安靜地坐在電視機前便是掃地或讀報紙，「爸，您看報紙啊？」我經過他時會這麼問。「嗯，看報紙。」他也會這麼回答。或者，「爸，您掃地啊？」「嗯，掃地。」

有一天，我向母親要求買一雙鞋，母親必須上班，她要無事的父親陪我去買。我走在父親身後，他坐車帶我到台北西門町，我買了一雙鞋，我們又坐車回家，我不但不與他說話，並堅持般地走在他身後，那時，我不要別人知道他是我父親，我自己也不希望他是我父親。但父親帶著寬容的態度，他並未勉強我，也沒與我多說話。

•

但是監獄沒改變父親，一點也沒有，沒多久後，他又恢復了過去的習慣，他愛上了一個精明能幹的矮小女人，沒有收入的父親便瞞著母親把我們住的房子房契交給那個女人，那個女人同意供養父親，只是她只養了三年，三年後，我們必須搬家，那時父親又失蹤了。

一九八六年，台灣解嚴，並且開放民眾到中國旅行探親，曾經在牢裡待過的父親非常幸運，他沒有被刁難，可能入出境管理局作業錯誤，他們允許父親到中國去，他告訴母親，他將一個人回老家終老。

在一個冬天的下午，我和四個姊妹站在擁擠的客廳，看著他將一口新買的大皮箱的拉鏈打開，他把衣服和日用品及他買來要送他母親、弟妹的黃金和禮物全塞進皮箱裡，然後，他戴上一頂鴨舌帽，他說：「你們不要送我。」便一個人走出去巷口外叫了一輛計程車。

那一年我即將從學校畢業，我早已經搬離家了，但一心一意想出國，我打算離這個家遠遠的，愈遠愈好，當天，我不是來為父親送行，也不是來勸他留下，我只打算見他一面。當我與四個姊妹一起站在客廳看著父親打包，我看到他臉上出現了那種倔強的表情，我明白那表情，我已明白，父親不但不會再理會我們，他可能永遠都不會再回到這個家來了。

我始終無法明白那表情，也無法知道，他為什麼如此對待母親，而母親為什麼沒有反抗。

但我錯了，我的母親生平第一次反抗了父親。

就在父親提著行李往外走時，原來在樓上避不見面的母親突然衝下來，「你有種就不要回來，你若再回台灣就是狗娘養的！」母親對著父親大吼，她把那本父親經常翻閱的《聖經》丟向父親，《聖經》的硬殼封面剛好擊中玻璃，「砰」一聲之下玻璃全碎了。我看著母親對父親做出反擊。「再砸，多砸一點。」我說。

姊姊跑出門去拉父親，她一臉驚恐的表情，父親執意不肯回頭，姊姊對我們喊著「快來求求爸爸別走。」她一個人跑到巷子口就跪下來，我覺得丟人現眼，便站在家裡動也沒動，

父親

◎陳玉慧

我看著父親走了，而姊姊追在他後頭，不知所措的樣子，她走回室內，望著我和妹妹，她突然指著我說，你爲什麼站得那麼遠，而且只會加油添醋，你完全沒有愛心，你是一個可怕的人，你知不知道。

我才知道，不管發生什麼，我總是像個旁觀者，我沒有立場，也沒有心意，彷彿這個家與我無關，我只是碰巧站在那裡。

•

我姊姊其實不知道，那一天我曾和父親說過話。

滿是油煙的廚房裡只有我們二人，父親說，「不，過去你們的日子過得太好，不需要我的照顧，我那麼多年沒有照顧到那邊的人，他們才需要我。」那邊？聽起來像一個什麼老遠而且到不了的地方。

父親慢吞吞地吃著一隻剛蒸熱的肉粽，而我從來不知道他在中國還有母親和女兒甚至妻子，我不知道他如此掛念他們，甚至還感到歉疚。

「爸，我也是你女兒呀。」我痛苦地吐出這句話。

「不，」我父親仍然說不，他把粘著米粒的粽葉疊合起來，「你就當作你從來沒這個父親。」他站起來，丟下粽葉，離開了油煙之地，離開了跟他一樣徬徨的我。

——原載二〇〇四年二月二十三日《自由時報》

張　讓／

白雪告別式

張　讓

本名盧慧貞，福建漳浦人，1956年生。台灣大學法律系畢業，美國密西根大學教育心理學碩士，現定居美國。創作之外，並兼寫專欄和翻譯小說。著作包括短篇小說集《並不很久以前》、《我的兩個太太》、《不要送我玫瑰花》，長篇小說《迴旋》，及散文集《當風吹過想像的平原》、《時光幾何》、《剎那之眼》、《空間流》和《當世界越老越年輕》等，並譯有小說集《初戀異想》和《感情遊戲》。作品曾獲首屆《聯合文學》中篇小說新人獎、中國時報散文獎、聯合報長篇小說推薦獎，並經常入選各家出版社年度散文選或小說選。

1

十二月五日第一場雪。

好大雪！從南來，氣象預報要落六到八吋。昨天友箏就反穿衣服（註），滿心期盼大雪停課。果然，清晨起來地上已經一片白，細雪不停，但沒有停課的電話通知。時間到他出門去等校車，校車過時沒來，興高采烈回來丟下書包外套，奔到房間去玩他那百玩不厭的想像遊戲。過不久又穿上外套前門一聲大響，到院子裡玩雪去了。

我早和朋友約了到附近公園遊雪。出門時雪應有一吋了，天色髒灰像幾年沒洗的餿棉被，馬路上新雪已經壓得泥爛，風挾雪來遠近灰灰茫茫，車輛都緩速慢行。天地間有種迅即又遲緩的騷動，像有人急忙結結巴巴說話。

馬納斯關蓄水湖公園。湖水陰灰，茫茫看不見對岸。風雪斜掃，水浪激蕩，像海。像我二十一年前初到蘇必略湖畔時，見那片茫無邊際和排排推湧的浪，欣喜想：「海！」

滿天雪片、雪粉。夠冷。溫度要夠低雪花才成粉狀，積在地上乾鬆乾鬆，踩起來嘎吱嘎吱響，一踢散滿天。我打了傘，勁風帶雪撲來，威脅要把傘吹跑。雪粉打在傘頂，窸窸窣窣，是沙子急落的聲音。主道上竟已有了別人的腳印，我們以腳步在林中雪徑上寫字。

林裡一片白。白地白樹白草，隱約露出枝頭、樹身和竟然還翠綠的幾片葉子。白雪像棉絮包住一切，然而棉絮沒有雪的白，也沒有雪粒結晶的清明剔透。見了掛在枝頭那柔和晶瑩的白雪，立刻知道了冰雪聰明和心有靈犀是什麼意思。

想描寫這雪景，不斷跳出來一些老調：白雪皚皚、粉裝玉琢、銀色世界。鑄不出新詞，倒有個念頭跑來不去：枝頭那半透明的雪看來像天下最好吃的東西，雖然我不餓。

兩景特別值得記下：何站在小碼頭浮板道盡頭，在劇烈的風雪裡上下起伏，一臉狂喜如天真小兒；和出了樹林回到三牆落地窗的遊客中心，脫下沾雪的披掛，佔了一張圓桌攤出三明治、熱茶、餅乾、水果，我們聊天喝茶唸現代詩：周夢蝶的《約會》和洛夫《雪落無聲》，中央燒著爐火，四下天雪灰濛。

2

他說：「看左右鄰居家裡都裝了聖誕樹，不好意思不裝。」又補充：「不裝怕人家以為你是印度人。」然後哈哈笑了。

3

一雨成冬，三人成虎。

當今，其實這應是老生常談了，一件事只要有足夠人不斷重複就變成了不可撼拔的「真」——不是真理，而是確確實實沒法挑戰沒法推翻的「事實」。也就是不需要真正事實，只要「以為是事實」就行了。

民主政治裡所謂的領導就是壟斷媒體、利用宣傳造勢、壓制反面聲音，生產所謂的多數民意、人民授權、群眾支持……。

這種「民主」裡的「我們」固然不是共產主義下的「我們」，也夠讓人不寒而慄了。

4

人民的眼睛是雪亮的。人民只是一群烏合之眾。

哪個眞？可能都眞嗎？

5

有時只是一個信念，讓眼前不是灰燼，腳下不是流沙。

有時一個轉念，所見盡是「蠟炬成灰」、「大江東去」——在人的世界。

逃！撤退！道不行，乘桴浮於海！到新墨西哥去！到溫哥華去！腦裡有這樣聲音。

6

怪！正是在這口口聲聲最民主最自由的國家裡，自由主義卻無異是髒話。

但若把自由主義和左派、反資本主義劃上等號，就一清二楚了。

7

聖誕節當天我們冒雨開車北上紐約州。天色灰濁，視界茫茫。等進了紐約州，雨漸漸變成了急落的霰，風挾霰猛烈朝車打來，聲音震耳像人在高速攪動的果汁機裡。天色昏暗，不時電光一閃，雷聲暴響。路面滑溜，我們關掉搖滾樂慢慢開。霰轉成了雪，嘈雜聲靜了下來。景物漸漸覆上了一層白。

到了恆斯湖邊，停車進屋，改成從屋裡觀雪。

風雪不斷，雪片駕風從大窗前橫飛而過，一陣強風吹來只覺全屋搖撼。小孩都到外面坐在塑膠板上溜雪去了，灰茫茫中人像影子。

第二早雪停了，晴天。冰凍的湖上一片白，樹林是黑的，枝頭雪都讓大風颳下來了，洗藍的天，殘餘金橘光的初陽才越過山坡頂照到對岸枝頭。我第一個起床，看見外面的天光雪色，立即便全身披掛抓了相機出去。門開一腳踩下去，雪深過長靴筒頂。足有一呎深。啊，四下白茫茫大地眞乾淨！

8

人不能無癖，一位朋友有些怪癖。一個是電話的留話錄音，有些他不忍丟，譬如告訴他誰死了，或留話人再也不會打電話來了，他就在洗掉前先筆錄下來。另一個是出門帶錢一定得少於或多於他的年紀，決不能剛剛好，不然他就覺得太掉以輕心了。他喜歡數目排列具有某種規律，譬如重複、對稱。他非常喜歡2002這組數目的視覺效果，說：「我會懷念2002年。」

9

除夕下午我們開車進紐約去參加R的派對。到後發現是隔天。第二天冒雨又去，晚上再冒雨回家。雨中看不清高速公路路面，B簡直是憑感覺摸回來的。

至少派對上和艾米夫妻聊得很愉快。

10

艾米說：「H早先想做演員，我父親知道後叫他到書房去談話。H以為大概要訓一頓，叫他打消念頭之類的，沒想到父親建議他要演戲最好先做鼻子整形。H的鼻梁像中東人有點鷹鉤，一點都不算厲害，只是在我們家裡稍微顯著一點而已。我父親一向以他自己不特別顯眼的鼻子為榮，他的樣子不說人家認不出是猶太人，因此他對H的鷹鉤鼻耿耿於懷。」我們聽了都大吃一驚。

猶太人的鼻子，黑人的皮膚，黃人的眼睛……盡在不言中。

11

景氣壞透，帝國的戰鼓越敲越緊越大聲。
公司可能倒閉，裁員的鍘刀隨時可能落下。
和朋友通信或電話時相互詢問：「飯碗還在嗎？」

12

不仁不義卻又理直氣壯，面對這種蠻橫兼虛偽，好像看到自己的影子離地跳起來站在面前說：「我是正身，你是副本！」

13

重看電影《奇愛博士》，邊笑邊搖頭：「荒謬的時代啊！我們的時代啊！」

註：小學生迷信反穿衣服，可促使願望的事實現。

——原載二○○四年二月二十四日《聯合報》

鍾文音／

國中女生的旅行與情人

鍾文音

台灣雲林人，1966年生。淡江大學大傳系畢業，擔任過電影劇照師、場記、記者，現專事寫作。作品以小說及散文為主，並兼擅攝影、繪畫。出版小說《女島紀行》、《在河左岸》、《愛別離》等；散文《昨日重現》、《情人的城市》、《奢華的時光》等。

我想去見一個人，一個母親偷偷仰望的同業，陳有城。

寒假，是我策畫溜家的時間到了，騙家裡的人參加童子軍寒訓，一個人偷偷坐上火車。我想獨自旅行，看看自己離家的能耐。

我知道陳有城不會拒絕我，愈是挑戰世俗尺度的事愈能激發他的興趣，我知道，我就是知道我這樣的小小女生，讓他有種反世俗的作用力。

他住在東部，太平洋之濱。一個慾望野人，優雅的野人，我想追隨你，我想成爲你。告訴我你獨行千里的祕訣，以助我安然離家好學習繼續活下去。

太平洋海浪滔天，我的吶喊要喊向海的另一邊才會被釋出力量，推我往海的另一邊，尋找在陸地攀爬行走的力量。

花蓮。時間的奧祕在太平洋的波濤上隱藏著夢。

童年時我們全家在此賞鯨。在我更小時，我們一家四口還曾經旅行紐西蘭澳洲，最後那趟旅程的畫面僅餘賞海豚鯨魚和羊咩咩，被做了記號等待剃毛，或是代替獻祭的羊在草地上低頭吃草，永遠都在吃草或是發呆看著遠方的羊，柔軟的羊，易受驚的羊，不知兇險在旁。

海豚出現時，我的畫面出現血染的水，身體開著紅花的鯨魚，被捕鯨人射中，低鳴，捕母鯨的方法就是先捕幼鯨，母護子是天職。然而人類的母性天職確是需要經過學習，看我的媽媽，她身穿高貴的迪奧套裝，腳繫范倫鐵諾的三萬元高跟鞋，擠在不大的船艙和我們共遊，表情簡直像是個受害者。我們要去潛水，我和我爸和我哥都已經變身成大蛙人與小蛙人了，我媽還在岸上緊握著她的香奈兒皮包，腳踩著紅鞋，唯恐我們看不見紅皮鞋上的小鑽在折射著陽光，她使勁地搖頭不下水。

她的母職早已退化，若有捕鯨人捕我，她鐵定先受困於讓她無法自由行動且亟需保護的時尚物件。仍是孩童的我望著她，突然哀傷自己的吸引力竟不如那一隻被她抱得緊緊的皮包，還有那深怕被海水濺到的一身外衣打扮。我不如她身上任何一個物件，我和她被名牌物件隔離。

可憐的媽咪，感情世界破碎後，她還有她的時尚帝國。我以爲我爸只是她的提款機，我們只是她對外的家庭歡樂圖。

我想我太尖刻了，但我止不住這樣的我，善於嘲弄的我，我的姿態。我想去參加馬戲團，我想躲的生命非常適合一種戲弄的扮演。

我們旅行澳洲時，曾經在旅館的河床散步，遇到馬戲團，有人惺忪走出馬戲團的大卡車，她一頭散亂的金髮，初陽溫暖地圈住她的髮絲，她搖晃地拿著漱口鋼杯，邊刷著牙走到河邊。卡車旁有獅子老虎和大象，我覺得這種生活眞是奇幻。

我搖晃著我爸的手示意我們走過去和金髮女郎說說話。金髮女郎見到東方兒童可能覺得好玩吧，她在臉上潑潑冷水，轉頭對我說話，一種陌生的語言聽來刺激好玩，我一直笑。我爸對我說，她說她是走鋼索的女人。

我們走到卡車旁，看到海報，她穿著有天使白色羽毛翅膀的衣服，搖盪在鞦韆上，另一張海報是她走在鋼索上，底下走著老虎獅子。

火車站在老虎獅子的回憶中停泊靠岸。

下了火車，打電話給陳有城。我說我是林唐霜，上回找你簽名還要電話的那個女人。不知你是否記得？我特地強調女人，我不認爲女人這個詞有年齡的指涉。他說記得我，但反問小朋友有什麼事？

我說我上午坐車到花蓮，現在人在車站。

一個人？

嗯。我可以去找你嗎？我沒有別的去處，我是特地來的。

喔，好……那你就在花蓮車站前的客運站搭車，告訴司機說要在靜浦國小下車。

淨土國小？乾淨的淨？

不是，是安靜的靜，浦島太郎的浦。

喔，好，我到了再打電話給你。

這就是我打電話給他的對話內容，像老朋友，完全不必問理由，爲什麼來，爲什麼一個人，爲什麼要見他，沒有爲什麼，我想他知道，對我這樣的沒有疑問的開始，是個絕對美妙的開始。又或者他表面的冷酷不過是僞裝，當我說出一個人落單花蓮時，他不免不忍拒絕我的單純求見，也許他想一個小女生能有多大的破壞與挑釁能耐，遂放心我來也說不定。

我先去花蓮車站附近的超商買酒，我身高不矮，加上穿著超齡的衣裝，化點妝後看起來有十八、九歲模樣，所以買酒買菸未被識破。買了一瓶葡萄酒和三多利威士忌，我幾次看英文家教莊美凰喝的牌子，就隨手各挑一瓶，並買了一條七星香菸，一條，我覺得送一整條菸才顯得有力。

把菸酒放進後面的背包，沉甸甸的，像背個嬰孩要去會嬰孩的爹似的，我內心覺得好玩得近乎荒謬，眞不知這樣的自己究竟是被什麼給魔魅了。我爸已經漸漸習慣小女兒背棄大人，他說國中女生最複雜，不知內心在想什麼哩，然後他摸摸我的頭，並抓過我的手去摸他日漸粗糙的臉頰，「你的感情都是不懂得要做回饋的。」放下我的手，搖搖頭，給了我些錢。我媽則慣例尖叫說多危險又多危險後，便開始修指甲，聽靈修錄音帶，調順被我弄亂的氣息頻率。

車站的光影在秋冬時節有一種寂寥，夏日的花蓮遊客已經無蹤無影，換上一批宛如無主幽魂者的喃喃自語。一個提著鳥籠和拄著枴杖的盲眼人，一個戴著棒球競選帽穿著拖鞋的歐吉桑，提著一個洗衣粉塑膠袋的胖婦人，一個不斷咀嚼檳榔的原住民，一個有著疲倦神色的孕婦……還有一個尋找逃逸路線的少女，少女的我，十五歲半裝模作樣的我，以爲一切已萎萎老去的世界在生活周遭成形。

背後有個賣香腸的小販，自己無聊地耍著十八骰子，賣甜不辣黑輪和大腸麵線的阿伯，傳來食物過度烹煮後的餿香味。

客運來的時候，我想著我爸從我幼童時就習慣抓我的手去拍打或撫摸他的臉的習慣，那種可怖的脆弱發生在男主人身上。我媽則是遇事聲音拉拔，刮玻璃的凌虐聲響。

他們都沒有能力了解我。

一切從我出生到現在都沒有改變。而我想改變，告訴我，優雅詩意的野蠻小說家，關於你的祕密，關於你的狂放血性，關於你的情色觀。一個人放心走天涯的祕密？和無數女人交歡的快感？你眞是捨得，眞是靈肉可分家，我好奇不已。

藍色橘色的塑膠椅破破舊舊地杵在原地，下午兩三點的陽光斜斜地投映在塑膠表面，洗石子地板和貼滿小磁磚的柱子，一抹抹血痕般的檳榔汁漬拓其上。歐吉桑戴著選舉贈的難看廉價棒球帽抽著菸，歐巴桑提著塑膠袋一臉蠟黃的叨念著一串字詞，歐吉桑突然喝出一聲幹！接著是幹譙三字經，政黨和祖宗八代。我看了覺得好玩，這些場景，非常非常有別於我所生活的四周整潔空氣，這樣的雜亂空氣似乎更能與我內心龐大的荒蕪領地對撞，雜蕪對荒蕪，孿生姊妹，我想找到了我的國度了，海的另一岸。我爸爸的父親，我爺爺渡海來的世界，他的孫女即將爲他踐履他的歸鄉夢。他當初怎麼逃來島國，我就怎麼逃去。

不論多卑微多倉皇，我將複製一種歷史。我諧擬我爺爺當初離開中國江山的相似年紀，我重返被他們棄離的國度，並以棄生者的姿態回去。

我是被旅行和地理餵養長大的小孩，我看過太多次關於中國的影片，那些陳腐的奢華的，遊民盲流的草莽，我想聞一聞。

一路上的花東海岸，山海連綿，打了幾個盹，上來一個盲眼的提鳥人，一個原住民歐巴桑，兩個扛著貨物的男人。

司機喊了聲靜浦，我趕緊匆匆落車。打電話給陳有城，未久放眼看去，路邊的小房子走出一個黑影。

我獻上葡萄酒、威士忌和香菸，以一種像是獻身獻祭盯著人瞧的神態。

陳有城見了祭品很高興。他說我年紀雖小卻很上道，遂決定破例和一個小鬼兒喝酒。小鬼兒，我怪叫一聲。像是被知悉了我的狂野內裡一般地叫，實則很想化作狼嚎，一頭母狼。他摸摸我的頭，然後搜尋著開瓶器，他的廚房除了一碗一盤和兩三個杯子外根本一無所有。另一堆書，幾件衣服，就是全部家當。他說他離開一個地方，絕對不超過一個小包包，他不想帶走任何東西。

沒找到開紅酒的開瓶器，遂先喝三多利威士忌。我第一口喝太急，嗆辣得很，喉嚨火燒，滾燙極了。

我說可以問他事情嗎？他說他見到我的不凡，一個國三女生的不凡，所以他願意開誠布公對我無所不談，有問必答。

我想起我媽和其友人所八卦於他的事。

他說這些都是不惹塵埃的。說得輕鬆。

那天我必須戴著斗笠上廁所，刷牙。因爲陳有城的窩漏水。浴室特別嚴重，我邊刷牙邊看著自己戴斗笠的可笑模樣，像個十五歲半來到異地私會情郎的越南歌女。皮膚白皙，身穿白衣，頭戴斗笠。

我在鏡子前偷偷笑著，吐吐舌尖，抿抿小唇，吊吊眼梢，撥撥狗咬似的短髮。忽忽回頭，鏡子背後出現了陳有城。陳有城說他要撇尿，我說喔，順勢摘下斗笠給他戴上，轉過身子往門邊移，聽到他撇尿的野猛之聲。

我有點隱隱地狎念。可什麼事也沒發生。他撇完尿抖動下盤沖水，然後把斗笠給我戴上後又趿著藍色廉價拖鞋離去。

我發現自己一點都不是個誘人的羅麗泰，他竟是盜亦有道。我根本不夠他吃，我躺在床上想。我真希望他待我像待他所有的女人一樣，我幻想著他，然後睡著了。一個少女突然來到一個陌生的東部，睡在陌生的床上，聞著陌生的空氣。

隔天，他在床沿上輕拍我的臉頰，並對我說，小丫頭該起床了，我們去海邊走走。他的口吻像是我父親般，可惜我爸爸從來沒有時間這樣對我。

他告知我關於他眺望的這片海洋。

秀姑巒溪和太平洋的交會點，日日對峙，日日高漲，送往迎來的美妙。一推一進，一退一攻，像是旗鼓相當的奏鳴曲。

聽久了，所有的意念都退了下來。

幾個幾乎彎腰成垂直九十度的老嫗，像山鬼成群地從小丘陵幽蕩下來。我驚訝地看著身體被時間所彎成的奇異角度，像一張椅子的女人，垂垂老矣地相偕而行。陳有城看我瞇著眼睛看得如此忘我，他說那些女人可能是和當地的惡質水源有很大關係，所以都彎腰駝背得很厲害。

確實厲害，骨頭被惡水侵蝕成一張迥異於前生的姿態。我想著那樣的身體如何躺在床上，她們的目光是從腳開始閱讀，垂直九十度的椅子，辛苦的女體。我眞希望母親來看看別的女人的命運，脫下貴婦鞋，腳踩土地，感受涼熱的溫度。

我說起我的花蓮與紐澳經驗後，陳有城聽我緩緩地述說，他說我母親應該停筆，把筆轉給我時，就像畢卡索的父親看到畢卡索小時候的畫時驚爲天人，自嘆弗如地決定擱筆全心培養小畢卡索一般。眞是知我者，陳有城，流浪的小說家。

停在路邊等待的巴士，我們叫它客運，就是運客人的工具，現在停擺在海岸邊的公路上，空無一人。公路的泥地上還殘留著一攤紅汁，紅豔的濕度和色澤顯示了不過幾分鐘前，司機才大剌剌地下了車且往路邊做了個撇頭的動作。

司機委身在對街雜貨舖廊外的小桌小椅上，桌上擺放著一罐紅標米酒，那個紅成了當時觀看的唯一顏色，直到雜貨舖走出一個穿著大綠底色裝飾著玫瑰花洋裝的中年婦女，搶過那個紅標顏色所帶給我的視覺刺點。老闆娘遞給司機一瓶鋁箔包裝飲料，「摻這個喝。」雜貨舖老闆娘說著就自行倒了杯米酒，擠出鋁箔包飲料的汁液，並丟了一粒檳榔到嘴巴裡。

對街的山村小孩在微陡的山徑前方拉扯著，拉扯時有一種接近破鑼嗓的刮音，像一頭難馴服且發春的小野獸，忽高忽低的聲音讓她從有點距離的方位聽來，都還有某種刺磨耳膜的不適感。這不適卻也減少她在午後的昏昏欲睡之感。

聲音戛然而止。小孩子後來不知何事，雙方人馬突然悶聲下來，轉成了肢體語言的拉扯，這廂揮拳那廂踢腿，雙雙脖粗臉紅，像遊戲又似搏鬥，幾乎扭成一團地快要滾至山徑邊緣之外，待看似要滾落谷底了，他們倒又像言和似的笑成一團，江湖義氣竟然以如此面目昭告著。小孩子的意氣用事像不遠方的海浪，來去快速，拍案叫絕驚岸發功，讓我屢屢有出乎意料的看戲心情。

在公路某棵被截斷的樹幹上坐著，我等得有些昏沉，用手壓著太陽穴，再一路游移到下顎。壓著下顎時，我皺皺眉，心想扁桃腺又發炎了，脆弱的扁桃腺，一如我的心總是想逃。

我見陳有城從對街雜貨舖走了出來，老闆娘起身和他結著帳。他就這樣左右手各抓著某樣物品地走向我。他的右方仍是那夜以繼日的滔滔逝水，左手邊仍是小村小落。

「不舒服？」他見我皺眉壓著自己的顏面關心地問道。

「昨晚沒睡好。」我側仰著頭壓著脖子兩側的凹陷處，發出幾乎不帶音量的低吟，他蹲下身興味地看著我，神情帶著一股隱隱的憐惜與挑釁。

「雨聲忽然大作，打在你屋子的鐵皮板上挺吵的。」我說著笑了笑，旋即又迎上他，直直盯著他看，一點也不退縮。我的手也在和他的對望中停止了觸摸自己臉的自憐動作，轉而專心地看進他的眼神。他先招降地低下眉宇來，我說定是我這個黃毛丫頭不夠他吃。

「你確實不夠我吃。」他大笑，「如果我年輕二十歲，我也許會對你狼吞虎嚥，但是我

國中女生的旅行與情人

◎鍾文音

現在處在一種奇怪的狀態上。」他說。「幹麼，你的靈肉分家理論遭到自己的懷疑？」我問。

不遠方的山林依稀可見到一座廟，他不回答我的問題，卻手指山林遠處的廟說，「我爬山門走多回，到那廟裡沒見到人影，但一直都聽到敲木魚誦經的聲音。」我隨所指看了一眼，我說可能在閉關吧。「閉關，閉什麼關？應該全部都把他們叫出來。」我聽著好笑，遂問：「你以前不也閉關？現在也很像啊。」他聽了倒是嚴肅地說，過去在淡水十年的生活並非閉關，只是固定在幾條路線幾個女人身上遊走，那只是一種退隱避世。經過長期孤獨，也就了解孤獨，已經是到哪都可以，能夠一個人也能夠在群體裡自在，「入世出世是一體兩面，隨心所欲最重要。」這是他說的重點，所以我問的靈肉分家於他還是老調，他能隨心所欲，不罣礙。我想起昨晚喝酒時他說可以和一個女人在車站如膠似漆地話別，但女人一上車，他一轉身可以旋即電召另一個女人，然後又窩到另一個女人的住處好多天。四處遊走，心很自在。

這是我一個國中女生截至目前所面對的最龐大自由體，陳有城的生命於我如謎，如迷，我身邊中上流社會人士所沒有的特質，完全不同於我父我母的教養，他卻明白誠實地掀開底層給我看。

他笑著看我，散發一種像是同類者的憐惜眼神，並搖晃著手裡的物體，把物體塞給我。我看著他手裡的東西轉到我手中，換我臉上閃著一種怪異的神情，像突然被某種熟悉的事物呼喚了般地陷入一種回味狀態。他拿給我的塑膠袋裡裝著一包可口奶滋、一個螺絲捲麵包和一罐阿薩姆奶茶。

阿薩姆在哪裡？我無聊地問。

在印度。他說，揮著手說遙遠遙遠的印度。

我們一起去好不好？我突然胡說著這種事。

他大笑，整個嘴角都笑彎了起來，沒見他這樣笑過，一種野性的呼喚。「和妳一起去，不安全。」「不安全？」我用可口奶滋餅乾敲了他一記。「對，妳滿身子滿腦子鬼靈精地想要當大人，妳會誘拐我犯罪。」陳有城坐在板凳上拔起一根野草，前方的灰灰海域爬上了眉瞳光，他突然嘆口氣緩緩地說：「姑娘，看到妳就像看到我的少年時代，那個一去不復返的恍惚如夢似幻的少年。」

陳姓少年當時蒼白地野混西門町，靈肉可以完全分開，情慾可以完全分明，世界混沌，身體單純，爲幹而幹，爲夢而夢。醒時焚焚燃燃，做時渾渾噩噩，結束時茫茫然然，再次投向人海，不知所終，反覆纏繞，來來去去。

只要上岸等待，便有願者上鉤，陌生肉體相逢，黑暗擁抱交媾，無感無受分離。有城少年獨走街上，一隻浮世幽靈翩翩然穿過人群的縫隙。

他說，當時過於蒼白虛無得可怕，好像風中之燭。爲此他想去健身，鍛鍊自己的身體，其實也可以堅強靈魂。這就是我見到他的樣子，像一頭熊般的壯大，我第一次見到男人可以

國中女生的旅行與情人

◎鍾文音

同時擁有如熊的體魄與如絲綢般的靈魂。

末了，他說希望我不要把來見他的事說出去。我覺得他當時的提醒有點把我看小了，以致有點小不悅。

「不開心？」

「並沒有。」

客運巴士在將近一個小時後開來，上車，除了我外，又是一個盲眼的提鳥人，一個不斷喝著米酒頭的原住民，一個提著碎花布包的疲憊婦人。

我坐在窗邊，探臉，陳有城的臉在右方，他的蓬鬆齊肩頭髮在海風中飛成兩片短胖的翅膀，一身黑衣的素面，戴著眼鏡而顯露的文人氣與那雙甚不協調的卡通拖鞋，鞋面還印著英文的「I LOVE YOU」，看得我感到一股興味。

然後車子開動，陳有城的黑衣漸漸成爲一個小點，繼而消失。我想像著他回到住處，入夜後，敲破紅酒後獨飲的姿態。我打開可口奶滋，一股奶香撲鼻，吃將起來，右方仍是海浪滔天的太平洋在怒吼。這是我第一次的單人旅行，第一次睡在一個男人的床上，什麼事也沒發生，但也什麼都發生了，在我的意念裡，他是我的初戀情人。

可口奶滋捨不得吃完，返家後被我收放在書桌的抽屜裡，直到過年來了，隨著我媽的尖叫，可口奶滋和一群螞蟻被唰地一聲丟進了垃圾桶。

此後我只吃這種餅乾，這是一個國中女生的專情與獨自旅行的祕密。相信我，我比你們都專情，也比你們口風都緊。

——原載二〇〇四年三月二日《自由時報》

施叔青／

放下反而獲得

施叔青

本名施淑卿，台灣鹿港人，1945年生。紐約市立大學戲劇系碩士，現從事專業寫作。十七歲發表＜壁虎＞於《現代文學》。曾執教政大及淡大，從事歌仔戲、平劇研究，並榮獲中山文化學術基金研究費、亞洲協會研究費。1977年赴香港任職香港藝術中心亞洲節目部策畫主任。著有小說《愫細怨》、《情探》、香港三部曲《她名叫蝴蝶》、《遍山洋紫荊》、《寂寞雲園》及《維多利亞俱樂部》、《兩個芙烈達．卡蘿》；藝術作品《推翻前人》、《藝術與拍賣》、《耽美手記》。曾獲中國時報開卷十大好書獎、最高成就推薦獎，聯合報讀書人獎、推薦獎，上海文匯報散文獎，「香港三部曲」獲一九九九年香港亞洲周刊「廿世紀中文小說一百強」。

1

沒想到人到中年，我的生命會來一個這樣大的翻轉。經歷過飛揚浮躁、追逐聲色的大半輩子，耽溺於吃盡穿絕的物質世界裡的我，居然也會有厭倦於感官的一天，繁華落盡，轉向內在性靈的追求。

這樣大的翻轉，不僅令我自己始料不及，也讓認識我的人訝異難以置信。

我不敢說以前所走過、所做過的，都是爲我的轉向內觀在舖路，倒是心中明白自己對青澀的青春、因年稚而纖細敏銳的感覺，有著近乎病態的眷戀，一直不願意讓那個對世界充滿好奇與驚詫的慘綠少女離我而去，總以爲一旦失去那些細緻的感覺，心靈變得粗糙，創作之泉也將隨之乾涸枯竭，而我把寫作看得像命一樣重要。

我必須尋找一條途徑，緣著它，使我蒙塵疲倦的心靈得以慢慢復甦。

「六四」天安門事件過後，我無法安靜下來，整整有半年，我在憤怒與極度傷慟中煎熬，爲了安撫受傷的心，我依附了印度教的女上師，學習瑜伽靜坐，我相信女上師天生具備超自然的神祕法力，一個眼神的接觸、被她橘紅色的袍角揚起的細風拂過，手上孔雀毛的拂塵輕輕掃過，都能夠搖醒我心靈深處酣睡的元氣。

一次閉上眼唱誦咒語時，萬里之外的女上師現身到我眼前，凝視我，微笑著。爲了追尋那音容袍影，我帶著女兒飛到紐約的 South Faulsburg，參加密集禪修。

放下反而獲得

◎施叔青

紐約上州山上的梔子花開得很遲，已經八月中旬，迎接我們的是白得耀眼，綻放香氣的複瓣梔子花，每一朵足足有飯碗口那麼大，正在盛開著。梔子花，我的童年記憶的花，象徵著純白的愛與絕對的美。

禪修的道場是個可容納上千人的大帳篷，仿照傳說中濕婆神在喜馬拉雅山的靈修之處搭建的，我和女兒的蒲團距離女上師很近，一仰頭就可瞻仰到她。閉眼集中心力，隨著她的牽引，進入一個空曠無限的靈山之巔，感受到女上師頻頻呼喚著風，一陣陣吹拂，風有聲音，蓬蓬地吹著。人類眞的具有呼風喚雨的本領。

也不知過了多久，風止息了，微弱但清晰的樂音，像一串串的風鈴敲響著，飄過來，盈耳不絕。我來到什麼樣的境地？

這一天的禪修在女上師拂塵輕掃下結束了。我來到女上師的師父，我們的師公祭壇前，燭火搖曳，一朵盡情綻放的梔子花，舒展在供桌上的淺碟子裡，我雙手合十對著師公的照片禮敬，額頭輕觸那朵純白的花，一股氣流從額頭流遍全身，清洗我每一根蒙塵的神經。呵，我的童年記憶的梔子花！

入夜後，穿過一片濃密黑暗的樹林，女兒告訴我看到一片火光燃燒中，整個樹林在旋轉旋轉。那天是女上師的師父的祭日。

密集禪修後，幾乎將近一個月，我的瞳孔發亮，雙眼炯炯有神，金光閃閃到無法逼視鏡子裡的自己，家人朋友形容我進門時，身子未到先看到我的火眼金睛。

印度教和西藏密宗的上師法力無邊，被有修行的高人灌頂，我得到暫時的榮光，然而，一旦借助的外力隨著時日消失，自己很快又被打回原形。

雖說如此，我還是很迷戀女上師香火氤氳、能量濃得化不開的道場。

帶著達賴喇嘛所傳授的文殊智慧灌頂，被籠罩在一道強烈的白光裡久久不去的那種感覺，我到西藏朝聖，每天腳不著地似的氣行，經過布達拉宮和羅布林卡達賴喇嘛修行靜坐的密室，一股極強的能量向我直逼過來，震盪得心起了陣陣悸動。

那種神奇的經驗，終生無以忘懷。

然而，我終究還是從依附上師加持，借助外力的修行轉向自力更生的禪的修行。

2

我皈依聖嚴師父，拜在他門下學禪。

師父的禪法既是孤高，也是隨俗。開示時很少提到古代的公案，師父認爲禪宗的公案只能用一次，再用是在解釋公案，成爲公式，失去本來的意義，更何況公案不是說的，是要參的，禪修者如果沒有定功基礎，空口說白話，也是無益。

師父吸取中國禪宗千變萬化，靈光閃忽的特質，上堂說法，從不事先準備講稿，他對禪眾觀機施教有感而發，喜歡採擷生活周遭現成的、活潑的人與事，以他特有幽默的說話方式，深入淺出一點一撥，看似微不足道、平凡無奇的事物，經他一說，立即躍入玄妙的智慧

放下反而獲得

◎施叔青

之海。

為了聆聽聖嚴師父開示的法語，珍惜當面受教的機會，移居紐約後，師父一年四次在象岡禪修中心親自主持的禪修，我發願年中與年尾的默照禪不得缺席。

靜坐蒲團練心，將任意往外攀緣的心向內收攝，念頭一起，立即察覺，剛開始時，簡直被自己過分活躍妄想紛飛，無休無止地閃現的妄念給嚇住了，那種新愁舊恨齊上心頭的滋味，實在很不好受。我發現了煩惱痛苦的自我。

一次又一次的閉關，一步步向深處的內在觀照，心漸漸地安靜下來，終於發覺「我」不過是前念與後念一群念頭串聯而成而已，念頭無時無刻不在變化轉換中，只是平時我的心太粗，無法覺察到正在興起的前念，而只注意到剛剛消失的後念，所以總以為自己的心念沒有在變。

也因為這樣，我一直一廂情願地認為一切事物、情感都是恆常不變，必須緊緊抓住才會感到安全。這種想望正好與佛法、事實顛倒相反。

體悟到心念的無常，「我」只不過是念頭不斷變化的過程，一切都是瞬息萬變，都是暫時、虛幻的假相而已。被妄念、欲望層層緊裹綑綁的自我像棵芭蕉樹，隨著靜坐內觀，希望能夠一層又一層地剝除。嘗試著從所有的束縛中掙脫。消融虛妄的自我，成為我餘生修行的課題。

很羨慕一些修行者，跟聖嚴師父打一次禪七，就有如醉而醒，如死而重生的經驗，我想我眞的是業障深重，我執太大，跟隨師父禪修了這麼些年，至今仍未有脫胎換骨，前後判若二人，大死一番的感覺。

聖嚴師父說他教禪，有如在海裡撒網撈魚，我不僅至今未闖進網裡，禪修時滿地抓妄想的鰻魚的狀況猶是頻頻出現。

紐約上州的春天來得很晚，年中的默照禪修，經常是在乍暖還寒的暮春，象岡多雨，我們整天沐浴在煙濛濛雨濛濛的綿綿春雨之中，觸目一片青翠，只有禪堂旁山坡樹叢開著不知名的小白花，被雨水不斷地沖洗，白燦燦的，特別耀眼。

二〇〇二年年中的默照禪修，我早報了名，臨近禪修前一個月，飛回台北爲一家報紙副刊當徵文評審。那個時候我正費盡心力，苦寫一部以故鄉鹿港爲題材的歷史長篇小說《行過洛津》，做爲台灣三部曲的開篇。

我把自己關在紐約家中的書房，終日與泛黃的歷史舊照片、堆積成小山的文獻史籍爲伴，在鎮日縈繞於耳的台灣民謠聲中，野心勃勃地企圖營造萬里之外的原鄉，超越時空重塑我心目中的清代鹿港。

整整有半年時間，我被掩埋在龐雜的歷史文獻堆中，爲不知如何下手把閱讀過筆錄的材料轉化融入小說創作而焦慮到寢食難安，成爲我不算短的寫作生涯中最大的挑戰。明知到了這般年紀，還想駕馭這麼龐然的寫作計畫，力不從心應該是在預料之中，然而，天生「硬頸」的我，從來不肯輕言放棄，何況我是抱著使命感爲清代的台灣作傳。

放下反而獲得

◎施叔青

趁著回台北當評審，把剛完成卻十分不稱心意的小說初稿擺在一邊，讓自己從被掩埋的資料堆中伸出頭喘口氣吧！與剛剛寫就的作品隔離一段時間，鬆弛過度緊繃的神經，再回紐約後就知道怎麼改，效果也可能好些吧。

我這樣告訴自己。

抱著這種企盼飛回台北，心中總是懸念如何改小說，自覺像隻把作品放在囊袋裡的袋鼠媽媽，不管到哪裡，小說總是在念中，一刻也沒放下。

回紐約的飛機上，我暗自下了決定，爲了抓緊時間進行二稿改寫，十天的默照禪修我將臨陣退縮，不去靜坐修行了。

因緣眞的不可思議，在西雅圖過海關的候機室裡，赫然見到搭同班機的聖嚴師父，他剛從泰國開完聯合國世界宗教領袖會議，正要飛回紐約主持禪修。和我一照面，師父一句：

「妳來打默照禪十吧！」

看似不經意的一句話，其實師父已經讀出了我心中的動搖。我當下硬硬地點了點頭，咬咬牙，說一定會去。師父幫我做了決定。

距離上山禪修還有幾天，一向與時間賽跑分秒必爭用力過猛的我，立刻回到書桌前，筆酣墨飽就開始改小說。仔細重讀初稿，發現串聯整部小說的結構出了大問題。

在我閱讀史料的過程中，曾經被嘉慶年間滋擾東南沿海的海盜事件所深深吸引，特別是幾年之內海盜船隻先後六次在鹿港海面遊弋，佯裝來犯，最後卻只是虛張聲勢，並沒眞的侵犯，鹿港海口帆檣雲集一如往昔。反觀南部的府城北邊的艋舺連番遭到海盜襲擊殺戮，人人自危。尤有甚者，道光一朝撰寫的《彰化縣誌》，對海盜六年佯裝進犯鹿港，最後不攻而退一事隻字不提。

種種疑點引起我的好奇，於是發揮寫作者的想像力，創造了一個人物檢視這一段歷史的奧祕，虎虎地寫了好幾章。重讀初稿，發現這部分與整個情節不僅不連貫，顯得很突兀，更嚴重的是對小說的肌理起了負面的作用。理性上明知如此，情感上卻捨不得把它刪去。

3

諸如此類有損於結構完整性的枝枝節節，充塞著整本初稿。困坐愁城，差點想破了頭，猶是束手無策。無計可施之餘，索性把筆一丟，上山閉關，想藉著禪修讓腦子淨空，好好休息一番。

進入禪堂之前，遵照師父的叮嚀，試著放下一切，先把心中的煩惱，創作所碰到的困擾障礙……統統打包放在禪堂外，再進去認眞坐禪。

將「色身交與常住，性命付託龍天」，起早晚睡，禁語默坐，一天坐十枝香，運用師父所教的默照禪法，只知道自己在打坐，不去想到身體存在與否，對外在環境清清楚楚地感覺到、聽到，只是盡量不起情緒反應。

靜坐過程中，偶爾也達到身心統一的境地，甚至在第七天午後，感覺到禪堂四面牆及屋頂全消失了，處身空曠無垠的大氣之中，身心與依住的空間合而爲一，統一成爲一個整體。

聽到引磬聲，睜開眼睛，禪堂前山坡下，村路過去的樹群彷彿全移到我的眼前，距離那麼近，近到樹上每一片葉子好像都看得清清楚楚。

第八天下午，我進入多次閉關以來從未曾經歷過的甚深禪定，一種深沉安寧的狀態持續著，所有的煩惱困擾似乎全都止息離我而去，感到一種如釋重負的輕鬆，心暫時有著一刻的休歇。

突然，有一個細小的聲音在全無預期的情況下，浮現上來，極簡短的一句話，只有幾個字，霎時間解決了糾纏多時無以釐清的小說結構上的問題。那句話有如一根絲線，把散落四處的珍珠瞬間串聯成一串。

我找到了小說的主幹。

放下反而獲得。這次閉關，我眞的做到把困擾我的小說擺在禪堂外，只顧一心一意靜坐練心，全然不去理會思索它。

透過禪坐，喚醒了我心靈深處的元氣，觸發內在的能量，挖掘出潛在的智能，使我得以從狹隘的自我限制中掙脫出來。心的沉澱增強了我的理解力，令我超越思考，生出原本沒有的特異能力，受到啓示，在毫無蓄意尋找之下，一瞬間靈光一閃，意外地找到了答案。

原來是這麼一回事。

呵，我是何等的無知。長年來一直孜孜不倦地向四面八方追求神奇的經驗，心靈到處漂泊，不知何處是歸宿，以爲只有往外尋尋覓覓，才有可能一寸寸拾回慘綠少女時代纖細敏感的感覺，唯有依附外力的加持，創作之泉才得以源源不絕。自甘飄零了這麼多時日，在影子裡討生活，流浪生死，盲目地置自我的本源於不顧，只知一味地向外追求。

小參時，我把受到啓示的經驗告訴師父。師父對我慈眼垂視，靜靜聽著，一切都在他的預期之中。

「喎，不會開悟，能有靈感。」

禪修攝心達到一定深度的境地，會爆發出始料不及的靈感，對師父而言，本是不足爲奇的自然現象，對我卻有著重生般的喜悅。感恩師父，讓我發現自己本來就具足的創作力，知道它一直是汨汨不絕地流著。

——原載二〇〇四年三月號《聯合文學》

阿　盛／
煙火醬菜

阿　盛

本名楊敏盛，台南新營人，1950年生。東吳大學中文系畢業，曾任職中國時報，現主持「寫作私淑班」，並兼師大人文中心現代文學講師。作品收入高中國文課本及東吳大學國文選、大學國文新編、大專國文選等。著有《秀才樓五更鼓》、《七情鳳林營》、《五花十色相》、《阿盛精選集》等散文十九冊、長篇小說二冊、歌詩一冊。

通常是三輪腳踏車，一個中老年人使力踩著，很慢很慢。純用喉嚨，呼喊的調子與語詞稍有變化，但起句總是「醬菜喔——」，接下來隨意，有時是「豆乳鹹菜喔——」，有時是「要買趕緊來唉——」，偶爾，不知何故，只連串吆喝同一句「買醬菜咧——」。

三輪腳踏車概皆看得出焊接拼裝痕跡，騎座下方一枝鐵掣杆，往前推即鬆動，往後扯即停車。到了人多的地方，醬菜販會下車等顧客。車廂極省工，底部幾片木板，四個角邊各立一根細木，大布片圍住左右上三方，那布片好似百衲衣，可能連尿布都拿來縫補了。前後兩方無遮攔，醬菜販騎車時，一回頭便看得見後面是否有人叫買，後方則用以取物交易。

車廂中若有序若無序的擺置大小圓方深淺不一的玻璃瓶、鋁罐、陶甕。玻璃瓶透明，裝了什麼你望望就知，鋁罐陶甕裡有何物，大約只有醬菜販弄得明白了。顧客多半是婦女，小半是孩童，孩童好奇，難免問東問西，好性地的醬菜販溫和熱心，也回答也說明，性地較差或天生木訥的，他嗯嗯嘿嘿，被問煩了，突然來一句：「那個甕裡裝著多嘴的小孩的醃嘴脣！」孩童嘩叫三兩聲，摀著嘴提著物，轉頭跑開，旁站的婦女們咯唔咕咯唔咕笑得像被逗叫的火雞，醬菜販自己也微微露齒，婦女們更開心了：「你不擔心他以後不敢來買你的醬菜？」「他家總要吃醬菜哩。」醬菜販答話後，順手捏取一小塊醬破布子遞給說話的婦女，那婦女口中說不好意思，醬破布子同時放入提籃內了。

破布子樹，許多人家的庭院田畔都有，唯醃製過程麻煩，且做不出買來的那種味道，所以還是花小錢圖方便。破布子果實與其他果實不一般，初長出時是紅色，轉爲黑色乃成熟，

煙火醬菜

◎阿　盛

你摘下它，輕輕擠壓，透明汁液流出，略帶黏性，生食未嘗不行，澀澀甘甘，沒什麼吃頭。醬破布子成團結塊，佐飯時，筷子撥一小片入口，嚼一嚼，滿嘴的飯全沾味了。小孩定會被教導，記得吐出硬果核，果核眞夠硬，不小心也許嗑掉乳牙，要是吞下肚呢？其實無大關係，像鳥一樣，隨糞便排泄出來。

醬菜佐飯務必重鹹。不富裕的年代，普通小鄉鎮，工人農人捨不得也食不得全白米飯，常是米摻地瓜籤一起煮，分量足，撐飽腸胃沒問題。地瓜剉爲細條狀，曬乾，成灰白色，可存放甚久，味道當然不佳，那麼，醬菜此時功用大啦，它能壓過地瓜籤的霉粉味。粗做人必須吃飽，早餐決不吃稀糜，稀糜是小孩老人吃的。出勞力的人如果吃稀糜，撒過一泡尿之後就抽掉力氣了，還能做什麼工？不做工，連地瓜籤飯都吃不起呢。特別是夏秋，天氣熱，流汗多，醬菜的鹽分更見重要。形容食物很鹹，人們會說「鹹得像醬菜」，而醬菜販若是連著幾次被顧客嫌說「這鹹魚不夠鹹」，那就等於揭他一層面皮，他回家非罵人不可。

製作醬菜，概皆家族式的，遵照祖先留下的方法，未敢胡亂變更。首先，它是食物，要進人肚中的，謹慎有必要，再且，世代以此維生，另行改業沒必要。醬菜家族的共同特色是，有個不小的後院或中庭，院庭排列著大缸，廂屋裡堆放粗鹽麻袋，麻袋下有離地尺多高的木條，防潮。還有，不曉得怎麼回事，家族人的臉色都像醬菜，褐黑褐黑。

醬菜家族做生意有原則。其一，人口較多的鎭市，由家族集議分配販售地區，彼此不踩地盤。其二，外姓小販來盤貨，事先言明須到自家「責任區」以外去，以免飯碗遭搶。其三，家族中無人願意出門叫賣，則開放外人自由盤貨自由選擇地點，但盤價不得自由視對象加減，大家公平競爭。外人一旦違反第二項約定呢？乾脆，不給貨，請到別家去吧，你賺辛苦錢，我們賺錢也辛苦呢。明文規定嗎？沒有，卻是比訂合同立法條還管用，違約的情況極少極少。

小鄉鎮也許什麼都少，雜貨店總不會少。雜貨店名爲雜貨，確實貨雜，棉被、臉盆、毛巾、牙刷、牙粉、椅子、小桌、門鎖、毛筆、紙、鉛筆、墨、畚箕、掃帚、茶杯、碗、筷、竹簍、竹籃、香燭、鞭炮、粿模、鈕扣、鞋帶、襪子、筆記簿、鉛桶、麻繩、木屐、鐵釘、牛鈴、菜刀、砧板、煤球、火柴、香菸、酒、糖果、醃李、醬瓜、醬油、豆乳、鹹菜……大約一個人活著用得著的小物件都有。不富盈的年代，尋常人家，缺什麼才買什麼。香菸與酒與其他食物都可以零買，香菸論支賣，酒論兩計。那，醬菜呢？與醬菜販一樣，但憑「手氣」，買賣醬菜不用秤，賣方的手一探一取，眼力判斷，或加一點或減一點，買方受之無詞。醬菜販、雜貨店老闆都精明識人，他們有辦法讓最愛計較的老太婆以爲自己撿到便宜。

老太婆出門，全身整齊乾淨，她們一律纏過足，醬菜車再慢，也往往追不上，這時候她們急了，擠尖嗓音：「喂——賣醬菜的——」，十幾戶以外的人都聽見了，醬菜販當然不例外，停車，等著看著，老太婆這又悠閒踱步了，她們從小被訓示要細步緩行的。「老祖太康健哪，」醬菜販在與老太婆相距十大男人步時就喊了：「康健多子孫哪。」他是認清來人才這麼稱讚的，來人若是兒孫少或子不肖孫不賢，他可沒膽量隨便阿諛，他會說：「老祖太愈

煙火醬菜

◎阿　盛

老愈精神，走路眞穩哩。」決不提子孫兩字。

醬菜販走街串巷，顧客又多是婦女，他地盤上的大小事，能不知道？醬菜車只須停在一個定點三十分鐘，就差不多會成爲婦女們的新聞舊聞傳播中心。誰家生了第六個女兒、誰家丈夫娶了細姨、誰家丟失三隻鴨、誰家媳婦不孝公婆、誰家大倌苛待媳婦、誰家兒子讀書好、誰家孫子常打架……，不想聽也聽入耳了，總不好叫顧客閉嘴或離開吧。

雖不同行，醬菜販與雜貨店老闆都賣醬菜，怎麼辦？醬菜販尊重地頭主，人家定在一地，自己遊行四方，所以醬菜車不會停於雜貨店左近，行行業業有規矩，這便是規矩。至於經過雜貨店而被叫住，那無可奈何，買賣歸買賣，雜貨店老闆不能說閒話的。再又，醬菜車上的貨色較多，光是鹹魚就有七八種，乾的濕的、海水淡水，全有，雜貨店就因爲雜，精不到這程度。

鹹魚比其他醬菜更鹹，乾鹹魚身上還浮一層厚厚的鹽霜呢。不富足的年代，農人儉得緊，一條手掌長、三指寬的乾鹹魚，你猜能佐幾頓飯？三天，九頓飯。誇張嗎？不。那魚乾一沾脣，舌頭捲一番，往內一縮，連兩邊內頰都覺得鹹了，再用勁咬一小塊魚肉，半碗飯塡腹啦。爲何得用勁咬魚肉？魚肉醃得硬賽木頭，牙根不牢的人輕易不勞口齒，用刀剁，剁爲薄片，你別稱奇，刀子鈍眞還剁不來的，有人動用小斧頭哩，那模樣有趣，力道弱砍不斷，力道強砍得彈跳，得花時間去找出飛開的魚身。「鹹魚還會飛呢。」砍魚的人自嘲，知趣的旁觀者補上一句好話：「這叫鹹魚翻身，你要走運嘍。」

別小看一輛不起眼的醬菜車。風強雨大，它的支架斜向東歪向西，但要主人骨架挺直，聚錢不難。小鄉鎮自有小傳奇，有的醬菜販頂風迎雨，迎日光頂月暈，十多二十年，沒時間生大病，有耐性積小財。果然小富由人，居然夠資格當農會理事，當農會理事的要件是存款多得讓理事會滿意，之後逢上好時機，眞正大富在天了。這類傳奇，老輩人引用教訓後生小子，三年兩年不嫌煩。「見到沒有？那個賣醬菜的，」老輩人板著臉，皺紋反而平抹不少：「人家五角一元的粒積，現在穿西裝上班咧，你們五元十元胡亂用，有個樣嗎？啊？」晚輩彎頭恭聽，一轉頭，嘀嘀嚕嚕：「我也去賣醬菜，看你怎麼說？」老人平時耳重，這話倒聽清明了：「你說什麼？你去賣醬菜？我們家窮到這款地步？啊？你乖乖給我賣油炸粿，照樣會發財！」

油炸粿，普通話叫油條。不富厚的年代，一般人常吃，價廉，當零食，習慣上勿須搭配豆漿，種田做工，喝豆漿等於喝水，莫使得。大陸北方來的人偏愛豆漿，一大碗豆漿，兩三個饅頭，飽肚到中午。也有包子，餡分菜肉兩種，菜包子滿塡著菜絲，肉包子滿覆著麵皮，一丁點肉。麵條比之實在，可是種田做工人都不吃麵食，幾百年的口胃傳統，米飯米飯，不吃米如何叫做吃飯？

乞丐討飯，討的亦是米飯。乞丐並不很多，十有八九老病，另外一二傷殘。到商家去，他們走前門，主人急急塞給一角兩角，不必揮手，他們立刻退身。到住家去，他們走後門，時間概在中午稍後、傍晚稍前，正是煮飯或清理剩餘飯菜之際，主人接過碗，將飯倒入，挾一些豆乳破布子鹹魚在飯上面，乞丐伸手取回飯碗，雙方都不說話，你心軟，加淋一小杯醬油，他開口了：「好心好行有好報喔。」隨即挪腳，不囉嗦。

醬油頗貴，由於釀造費時。等閒醬菜家族做不來，那得專門技術，是另一種家族承業，醬油家族單做醬油，醬油缸大過醬菜缸，比一個大人低半個頭而已，組陣整齊，氣派。醬油家族不做零賣生意，釀好的，分裝入兩尺高一尺寬的鋁桶中，鋁桶闊口，盤貨的人一桶兩桶三四桶買去，可以零賣，可以再分裝入瓶，零賣時用長柄木杓舀取，一杓多少錢，勿許講價。醬菜車兼賣醬油，一舀一抖，醬油平杓杯，精準得很。買醬油的人捧著碗或杯，徒手抱蛋似的小心。笨拙的小孩通常沒有買醬油的權利，不富盛的年代，食物的重要性經常大於小孩的皮肉，弄失手了，輕則一巴掌，重則一棍落在手腳上。

夫妻爭吵，泰半關乎食物。沒有節育，兒女要來幾個就來幾個，來了幾個就得餵養幾個，養不起，送人，平常事。不過，一般爭吵動手有節制，不丟碗盤與食物，那完全是給自己找更大的罪承受，丟鋤頭木椅吧，裝作對準人砸過去，究竟手一偏，離人數尺遠，洩恨罷了。

小孩有不貪吃的嗎？少啦。大人指派去雜貨店買醬菜醬油，拿了東西不肯走，盯著糖果醃李瓶罐，腳在動，身在原地。伶俐些的，想計。「頭家，醬油買一元三角就好，你倒回去一點，剩下兩角買糖球。」老闆抽嘴角笑，不拆穿，照辦。小孩回家第一件事，倒水入醬油中，做母親的正忙著，哪會去注意醬油成色？小孩跑開，褲袋內輕輕掏出糖球，甜啊，爲了這甜，即使洩了底，挨揍，也值得。

味噌湯值得一吃。醬菜車上的味噌，用木桶裝，桶底至桶口一整片白棉布，棉布露出半尺長，包覆桶內的味噌，木蓋壓住。日本式的日常食物，概量只這一種被接受了，餘如糕餅之類零食不算。味噌煮湯便利之至，添水添豆腐添菜片，煮滾一分鐘，行了。不貴，好下飯。日式醃黃蘿蔔片，甜，沒意思，醬菜販最常以此贈送，一片兩片。顧客接過來往口裡丟，就當是嚼醃桃醃梅。費錢買？除非家中有人嗜食。有些日本化家庭，習慣改不掉，他們甚至鄙視醬瓜醬菜頭：「鹹過頭，不合衛生，馬鹿野郎！」醬菜販面無表情，他豈肯得罪顧客？次數多了，有人生肝火：「莫吃就好，罵誰？才幾年前？日本人沒罵過你清國奴嚒？」口角於焉開始。醬菜販推車到遠處，男人老婦少女幼童圍在醬菜車旁觀看，烈性的男人陸續走去參戰，一半日語互詬，一半台語互咒，結果分不出何方輸贏，大家沒戲看，散去之前買些醬菜，都回家了。

回家過日子吧。不富饒的年代，過日子天天第一件事是吃飯，煙火人家老百姓，舉火炊煙煮吃的，最是誤不得。他樣事情由老天做主，下不下雨、起不起風、疾病老死、地震大水，人一點辦法也沒有，總不能連腸胃腹肚也交給老天管領吧。以是，誤了三餐，婦女挨罵挨拳腳，頂好別回嘴回手，咬牙忍著，趕緊端飯上桌，半跑返廚房，大灶要燒熱水，小灶要煮麥茶，火煙蓬蓬飛漫，煙火熊熊舞顫，十二月天，婦女的髮梢頸上滾滾流汗。正切著豬菜呢，婆婆的尖嗓穿牆透壁：「燒水好了未？」那未字的音特長特高。「好啦！」婦女放下

煙火醬菜

◎阿　盛

刀，舀熱水，咬牙忍著。終有一天的，待兒子們長大了，自己大模大樣當婆婆，到時還忍誰個尻川癢哩。但，急不來。一家老小全吃飽了，婦女雙手擦臉，到正廳彎腰請婆婆：「阿娘，燒水準備好了。」平眼問丈夫：「有吃飽？」低首摸兒子：「還是太瘦呢。」然後坐在飯桌前，飯桌上別無好物，這一小盤剩幾片醃蒜頭，那一大盤剩幾寸鹹魚乾，另一小盤剩半段菜心。「吃啦！」婆婆喊話，婦女咬牙忍著，開始吃飯了。

天底下沒什麼忍不過的大事。戲裡的韓信還鑽人家褲襠咧。醬菜販見多識廣，偶爾閒著對顧客講城裡的人物戲劇。「韓信後來掛將印，是嚒？」有老太婆問。「掛元帥印，大多了。」「英雄好漢勿論出身。」有婦女說。「是啊，蘇秦比韓信更好漢。」「蘇秦是誰？」兩三聲同時問。「蘇秦——，秦嘛——秦朝吧，秦始皇，你們知否？」「喔——」「戲裡，他威風哪，掛六國相印啊，六國的宰相啊！」「喔——」「蘇秦也曾落魄過，是劉邦救了他。」「劉邦不是漢朝嗎？」「劉邦——反正他們小時候認識結拜的，劉邦做皇帝，封他掛六國相印。」「可是，漢朝只有一國啊。」「這——你不曉得呢，秦始皇不是滅了六國嗎？這六國——」話斷了，警察插入人堆：「莫佔路面，到樹下去講你的六國七國吧，八國也可以，讓路就對了。」

三輪腳踏車慢慢慢慢沿路邊前行，醬菜販腳上的青筋一突一陷。不大不小的風，圍著醬菜車的大布片啵啵啵響，鼓出又凹入又鼓出凹入，車底部的木板與四角立木咿咿呀呀磨著。醬菜販中氣五分喊喝：「醬菜喔——趕緊來買唉——。」

更大的一陣風，醬菜車歪左歪右，紅黑藍黃灰色的大布片裂了幾處，醬菜販下車巡看巡看，細麻繩綁住裂縫，跨上座，掣杆往前推。警察牽著腳踏車追上來了。「大人，我馬上離開，不佔路。」「下來下來！」「大人，我——」「快啦，天快暗了，我要回家了。」警察不耐煩：「快，我買一元醬瓜、一元豆乳、一元破布子，還有，鹹魚有沒有淡一點的？」

——原載二〇〇四年三月十五、十六日《自由時報》

簡　媜／

在茄紅素的領導下

簡　媜

本名簡敏媜，台灣宜蘭人，1961年生。台大中文系畢業，現專事寫作。作品以散文為主，著有散文集《水問》、《只緣身在此山中》、《月娘照眠床》、《夢遊書》、《胭脂盆地》、《女兒紅》、《頑童小番茄》、《紅嬰仔》、《天涯海角》、《好一座浮島》、《舊情復燃》等十餘種。曾獲梁實秋文學獎、吳魯芹散文獎、時報文學獎、國家文藝獎、台北文學獎，並曾五度獲聯合報讀書人十大好書獎等。

作者交代：

不久前，我寫了一篇文章詳述西瓜翻身的過程，文中提到西瓜當紅令香蕉與番茄「眼紅」；我基於個人偏愛先寫香蕉故事置番茄於不顧（主因當然是我不太喜歡番茄）。由於同情香蕉遭遇，我一時心軟連吃數日香蕉以致被大腸拖累而手腳俱軟，稿子就擱下了。

沒想到，那粒番茄來託夢。

•

某晚，我做著對中年人而言猶似鳳毛麟角的風花雪月之夢；夢的帷幕緩緩拉開，一陣微風吹過，眼看花兒就要開了，忽然青天霹靂，蹦出一粒圓滾滾的番茄，剎那間讓我以爲自己正在「時時樂」沙拉吧前——我還注意到她背後不遠處站著一顆鬼鬼祟祟、套保麗龍護網的泰國芭樂。番茄來勢洶洶，神情肅殺，張著血盆「小口」語帶威脅：「給妳警告哦，若是不寫我，就叫妳的眼睛腫得跟我一樣紅！」

我立刻明白綺麗夢境已變成區運會鉛球預賽現場，那粒泰國芭樂是番茄小姐請的「外勞」，亦即是預謀中的「鉛球」，標的物就是我的頭。

我大笑三聲，暗想：她也不去向我的家人、情人、友人打聽打聽，簡某人「遇軟則軟、遇硬則硬、遇理則理、遇蠻則蠻」的個性改了沒？竟敢命令我寫她！她可能太久沒碰到有原則的人吧！

在茄紅素的領導下

◎簡　媜

我不甩她，把夢境收拾收拾準備走人，瞅了遠處一眼，忽然心生一計，指著那粒大芭樂說：「那傢伙陷害過我和弟弟，我小時候蛀牙，芭樂籽卡入蛀洞挖不出來到現在還很氣，他還害我弟弟便祕，我阿母只好用……。」

「關我啥事？」番茄兇巴巴。

「嘿嘿嘿，以前沒關現在有關，」我笑咪咪：「妳幫我報仇，我就替妳申冤！」接著對芭樂喊：「出來啦被看到了啦，一丸那麼大丸，下次找葉子多的樹躲吧！」

這叫讓主要敵人與次要敵人相互殘殺變成只剩一個敵人，戰敗者爲了復仇與你結盟遂有共同敵人，當分不清誰是敵人時，大家又變成朋友了。夢中的我得意至極哈哈大笑，這一笑竟醒了。醒來，自覺卑鄙，心緒爲之混亂，想起番茄兇惡的嘴臉，不免驚恐，立刻框上眼鏡巡視，確定番茄沒追來才放心。

仔細回想，恐嚇我的應該是一粒聖女小番茄。

這就引起我的興趣了。番茄家族靠茄紅素含量在蔬果界享有盛名，近年來更進軍飲品市場一枝獨秀。加上拜台灣固有文化「一窩蜂」精神，「橘子紅了」之後番茄更紅；番茄汁在短短半年闖出二十億業績意謂台灣人腸胃皆已受洗，「洗」尚不足以表達狂愛，舉凡泡麵、優酪乳、軟糖、甚至女性用來護膚的面膜，無不添加番茄以示追隨茄紅素領導。紅浪席捲之下，昔時稱霸天下的健康食品如蒜精、蜆精、卵磷脂、花粉、蜂膠、牧草粉皆黯然失色。飲食界、養生道場，人人言必稱番茄，雞鴨豬狗（熱狗）牛羊魚，除了雞精保持硬頸精神尚未添入，其餘全跟番茄有染。對受不了番茄味的人而言，番茄時代所形成的專制獨裁統治，比攝護腺腫大更令人畏懼、厭惡。不愛吃番茄本是天賦人權的一部分，如今沒人尊重這點，反倒以「溫柔的殘暴」要你多吃番茄，說著說著又幫你倒滿一杯味似「打落牙齒和血吞」的番茄汁。

時勢至此，番茄再也不是麥當勞裡沾薯條、電視劇裡用來調製血腥效果的「小腳（音ㄎㄚ）」。不獨如此，根據美國《時代》雜誌評選二〇〇二年全球最重要的四十二項發明，「番茄疫苗」名列前茅。亞利桑那州立大學生物學家查里斯・昂森教授研發出將番茄汁經冷凍乾燥技術製成紅色粉末，內含大腸桿菌基因，服用後，該基因製造出的蛋白質即成為一種疫苗，幫免疫系統識別、對抗細菌，可治療腹瀉。在文明國家腹瀉乃小事一樁，然而在醫療條件較差的第三世界國家，腹瀉卻足以奪命，每年至少有二百萬人因腹瀉而死亡，尤其是兒童。番茄安撫了文明社會男性的攝護腺，又成為落後地區人民的救命仙丹，善哉聖哉！

我太感動了。小小番茄平衡了我這個活在貪婪地耗費地球資源自稱文明社會卻不知悔改以至於讓我常常覺得罪惡的平凡人的良心，她使我好過一點。尤其，當我清理過期食品而思及全世界有八億人挨餓遂慚愧萬分導致大腸激躁而服用腸胃藥時，史懷哲般的番茄倩影總會浮現腦海，她承載了我對億萬個不幸的地球人的歉意與祝福。

我想起夢中那粒小番茄悲憤的神情，頓覺台灣欠她一份人情、一頂桂冠——憑她的貢獻，聘為國策顧問也不為過。畢竟，本土的滿臉通紅比海外的一頭白髮更能彰顯國運昌隆啊！

在茄紅素的領導下

◎簡　媜

我決定替她討回公道。

爲了深入了解，我特地到大賣場繞一圈，這才發現番茄品種之多、價格之亂令人咋舌。有礁溪來的、滿載我的童年回憶的溫泉番茄，有顏色千變萬化常客串靜物寫生模特兒的「黑柿仔」，有形似桃子具東洋趣味的「桃太郎」，有紅亮飽滿像紅寶石的「牛心」番茄，有荷蘭進口號稱減脂聖品的大黃番茄，還有農委會歷經五年研發成功、獨具琉璃透亮感的「金豔」黃色小番茄，加上那些個頭小的：連珠番茄、嬌嬌女番茄及聖女小番茄，看得我頭痛，沒想到番茄國度競爭如此激烈。至於曾經轟動一時、引領風騷的小聖女如今竟被擺到角落「俗俗賣」，狀似一群深宮怨婦。

我恍然大悟，小聖女的問題無關乎番茄國族命運而是受不了自己失勢。在轟隆作響的時代巨輪中，她從方向盤位置被推擠到排氣管，這口氣確實嚥不下。

既來之，我忍不住像小時候一樣把酸梅塞入礁溪番茄內，數到十、大咬一口，享受微酸帶甜豐富的味覺層次變化、唇齒間有沙質與水分相互沖積的幸福感。瞬間，彷彿重回陽光燦爛的童年午後，一個人坐在河邊啃食完整的大番茄，那種無憂無慮的幸福使人縮小，小到像一隻瓢蟲，於是那幸福變得更澎湃。我沒料到礁溪番茄對我仍有魔力，更加深我對她的忠貞情懷，再次印證「曾經滄海難爲水，除卻巫山不是雲」的強大威力。因此我得出小小結論：一個人（或事物）若不能佔領一世代之記憶區，無法在時間軸線上留歷史印記，又喪失與當代競爭者決勝負的優勢，冷宮，恐怕就是戶籍所在地吧！小聖女番茄的心結應該就在這兒，別說把冷宮視爲戶籍，就是當作兩天一夜的度假勝地她也不願意呀！

「恐懼失勢」絕對是一種病，病根源自對權力之過度貪戀以至於無法戒斷——自詡是天地間獨一無二、唯一有資格肩負歷史使命的王，他人皆凡夫俗胎不配掌握權柄。從物種演化角度觀之，這種人是瑕疵品，然而因其鬥性堅強、老謀深算又擅長製造大混亂，故常常在無形間又取得機會再次登上權力高峰。

一旦稱了她（或他）的心，活著不下台，死了也要成爲坐屍更不須下台。

我不寒而慄，決定離那粒小番茄遠一點，每晚睡前誦念自己發明的「除夢咒」以遠離是非顛倒夢想。偏偏有一晚漏念，忽然一粒芭樂衝進來壓我胸口險險害我心臟病發，我奮力一抓、狠狠咬一口立刻吐出大喊：「鬼哦！」那粒芭樂——憑四十年啃食經驗我絕沒認錯——居然是紅皮紅肉！

那種紅太邪門了，跟幼年偶從土芭樂堆找到的紅肉小芭樂不一樣。我嚇壞了，拊胸喘氣，芭樂——不，應該說「番茄芭樂」中的芭樂部分，得意地說：「怎樣？沒想到我也有富含茄紅素的一天吧！」小聖女番茄那部分也故意嗲聲嗲氣應和：「我們混血了，我們融合了，我有他的英俊外表他有我的豐富內在，從今起就是打遍天下無敵手的新品種嘍！」

我眞的無法接受紅綠配，頻頻問：「爲什麼？爲什麼？」

「我們有共同的歷史使命呀！」番茄、芭樂同聲回答。

又來了，「歷史使命」被濫用到比塑膠袋、保麗龍還嚴重，若有「語言環保署」，我要

在茄紅素的領導下

◎簡　媜

建議限用的語言名單必有：「愛台灣」、「歷史使命」、「吃台灣米喝台灣水爲何不會講台灣話」……。

我神魂稍定，理智轉一圈就看穿這兩個傢伙連講「歷史使命」應有的慷慨、悲壯都沒學會，眞把歷史使命交給他們必成「歷史沒命」。我拐個彎探一探芭樂：「以後，再也沒人敢叫你『芭樂票』對不對？」

「說到『芭樂票』我就有氣，」芭樂重重地搥桌，惹得番茄本能地驚叫「小心，會破！」而他提醒她「放心，我很硬！」接著指天恨地開罵：「我們對台灣沒功勞也有苦勞，我們做錯了什麼？唯一缺點也不過是籽多讓小兒便祕，可是從蒙特梭利教育觀點來看也是『機會教育』讓兒童認識攝取纖維的重要。憑什麼把我們污名化、亂戴空頭支票帽子？那些空心蘿蔔你們一個都不敢惹還讚他們『好彩頭』！這樣對嗎？我們芭樂族任勞任怨跟著台灣受苦受難撐過來，人說『子孝不嫌母醜，愛鄉不嫌土貧』，我們從來都是隨便站在田邊、路邊、學校廁所邊靠狗屎、撒野尿小孩的滋潤就結出一堆芭樂給你們吃到飽，你們不但不念這個恩還恩將仇報；嫌我們籽多，好啦，『無籽芭樂』順應民意出來了，嫌我們肉澀不甜，『珍珠奶芭』也出來了。結果呢，妳去看看市場上芭樂一斤多少？啊！妳回答我一斤多少？」

「……？」我眞的不知道，亂報：「該不會是五十元吧！」

「還『伍佰』咧！」芭樂氣得冒出一坨紅肉瘤：「一斤比不上一粒貓屎咖啡豆！」

「啥是貓屎咖啡豆？Star-bucks有賣嗎？」我問。

小番茄見我的表情「跟不上潮流」，立刻以宛如國會助理的架式秀出一則剪報，大意是：印尼麝香貓取食咖啡樹上的果實，吃掉果肉，把咖啡豆也吞下肚，豆子不被消化，繞其腸道而行遂沾染貓科靈慧之氣、集結天地萬物之味，最後裹隨貓屎而出。便有「逐臭之夫」如獲至寶地「採屎」而歸，以小鑷（想當然耳）畢恭畢敬夾出如同晶鑽一般的咖啡豆，加以烘焙而成。由於產量稀少，咖啡鑑賞家視作稀世珍寶，莫不以朝聖心情「顫抖品嚐」。最近，台糖打著「麝香貓」名號賣咖啡，一杯五百元，但立刻遭行家質疑其純粹，台糖緊急澄清賣的是混合豆。可見屎粒之珍貴。

難怪芭樂這麼不平衡，同樣是繞腸道而行，芭樂籽與咖啡豆的「下場」竟有天淵之別。我想起當年我弟痛苦哇叫、我母徒手診治之狀，對照報上大老闆們嘻然暢飲之情，眞是不勝唏噓之餘，勃然有怒。

「最好那些貓都剉屎（腹瀉），五百元夠低收入戶小孩繳一個月午餐……」我說。

「妳不要轉移話題，我還沒講完……」芭樂插嘴。

「夠了夠了，」不愉快的談話加上污穢想像令我不耐，「你就是一肚子牢騷、滿腦被迫害妄想，講一百遍、一千遍還是同樣論調，好像天下人全辜負你似的……。」

「妳太標準就是『不願聆聽』的那款人，爲什麼我講百遍千遍？因爲你們連一遍都不願意聽完！」

好囉嗦的變種芭樂把我氣得滿臉漲紅——也算富含茄紅素。本想回擊，轉念一想，平日最恨那些尖嘴亂啃道理比老鼠咬布袋更缺乏邏輯、美感的人，若破口與芭樂槓上，豈不毀了修養？況且他的怨憎也有幾分道理，就從那幾分道理處對他「同情與理解」吧！我緩一緩口氣：

「我們別爭了。天地間萬物皆如此，千金難買一句肯定。昔日你當道今天換人掌權，這是自然法則，不妨就從這節骨眼自我釋懷吧！我也承認你現在確實受到不合理對待，不過，我相信很多人記得你帶給他們的童年快樂——哪種水果像你一樣可以當棒球投？多想想這些就不會那麼在意鎂光燈下的位置了！」

芭樂默然，臉上現出香甜時才有的鵝黃色澤。

偏偏番茄「哼」了一聲，給他「注射」疫苗：「聽到沒？她承認你受到不公平對待了吧！你更應該堅持原則、抗爭到底，要是憑幾句話就被軟化，她一轉身就會譏笑你是沒種芭樂，他們的陰謀我太了解了！」

芭樂再次漲紅臉，又搥了桌。

我終於體會，當雙方喪失互信基礎時，所有的對話都會變成刀槍，這時最好的方式就是「不對話」。

我決定離開夢境，說了聲：「那就祝福賢伉儷成爲打遍天下無敵手的當紅巨星吧！」

醒來，心情不佳。明明能雄辯卻硬要自己「鎖喉封口」確實需要強大的自制力與調適功夫。所幸天下事本多無奈不差再添一樁，很快地我也釋然了。偶爾行經市場，瞄一眼番茄芭樂上市了沒，如此而已。

奇的是，趕上茄紅素熱潮的「紅彩頭」紅皮白蘿蔔、「紅旺來」紅皮鳳梨都在市面招搖一陣子了，就是沒看見紅芭樂的影！

後來，聽說那晚我離開夢境後事情還有下文。一顆路過的「金艷」小黃番茄聽了我與芭樂番茄的對話，竟滾出來羞辱聖女小番茄：「妳怎能跟我們比？我們『金艷』是副總統賜名等於國家掛保證的呢！看到沒，品種名叫『台南十二號』，台南專門出總統知道吧！妳再怎麼改良也沒用啦，乖乖回去當妳的沙拉吧小姐！」

唉！標準的「權力的傲慢」，番茄版。

這「番」話激怒那兩個「同是天涯淪落人」，更加誓言為「歷史使命」皮連皮、肉連肉。不過，話才說完，兩人就為名字起了一點「內亂」；到底該叫「番樂」、「芭茄」還是「番芭」、「樂茄」一直談不攏。芭樂認為自己「又硬又大」應該排前，番茄自認營養豐富民調高應該居先。兩人不斷協商、密談，還一度各退一步取了「泰國小聖女」這種A片綽號，次日又同意推翻——此乃唯一一次意見相同。

唉！也是標準的「未得天下、先分天下」。

爭執不下，只好假民主方式召集小聖女家族、芭樂家族舉辦「命名公投」。而且為了公平起見，公投決定每年重新公投一次，直到大家都不在乎叫什麼名字為止。

——原載二〇〇四年三月十七日《聯合報》

沈花末／

米粉芋

沈花末

台灣雲林人，1953年生。台大中文系畢業。著有詩集《有夢的從前》、《一個句子都是因為你》；散文集《關於溫柔的消息》、《旅行到一個陌生的地方》、《今夜，在尤加利樹下入眠》、《橘子花香》和《加羅林魚木花開》等。曾獲優秀青年詩獎。

C去宜蘭，返回時攜了土產，說是太多吃不完，要給我一把青蔥、一束空心菜和一粒芋頭，就要立即送過來。猜想她是故意買多了，好有給我一些帶著泥土味新鮮蔬菜的藉口，當即樂意接受。

C來了。我看這蔥莖部細白飽碩，秀長的葉子灌滿藍綠色澤，想是聞名的福蔥；空心菜包捲在蓬鬆的報紙裡，紙上沾著水漬，粗壯的莖和葉，葉是近似心形的闊葉，「這是礁溪的溫泉空心菜。」C補充。芋頭約有兩斤半重，咖啡黑的根部帶著潮潤的泥，看起來就像剛從土裡挖出來一樣。

不能說我的廚房裡經常有蔥的存在，但是，C的這一把蔥使我的生活添增美味。切成段的蔥，邊緣流出黏黏汁液散著氣息香辛，蔥段丟入滷鍋，滷味清甜，蔥白剖半，再剖半，用來爆炒牛肉，也有爽鮮的口感。切得細細的蔥花有若透明，撒了幾點到味噌湯裡，淺綠數朵浮在油光飄動的棕黃之中，讓視覺得著滿意。

蔥，由來都是善盡提味的責任。

那一把空心菜，只摘掉少許粗梗粗葉，將油入鍋燒熱，放入拍碎的蒜爆香後，先將摘成段的梗放入翻炒一下，再將一樣摘好的葉也放入，大火快炒約二十秒，撒下少量鹽後，就是一盤翠綠的炒空心菜。連著二日，溫泉空心菜上了我家餐桌。

溫泉空心菜的好處是，熱炒後莖葉不易變黑，又保有清甜爽口的特質。溫泉空心菜是在溫泉水裡生長，並且據說水溫也有控制。小時候家裡也種有水空心菜，母親說的是水蕹菜，

米粉芋

◎沈花末

總記得在夏天，那一排水蕹菜就在後壁園仔旁的排水溝裡，綠油油熱烈烈生長著。排水溝約莫三尺寬，水質清澈，雖然不是溫泉，卻是流暢暢的活水，看見大肚魚穿行其間並不稀奇，兩岸又長了黃綠黃綠的水草，只有水流當中的三行是水蕹菜。這些水蕹菜，有著大大的葉子，肥碩的莖和梗。每每到了黃昏時刻，母親在廚房裡喊著：「去挽些水蕹菜來炒。」我們小孩子就放下手邊的事，跑到水旁，將水蕹菜最嫩的莖和葉摘下一把。不久，這一把翠冽無比的菜便成為盤中飧。只要根莖仍在，水蕹菜是可以生生不息的。至於那些遲遲未被摘取的水蕹菜就闊氣的生長著，粗壯壯在秋天裡開了白色的花朵，花瓣軟薄似牽牛花，純白色幾簇散布在溝中，粧點得很有韻致。

同樣的一條水流，除了水蕹菜之外，也兼著種茭白筍，每逢產季便由水裡割出，直接用水燙熟，沾醬油膏吃食。

對於許多蔬菜的感情都是源自於童年經驗。那時，家中按著不同的季節，種著不同的菜蔬。芹菜、莧菜、茄子、小白菜、鵝仔菜、高麗菜和四季豆等等，都是菜園子裡常常見到的。這些蔬菜供應著我們的平日所需，而我多多少少也有參與，幫忙著鬆土、撒種、澆水、施肥或採摘，其間也有深深的感動，譬如，一粒種籽播下後的萌芽與生長，是那樣富含戲劇性；又如，最華麗的顏色歸給茄子，深色的葉，粉紫的花和幾近暗紫的茄子，發亮的光澤，在在顯現沉靜的美感。

至今，到傳統市場買菜，一雙眼睛轉來轉去，仍在搜尋著從前家中的菜色。去年冬杪，有一次在市場見到農婦自種自賣，擺在路邊地上的新鮮蔬菜，大蓬蓬的翠綠葉子占據大半攤子，我嚇了一跳，然而太久沒有見到這菜，只知是舊識，一時卻還想不起來叫作什麼名字。當夜，努力回想之後，是了，是加茉仔菜。可以說自從離家以後，就未曾再見過。立時，這菜的滋味全部湧了上來。母親喜食這菜，冬日休耕之際，父親就在園圃間種了短短二行。加茉仔的梗柄粗大，葉片寬闊，全身油亮，總是霸氣的吸住人的目光。母親先將蓬鬆的葉子切好，入水汆燙，撈起再下到蒜蓉爆香的油鍋裡，大火快炒幾下，體積大幅變小後，成了萎縮深綠的一盤。我從來就沒有喜歡過那微甜帶土澀的口感，即使母親已把部分土澀燙除。不過，母親吩咐著去採摘，卻是樂意。彼時，加茉仔菜的油光映著夕陽的紅，暗金暗金，彷彿不久月娘就要上來了。

再度在市場裡與加茉仔菜相逢，眞是令人驚異。

我家也種過芋頭，也是短短二行，不過，從來未曾種得肥美。塊莖雖然枯瘦，葉子卻是大剌剌，綠得理直氣壯。我戀著那些葉片。下雨了，映成銀白色的水珠在葉子上面滾動，風吹過來，葉片傾斜了，水珠掉落，一粒一粒像珍珠，成串的如項鍊。芋葉如水滴同時成爲夢境的一部分。母親喜歡剝下芋葉的柄部，洗淨撕去粗纖維，切段，再入油鍋快炒，芋柄變軟變黑。這一味，也是母親獨沾。奇怪我們小孩子對這吃起來軟軟塌塌，顏色黯黯沉沉的芋柄卻沒有多大興趣。不過，芋頭在我家算是經常出現。父親偶爾從市場買回一小袋如雞蛋般大小的芋頭，以白水煮熟後，剝去皮，母親讓我拍碎蒜頭，連同醬油裝到小碟子裡，這，沾醬

米粉芋

◎沈花末

吃。剝了皮的小芋頭露出淡紫白光澤，讓人有足夠的理由去著迷。至於夏天的芋仔冰，是一種吸引力。零錢不足的年代裡，吃芋仔冰需要靠技巧。我的一個哥哥只用五毛錢就可以贏得一個五球的天霸王芋仔冰，大到可以分給兩個妹妹吃，而且屢試屢贏。他就是有打彈珠的本事。打彈贏芋仔冰，是另一種夏季裡的幻想。

中秋節前後是芋頭的盛產季，其實在更早的中元節，供桌上也已擺上兩粒稍嫌稚嫩的芋頭了。鄉人喜歡互通有無，家中廚房堆著幾粒鄰居送過來的芋頭。然後，那簡直就是一場愉快的盼望，我們知道母親得空就會做米粉芋。

母親準備著食材：芋頭去皮切成小塊、米粉和蝦米泡水、紅蔥頭洗淨切細、豬里肌切絲、高麗菜切絲，就這些了。接下來，鍋中放入油燒熱，先爆香紅蔥頭，再放入蝦米，一樣爆香，豬肉絲、高麗菜絲和芋頭塊陸續放進炒香，注入適量的水，煮滾，轉小火，等這些材料熟軟，再放泡軟的米粉一起煮，不久就可以上桌了。其實，不必等到晚餐時間，姊姊和我已經吃飽了。農家吃食注重飽足感，米粉芋易飽又易餓，所以母親並不常做，偶爾做了，吃起來倒像是點心。

芋頭從來就是生活的一部分。於是，我的裝著芋頭的胃，便經常要試探和芋頭有關的食物，譬如：芋頭鴨、芋頭扣肉和芋頭粥等等，吃火鍋時也要丟進幾塊炸芋頭到鍋中，凡此種種和芋頭有關，或聞嗅，或親嘗，芋頭總是發出親切的召喚，即便無意中看到一畦茂盛的芋田，也要爲之駐足讚歎。

一個人的飲食習慣與原生家庭息息相關。我的女兒對於食物的好惡，已經與我有幾分相似，大凡我吃食的，她都願意嘗試，想必是耳濡目染之故。對於食物的態度，相對於我的保守，她則富有冒險精神，從小嘗過不少西方食物。孩子的爸爸對於食物也充滿冒險精神，從北非的庫斯庫斯到普通的西班牙海鮮飯，無不勇於開創，八味之中，酸甜苦辣鹹澀腥沖都可以嘗了，唯獨，他的味覺裡，沒有芋頭的存在。

因此，C送來的芋頭便遲遲未能食用。某日，孩子的爸爸出差去了，孩子建議我來煮個芋頭米粉，而且，越有阿嬤的味道越好。

我準備的材料與舊時母親用的相似，我多加了香菇絲，用的米粉是埔里粗米粉，好讓米粉可以耐煮些。我在廚房裡，孩子熱心的，滿頭大汗幫著切細紅蔥頭，那，嗆得她直流淚，又，浸泡粗米粉……，一鍋蒸騰美味完成時，已是午後一時。

我帶著點得意，給住在鄰巷的Y打了電話，Y與我同是來自嘉南平原，她，她的胃裡，米粉芋的記憶猶新吧？果然，Y歡歡喜喜的拿個小鍋子來，盛了半鍋，歡歡喜喜的回去了，臨走時，滿臉笑容：「哇啊，好久不曾吃了。」

我和孩子，也是歡歡喜喜的食用餘下的三分之二鍋，連同晚餐，吃的都是同一鍋。

當天晚上，清洗鍋碗時，一面洗滌，一面忍不住，許多許多年前，在舊居，母親和姊姊，與我，我們在廚房裡，低語細細準備著食材，不算明亮的空間裡，在洗和切之餘，也有我們的笑聲。煮好之後，母親看著我們吃完一碗，再添一碗……，此時天色仍亮……。我竟一遍，又一遍的憶想。

——原載二〇〇四年四月號《聯合文學》

年度散文選

季　季／

鷺鷥潭已經沒有了

王景河／攝影

季　季

本名李瑞月，台灣雲林人，1944年生。1963年自省立虎尾女中畢業，1964至1977年為職業作家。1988年獲選為美國愛荷華大學「國際寫作計畫」作家。曾任《聯合報》副刊組編輯、《中國時報》副刊組主任兼「人間」副刊主編、時報出版公司副總編輯、《中國時報》主筆。2005年2月1日自《中國時報》退休。出版小說《屬於十七歲的》、《拾玉鐲》，散文《攝氏20－25度》，傳記《休戀逝水——顧正秋回憶錄》、《我的姊姊張愛玲》（與張子靜合著）等十八冊。主編年度小說選、年度散文選、時報文學獎作品集等文集十冊。

1

早春的清晨還有一層淡灰的薄霧。父親陪我走出家門。三分鐘到派出所對面，在堂姊夫開的小店前等車。

從永定坐台西客運到西螺，十分鐘。

轉公路局汽車到斗南，二十五分鐘。

在斗南火車站坐縱貫鐵路慢車到台北，七個小時。

父親給我一隻鄉民代表會送的咖啡色提袋，裡面放了一支鋼筆，一篇剛寫好的小說〈一把青花花的豆子〉，一本筆記本，一疊稿紙，幾本書，以及裝在信封裡的二千元。火車內人不多，我把裝了幾件換洗衣物的紙箱放在座位旁，左手擱在紙箱上，右手緊抱著提袋，很快就睡著了；昨晚我興奮得幾乎沒睡呢。

下午四點到達台北火車站，坐三輪車到徐州路的台大法學院。馬各和門偉誠在那裡等我。

「報名都快截止了呀，」馬各焦急的說。

我趕緊去報名，選了三堂課：修辭學，英文文法，理則學。辦好手續，法學院的紅磚樓房已沉浸在淡金的暮色裡。

「妳今晚住在哪裡？」門偉誠關心的說。

鷺鷥潭已經沒有了

◎季　季

「還不知道呢，」我說。

「那就住我家吧，」她說。

那天是一九六四年三月八日。我與馬各、門偉誠第一次見面。

門偉誠和我同年，一九六三年育達商職畢業，沒再上大學，以第一篇小說〈湖上〉獲得《文星》雜誌小說徵文第一名。我從虎尾女中畢業，爲了參加文藝營而放棄大學聯考，在文藝營和《亞洲文學》徵文獲得小說第一名。馬各則比我們年長十多歲，那時在聯合報做編輯；已在高雄的大業書店出過一本散文集《遲春花》；在台南的新創作出版社出過短篇小說集《媽媽的鞋子》和散文集《提燈的人》。一九六三年四月二十三日林海音因「船長事件」被迫離開聯副，馬各曾代編兩個多月；門偉誠和林懷民都是當時的作者。懷民那時讀台中衛道中學，父親林金生是雲林縣長，放假日他回斗六，偶而約我去縣長公館聊天聽古典音樂；馬各、門偉誠、隱地，都是他的筆友；通過他的介紹也成爲我的筆友。

選擇三月八日婦女節到台北，後來被一些人解讀爲女性意識的出發。作爲女性，怎麼會沒有女性意識呢？然而最確實的原因很單純：那天是台大夜間部補習班報名的最後一天。

2

門偉誠家住通化街一四〇的通化新村。她父親是陸軍中校，在國防部上班，分配的眷舍只有一個大通間，放了四張床，一家六口同住，另在外面搭個棚子炒菜做飯。她那時在大直海軍總部做接線生，下了班忙著談戀愛看電影，總是很晚才回家，沒再寫小說。一九六三年十一月在到台北的第二天，我就把〈一把青花花的豆子〉寄給《皇冠》；《皇冠》第一次發表小說，這是第二次投稿。通化街有二十路公車，我每天搭去衡陽路，然後穿梭在重慶南路的書店之間，站著享受免費閱讀。台大夜補班的課一周三天，站著看書站累了，我就走到省立博務館，坐在那棟古樸典雅的維多利亞式大樓的台階上，看人，看風景，胡思亂想要寫的小說，時間差不多了就穿過新公園，漫步到徐州路的台大法學院上課。

過了一個多禮拜，馬各說已託他的房東太太幫我找好了房子，三坪大的房間一月二百元。我去通化街口買了一張竹床，請老闆讓我和這張床一起坐他的馬達三輪車，搖搖晃晃到了永和鎮竹林路十七巷十三號；房東一家四口住樓上，我住樓下前面的單間，後面是浴廁、廚房和餐廳。馬各和他的同事韓濟住在對面巷，鄰著打造了竹聯幫威名的勵行中學與溪洲市場，房東一家是上海人。我去市場買了一些日用品，馬各和韓濟來看了之後說，「沒有椅子，坐在哪裡寫？」回去合力搬了一隻有扶手的籐沙發椅給我。

坐著那隻籐椅，伏在竹床書寫，我的職業寫作生涯就那樣開始了。三月三十日到四月十九日，在中央副刊發表了三篇小說；五月一日出刊的《皇冠》登出了〈一把青花花的豆子〉；五月十六日又在中央副刊和中華副刊各發表一篇小說；六月十九日，《皇冠》的平鑫濤先生與我簽了五年的基本作家合約；見證人是瓊瑤。那份合約書，是平先生親自以鋼筆寫在五百字一張的《皇冠》稿紙上，薄薄的兩張，八項條文，力透紙背，大約七百五十字。

七月號的《皇冠》，正式公布了基本作家辦法：「說得具體一點，這辦法有些類似歐美的經理人制度，站在作家的立場上，爲他們作一切最好的安排。使他們把一切困擾，交給我們，使他們可以把整個心力，溶匯入作品；我們也將邀請基本作家們定期小聚，或野餐，或郊遊，或茶會，或彼此交換心得……如果有生活上或臨時的需要，我們願意預支稿費及版稅。」平先生讓我每月預支六百元稿費，付了房租還有四百元吃飯生活。

《皇冠》公布的第一批基本作家，共有十四位：司馬中原、尼洛、朱西寧、季季、段彩華、茅及銓、桑品載、高陽、張菱舲、華嚴、馮馮、魏子雲、聶華苓、瓊瑤。他們不是已享盛名就是文壇前輩，只有我未滿二十歲，只發表了幾篇小說；而且是唯一的台灣人。這種機緣和幸運，是我離開永定來台北時，未曾夢想到的。

3

永定村的李家是大家族，族人密如蛛網。像我這樣讀完全縣最好的省立女中，不考大學也不出去做事，常有熱心親戚來家裡說媒，不然就是一出門碰到三姑六婆，一個個雞婆的問道：「啊妳每日在家寫什麼啊？」眼睛直愣愣上下打量，彷彿我在家做著什麼不該做的事。

在家寫什麼，哪裡說得清楚呢？小說寫的，不就是人世的牽牽絆絆，說也說不清的一些事嗎？如果說得清楚，也就不必字字書寫了啊。

一九六四年二月下旬，我在報上看到台大夜間部補習班的招生廣告，遲疑到三月初，把那張廣告以及發表過和未發表的小說拿給父親看，對他說想再去台北讀些書，自由寫作維生。父親十四歲就去東京讀書，比我更早就走得更遠。他理解了我，立即答應了。父親是六兄弟的老么，在東京有兄長族親照顧；我是父親七個子女的老大，決定到台北的那天，還不知道晚上住哪裡呢。但他放心的讓我走出永定的蜘蛛網絡，去到陌生的台北都會，做一個自由的人，一個自由的寫作者。

在台大夜補班修的三門課，最吸引我的是自由主義大師殷海光教的理則學。殷先生那時是台大哲學系教授，四十五歲，滿頭灰髮，穿著白襯衫米黃長褲，教室講桌上頭懸著一支細長的日光燈，照得他的身形愈顯瘦小。他說話急促略帶金屬聲，講課時不苟言笑，神情有點疲憊，下了課收起書本就走，大概覺得我們只是慕名而來，並非眞的想鑽研學術精髓。殷先生娓娓而談的那些演繹，歸納，論證，邏輯，雖然條理明晰，我卻總不能專心聽進去，漸漸感覺枯燥，一個多月後就沒再去上課了；可見要做殷先生的學生，也得要有些慧根啊！

不久殷先生開始受政治迫害，一年多以後離開台大；一九六九年因胃癌辭世。然而我始終懷念著日光燈下娓娓而談的殷先生的臉孔。他教的那些理論雖然枯燥，卻讓我學會用邏輯的眼光看待人世；演繹，歸納，論證，不至因迷惑而軟弱。

那是我最大的收穫。

鷺鷥潭已經沒有了

◎季　季

4

「難道整天寫作妳都不覺得枯燥嗎？」

是的。那時的我的生活，除了寫作，再沒有更讓我覺得入迷、刺激、有趣的事了。而且皇冠有時安排聚餐或郊遊，可以和那些前輩作家吃飯聊天，聽一些我所不知道的文壇掌故，那種樂趣也是從寫作衍生而來的。有一晚我們在新台北飯店聚餐後，散步去附近的聶華苓家聊天，那時她和媽媽及兩個女兒住在松江路的《自由中國》宿舍。閑談之間，才知道曾與她在《自由中國》共事的殷先生，結婚前就和她們同住在那棟日式房子裡。如果不是因爲寫作，怎能發現這種巧合呢？

整天伏在竹床上寫作，確是單調孤獨的，但組合那些文字，人物，表情，慾望，從無到有或從有到無，常常只是一念之間；或甚至只是一瞬之間。寫作的過程，奇妙得像玩魔術，神秘，緊張，刺激，怎會枯燥呢？

我租的房間，面對一道老舊的暗紅磚牆，牆縫裡密生著毛絨絨的青苔，牆頭攀出手臂粗壯的茄苳枝椏，偶有麻雀家族在枝頭吱吱喳喳道東說西，此外沒有任何人來問我每日在家寫些什麼。那種自由的感覺，是一種神奇的力量，有時早上起床開始寫一篇小說，中午去永和豆漿旁邊吃麵，就把寫好的小說投入路口的郵筒；過了一個禮拜，小說就在副刊登出來了。

那時十七巷巷尾住著曾在南京辦《救國日報》的龔?柏先生，有時我拿著信封出門，看到他也拿著一個信封，仙風道骨飄然而過，大概也是寫好了稿子要去投寄吧？他那時已七十多歲了，一把灰白美髯配銀髮，穿一襲深藍長袍，一雙黑布包鞋，低著頭，心事重重的往前走。他慢慢的走，我慢慢的走在他的後面。他不知道身後的我。我是在重慶南路書店免費閱讀時，從作者簡介的照片認出了他。等他把信封投入郵筒轉身走了，我才去投入我的信封。一個可敬的、筆耕數十年的長者，沉默，而且陌生。然而走在他的後面，每一次我都有一種追隨者的孺慕與感動。

5

我們嘻嘻哈哈去坐往宜蘭的公路局，到小格頭那一站下車。越過山坡穿過樹叢跨過斷崖，二十八個人沿路唱歌說笑聊天。忽高忽低跋涉了兩個小時，汗水淋漓的抵達了北勢溪上游的鷺鷥潭。林懷民、丘延亮、桑品載、蒙紹、楊蔚、王葆生等會游泳的，都光著上身穿著內褲跳入了溪裡，一時水聲喧嘩水花四濺。不會游泳的朱西寧、劉慕沙、司馬中原、魏子雲、段彩華、蔡文甫、瓊瑤、王令嫻、朱橋等人，坐在河灘上繼續唱歌聊天。清澄的溪水在五月的陽光裡綠得發亮，雪白的鷺鷥在松林間悠閒飛舞。鷺鷥潭，一個白得最白綠得最綠的幽谷，在那裡，二十一歲的我，要結婚了。

《皇冠》主編陳麗華和發行部的楊兆青，在河灘上鋪了兩條塑膠布，撿了幾個石頭壓住，然後從籃子裡拿出餐點、草莓酒、杯子、結婚証書等等。爲我安排婚禮的平先生，在一

鷺鷥潭已經沒有了

◎季　季

旁細心的檢視，把桑品載舉了一路的兩支包了紅紙的竹筒分插兩旁，愼重的點起了紅燭，然後以主人的身分開始分配任務：男方主婚人魏子雲、女方主婚人瓊瑤；證婚人朱西寧；介紹人段彩華、張時；男女儐相王葆生、張菱舲；司儀桂漢章。

「喂，要開始囉，」平時溫文優雅的平先生，對著溪裡幾條好漢扯開嗓門大喊：「你們趕快上來啊！」

一九六五年五月九日下午一時，好漢們的上身映著水光，內褲還滴溜著水珠，我穿著一件金黃底色斜插幾枝鮮紅玫瑰的無袖洋裝，捧一把沿路採來的金黃馬纓丹，赤足站在瓊瑤與張菱舲之間。新郎楊蔚站在魏子雲與王葆生之間。朱西寧站在我們六人的中間。於是司儀開始唱名，証婚人致辭，介紹人說些無關事實的介紹辭，主婚人致謝辭。然後司儀大聲說道：「新郎新娘喝交臂酒！」於是我與《聯合報》記者楊蔚，轉過身子，舉起杯子，喝了我們的交臂酒。

午後我們又跋涉兩小時，到小格頭坐公路局回台北。傍晚回到永和中興街，買了半個西瓜。吃完了西瓜，我們就累得睡著了。

那天是在綠島坐過十年政治牢的新郎的三十八歲生日。沒有生日蛋糕也沒有結婚喜宴。他的老家在山東，與家人音訊斷絕。我的老家在雲林，爸爸來信說，結完婚帶回來見見親戚，一起吃頓飯吧。爸爸與我們一樣，都不喜歡喧嘩婚宴。

6

一九七一年，鷺鷥潭繼續白得最白，綠得最綠。

秋天來時，帶著兩個孩子，我回到了永定，結束了婚姻。

一九八七年，翡翠水庫完工，北勢溪上游沉入庫底。

鷺鷥潭已經沒有了！

——原載二〇〇四年四月號《印刻文學生活誌》

李欣倫／

像我這樣的一個女子

李欣倫
台灣桃園人，1978年生，現就讀中央大學中文所博士班。著有散文集《藥罐子》、《有病》及碩士論文〈戰後台灣疾病書寫研究〉。曾獲時報文學獎。

這樣

我不清楚有多少女人像我這樣。

想必不少。我母親曾經這樣，我妹妹也是，好在情況不嚴重。妹妹的男友的母親也是。妹妹前男友的表姊也是。我姑姑的女性朋友爲此受苦了多年，治癒，復發，治癒，復發。我同班的十個女同學中，有兩個因爲這個緣故來我家就診、拿藥。我的女友P曾因此住院。F曾爲此就診而經歷了男醫生及女護士目光和手觸的不自在感受。C和嫂嫂都是。她嫂嫂的姊姊也是。她嫂嫂的姊姊的同事也是。

城市，鄉村，教堂，學校，郵局，菜市場，百貨公司，金融大樓。我和這些女子習慣將自己的心事隱藏在微笑和妝容底下。陽光街道，藍色泳池，麥色麵包店。我和這些女子彼此不認識，但這種痛苦的共通點將女子們隱隱紮成一束，紮成眞正的生命共同體，也許只要有一女子悄聲開口，便發現她也是，她媽媽也是，或是她的誰誰誰的誰誰誰，也是。當電影裡的愛蜜莉站在高處俯瞰城市，猜想此刻當下正有多少對男女交歡，我也站在頂樓，思考著這座城裡究竟有多少名女子正爲此受苦。

「十五對。」愛蜜莉說。

「五十名，或者更多。」我保守估計。

像我這樣的一個女子

◎李欣倫

那裡

在這裡，女子們的姊妹情誼似乎漸成神話。女子畢竟也是人，終究逃不過人性的重力拉扯，女子們在職場、美麗、青春領地上競爭著、敵視著、嫉妒著。當種種文明產物撕裂了姊妹情誼的薄膜，似乎有種天然存在將姊妹們重新糊成一隻堅強臂膀，那是痛苦，肉體的痛苦，精準地說，是那裡的痛。

主訴

第一次是在我大四那年夏天發生的。我去一家麵店上廁所後就感覺挺不對勁。廁所很髒，我以爲被髒東西感染。接下來的一個鐘頭內跑了不下十次廁所。每次都只上一點點。一上完，那裡好痛，好痛，痛到踢馬桶和罵髒話。那天晚上幾乎沒睡，上廁所的次數頻繁，那裡愈痛，我愈害怕。

隔天去掛號。醫生問我有沒有憋尿的習慣，我不好意思地點點頭。他說千萬不能憋尿，開了藥給我。服藥大約三兩天就痊癒了。

第二次是去年夏天。上廁所後覺得那裡隱隱發疼，有不好的預感。果然，劇痛來得突然，血尿毀了向日葵般的夏日，心情糟透了，除了吃藥和跑廁所外什麼事都沒法做。兩個星期後以爲痊癒了，和朋友開車去玩，沒想到突然復發，那裡似乎要爆炸，慘的是當時行駛在高速公路上，找不著廁所。尤其女友的男友在場，我不便多說什麼，但臉色想必很糟。一下交流道，每見加油站、麥當勞必停車上廁所，大夥兒抱怨連連，還被同車的男性調侃爲多尿女王，當時我痛得嘴唇發顫，虛弱地說不出話來，不想也無從辯解。

妹妹的自述

那天上完廁所，發現衛生紙上有淡粉紅色的血跡，簡直嚇壞了。去看醫生吃了點藥，兩三天就好了。還好不太痛，只是看到下面流出來的血不是經血的那一刻，突然覺得自己可能會死。

如果會死，千萬不要告訴別人我得什麼病，好丟臉噢。

P與我的通話

好點了嗎？

嗯。

有告訴醫生妳過去曾經這樣？

有。

醫生怎麼說？

他問我記不記得當時的醫生開什麼藥。

像我這樣的一個女子

◎李欣倫

然後呢？

我把上次沒吃完的藥拿給他看。結果他說，唉呀，這不能吃的。

眞的嗎？可是當時我也吃同樣的藥。對了，還是我介紹妳去那家婦產科哩。

我也不清楚那是什麼藥，只記得服用兩三天病就好了。

再也不痛了。

但醫生說，妳們就是亂吃藥才這樣，好像我們應該負全責。

說眞的，我也不知道自己吃了哪些藥，反正醫生開什麼就吃什麼。妳在吃藥嗎？窸窸窣窣的。

喝蔓越莓汁。醫生說多喝有幫助。

好喝嗎？

甜甜的。

像紅豆湯？

像紅豆湯。

像你男人的吻？

不像男人的吻。

他陪在妳身旁嗎？

走了。我告訴他不能做所以他回家了。

喔。有告訴他妳得什麼病嗎？
沒有。
那時我也是，覺得很丟臉。
難以啓齒。
也許可以試著告訴他們。
怕他們噁心或嫌髒之類的。
還是蔓越莓汁好。
甜的東西給我們幸福感。
對了。煮車前草水喝也很有幫助。那陣子我每天煮一大壺當茶喝，頻尿的情況有改善。
好喝嗎？
不甜，但妳可以加糖。下次我煮車前草給妳喝。
好。謝謝。
不謝。要照顧自己噢。
嗯。先聊到這。
嗯。Bye。
Bye。

像我這樣的一個女子

◎李欣倫

F的來信（節錄）

Dear 欣倫：

……關於那些「婦女病」，或是因爲女性而更覺羞恥的病，因爲有切膚之痛而讓我有更深的感觸。

約莫是在我左腳的手術之後吧！我開始對於身體、疾病有了深深的恐懼，生病與失去尊嚴幾乎畫上等號，甚至像○○○這樣常見的疾病，在就醫的過程都讓我感到極度的羞恥，我想到了我的母親及朋友的母親，那些得過○○○的婦女們，對於她們來說，那或許跟張開喉嚨給醫生看一樣的容易，而我……及我那些尚未婚嫁生子的女性同胞們，沒經過千錘百鍊果然不足以成爲人母。

張開雙腿展示妳的私處供陌生人觀看檢閱，回答那些極其隱私的問題，原本以爲只有至親至愛之人才得以擁有的身體那最珍貴的一部分，無條件地陳列在那個密閉狹隘幽暗的空間裡，只露出一雙眼睛白髮蒼蒼的老醫生，例行問著對他而言毫無意義對妳而言卻如硫酸般腐蝕肌膚的話語，以冰冷堅硬的鉗具伸入那因爲恐懼而僵硬緊閉的深穴……。

那日就醫回家後，滿腹委屈地責怪自己，後來才知道原來○○○根本不用內診，但看都看了，只能無可奈何地後悔。我很訝異自己竟然有著「處女情結」，對於自己的身體有著潔癖。我還沒生過小孩，我的身體不能爲了另一個生命，或其他的理由毫無防備的暴露在他人眼前。我始知當我赤裸地呈現在另一個人面前時，即使當時慾望如何狂亂地焚燒著、催促著，那還是需要一份相當大的信任來支撐。

生病是會讓人想很多的……我身體現在好多了，但那種恐懼恐怕是很難磨滅的。

手記Ⅰ：形容疼痛

關於痛，你可以想出多少形容詞？

像蟲咬的痛，刀割的痛，火灼的痛，棒捶的痛……。

自形體存在，痛未曾消失。痛是一種寄生於體膚的感受，讓我們意識到自己確實存在，存在於痛苦噬身的當下片刻。或許這正是愉悅難以成就哲人的原因：愉悅取消肉身，意識無限擴張，與海洋、天堂連成一片，讓人想到熱帶水果或什錦穀片的種種美好。然而只需一點點痛，意識立刻從海洋、天堂的無限返回有限皮囊，痛楚強迫你睜開雙眼，凝視當下，凝視劇痛，那一刻你是失去理智、被自然法則綑綁的獸，但下一刻，也許就是宗教家、哲人、詩人，帶著痛楚的烙痕。如果能在痛楚嚙身的當下超越肉身，走出高熱、劇烈顫抖的軀殼，發現無論是愉悅還是痛楚都是天堂的具象化，那麼，你是佛陀，是基督。

感官是烙在肉身上的千萬比例尺地圖，你依循各種感官地名去冒險、闖蕩，終究可以發現自己是哪種類型的人，或者，哪一科屬綱目的鳥獸蟲魚。

在紛雜的肉身索引中，黛安．艾克曼（Diane Ackerman）認爲氣味地圖最難描繪，當我

像我這樣的一個女子

◎李欣倫

們形容某種氣味，總是寄生於其他事物：煙味、硫磺味、花香味、水果味……美好氣味嚴重缺乏形容詞，痛楚辭典裡更是荒瘠得可憐，即使受病痛折磨的杏林子像氣象報告般地將痛苦分爲大痛、中痛、小痛，我們仍難以想像其痛苦程度。要讓他人知道自己的痛苦確實不易，難怪當我們向他人陳述己身煎熬時，最常說「不知道你能不能了解」或者「你一定很難想像」。一般來說，形容苦痛幾乎完全依附於名詞與動詞的合成，外加譬喻助聽者揣摩：像拳擊、若鉤扯，彷彿蟻囓……。

痛本身是一種如煙霧的存在，由眞實與幻覺兩種材質紡就，發生當下你以爲地獄之火不過如此，一旦消失，卻根本無從記憶，無法言筌，更難再現，正如佩索亞所言：「我僅有的痛感是自己一度感覺過痛。」

即使如此，我仍嘗試向你描述這種感覺——

矯揉做作之高知識分子的說法：如果月經是將下體往地心拉扯的混沌力量，這種莫名感受——能準確辨識病名遠在清楚地感受疼痛之後——帶著向上揮發的輕盈特質，起先只是以針尖輕擊、挑觸，濃厚的挑逗意味，漸漸是刺穿、割裂、爛剁。然後，我被無形巨手從仲春撕向冬至，成爲一匹裂帛。排尿前，妳以爲排尿足以解除疼痛，但要命的是排尿過後的痛才是主旋律，那麼強的收縮和錐刺將妳奢華地演奏，妳的弦被病毒之弓恣意摩擦、震盪著，沒有甜蜜暈眩，竟是省略麻醉的殘酷清醒。妳夾緊雙腿試圖減輕疼痛，痛楚竟僞裝成稀有的高潮，硬是在妳的下體流連、沉吟，妳的喉頭發出哀鳴，忙不迭地討饒。少少的尿量喚起烈烈疼痛及深深恐懼，妳覺得自己是一塊扭不乾的抹布，霉霉潮潮地折返於廁所和寢居之間，妳不要這種莫名所以、威脅就範的潮濕，但一切由不得妳，妳想排尿但無法排尿，妳不想排尿但身體逼迫妳排尿，妳不曾如此渴望又恐懼排尿。不尿，疼痛盤桓不去，尿了，痛楚變本加厲。尿與不尿，是個問題。

（不懂？不懂。就當作是女病人的歇斯底里吧。）

煙囂市井之小老百姓的說法：娘的，痛痛痛痛痛痛痛痛……痛死我了。

在痛苦戳穿肉身的片刻，無論是高知識分子、布爾喬亞、波西米亞、市井小民；無論你是統是獨，高呼中華民國萬歲或堅持臺灣走出去；無論妳穿維多利亞的秘密還是菜市場三件一百的廉價內衣；無論說北京話、閩南話、客家話、原住民語，那一刻大夥能說出來的共同語言都是，痛。

令人感動。族群融合，天下統一。

Y的留言

誰告訴妳我得這病的？

那是很久以前的事，現在不想說。

手記Ⅱ：疾病隱喻

我們活在一個象徵、隱喻的世界裡，活在一個由文字語言堆砌成的、既廣闊又狹小的空間裡。睜開眼，是牙刷、荷包蛋、橄欖油、咖啡和早報。打開電視，有氣象報告、CNN、信用卡廣告、Discovery。書櫥上，有卡爾維諾和羅蘭巴特。每天，你從衣櫃和信箱走出去，就是一堆跌跌撞撞、彼此契合又矛盾衝突的符號；晚上，你從電腦螢幕和影印機返家，發現牙縫裡塞著能指，眼角膜留下隱喻。

平凡而健康的日子。吃喝，排泄，裝扮，做愛，工作，閱讀，娛樂……然而我們不滿足於這種平淡，享樂和冒險基因在血管、汗腺裡沸騰，許多異想在腦袋裡公轉幾圈又被理智之心及有限身軀壓抑下去：後青春期的叛逆，中壯年的出軌，晚年的脫逸，想像自己擺脫世俗符號糾纏，生猛地將自己活成創新品牌。然而，疾病、痛苦沒收一切，別說尼泊爾或阿根廷，連步下床走到房內的廁所都有困難。失眠的人渴求安眠，厭食的人企盼吞嚥，便秘的人祈禱腸道暢通，也唯有正常排尿這件事能讓尿道發炎的女子露出笑容。形而下的吃喝拉撒竟成爲病中夢寐的想望。那些象徵階級、身分、地位的符號再也不能代表你，你剛剛被醫生宣布新的身分：病人。

然而，病人竟也是一個符號。在十九世紀的西方，肺結核是文人之病，成爲另一種服飾妝容：憂鬱氣質、瘦削身軀，難怪奥菲爾．戈蒂埃無法接受體重超過九十九磅的抒情詩人。

是的，你是病人，也是詩人，這也是王溢嘉以爲林黛玉只能罹肺結核而不能患當時的流行病下痢，因爲沒有人可以忍受一纖纖女子頻跑廁所的荒謬劇。蘇珊桑塔格以「靈魂病」形容肺結核，彷彿病毒寄生的不再是「向下沉淪」的肉身，而是「往上提升」的靈魂，也難怪西西在《紅樓夢》裡遍尋不著一名患乳癌的女子，在中國，「乳」象徵私密、禁忌，更別提乳癌了，這種女人病不會爲女子增添嫵媚、風情，她身上的殘缺也是文學書寫的黑洞，作者不愛，讀者不憐。

尿道炎、膀胱炎更甚於此。我的閱讀有限，至今仍想不出一本女主角罹患此症的小說，或許這類描述對讀者是種懲罰，尤其是對男性讀者，那些血啊尿啊將讓男子們厭倦噁心。在我們的分類光譜裡，尿道、膀胱或許更劣於乳房，是女體建築裡下水道般的晦暗存在，當男子插入女身，於腦畔興奮遊走的是奶子、恥毛這類色情軟物，即使迅速在女子體內折返跑，他絕對不會喚出「陰道」這種彷彿婦科門診時的語彙，更別說是膀胱、尿道這些足以教慾望龜縮的器官名，那一刻，無論他以整個男性重量壓霸的是母狗還是女神，他以爲她是有別於自身的美妙存在，即使那與慾望的出口如此相鄰，他甚至不知道她有膀胱、尿道、肛門（除非用得上），不知道此刻靜靜淌著淚的她不是爲了同樣的歡愉而感動莫名，而是眞正銷魂蝕骨的痛，那裡的痛。

那裡，寄居在我們下體。那裡，圈畫著女性之所以成爲女性的戰地，那裡，是情色也是色情、是禁忌也是慾望的總稱，是市井俚語（他媽的屄）也是詩人讚頌（鮮露蘭花）的文字錦囊。然而，子宮早已獲得言語超渡，陰道也逐漸邁向文字解嚴，妳可以對戀人小聲地形容經痛，但始終無法訴說尿道發炎的委屈，因爲連妳自己都無法順利地將這幾個字詞說出口。文化教養掐緊女人的脖子，我們說那裡、那裡，然而，在大多數的情況下，我們選擇不說。

原來，眞正的貞操帶囚禁的不是生殖器，而是將妳的口舌死死地鎖緊。

「不說」即是尿道炎的象徵及隱喻；不能說，不願說，不敢說。和乳癌一樣，象徵及隱喻的缺乏正構成它的本質；它也許不指向罪惡、骯髒、污穢，但它卻是體積龐巨的沉默隱喻，它的隱喻來自於隱喻的缺席。於是，血尿通過眼眶流出來，化成男子甚至連女子都不能理解的痛苦，而不是從嘴巴通過，化成無用的語言和文字。

我成爲病室牆上的一幀黑白照。睜眼，是廁所、馬桶、染著淡粉紅印跡的衛生紙。桌上，有藥丸、白開水、蔓越莓汁和車前草水。頻跑廁所的我將自信、自尊排泄得乾乾淨淨，痛楚將自己掏成空洞符號：沉默的女病人，妝裂了，夏日將逝，洪汎降臨。

怎樣／怎麼／這樣／這麼

健康正常的男人造句——

怎樣：妳到底是怎樣？

怎麼：怎麼都不講？

這樣：妳們女人就是這樣。

這麼：這麼難搞。

因尿道發炎而無法發言的女人造句——

這樣：我這樣形容你到底懂不懂？

怎樣：我想不管我怎樣形容你永遠都不懂。

怎麼……這麼……：告訴我，怎麼會這麼痛？

——原載二〇〇四年四月十四日《中央日報》

利格拉樂·阿𡠄／

彩虹衣與高跟鞋

利格拉樂·阿𡠄
漢名高振蕙，台灣原住民排灣族人，1969年生。現任財團法人小米穗原住民文化基金會副執行長。文章雜見報章雜誌，近年書寫內容以女性生命史為主。著有《誰來穿我織的美麗衣裳》、《紅嘴巴的VuVu》、《穆莉淡——部落手札》，編有《1997台灣原住民文化年札》。

那一年的冬天，家裡發生了一場突如其來的巨變，利格拉樂家族第三代中最小的女兒，在一場交通事故中喪生。

同年沒多久的時間裡，不知道是否因爲過度的悲傷，利格拉樂家族的大家長——紅嘴巴的vuvu，也因爲眼睛發生了病變，漸漸地失去了視力，在大武山入秋後最美麗的時分，望不見山中時序的變化，從此這個世界對於vuvu而言，只剩下晃動的影子與聲音，不再清晰的部落對於她而言，似乎也慢慢地只存在於某些生活的意義；至於其他，在之後的幾次對話中，我才知道原來妹妹的離世，對於vuvu來說，是一件我們當初所無法想像的變化。

無論是因爲婚姻關係，或者是因爲後來的工作原因，我由於幾乎都是在平地生活著，並沒有太多的母部落生活居住記憶，偶爾回去，大多也都是因爲家裡有事情必須回去參與，或者是因爲愈來愈多的自我追尋，所延伸的部落田野工作和訪談，但總歸來說，對於一個自稱爲排灣族的女子而言，停留在部落中的時間畢竟仍是過少。

每回歸去，因著對於vuvu的挖掘，總是不自覺地將眼光停駐在她與母親的身上，或者正是因爲如此，有形無形中忽略了許多事物；比如，我不知道原來vuvu的視力早已經隨著年齡退化中，而關於生活中的一切行動，除了以熟悉的動線來做移動的判斷之外，小妹在vuvu的生活中更是佔了不可或缺的位置。

小妹在父親過世那年，隨著母親回到了睽違已久的部落，對於母親來說，那不僅僅是個回歸母體的動作，同時也必須依靠時間讓祖靈與族人再度接納她。而對於小妹呢？曾經有過幾次，我在無意間與小妹的閒聊中碰觸到這個部分時，除了表示不得不接受之外，似乎也沒能有太多的選擇，直到後來談了一場小小的部落戀愛之後，小妹對於部落的認同有較深的強化；總地來說，小妹仍認爲自己是所謂的外省第二代多些，儘管，她是我們這一代裡面，母語說得最好的一位小孩。

事實上，我從來都不知道小妹的母語是怎麼學來的？因爲家中的三姊妹交談仍是慣常地使用中文，即使是與母親對話，向來也都是中文爲主，母親在早年眷村的生活中，已然磨練出一口還算標準的腔調，若不仔細聽，大概還眞不容易聽出差異，而小妹在跟著母親回到母部落之後，生活中相處最直接的家人除了母親之外，大概就要算是ｖｕｖｕ了，甚至有過一段時間裡，母親因爲工作的需要短期離家，部落的老房子中就僅剩下她和ｖｕｖｕ二人了。

什麼樣的相依爲命，可以讓小妹開始學習母語？又是怎麼樣的一種情境，可以讓ｖｕｖｕ去了解，這個語言不通的孫女兒的生活需求？這是後來在爲小妹守靈的夜晚裡，慢慢地從ｖｕｖｕ口中得知的故事；見ｖｕｖｕ撫著小妹的靈柩，目光卻沒有焦距地四處飄移，彷彿在尋找什麼似的，隨著大阿姨與母親的翻譯，在長達一周的守靈裡，我聽到了很多關於她們祖孫二人的相處模式，鼻酸隨著淚眼浮動，「lamin（小妹的排灣族名）才是我們家眞的小孩兒，因爲只有她可以和我說祖先的話！」ｖｕｖｕ如是說著。

ｖｕｖｕ的年紀已經超過八十歲了，照她自己的說法，就像是河床中失去水分滋潤的蘆葦枯枝，隨著秋風飄落著，就等著大武山上的祖靈召喚。

長年被縹緲雲霧所遮掩的大武山頭，在老人家的口傳中，是一個美麗的所在，唯有依循著傳統的族人才有機會抵達，並與過往的親人相聚。vuvu的兒子們都早逝，她早早就嚐到了白髮人送黑髮人的辛酸滋味，記得有好幾次vuvu數落到幾個比她早離世的家人時，總是不免一陣咒罵，說是不懂體恤爲人父母的辛苦，遺留她在這個世間裡受苦受難，還要爲了維繫利格拉樂家族而努力。

隨著第三代、第四代子孫的陸續出世，vuvu曾經以爲一向人丁薄弱的家族，終於可以因爲新生兒的到來，增加幾許熱鬧的氣氛，只是，她大概怎麼也想不到，這些陸陸續續出生的孩子們，沒幾個人回到位於部落的家屋裡生活，不是隨著父母在外成長，不然就是加入他人家庭，爲其他的家族增添人口去了。她雖然並未離開部落加入外界的變化，但是，生活情境與社會結構的改變，卻徹底地改造了vuvu的世界。

小妹與母親約莫就是在那樣的一個時間點裡，回到了母部落、回到了vuvu的身邊。小妹個性向來剛烈直率，與過世的父親脾氣非常接近，又仗著一身標準的南方大妞體形，自小遇到什麼事情總愛挺身而出，與父親著名的正義感同出一轍。雖然小妹回到部落的時候，才不過小學五、六年級的年齡，迥異的生活讓她十分地不能適應，喪父的哀痛無人在她身邊化解，當時，我與大妹都已經進入家庭、嫁做他婦，中南部的遠距，讓我們對於這個小妹的照顧，顯得格外地心有餘力不足。

加上當時小妹的年紀也小，約莫是國小五、六年級的時候，跟隨母親似乎是理所當然的事情，只是，母親自己也正徬徨無措面臨著未來沒有丈夫的日子，對她一向不甚友善的眷村，在父親離世之後，已經不具有任何留下來的吸引力了，選擇離開是當下唯一可行的路，至於去哪裡？也只有走一步算一步了。而當時聽聞父親驟然過世消息的部落親人，在趕來協助之後，提出了母親回歸部落的建議，適時地為母親開啓了一條未來的路途。

在這所有的思考過程裡，小妹成了沒有聲音的晚輩，也不能提出任何她自己的想法，「跟著母親走就對了！」小妹事後每回想起這段過往時，就只有這麼一句話交代自己的心境，似乎多說也沒有什麼意義，畢竟在當時，所有的事情就是這麼進行著，若說意願，從來就沒有人想過：小妹究竟想去哪兒？

守靈的第三夜，ｖｕｖｕ與我們談起了小妹的想法，「其實lamin從來就不想留在部落裡，她還是認為自己是外省人的孩子。」ｖｕｖｕ睜開回憶的眼睛搜尋著她與小妹交談的記憶，似乎這番對談不過才是前二天的事情，只是怎麼才一覺醒來，竟是天人兩隔不勝唏噓；「但是最懂得家裡事情卻也是她啊！」一旁已然沉默許久的ｖｕｖｕ，突然地說出這句藏在心底深處的話，我知道，儘管我平日如何地相信自己是排灣族的女兒，但是遠離部落的結果，正如當初母親所說：「離開祖靈關懷眼神的孩子，終將會遭部落遺忘！」的心酸。

守靈第五夜，母親與ｖｕｖｕ悲傷的情緒開始痲痹，常常，只是呆坐在小妹的靈柩前，偶爾手撫著靈柩喃喃自語，母親總是抱怨著小妹不孝的早逝，徒留白髮人送黑髮人的傷痛，想著念著就是一陣哀嚎，讓旁人總是聽得一陣鼻酸，不知道該如何安慰是好；部落裡的傳統，每當遇有婚喪喜慶之際，每戶總是會派一丁前來協助，或是安慰家屬、或是協助雜務事項，充分地達到了敦親睦鄰的功能。

小妹的遺體尚未運回家中時，得知消息的部落族人，便已經陸續到達家中幫忙，依照親疏關係做工作分配，有的人幫忙搭蓋靈堂，有的人則是開始埋鍋造飯，進入守靈階段之後，每天將會有數以百計的人前來，安置這些人的飲食成爲一項重大的工作，喪家已經無力處理這些事情，只得依靠這些平日生活在一起的族人們，以熬過這一段最痛苦的時分。

vuvu與母親表現哀傷的方式不同，她總是以一方毛巾掩住臉龐，若不是雙肩不斷地抽動，大概很難聽見那斷斷續續的嗚咽聲，這是vuvu在一個人的時候才會如此，一旦有其他族人前來哀悼的時候，她便無法抑制地放聲大哭，彷彿唯有如此才能將她的傷悲表達於萬一；於是，幫忙拿毛巾的、拿衛生紙的、安慰的人各司其職，同時得隨時注意老人的身體狀況，避免因爲過度的哀傷而昏倒暈眩，我們在一旁卻完全不知道該如何安撫vuvu失控的情緒。

同樣身爲利格拉樂家族第三代的孫子，vuvu對於小妹的情感完全迥異於我與大妹，其實這其中的差異並不難理解，畢竟，眞正習得母語並能與之交談的人是小妹，只是誰也都沒料到，她居然會在生命正要開始璀璨的二十歲之際，因爲車禍事故離開了我們的身邊，而當時正是vuvu開始大量倚賴小妹的時候，舉凡生活上的種種，包括看病、歲時祭儀的提醒、生活照料與家居，幾乎完全是顛覆了數年前小妹剛回部落時，由vuvu照顧她的起居狀態，生命的無常任誰都想像不到。

因爲是車禍事故，小妹的遺體還必須由檢察官驗屍，方能入殮下葬，停靈了一周之後，所有繁複的官方相關事項終於結束，每回的相驗與詢問，對於家人無異都是一種嚴重的創痛提醒，母親面對檢察官頻頻以嚎哭吶喊表示抗議，而vuvu卻是異常地冷眼觀看，除了一向不信任平地人的敵視態度之外，有更多的情緒是來自於對於死者的不敬，她甚至相信死者會因此無法安息，此種對靈的尊重，大約是平地人永遠也學不會的功課。

喧鬧嘈雜的一周終於過去了，家族裡七嘴八舌地討論著小妹的下葬方式，傳統的老人認爲，應該讓小妹入利格拉樂家族的墓穴，畢竟，小妹是第三代中唯一有可能繼承家族的女兒（我與出嫁的大妹皆因外嫁他族喪失了這個資格），所以進入家族墓穴是唯一的方式；但是，身分認同與小妹較爲一致的大妹堅持反對，「你們都知道她從來就不認爲自己是原住民，進了家族墓穴她並不會快樂不是嗎？」一句話擋下了所有的討論。

於是，大家將眼光望向了母親，這個時候只有vuvu、母親與我（名義上）有決定權，而母親因爲身爲母親，她的意見自然是最爲重要的結果，猶豫不決的母親半晌不吭聲，知道自己的意見將成爲最後的關鍵，只得任眼淚汩汩流下；誰也無法苛責母親的躊躇，只是終究還是要有答案，一場喪事讓大家筋疲力盡，之後還要面對無止盡的官司訴訟，眼前的事情勢必要有個終結。

vuvu聽不懂我們以中文交談的內容，但是見多了人生百態的她，也清楚知道小妹到了該下葬的時候，能夠引發劇烈討論的事情大約也就是這件事吧，始終沉默的她突然開口發了聲：「還是聽莉芭拉（大妹的排灣族名）的話吧，lamin不喜歡吵，就讓她自己住一個家吧！」於是一切塵埃落定。

家人爲小妹在家族墓穴不過幾步路的距離，買下了一小塊土地，成爲小妹未來在另一個世界的居處，一則不會距離家族太遠，二來又保有她自己的空間，看來似乎是這件劇變中，唯一還算順利的事情；在一個有點陽光的清晨裡，部落裡的族人陪她走完了最後一段路，一路上，vuvu依舊以那一方毛巾掩臉行走，頻頻呼喚著小妹的名，至於嗚咽的聲音，大概只有小妹最清楚了。

——原載二〇〇四年四月二十日《聯合報》

齊邦媛／

追憶橋

齊邦媛

遼寧人，1924年生。武漢大學外文系畢業，美國傅爾布來特訪問學者。1947年來台任教於台灣大學至退休。曾在美國及德國任客座教授。一生研究比較文學及台灣文學。著有文學評論集《千年之淚》、《霧漸漸散的時候》及散文集《一生中的一天》等。

總是忘不了那座橋。那條小小的河和它曾帶給我大大的困惑。

這座橋上的拱門孤單單地站著。河太小，橋大得有些誇張。在正午的陽光下，由這座乳白、暈黃、赭橘色混雜的拱門看過去，一條街旁兩排紅白相間的小店舖房子更顯出它高大得單薄又突兀。原該也只是車窗外一閃即過的景物，卻是導遊突然中斷了城市歷史的報導，看了我一眼，（這一眼大約是因爲他帶路的第五天發現了我「教」文學。）靜靜地說，「右邊是追憶橋！」我便以被電光石火擊中，全失了多日在旅遊車中的倦怠，立刻站起來，越過滿車陌生的面孔往後窗張望。

「追憶橋！」是什麼人深邃的、無法言說的懷念，不爲歌頌人間的豐功偉業，逕以追憶爲名，在孤懸海隅的島上修了這座橋和拱門呢？

十年前這一趟冬夏顛倒之旅，由二月陰冷的台北到夏末的紐西蘭，心中蓄滿了幾十年的期待。從在南開中學初中的地理課上，吳振芝老師教我們看地圖起，由日夜被日本飛機轟炸的重慶看，那遠離所有陸地，安全地隱藏在浩瀚海洋中的紐西蘭，必然是沒有恐懼和死亡的樂土。那些年，父親在沙坪壩辦《時與潮》週刊，專門譯介世界現況和政論，編輯部的叔叔們常常爲了增進我的英文能力把簡潔的好文章示我。我讀到全世界戰火中無數悲壯的英雄事蹟，敘述他們如何英勇地保衛各自的鄉土，而在他們後面是燃燒的城市，煙塵中悽惶奔跑的難民……只有幾次讀到紐西蘭的新聞，說她的沃野千里，牛羊、農產紓解了歐洲戰時的飢寒。在我心中，她樂土的形象因杳遠神祕更增召喚力。

追憶橋

◎齊邦媛

直到中年，竟因進修、開會乃至純旅遊去到少年時只在地圖上讀過的國度，那些曾引發萬千想像的城市、山川、街道、寺廟竟以眞貌出現在眼前！每次初臨一地，我總似來到桃花源洞口一樣，有一種屏息的期待。到紐西蘭去時，我已可以算是個見過世界的Seasoned Traveler。但是由澳洲飛渡前夕，躺在旅館床上，面對全幅玻璃窗外，布里斯班港灣的燈火，海岸好似綿延至無盡處，明日清晨即將飛越這兩千五百哩的塔斯曼海峽，首站是紐西蘭南島的基督教會城——腦海中浮現著一座創痕累累的木刻十字架，兩百多年前曾被釘在一艘堅固的三帆船主桅之上，由英倫海峽啓航前來數百個最早的移民，在洶湧險惡的海上，九十九天，日夜仰望這座十字架，相信它會保佑他們到達「應許之地」，建立《天路歷程》所應許的光亮之城。在祈求安渡的禱告中，將它命名爲基督教會城，新城建立在萬里沃野上，在那裡，全然沒有古堡，沒有政治或宗教糾葛傳說中的鬼魅在荒地上飄蕩。他們誓言將在城的中心蓋一座宏偉莊嚴的教堂，它高聳的鐘樓，裝上由故鄉運來的大大小小成套的鐘，由廣場到山丘，此起彼落地呼應，召喚拓荒的人早晚記得祈福謝恩，保佑他們的子孫和牛羊，麥黍果樹在此繁衍生根……多年前我在大英博物館讀到的那本最早紐西蘭移民史的封面，即是這座厚重樸實，創痕累累的木十字架。

我初讀《天路歷程》那年，同時在朱光潛老師的英詩課上讀到葉慈的〈航向拜占庭〉和〈拜占庭〉兩種文體中的永恆聖城都在星月交輝中閃閃發光，燦爛的金枝上金鳥鳴唱，天使和聖者在街上行走……接續我在中學的臆想：人間如果有這樣聖城，應該在遙不可及的紐西蘭！

二十多年後，自己開始教「英國文學史」時，曾由《格列佛遊記》後二章的啓發，著迷於烏托邦文學。其中最具新穎創意的一本小說是一八七二年出版，意爲「烏有之鄉」的英國小說Ere-hwon, or Over the Range。背景即在基督教會城。如能攀上城外平原的庫克（Cook）最高峰，翻過山頂的塔斯曼冰川，山麓即是「烏有之鄉」國土。（Erehwon實際上是Nowhere的反寫）該土一切典章制度，語言行爲皆爲新創，反諷當時熱門的達爾文學說，初版三星期即售罄，成爲宗教與學界的話題。後世的蕭伯納和科幻文學先驅威爾斯（H. G. Wells）很欽佩作者博特拉（Samuel But-ler, 1835-1902）的許多創見，如對疾病的懲罰、音樂學院、非理智學院、未誕生者的世界，對生命與死亡，何者爲始、何者爲終的思辨等。書中有很多篇幅描寫紐西蘭風光，令人神往。

因此，這座城對我有觀光景點以外的意義，由機場出來穿過大平原進入一個純粹英式的城鎮，先到那座用了六十年的虔敬蓋成的基督教會大教堂，已尋不到那座拓荒者的木十字架。沿著小小的雅芳河看了她著名的花園和植物園……然而我心中念著的是那座驚鴻一瞥的橋，它追憶什麼呢？

旅遊結束，晚餐之後，我以散步的重要說服同行的裴心信學長夫婦和我夫婦循著旅館小姐畫的簡圖，穿過對面的公園。太陽正在下落，四個人的影子拉得長長的走出了似乎走不完的草地。在天全黑之前，看著地圖在棋盤似的街道間左轉右彎，終於遠遠地看到橋的拱門。

追憶橋

◎齊邦媛

來到橋上，天已黑了，四周照明的燈帶著初燃的暈黃色。哥德式的拱門雖夠高大，卻不堂皇，也不華麗，素樸一色的大理石上，右側刻著一九二三年奠基者大英國協的爵銜，左側刻著「基督教會城的居民，以此感念追憶一九一四到一九一九年坎特伯里郡在第一次世界大戰中的犧牲者。」橋基兩旁刻滿了戰死者的名字。上端刻著《哈姆雷特》中，癡情的女子奧菲麗亞溺水前所說，「There’s rosemary, that’s for remembrance.」（我抱的這把迷迭香，是爲了追憶），字旁飾以兩束花葉。

原來這座橋與揚帆前來的拓荒建城者無關，與他們難以解脫的原鄉情懷也無關！與受這片土地啓發的名著《烏有之鄉》也無關！樂土人生竟與外面世界無異，所謂樂土也逃不掉戰爭的魔掌！

站在這座半隱半現的拱門前，我感到啼笑皆非。同伴不解爲何我興高采烈執意前往，到此竟然癡立無語。衣單風寒，街上店舖多已熄燈，只有一家酒館仍然燈火明亮。店家說今晚是輪椅客人的定期餐聚，你們在廊下木桌上喝一杯如何？酒館裡面的笑聲與歌聲在我那時聽來，有一種不投降的剛強，與一般的消閒輕鬆不同。我從杯上抬頭，在右首天際看到那清晰的五顆排成美麗的十字架的南十字星。

我由仰望北極星的多災多難的世界來，來尋找不受殺伐污染的無憂樂土，也許我應該在禮拜天來，至少能夠聽見早禱的鐘聲，看見它著名的聖詩班，穿著紅衣白袍緩步走出一排大樹進入教堂……今天卻只看到了這座追憶戰爭的橋。第一次世界大戰的傷亡與悲痛，給西方世界的震撼遠勝過規模更大的第二次世界大戰。雷馬克的《西線無戰事》和《戰後》等書中充滿了對戰爭意義的惶惑，看不出人類如此大規模自相殘殺中有任何正義。這些紐西蘭的青年，既不是爲了保鄉衛國，爲什麼肯捨棄這世外桃源，萬里顛簸去參加與己無干的戰爭呢？莫非眞如小說《刺鳥》所述，大英國協募兵書令終生在澳洲一望無垠的牧野的年輕牧人躍躍欲試，認爲戰爭是刺激、是突破，是投入更多采多姿生活的機會。「天蒼蒼，野茫茫」的悲壯詩情，在那些青年人眼中也許只是單調與沉悶。牧羊人的角色怎敵得過鐵血軍人的形象？對二十歲的人，死亡難以想像，也不是太大的威脅。

同樣的心情在一九六○到七○年代的台灣文學作品中也曾出現。太平歲月過了十多年，反攻大陸的口號尚未全息，在經濟正在轉型的台灣，對一些三十多歲，在青春的苦悶中尋求生活目標的人，戰爭竟然是一種刺激，甚至是契機。季季在〈屬於十七歲的〉文中一再重複地說戰爭可以「把沉靜穩重的氣質帶給我們。」而施叔青在〈拾掇那些日子〉的序裡竟然說，自己生在平靖的年代，「沒來得及趕上戰爭，心裡總覺得像是沒趕上一場亂烘烘的熱鬧似的，很有被冷落的感覺。」隱地在他早期小說〈一個叫段尚勤的年輕人〉裡寫一個出不了國，結不成婚的男子，渴望戰爭趕快來臨，戰爭會帶給他希望。「回到故鄉他就有希望了……沒有戰爭也會使人疲憊的。」

也許在世紀末來到這座橋上的我，並不能了解世紀初的「政治正確」參戰心理。當年仍是日不落國的大不列顛帝國國協，強盛耀目的光輝，將僻處海隅的殖民地熱血青年如飛蛾般吸入烈火。以這樣悲壯的方式回到父祖的原鄉，在百年前是效忠，自信是崇高的情操吧。日本殖民台灣中期，徵兵或志願從軍的台灣青年，也曾有些人耀武揚威以皇軍自居，敢死隊、自殺飛機的駕駛員等，都曾以英雄氣概自豪，且榮耀鄉里。

•

行程的最後一站，在澳洲的首都坎培拉參觀了宏偉的戰爭博物館。牆上是大幅的兩次世界大戰實景照片，展示的是戰車、飛機的殘骸……但是戰場是那麼遙遠，怎麼也看不出它們與澳紐的關聯。全館也甚少國族光榮的讚詞。想起不久前再訪的愛丁堡古堡的蘇格蘭戰爭紀念館。由刻著「Lest Ye Forget」的正門進去，只見環置粗厚石牆上，數十冊鐵鑄的戰士名冊，記載著千年來種族的仇恨、殺伐史，加上兩次大戰的巨大犧牲、沉重、寒冷、酷烈得令人窒息……而在澳洲這館裡，陽光由大天窗照下來，平和安詳。

回到台灣後讀到張至璋寫澳洲的散文集《跨越黃金時代》中有一篇敘述第一次大戰初期，紐澳兵團八千多輕騎兵按大英國協戰略布置，渡海到與德國聯盟的土耳其韃靼尼爾海岸突襲，爲英軍開路。雙方算錯了時間，這一批先頭部隊連海峽名字都不會唸，剛一上岸即被叢林後的機關槍全部殲滅在沙灘上，連敵人的影子都沒來得及看見。

一九九〇年代初期，澳洲在脫離大英國協的爭論中，總理傅瑞沙和基廷等都曾公開譴責英國在第一次世界大戰時輕忽地犧牲了澳紐軍團；在第二次世界大戰末期，英軍由太平洋島嶼爭奪戰中撤出，把澳紐軍留下，死傷慘重。這中間的悲痛、委屈與憤怒，又豈是幾莖迷迭香所能安慰！一九二三年建橋的 Viscount Jellicae 來自歐洲，應已熟知那古老文化中盤根錯節的紛爭和因果關係，面對這個難以措辭的複雜心情，大約也只能以單純的追憶命名了。

但是，爲什麼在建橋不滿二十年後，澳紐軍隊又萬里渡海去參加了第二次世界大戰呢？這條小河，寬似不過二十呎，橋面延伸也不及百呎。小小的橋座上能刻得下多少名字呢？

在那幾乎空白的拱門上，也許他們該把莎劇中奧菲麗亞第二段話也刻上去：「And there is pansies, that's for thoughts.」（我抱著的，還有三色堇，是思想的花。）

因此，我曾在寒風中癡立橋前，困惑苦思光榮正義以外無意義的死亡。想到高昂寬敞的林肯紀念堂腳下，蜿蜒貼地的越戰紀念牆；沖繩島上追悼太平洋爭奪戰死亡十多萬人的和平公園，據說石碑沿著岩壁而築，面對大海，也許是讓亡魂找到回家的路。

也因此，我總是忘不了那座僅以追憶爲名的橋。

——原載二〇〇四年四月二十一日《聯合報》

邱坤良／

三十功名錄

邱坤良

台灣宜蘭人，1949年生。法國巴黎第七大學文學博士，曾任中國文化大學戲劇系副教授、國立藝術學院戲劇系副教授、國立藝術學院戲劇系教授兼系所主任、傳統藝術中心主任。現為國立台北藝術大學校長。著有《日治時期台灣戲劇之研究》、《台灣劇場與文化變遷》、《民間戲曲散記》、《南方澳大戲院興亡史》、《昨自海上來》、《馬路．游擊》等書。

「三十而立」，這幾個字常掛在許多人嘴邊，也常出現在課文。三十歲，可以站立，可以倒立，彷彿代表無比的責任與榮譽。大學時代一位同窗好友〈滿江紅〉唱多了，對「三十功名塵與土」格外敏感。當時我們都僅二十出頭，他卻喜歡裝老賣老，很像「星海羅盤」的人生導師。他說人生運命可以三十年河東，三十年河西，但是三十歲一過，貧富貴賤已然注定，有人三代飛黃騰達，有人貧賤一生，他的結論是一個人必須在三十歲之前就做好打算。他最初立志要成爲思想家，後來修正爲出版家，畢業前夕他轉而希望當一個企業家，他闡述事業版圖時的自我陶醉，至今令我印象深刻。大學畢業之後，他進入國中教書，一教就是一輩子。最近我與他聊到這段往事，他矢口否認，似乎早已把當年的眞知灼見忘得一乾二淨了。

小時候對三十歲的印象是遙遠而神祕的歐吉桑、歐巴桑年紀。目睹兄長當兵、退伍、結婚、生子，人生大事在短短幾年之間一口氣完成，原來人過二十歲就可以當大人了。當大人最大的好處就是主權獨立，不受拘束。後來，自己懵懵懂懂、渾渾噩噩之間經歷二十歲、三十歲的青春年華，用錢、做事果然享有前所未有的自主權，但心境上感覺跟十幾歲也沒太大差別。三十歲應該不單純只是結婚生子，證明自己一切正常而已，對於生命亦應有所期待。可是期待什麼呢？如今回想起來，好像也沒什麼特別印象，彷彿三十歲的「功名」已如塵土，早不知飄揚何方了。

我逐漸發覺從小到大，從年少到年老，青春總是在不知不覺中，船過水無痕。年輕時期

三十功名錄

◎邱坤良

不知道關鍵的三十歲如何度過，這幾年連自己如何變老，也不清楚？我不知道別人怎麼發覺自己老化的，發現第一根白頭髮？或感覺體力減退，戴上老花眼鏡了？有一位朋友在一次火車旅途上，無意中看到前座旅客手上的報紙，不但標題醒目，連密密麻麻的新聞內容也看得一清二楚。前座旅客大概被窺伺得不舒服，順手把翻過的報紙丟過來，我的朋友調整好坐姿，準備好好閱讀，但定神一看，方才聳動的新聞標題突然一片模糊。於是，某年某月某一天的某一種場合，他非常精準地發現自己老了。

我對老化的感覺沒有這位朋友敏銳，屬於後知後覺、概括承受的漸凍人型。就拿老化的象徵——老花眼來說，同輩朋友開始戴起老花眼鏡時，我仍沒有這種症狀，朋友說可能是我大器晚成，二十歲才罹患輕度近視，而後近視遠視相抵，所以沒有老昏眼花。我不知道這種論調是否眞實，但一個人沒有老花眼，的確不代表沒有老。這兩年我坐在電視機前，經常陷入邊聽聲音、邊打瞌睡的境界，有時感覺全身腰痠背痛，動作遲緩，以爲只是睡眠不足、姿勢不良，看過醫生，也做過復健，並無明顯改善。最後醫生說這些毛病都屬於老人病，習慣就好了。

進入人生的後中年，更容易體會「年少不努力、老大徒傷悲」這句警世通言，眼前浮現那位凶惡的小學班導師，一面吟唸句子，一面狠狠瞪我，好像在說：我講的就是你！其實我也知道他講的是我，但河水不犯井水，他何必瞪我。我小時候常以惡小而爲之，記憶中父母、師長、鄰居未曾用「乖巧」、「認眞」、「老實」這些字眼形容過我。隨著馬齒徒增，我多少也了解一個人不能一輩子放蕩，就算不能周處除三害，至少也要做工種田打漁，當有用的人。可是我胸無大志，能做什麼呢？小時候作文寫「我的志願」，寫遍各種偉大行業：醫生、飛行員、縣長……，但純粹是小學生作文，沒有人當眞，因爲我也是隨便說說而已。

人世間各行各業，上九流到下九流，對我都是沉重的負擔，難度太高。從成長環境來看，我應該在小學畢業之後就到船上燒飯，而非上初中讀書，這是當時大部分男同學要走的路。當船員無需課業成績優異，但得身強體健、頭腦清楚、手腳伶俐、能抓魚、掌舵、辨識天候、方位，還要在強風大浪中，屹立不搖地鏢魚、撒網，甚至潛入海中排除障礙，不是喜歡吃魚、不怕魚腥，或找不到工作、無路可走的人就可以屈就。我年少時經常在睡夢中被港內外漁船馬達聲吵醒，身體縮成一團，從被窩裡往窗外一看，眞的是「天這麼黑，風這麼大……」，慶幸自己不是當船員的料。

歐巴桑們常說「第一賣冰，第二做醫生」，賣冰比當醫生好賺，我深信不疑。在水果、飲料樣式不多，冷氣不普遍的五〇年代夏天，吃冰是大人小孩消暑解渴的良方，每個冰攤、冰店都生意不錯。對一般人而言，當醫生是遙不可及的願望，全漁港幾萬人沒幾個醫生，賣冰卻是人人可爲。許多小學生一放暑假，就到冰棒廠批貨叫賣，像當醫生般打工賺錢，清冰二毛，紅豆冰三毛，本錢少、利潤多。不過賣冰也有風險，幾斤重的圓冰筒，不小心跌跤，裡層水銀破碎，做三天生意也賠不了。有些水銀冷凍效果不佳，冰棒容易融化，生意難做。凡此都涉及賣冰行銷與風險管理，聰明的小生意人知道如何搶得好冰筒，如何在最短時間內

◎邱坤良

把冰棒推銷出去。我曾經到冰棒廠抱個冰筒回來，卻又羞於沿街叫賣，只坐在亭仔腳等顧客上門。每隔幾分鐘打開筒蓋瞧瞧，順便吃一支冰棒慰勞自己，回冰店結算時，往往連本錢都湊不齊，原來也不是賣冰的料。

我小時候很想長大之後開家雜貨店，每天坐鎮店裡，收錢算錢不必到處推銷，想吃什麼就吃什麼，符合我好吃懶做的個性。但開雜貨店要有資金、店面，還要批貨、算帳，是大人的大頭路，非小孩子做遊戲，更不是坐在店裡吃零食就能賺錢。這些年便利商店遍布每個角落，全年無休，當年如果眞的開了雜貨店，以我的隋性，絕不可能與7-eleven或福客多競爭，如果撐到中年才倒店，反而是人生慘劇。

我國小畢業繼續升學，沒有到船上當煮飯仔，原因是體質不佳，容易暈船，不可能「討海」維生，所以一路讀書。嚴格說來，進學校讀書也非我的專長。我很難對人解釋，一輩子課業成績不怎麼樣，何以能夠逆勢操作，唸了二十幾年，最後還當了教授，天理何在？也許天意如此，我也沒辦法。小時候算命仙就對我母親說：「這孩子有讀書命！」母親半信半疑，還是讓我讀讀看，總比一輩子當漁夫好。我也果眞「會」讀書，無論再怎麼補考、重修，緊要關頭都會逢凶化吉，恰到好處地低空掠過。進學校讀書不難，但未來做什麼，教人傷腦筋。我從國小、初中、高中到大學，成了百無一用的書生。那時不流行知識經濟，沒有人談創意產業，出現在報紙求職欄的工作，多屬業務員、車床工、電匠，我一一檢討各種工作屬性，竟然毫無「發揮」的餘地，我最後發覺，只有教書這個工作勉強走得通。

當老師要走師範學校，對我來說，這個不可能的任務，用膝蓋想也知道考不上。我原本沒有當老師的命，不過，天無絕人之路，師範沒得唸，好歹也唸了大學，又碰上九年國民義務教育開始啓動，各地國中紛紛成立，一夕之間需要成千上萬個老師。任何大專畢業生，修個教育學分，喊喊教育救國就可以成爲國中教師。我原來盼望大學畢業，當兵退伍之後，跟同學一樣找個國中當老師，從此天下太平。沒想到閒來無事，又去唸研究所，具備在大學誤人子弟的資格，並且因緣際會，進入大學教書，搖搖晃晃地從講師、副教授到教授，總算與社會文化脈動接軌了。

我自己很明白，進入教師這個行業，不是至聖先師的感召，也不是受「天地君親師」的觀念影響，如同進學校讀書一樣，我只是選擇一條可以走的路而已。剛在大學教書時，我只有二十六歲，比學生大不了多少，他們也與我稱兄道弟。有些學生是我同學或服兵役「戰友的表妹或堂弟，算起來等於我的同輩，只是年紀稍輕而已。而後學生一批一批離校，又一批一批進來，如春夏秋冬般周而復始，他們的年齡永遠保持在十七、八歲到二十出頭，而我則一年增加一歲，並且忽視現實，不知老之將至。有一天，有位學生很興奮地對我說：「老師比我爸爸小一歲。」於是，我知道已經跟家長年紀差不多了。最近幾天，有位十七歲的女同學告訴我，她的祖母五十多歲，爸爸三十五歲，聽到這個早秋家族的偉大事蹟，我已然心如止水，一點也不大驚小怪。

現在待在我身邊工作的年輕人，年齡跟我差了一大截，他們做事積極，充滿青春活力。

三十功名錄

◎邱坤良

我一直沒注意他們的年齡，總覺得都是永遠長不大的清純少男少女。有一天先後有人結婚、有人生子，我才發覺原來他們都是大人，感覺像流鼻涕、穿開襠褲的鄰家小孩一夕變鳳凰或變鱸鰻，實在太突梯又太神奇了。

以前歐巴桑常用「好命做老父、老母」來警惕年過十六歲的青少年。這句話如今毫無說服力，因為大學畢業生工作幾年，或唸個研究所，「終身學習」一下，差不多就接近三十歲，他們一定很難想像，我這一輩人小時候曾經把三十歲視為老男人、老女人呢！現代年輕人結不結婚或做不做父母，與命運好不好無關，畢竟，不好命的人做老父老母的，大有人在。人的一生從年少到年長，都屬於自己曾經擁有的經驗。當年我那群同伴三十不到，就叫嚷自己是老歲仔，好像非得如此，就沒有「三十功名塵與土」的使命感。昔日戲言如今都到眼前來，像遊赤壁遙想公瑾當年，或白首宮女話天寶遺事，難免感到有些無奈。現在就算不想再言老，從頭到腳，儘做青春少年兄打扮，成天與年輕人廝混，別人也只把你視為老人家了。

——原載二〇〇四年五月號《印刻》生活文學誌

鍾怡雯／

八十年前我還是小孩

鍾怡雯

廣東梅縣人，1969年生，成長於馬來西亞。台灣師範大學文學博士，現任元智大學中語系副教授。著有散文集《河宴》、《垂釣睡眠》、《聽說》、《我和我豢養的宇宙》、《飄浮書房》，散文繪本《枕在你肚腹的時光》、《路燈老了》，人物傳記《靈鷲山外山：心道法師傳》，論文集《莫言小說：「歷史」的重構》、《亞洲華文散文的中國圖象》、《無盡的追尋：當代散文的詮釋與批評》等。曾獲時報文學獎散文首獎及評審獎、聯合報散文首獎、九歌年度散文獎、吳魯芹散文獎、梁實秋文學獎、華航旅行文學獎、中央日報散文獎、星洲日報散文推薦獎及首獎、新加坡金獅獎散文首獎、台灣新聞報新詩首獎、新聞局圖書金鼎獎等。

上課時我偶爾講老師的軼事，潘重規先生的傳奇是其一。

那年碩二，我修潘老師的《紅樓夢》。學姊事先告訴我要有心理準備，老師把《紅樓夢》講成反清復明之作，她修完一年幾乎被洗腦，綺旎浪漫的紅樓變成硬梆梆的石頭。她這麼一說倒引起我的好奇。我是個不甚用功的學生，對老師這個「人」的興趣遠大於他的學問。老師是赫赫有名的敦煌專家，曲折且艱辛的敦煌研究歷程應該被寫成傳記。

老師八十八了，腳力不好，固定由一位學生接送。我有時在走廊遇見他被攙扶著緩緩走到教室前門，便遠遠鞠個躬，也不管他看到沒有，從後門快步入坐。其實第一堂課到跟準時到沒有差別。老師固定由上星期的第二堂課，或者上星期的四分之三堂開始講。幾次之後，終於有學生恭敬的提醒他，老師，這講過了。老師總回答，上次講得不清楚，今天再說詳細點。

他講得跟上節課一模一樣。我們邊笑邊聽，覺得老師眞好玩。他問同樣的問題，我們也給上次的答案。曲折複雜的學術辯證很慚愧我已沒印象，只記得他說男人是清，女人是明，作者反清復明，所以《紅樓夢》的女人都比男人可愛。

可是我記得老師的故事，還有他說故事的表情。「八十年前我還是小孩子……」，這句話比什麼「很久很久以前」都來得有力而震撼。八十年前，多麼沉重、有分量。他像個老爺爺在給兒孫們講古。八十年前，老師還是小孩子，家裡只准讀四書五經，小說是禁書。他把《紅樓夢》撕成小疊揣到衣服裡，到私塾上課的路途中讀，所以總是提早一小時出門，也總

八十年前我還是小孩

◎鍾怡雯

晚一小時回家。到最後，書解體了，《紅樓夢》也讀得爛熟。老師微笑著，八十八歲的老人此時神情竟有些頑皮，好像當年那個爲聰明點子而沾沾自喜的八歲孩童。

我跟著大夥笑，心裡卻是一驚。從來不曾想過嚴肅的老師也會不聽訓，更沒料到他會迸出一句「八十年前我還是小孩子」。這句話重重的打在心上，腦海像拍電影似的出現畫面。小孩走路。小孩低頭坐在石頭上，捧著紙頁。背景是古老中國的農村，泛著發黃的光。

轉眼八十年。那是時間的重量。

前幾天在報紙上讀到老師過世的消息，高壽九十七。小小的一則新聞，交代了一位重要學者的一生。我腦海浮現的，是那句「八十年前我還是小孩子」，還有八歲頑童的神情。

——原載二〇〇四年五月四日《蘋果日報》

廖玉蕙／

護岸小桃紅滿樹

廖玉蕙
台灣台中人，1950年生。東吳大學文學博士，現任世新大學中文系副教授。著有《不信溫柔喚不回》、《人生有情淚沾臆》、《嫵媚》、《沒大沒小》、《不關風與月》、《像我這樣的老師》等散文十餘冊。曾獲中山文藝獎，「文協」及中興文藝獎章、吳魯芹散文獎等。

十八歲那年，我懷抱著對文學的浪漫憧憬，負笈北上。東吳大學位居外雙溪，鎮日溪水潺潺。我們在楊梅及桑樹掩映的教室裡，開始了中文系的養成教育。一年級的課程排出來了，「國父思想」、「國文」、「英文」、「中國通史」、「普通理學」、「英語練習」、「軍訓」、「體育」，和高中的課程變化不多，屬於中文系專業科目的「文字學」和「國學導論」，又十分單調無趣，一心成爲文藝少女的我，簡直感到失望透頂。

好不容易盼到二年級，系裡開出來的課程幾乎又讓我差點兒暈死過去。承繼「國文」課的「歷代文選及習作」猶在古文八大家的漩渦裡打轉；「英文」依舊不生不死地載浮載沉；「史記」「孟子」「韓非」在書本中滔滔雄辯；「理則學」的「白馬非馬」理論搞得我們頭昏腦脹；「聲韻學」的古今、南北、開合、四聲、陰陽簡直讓人抓狂；只有「中國文學史」及「歷代詩選及習作」稍稍激起學習的熱情，尤其是對寫詩的風雅有著特殊的期待，我認定那是中文系登堂入室的第一階。

第一天上課，戴著深度近視眼鏡的系主任申丙（鳳蓀）教授進門，我們都有些失望，他濃濁的鄉音對我們而言，是一大挑戰。第一天上課，什麼也沒教，老師只在黑板上寫著：

「唐詩三百首詳析　中華書局」

然後，便轉身告訴我們：

「這是這學期詩選的教本，想辦法買了看看。下星期上課時，先繳一首自己寫的詩出來。」

護岸小桃紅滿樹

◎廖玉蕙

全班同學爲之譁然！根本什麼都還沒教，怎麼就要我們寫詩！詩該怎麼寫？格律如何？該如何押韻？同學們交頭接耳，又好氣又好笑。一位大膽的男同學首先發難：

「我們不會寫啦！您又還沒教。」

老師不慌不忙，回說：

「怎麼寫？去看書。書裡面有聲調說明，書後頭附有詩韻。」

說完，不管我們的哀嚎，逕自宣布下課。

那一周，班代以超級快速的行動將教本購得，翻開課本，全班同學頓時陷入愁雲慘霧之中。因爲，裡頭的唐詩三百首倒是不難看懂，但分門別類的「七古」「五古」「七律」「五律」「七絕」「五絕」雖然各有簡淨的聲調說明，卻是越看越糊塗。每個字都看懂了，拼裝起來卻足夠讓腦筋打結。譬如：

「右詩共十六句，無一複調，凡古今體平仄韻正拗各格起承黏對之法，轉換變化之妙，俱盡於此……此詩包括諸體法度無遺，實爲諸圖所自出。」

什麼是「複調」？什麼是「古今體」、「平仄韻」？「正拗各格」又指什麼？「起承黏對之法」「諸體法度」又是什麼？還沒接觸聲韻學的我們，對聲律堪稱毫無概念，居然就教我們開始寫詩。依我們一向對學校教育的制式觀念，老師起碼得先說明平仄、押韻等的規則，然後，我們才依樣畫葫蘆。然而，申老師不來這一套。一開始的驚訝逐漸醞釀成憤怒，接續憤怒而來的是荒謬的感受。那幾日，住在宿舍的同學，開玩笑般地惡整，見了面便以詩相調侃。用功一些的學生，會在談話中途，忽然陷入恍惚狀態，然後，掏出筆來，記下瞬間的靈感。然而，同學們都沒把握，不相信自己愁眉苦臉、胡搞瞎搞出來的東西可以稱之爲詩。現代的情感寫進古典的格式中，怎麼看，都不順眼。

第三星期的上課日，老師一踏進教室，即刻向我們索詩。同學們害羞地相互陷害、推推拉拉地，好歹也繳出了一疊的詩。老教授的眼睛，不知是近視抑或老花，總之，不甚靈光，小一點的字跡幾乎完全無法辨識。他徵求寫板書的高手將紙條上的詩寫到黑板上，他要當場改詩。同學們推舉坐在教室正前方的我擔當重任。就這樣，我和老教授，一前一後，背對同學，一寫一改，度過了往後的一整個學年的詩選課。那年，申教授約莫接近七十歲吧，如今想來，形貌卻又似乎較七十老一些，或者是眼睛不大管用之故，行動顯得遲緩，改詩之時，他的臉幾乎是整個貼在黑板上的，用鼻子聞似的，一行一行的修改，偶爾應作者之請，回過身子解說更改的原因。大部分的時間，他只以背影示人，用黑板上密密麻麻的修改文字教導我們寫詩。剛開始，同學所寫的詩，幾乎全是傷春悲秋、無病呻吟之作。大二學生，會有什麼大不了的憂愁呢？但是，寫出來的詩，竟然全像是被拋棄了數十次的怨婦一般，哀怨滿紙、忿懣無邊。我不能確知申教授看到這樣的內容，心裡是怎麼想的，然而，他從來沒有譏笑過我們幼稚的強說愁，只是誠懇地將格律錯誤的地方挑出、加以訂正，或是把不通的句子改爲通暢、不雅的詩句變爲優雅。唯一的例外，是一位雄才大略的男同學轉化李白的詩句爲「天生我才有大用」，老師看了，不禁笑起來，評論道：

護岸小桃紅滿樹

◎廖玉蕙

「以李白這樣的天才，都只敢說『天生我才必有用』，你這『有大用』的『大』字，恐怕言之太過了。」

老師就是這樣一字一句地修整我們那些稚嫩生澀的作品，不厭其煩的。

由先前的調笑戲謔，教室內的氣氛隨著歲月的流逝逐漸轉爲認眞投入。老師眞是化腐朽爲神奇的高手，常常只是一字之差，卻將詩的意境提升到相當的高度。老師還不吝稱讚同學的作品，改到他覺得滿意的作品，總是稱道再三，畫上好幾個圈圈。有一位女同學，其他科目的成績並不特別出色，但是，在詩選的課上，一直備受誇讚。她寫的詩，情致纏綿卻不流於濫情，不但受到老教授的青睞，也深得同學的喜愛，贏得詩人的美名。老教授的認眞對待，激起了同學的強烈求知慾；而受到優秀作品的刺激，同儕之間也因之興起相互較勁的心情。大夥兒的詩，越寫越多，也越寫越好。我寫板書的手雖然越來越忙碌，情緒卻是相對高昂的。

學期中的某一天，老師忽然提到班上兩位同學的字跡，說是頗有「習字」的天分。其中一人，從未在書法上受過稱道，聞言大吃一驚；另外一人指的是我，我雖然因爲自小就常常被指派代表班上參與書法競賽而不甚感到意外，但是，心裡還是開心。老師把我們兩人找了去，說：

「你們都是能寫字的人，如果有人指點並稍加練習，可以寫出很像樣的書法來。哪天，上山來家裡，讓我好好跟你們談談吧！」

於是，兩個楞楞的傻女子便真的選了個風和日麗的春日，上山拜師學藝去。老師住在學校宿舍裡，記憶裡位在半山腰。我們去了，師母總是笑臉出迎，並不時參與談話。聽說平常日子裡，他們倆常常以詩相唱和。這總讓我不由得記憶起年幼時，逢年過節到彰化的姨媽家裡，姨爹和姨媽也總是寫詩相唱和。小小年紀，對浪漫的嚮往就是從那樣的琴瑟和鳴開始肇端。青春歲月，再度與同樣美好的婚姻邂逅，不免心醉神迷。

坐在書房裡，老師拿出文房四寶，告訴我們：

「寫字得從磨墨始。氣不浮、心沉靜，才能寫出好字來。」

於是，我們花了幾個禮拜學習文房四寶——筆、墨、紙、硯種種問題。光磨墨，從姿態、用力的輕重到氣息的調整就耗了兩個星期。磨呀磨的，越磨越不耐煩，心裡只想著什麼時候可以提筆揮寫。好不容易磨墨告一段落，老師說好字得有好章子來陪襯，章子要蓋得勻稱可是大有學問的，印泥的挑選、印泥的調理、印章的種類、蓋印時的力道……彷彿我們已經是書法名家，即將面對揮毫送人的局面。當時，我們實在太年輕了！東張西望、心浮氣躁，對老師的苦口婆心只感到不耐煩。老師一逕邊講邊示範，篤定地依照既定的進度，絲毫沒感受到我們的無奈；或者因爲眼力欠佳，也不管兩位學生如何因爲無趣而相互扮鬼臉逗樂。接近中午時分，我們告辭離開前，老師從書架上取了兩本書法帖子分贈我們，是魏碑張黑女，他朝我們說：

「一般人學書法，習慣從顏眞卿、柳公權臨起，其實大謬不然。骨之不立，皮肉將安附？字的骨架先得撐起，再學顏、柳，才不會未蒙其利，先受其害。習魏碑對骨架的建立最有幫助，你們先帶這本張黑女的魏碑回去，好好臨帖，下回上山時帶來給我看看。」

於是，我們捧著《張黑女墓誌銘》下山，一路駭笑，覺得碑文字體拙稚、碑名可笑。可是，因爲不忍辜負老師的一片苦心，我們兩人還是乖乖臨帖，只是自認不夠用功，一拖再拖，就是不敢拿去給老師看。當時，我就讀的東吳大學，猶然力行外點制度。教務處請了專人，在每節課接近尾聲之際，進到教室後方，負責點名。因爲每日必點，點名小組對我們的後腦勺可以說熟悉到了極點。老師想找我們這些學生談話，多半仰仗她們傳交紙條。我倆收了兩次紙條後，不得不硬著頭皮攏帶作品上山。老師居然稱讚有加！讓我們欣喜莫名，平添許多信心。就這樣，有一搭沒一搭地寫了些日子，恰好當年中華文化復興委員會舉行的例行性書法比賽正在收件，老師大力鼓勵我們參與，當是華山論劍、與同道相互切磋。誰知，競賽公布，我居然意外得了大獎！我的那位同學也得了佳作，作品在文復會展示過後，又在學校的大禮堂展出多日，同學與我享受了難得的虛榮，老師則笑得合不攏嘴，看起來彷彿對自己成爲賞識千里馬的伯樂，感到十分得意。

畢業之後，我雖然仍留在學校擔任助教，老師卻從學校退休了。年輕的我，旋即捲入談戀愛和拚工作的漩渦裡，和老師接觸日少，幾乎忘了生命中曾經有過如此美麗的邂逅。一日，在書房愣坐，抬頭看見牆上掛著當年老師的賜字：

護岸小桃紅滿樹，遮廔楊柳綠霏煙。

前塵往事忽然一起湧上心頭。那年，約莫戀愛談得一塌糊塗；初爲人師，又心慌意亂、缺了從容，忽然強烈思念起老師與師母不落言筌的溫柔與篤定。於是，我決定單槍匹馬上山去探望老師。老師和師母高興地和我談起別後種種，師母還取了她親自謄寫付梓的詩集《佩芸詩鈔》贈我，我幾次想開口感謝老師昔日的殷殷教導，話到嘴邊，卻始終害羞地沒敢開口。而這一別，沒料到竟成永遠！老師、師母相繼過世，如煙的往事也逐漸在現實的忙碌中漫漶、消逝，乃至不復被記憶所檢選，只除了他們兩位老人家留給我的一幅字和一卷詩。

多年來，幾度搬遷，許多的舊物失蹤的失蹤、丟棄的丟棄，老師的墨寶廁身氾濫成災的書籍、畫軸間，無人聞問許久。近日，屋子重新整修、裝潢。無意之中，這幅字再度被尋獲，發現裱框已然龜裂，白色的紙張也開始發霉並有不規則斑點附著其間。然而，步入中年的我，在歷經了風狂雨驟之後，重新與它素面相逢，竟彷彿看出了年少時未曾領略的新義來。老師落墨如煙、穠纖有致的字跡背後，呈現的不只是濃郁的書卷氣息，他所題的詩句「護岸小桃紅滿樹，遮廔楊柳綠霏煙」，好像也在不經意間透露出老人家一向護衛學生的心境。我忽然興起繾綣的思念，將它重新裝裱並懸掛在客廳裡最顯眼的位置上，隨時提醒自己，非但莫要忘記老師當年的提攜教誨，並且得努力傳承老師護岸、遮廔的苦心。無論如何，在教師的崗位上，得想法和老師一樣，成爲一株紅滿樹的小桃或綠霏煙的楊柳，爲學生提供繽紛的風景及遮蔭的清涼。

——原載二〇〇四年六月十八日《中央日報》

馮子純／山頭

馮子純

台北市人，1984年生，現就讀台大中文系三年級。曾獲第二十二屆全國學生文學獎大專散文組首獎。

大雨的午後，我到山頭上祭拜你。

這車是渺小的蟲蟻，在山嶺龐大的背脊上緩緩爬行，爬過了滿地濕濘，一路濺起成片成片黃泥。可能什麼音樂都不適合車廂裡我們的表情與心境，所以只能默默聽著雨刷粗暴碰撞玻璃的聲響，這和車窗外雨水急促的嘶囂，輪胎輾過積水地面的回響都意外的契合，共譜一首充滿暗喻的組曲，揭示我們前方仍有很長的一段，灰暗而潮泥黏濘的道路。

是的，路還很長。剛剛我們還在山腳下，我瞥見窗外的天幕上有幾絲灰黑的線條，原來是幾隻燕子，背景灰濛濛的，牠們就靜止一樣飛行著，雙翼在尾端陡地向下，好像在哪裡見過這個形狀，對，是人臉上一對抑鬱喪氣的眉毛罷。

好幾個拐彎過去，燕子已經飛出眼簾的範圍，車窗還框著相似的風景繼續前行。都結束了，每一次踏上醫院的長廊，提著的無非是幾樣水果，幾本給你解悶的書，不十分熟識的同學寫的慰問卡片，託我轉交的。那長廊的磁磚是湖水綠，儘管舊了還是給擦洗乾淨，在日照下泛著光，清清潔潔。然而，我胸口總有一種莫名預感，要到轉過階梯生滿苔蘚色銅鏽的兩道扶手，又見到比上回更黃瘦一些的你，這才領會，原來長廊磁磚冷冷然的顏色，其實也是隱含著，血肉漸漸衰頹腐壞的腥氣。

那時我總在學校下課後趕到醫院去探望你，從病房出來時都是下午六點左右，夏天的日頭遲遲不落，可每過一秒就要多湮沒一些，紅的黃的彩霞少一點，黯紫的天幕更深一點。有人說，時間的本身就是湮沒。你住進了這間醫院以後，我對這句話有了更多體悟。每當黃昏

山頭

◎馮子純

的雲霞籠罩，火紅燒著的夕陽從絢爛而黯淡。就這樣直直望去，灰濛濛的天籠罩著世界，不知道離我們是近是遠。越是注視，便感到思緒流失在漸漸縮小的光圈裡，變得和天色一樣渾沌，留下一種揮之不去，像梅雨一樣潮濕黏稠的感覺。時間和走過的長廊一起快速的流去，長廊越走越暗，彷彿人置身在黑夜的荒原。

而現在車還在半山迴行。雨中的山景也是一種稠稠的綠意，長久注視，那種黏膩的感覺又在胸口升起，濕答答的深褐樹影，霧濛濛的天色雨滴，呵，如果我們不生出灰綠色的黴點來，一切景色才會變得突兀吧。我感到一陣惡心，酸腐的液體衝擊胃壁，熱而鹹的液體就要爬出眼眶，不知道是因爲山路的崎嶇，一路上慘綠的風景，還是那些黏稠的記憶。前行，左彎，再前行，車停在山腰，大路與墓地的交會處。

打開車門，氣味就在風和雨洶洶湧湧的威勢裡撲來，我們共同看過徐四金那本赫赫有名的小說《香水》，叫葛奴乙的嗅覺天才。無論是玫瑰薄荷柑桔還是無機的木屑塵土，一件衣衫，一塊存放在檜木桶旁三天的腐肉……當然還有人的味道，混合了汗液和費洛蒙，在透明燒瓶裡提煉後，油脂吸盡蒸餾出來的每一滴汁液，那就是物體純粹的氣味，刺激我們嗅聞的感官。

在濕冷潤澤的山風裡，我試著解讀，很明顯整座山散發的強大氣味是以植物爲基調，就像踩過淌著露水的草地，隨之而來青草涼辣氣息。風雨裡的味道沒有那麼嗆鼻，猜是因爲大雨連日，濕土上有許多落葉，葉肉腐壞留下較粗的葉脈纖維，水分如何順著葉脈流到末梢，養分又如何以相反的方向被運送回根部，葉片和母幹生存的輪廓。還有一些氣味成分來自泥地上枝葉、蟲身、腐土，石碑上的青苔，積水的泥沼，燃盡紙錢仍有溫度的灰絮，風雨吹拂的遠方……。

就是這座山的氣味吧。

並且從《香水》這本小說裡，提煉氣味的種種步驟開始，我免不了想起生命可避免或不可避免的被殺戮。葛奴乙最後完成的香水是一種人的氣味，二十五個女人，二十五個被殺害並取走氣味的女人，本體死亡之後，她們身上的費洛蒙成爲讓全格拉斯城瘋狂的幻藥，然而儘管形狀適合的氣味分子（球形、桿狀、楔形……）嵌入神經細胞後能引發衝動，帶引感官、喚起記憶。氣味的分子本質是散逸的、消耗性的。當視覺感知事物，影像並不影響物體的實際存在；但是當你聞到某種氣味，那事實上是一部分散逸的生命，離開本體的氣味分子，我們可以認爲那已經死亡了……。

車停妥之後，我們走向墓地。R從塑膠袋裡拿出香、打火機和紙錢，我則從背包翻出兩樣水果和餅乾，放在石碑前的小平台上。背包裡還有礦泉水、昨晚不知爲何也放進內袋的相機。我把相機拿在手上前後端詳，按下按鍵讓鏡頭拉遠再收回。今天實在不是適合拍照的日子。其他人忙著點燃紙錢切水果，或是拔去你墓前的雜草，他們忙碌著準備祭拜你。而我也不能超脫於汲汲表現哀傷的儀式。

雨模糊了遠方的輪廓，清晰的風景畫變成一張抽象派的灰調作品，不能獵取風景，那麼

山　頭

◎馮子純

來合照一張？我以爲合照總是要記錄人和人之間，富有紀念性的快樂時光，比如生日，比方一同出遊，比方結束一場球賽齜牙咧嘴得意的笑容。說起來現在也並不適合。

不過，去年我們就在這裡合照過，用一台富士的拍立得相機。相紙一晾乾R就拿打火機點燃，火舌貪婪吞噬幾個微笑的身影。是想讓你看看現在的我們，究竟長成什麼樣子了。

那天沒下雨，一整天置身在灼痛眼珠的焦熱陽光下，把精神和細細瑣瑣的煩憂也都焙軟曬乾。坐在墓區管理員剛清掃過的地面。我覷著眼看R把照片燒了，當風揚其灰。大塊的紙灰眞像白粉蝶的翅翼，而蝴蝶眞容易讓人想起生命短暫完備的旅程，不完滿的部分或者能化爲蝶身冥返人間，在那天灼灼而溫暖的陽光下，志賀直哉那篇〈城崎散記〉便透明地浮現出來（在我後來閱讀書寫死亡的某些作品時，他們不約而同地提到了志賀），玄關處俯躺一隻死亡的蜜蜂，其他蜜蜂則忙碌進出蜂巢，忙碌的蜂群使人感受牠們是一群活著的生物，一旁靜兀不動的蜜蜂則予人死亡的感覺，看見牠，便感受寂靜與落寞，以及平靜。這時內心深處，對於死亡產生了一種親切感。

坦然和惦記或許只相隔薄薄一紙，去醫院的下午，一整個房裡的病人大多睡得很沉，包括你，呼吸黏澀。我守在床前看人身上新舊創口，抽出其中灰濛濛的夢境來，夢也不會是乾淨清爽的，帶著久病者不便活動不便清洗的陳垢，隨胸膛沉默地起伏。生存和死亡不是兩個極端，並且相去不遠，志賀是這樣說的。

相去不遠，但我需要一些時間。告別式之前，你的母親希望我能用好友的身分，寫一篇在儀式上供朗讀的文章。我喃喃說：「這需要一點時間。」後來也沒能寫出來。

大概是你走後一年，高中的軍訓課上放了一部日本電影，原諒我不記得片名了，年邁的名導演因為胃部不適住院治療，身旁眾人隱瞞實情告訴他不過胃潰瘍，其實是胃癌，久不能出院的老導演心生懷疑，另一個病人便告訴他：「哪，你要是懷疑的話，看看你床頭點滴的顏色吧，一般點滴是黃色的，抗癌劑是紫色的。」

鏡頭來到夜晚的病房，黑暗中護士推門進來，老導演裝著熟睡其實暗中觀察著，護士取下空瓶掛上新點滴。當穿過液體的紫色光線投影在老導演臉上，他驚駭地張大眼翻露出血絲眼白、停格、隱去，而我竟失聲哭泣，教室裡投來一些不解的眼光。

類似的折磨，後來記得護理課放的電影，主題是實驗室生化病毒外流，造成大規模的傳染死亡，死者的內臟表面皆被溶解，死時七孔流血。這回我選擇在影片最不堪的片段假裝尿急離開教室，直到影片要結束的時刻。志賀觀察蜂群後的不久，在散步的河岸邊看見一隻落水的老鼠，每當游回岸邊，就被手持長棍的民眾再一次戳下水裡，作家大概也選擇了離開現場，他寫：「不想看這老鼠最後的下場……儘管我對死後的寂靜有著親切感，但死亡來臨之前的騷動仍舊是恐怖的。」

學會坦然不知是否包含著，學會習慣或忍受這種作嘔的騷動？當作靈魂遠離肉身，僅僅是離開寄宿的軀殼，靈魂還有他方的棲所，而肉身就可以塵歸塵土歸土，當作你就是腐朽在滂沱雨勢裡的一片葉，輪迴世界裡一隻蝴蝶的分量。

山頭

◎馮子純

而我亦是。

吹拂過來的風，許多溢出的生命氣息，死亡的氣息。弔詭的是這些死亡的氣味組成了我們嗅覺裡的山，被沖刷並溶解在雨水當中的微小分子，已不能仔細辨別哪些來自於左方的一片草澤，來自於不明植物的綠葉，每吸入一口，提醒我即使眼下一秒，死亡仍然紛然地發生，如同銀河中不停歇的星球爆炸。

我望向坡地高處，舊墳地裡的石碑多半生出厚厚青苔了，像生根於山的灰綠色球形植物。

你在嗎，充溢於大雨中，山的氣息裡？

日光灼灼的那天，相片灰燼飛舞的姿態顯得纏綿而溫柔。

每一回來看你的慣例，要在天色轉成紅豔夕照之前，收拾準備離開，否則下山的路途就會是一片漆黑，黑夜裡的墓園只能是拍攝鬼故事的場景，不會是懷念故友的適當地方，也許能看到李商隱詩裡描繪的「南山何其悲，鬼雨灑空草」。你會感受到淒涼與寂寞嗎？我們畢竟要離開，日光逐漸傾斜，慢了又慢，這裡的夜晚，漆炬迎新人，幽壙螢擾擾。

燒去那張在你墓前合照的同時，我想起另一張合照——最後有你影像的一張，那是我們在淡水的碼頭邊，趕著以即將開走的渡船當背景，夕陽要下山了，病房裡你偶爾就是這時候醒來，我替你拉上窗簾遮去不忍看的火紅太陽。你的墳前也長出一些青苔，遠看像生根於山的球形植物。

雨裡我們的車胎滑過積水路面，天陰雨濕，一起發出啁啾的哭聲。吹拂過來的風，許多溢散的生命的氣息，你還在這裡，依然有笑有淚，與我們共喜同悲。

——原載二〇〇四年六月十九日《中央日報》

（本文榮獲第二十二屆全國學生文學獎散文組第一名）

王鼎鈞／

天津戰俘營半月記

——解放區的天是明朗的天

王鼎鈞
筆名方以直，山東臨沂人，1925年生。抗戰時期棄學從軍，來台後任職於中廣公司、中國電視公司並擔任《中國時報》主筆、《人間副刊》主編。現旅居美國，專事寫作。著有散文集：《我們現代人》、《碎琉璃》、《隨緣破密》、《千手捕蝶》、《風雨陰晴》等。曾獲行政院新聞局圖書著作金鼎獎、時報文學獎散文推薦獎、吳魯芹散文獎等。

解放軍攻克天津的時候，對處理大批俘虜已經累積了豐富的經驗，繳械就擒的國軍官兵也很合作，好像一切水到渠成。

我的遭遇或許有代表性。我們這十幾個後勤軍官聽從解放軍的指揮，離開住所。路上只見掉下來的招牌，斷了的電話線，傾斜翻轉的電車汽車。成群結隊的解放軍交臂而過，沒人看我們，我偷偷地看他。我們走進一所學校，只見成群的俘虜從各個方向陸續湧來，擠滿了房子，擠滿了院子。他們都是在第一線繳械就擒的戰鬥人員，軍官跟士兵穿一樣的衣服，一律不佩符號，但是你仍然一眼可以分出階級，比方說，士兵穿又髒又舊的軍服，連長穿乾乾淨淨的軍服，團長穿嶄新的軍服。解放軍的一位營指導員坐在校長辦公室裡管理我們，我們人數這麼多，他們僅僅一位營指導員，身旁幾個通信兵，門口幾個衛兵，胸有成竹，不慌不忙。他們已有豐富的經驗。

雖說是押送和集中監視，他們並未怎樣注意我們，反倒是我，我沒忘記我是（或者準備是）一個作家，趕緊趁機會觀察新事物，「觀察」是作家的第二天性。雖說是東北解放軍入關，那些戰士並不魁梧健壯，個個臉色憔悴，嘴唇皴裂，雙手赤紅，我擔心他們生凍瘡。有人光著頭，大概是戰鬥中失去了帽子，倒是沒人伸手來摘我們的皮帽子，很難得！他們沒穿大衣，腰間紮著寬大的布帶，想是為了禦寒。裝備陳舊，多是民間用手工縫製，土布的顏色單調，軍容灰暗，只有腰間插著一雙布鞋嶄新，兵貴神速，他們一晝夜可以疾行兩百華里，鞋子是最重要的裝備。還記得國軍宿營的時候，照例派人四出偵察，報告說百里之內並無敵蹤，於是放心睡覺，誰知拂曉時分已陷入解放軍重重包圍，神通就在這雙布鞋。個別看，解放軍哪裡是雄師？何以集體表現席捲江山？當時被俘的國軍軍官陷入沉思，沒有答案。

我設法擠到辦公室門口去看指導員，他抽菸，看不出香菸牌子，聞氣味品質不壞。一個國軍軍官擠進來向他介紹自己是什麼團的團長，跟指導員攀同鄉，團長是在戰鬥位置上被俘的，他已經好多天沒回家了，要求指導員行個方便，讓他回去看看孩子，他發誓一定回來報到。又有一個軍官擠進來，他說他跟解放軍司令員劉亞樓是親戚，劉亞樓指揮解放天津的戰鬥，目前人在市內，他要求去找劉亞樓見面。那位指導員一面抽菸一面微笑，慢動作撕開香菸盒，掏出鉛筆來寫字，他用香菸盒的反面寫報告，向上級請示。通訊兵去了又回來，字條上面批著兩個字：「不准」，用的也是鉛筆。他們的公文程序怎麼簡化到這般程度，我非常驚異。指導員拿批示給他們看，不說話。

戰鬥結束了，許多國軍軍官沒有回家，有些太太眞勇敢，牽著小孩出來找丈夫。她們有人找到我們這一站，衛兵不許她們進來，但是可以替她們傳話，「某某團的副團長某某在這裡沒有！你太太帶著孩子在門口找你！」這樣的話由大門外傳到大門裡，由院子裡傳到屋子裡，沒有反應。於是有人高聲喊叫，重複一遍又一遍，還是沒有回聲。於是有人低聲議論，就算他在這裡也不敢出頭承認，他還想隱瞞身分呢。那時國軍軍官被俘後常常謊報級職姓名，武官冒充文官，將校官冒充尉官，這樣做都是枉費心機，以後還有多次清查，總有辦法把你一個一個揪出來。

俘虜實在太多了，解放軍不斷增加臨時收容的地方，我們這裡一批人疏散出去，騰出空間，開始進行下一個程序，「區分山羊綿羊」。第一步，軍官和士兵分開，他們把士兵帶走了。第二步，上校以上的軍官和中校以下的軍官分開，他們又把上校以上的軍官帶走了。斬頭去尾，我們中間這一段人數最多，這才發現我們那個單位只來了我們十幾個呆鳥，別人早有脫身之計，人人祕而不宣。兩個月後我逃到上海，發現我們的新老闆先到一步，住在一棟花園樓房裡。四個月後我逃到台北，陸續遇見許多同仁，他們也都是狡兔。

俘虜分類之後進行編隊，編隊之後立即前往指定的地點受訓，指導員不再微笑，也沒有講話，他只是冷冷地看部下工作，他的部下也不多講話，只是冷冷地工作，一片「晚來天欲雪」的感覺。他們爲什麼不講話？這是不祥之兆嗎？由鬧哄哄到冷冰冰，看看日色西沉，解放軍似乎要趕快把俘虜弄出天津市區，出門以後指導員不見了，他的臉色還像塊冰壓在我心上。我越走越心虛，胡思亂想，想起滾進地下室的手榴彈，想起德國納粹把俘虜運到郊外集體槍決。

還好，我們一直走一直走，走到楊柳青，東看西看好像沒有楊柳。一直走一直走，走到北倉，看見碉堡殘破，交通壕翻邊，鐵絲網零亂，大概是砲兵猛轟造成的吧，想見戰鬥還是很激烈。我們一直走下去，有路可走就好，這夜無星無月，野外有人不斷發射照明彈，（爲什麼？）顯示最後的戰時景色，冷光下依稀可見隊形蜿蜒。途中隊伍距離拉得很長，身旁沒人監視，可是一個人也沒逃走。走了半夜才投宿農家，老大娘爲我們燒火做飯，整天僅此一餐，可是並不覺得餓。

第二天黎明上路，有大隊解放軍同行。我放慢腳步，一再用眼睛的餘光打量他們，他們的基本教練簡單馬虎，肩上的步槍東倒西歪。我注意他們的槍械，希望能看到有名的「小米加步槍」。那時，「共軍用小米加步槍打敗國軍的飛機大砲」，已經成爲流行的口號。很可惜，我看見日軍的制式步槍「三八式」，國軍的制式步槍「中正式」。我心頭一懍，想起我在瀋陽揩過擦過的那枝槍，那枝槍流落何方？我還記得它的號碼，眞想看看他們每個人的槍，看他們的號碼離我多近多遠。我至今不知「小米加」什麼樣子，解放軍打天津，除了飛機以外，大砲機槍衝鋒槍什麼武器都有，「小米加」在哪裡？據「火器堂」網上資料，抗戰八年，內戰四年，聯勤的兵工廠大約製造了五十萬枝中正式步槍，我想平津戰役結束時，總有三十萬枝已經握在解放軍手中了吧？韓戰發生，中共派志願軍抗美援朝，正是用「中正式」跟聯軍大戰三百回合。

我們一直往北走，天氣忽然起了變化，風沙撲面而來，那風沙強悍詭異，難以形容。我拉低帽沿，掏出手帕遮臉，閉緊眼睛趕路，每隔幾秒鐘睜開一條縫，看一看腳下的路，塵土細沙趁勢鑽進來。四面一片濛濛的黃，空氣有顏色也有重量，鼻孔太小，難以呼吸。我想到我的眼睛，那時我只爲眼睛擔憂，作家可以沒有手，沒有腳，必須有眼睛。現在我知道，那天我們遇上了「沙塵暴」，西北風挾帶內蒙的塵沙，向南撲來，它一年比一年嚴重，現在已經形成天災，華北東北都成災區。現在「沙塵暴」過境的時候，人取消戶外活動，飛機停飛，沙塵落地造成「沙化」，土地沒法耕種，人民沒法安居。專家總是往壞處想，他們憂慮多少年後，東北華北一半變成沙漠。倘若眞有那麼一天，後世史家會指指點點，國共兩黨興兵百萬，血流成河，爭的就是這幾粒沙。

當時風沙中辛苦掙扎，哪會想這許多，我只擔心我的眼睛。好不容易到達目的地，風也停了。那是一個很大的村莊，瓦房很多。我們先在村頭一字排開，解放軍戰士抬了一個籮筐來，我們在軍官監督下自己搜查自己的口袋，把所有的東西掏出來，鈔票、銀元、戒指、手錶，都放在籮筐裡，我能了解，這是防止我們逃亡。所有的文件也要放進去，鋼筆、照片、符號、日記本，我明白，這是要從裡面找情報。他們做應該做的事情，好在我除了一張符號以外，甚麼財物也沒有。我的職位是個上尉軍需啊，軍隊裡不是常說「窮書記、富軍需」嗎，解放軍官看了我一眼，他怎知道我實際上是個「窮書記」？似乎懷疑，倒也讓我過關。他強調受訓以後所有的東西都會發還，這位軍官是我們的指導員。

下一步是分配住宿的地方，我們住在地主留下的空屋裡，屋裡沒有任何家具，大概是「階級鬥爭」取走了一切浮財。每一棟房屋都沒有門，應該是民伕拆下門做擔架去支援前方的戰爭。每一棟房屋也沒有窗櫺，這就奇怪了，我想不出理由來。既然門窗「洞」開，解放軍戰士管理俘虜，要看要聽，十分方便。夜間風雪出入自如，彷彿回到抗戰時期流亡學生的生活。

我必須說，解放軍管理俘虜還算和善寬鬆，伙食也不壞，一天兩餐，菜裡有肉。當然我

天津戰俘營半月記

◎王鼎鈞

們仍然要踏灰跳火，早晨起床以後，第一件事情是集體跑步，這時，住在這個村子裡的俘虜全員到齊，大概有兩百人左右，解放軍駐紮的武力大約是兩個班，果然一以當十。跑步之後，大家在廣場集合，班長登台教唱，第一首學的是「解放區的天，是明朗的天」。這天夜裡降了一場淺淺的雪，天公慈悲，沒颳大風，早晨白雲折射天光，總算晴了。第二首學的是「換槍換槍快換槍，蔣介石，運輸大隊長，送來大批美國槍。」我聽了不覺一笑，也不知他們有幽默感、還是我有幽默感。

所謂受訓，除了跑步，就是唱歌。跑步容易唱歌難，終於有這麼一天，早操以後，班長教唱，劈頭就是「蔣介石，大流氓，無恥的漢奸賣國賊。」我張口結舌，這未免太離譜了吧？這並不是侮辱蔣氏，而是侮辱我們的知識程度。我讀過教會歷史，當年羅馬帝國打算消滅基督教，把教堂屋頂上的十字架拆來擺在地上，命令教徒一個一個踐踏，如今解放軍玩的是同樣的把戲，可是跟羅馬統治者比，格調太低了。大約人同此心，解放軍班長領頭起句以後，全場默然，指導員一向不說話，臉色像上了一層釉般，這時帶著槍兵走過來，指著我們的鼻子喝問：「你爲什麼不唱？爲什麼不唱？」隊伍裡這才有了嗡嗡之聲。他不滿意，又一個一個指著鼻子喝令：「大聲唱！大聲唱！」隊伍裡的歌聲這才一句一句提高。

我一直不肯學唱，於是被指導員帶進辦公室。我模仿朱連長向副團長抗辯的態度，立正站好，姿勢筆挺，有問必答，一口一個「報告指導員。」他好像很受用，但是仍然厲聲斥責，「你已經解放了，爲什麼不唱解放軍的歌？」我告訴他，我是唱八路軍的歌長大的。不待他考問，我自動唱起來，我採取提要式的唱法，「在那密密的樹林裡，有我們無數好兄弟。」唱了兩句，馬上換另外一首，「風在吼，馬在嘯，黃河在咆哮。」再換一首，「延水濁，延水清，情郎哥哥去當兵，當兵要當八路軍。」再換一首，「中國人不打中國人，抗日軍不打抗日軍。」

他大喝一聲：「夠了！你這些歌現在沒人唱了，你到這裡來受訓，就是教你趕上形勢。」我說報告指導員，八路軍的那些歌眞好，我們愛唱，有人禁止也禁不住。現在教的歌哪裡比得上？現在這支歌怎麼這麼低俗？這哪裡像解放軍的歌？我不顧他的反應，連唱帶說，他用銳利的眼神觀察我，好像看我的精神是否正常。我後來才知道，他們認爲抗拒爭辯都是眞情流露，他們對「眞情」有興趣，如果我馬上無條件適應，他反而認爲是虛僞，他們厭惡虛僞。

他沉默片刻，忽然問我對這裡的生活有什麼意見。「報告指導員，沒有意見。」怎麼會沒有？他不信。「報告指導員，抗戰的時候，國民黨的游擊隊捉到了八路軍要活埋，我們都是該死沒死的人，在這裡吃得飽，睡得好，當然沒有批評。」這幾句話他聽得進。你對國民黨還有什麼幻想？「報告指導員，沒有任何幻想。」是不是還想倚靠蔣介石？「報告指導員，我跑江湖混飯吃，從來沒倚靠蔣介石。」大概這句話太沒水準，他皺了一下眉頭。那麼你對自己的前途有什麼打算？「報告指導員，我的父親在南京做難民，我要到南京去養活他。」我簡化問題，隱瞞了弟弟和妹妹。他說南京馬上要解放了，全中國都要解放了，你去南京也是白去。他說他也有父母，個人的問題要放在全國解放的問題裡解決。

他靜待我的反應，我默不作聲。

他拿出一本小冊子來交給我，他說這是我從未讀過的書，他用警告的語氣說，「接受新知識的時候要用心，還要虛心。」他等著聽我的心得報告。那時候我的左眼開始腫脹疼痛，天津失守那天，我們逆風行軍，塵沙傷害了我的眼睛。他不看也不問我的病痛，他顯然打算教我用一隻眼睛讀他指定的教材。

俘虜營裡沒有醫療服務，班長忽發慈悲，替我弄到一截紗布，我只能把左眼包起來，乍看外表，倒是很像個傷兵。冷風吹拂，我發覺自己跑進指導員的射界，做了他的目標。他們閉上一隻耳朵，沒再強迫我唱歌，我難道已在享受某種優待？代價是什麼？我不知道在人群中隱身，也許因而不能脫身，我那年才二十四歲，對中共多少有用處。

五年前我也許願意加入共青團，可是我的人生觀改變了，大我，紀律，信仰，奉獻，都是可怕的名詞，背後無數負面的內容。我一心嚮往個人自由，我曾在新聞紀錄片裡看見要人走出飛機，儀隊像一堵磚牆排列在旁邊，新聞記者先是一擁而上，後是滿地奔跑追趕，我當時曾暗暗立下志願，從那一堵牆中走出來，到滿地亂跑的人中間去。其實「自由」也有陰暗面，那時我還不知道「事情總是向相反的一面發展」，以螺旋形的軌跡尋求救贖。

我已放棄一切偉大非凡的憧憬，無論是入世的還是出世的。我只求能有必需的收入，養活父親，幫助弟弟妹妹長大。我已知道解放區絕對沒有這樣的空間，中共管理人民的方式我很難適應，他對老百姓的期許我無法達到，我只有到「腐化的、封建的、自私的、渙散的」社會裡去苟活。我必須奔向南京。

腳下有到南京去的路嗎？顯然沒有。如果我的左眼長期發炎得不到治療，必定失明，中共不會要一個殘廢的人，那樣我就可以一隻眼睛去南京。我猜父親看見一個「眇目」的兒子回來，不會有快樂的表情，但是半盲的乞丐也許會得到慷慨的施捨。我在兩利兩害之間忐忑不安。那時我的父親並不知道他自己也面臨選擇：損失一個兒子、或者僅僅損失兒子的一隻眼睛。

我始終沒讀指導員交給我的那本書，只是偶然揭開封面看了一眼。果真「開卷有益」，封面裡空白的那一頁蓋了一個圖章：「東北軍政大學冀熱遼邊區分校圖書館」，正好蓋在左下角。我大吃一驚，天造地設，一張空白的公文紙，可以由我寫一張路條。我以前從未想到逃走，這時左右無人，不假思索，我悄悄把它撕下來。解放軍顯然還未建立文書制度，士兵文化水平低，沒有能力鑑別公文真偽，如果他們不放我，我也有辦法！圖章的印文是楷書簡體，草莽色彩鮮明，後來知道，中共的印信一律廢棄篆書。

左眼越來越痛，「難友」朱少校幫助我，他說用食鹽水沖洗可以延緩病情。我到附近農家討鹽，一位太太說，她家的鹽用光了，還沒有補充，她讓我進廚房察看，柴米油鹽一無所有，鍋灶冰冷，使我想起「朝朝寒食」。我走進另一農家，當家的太太說她可以給我一撮鹽，但是必須班長許可。我又到處去找班長。

討到了鹽，朱少校捲起袖子，客串護士。每一次我只能討到一撮鹽，好一個慈悲的班長，他天天帶我奔波找鹽，他走在前面，我在後面六呎左右跟著，他沉默無聲，農家看他的臉色行事。今天回想，我最大的收穫不是食鹽，我有機會看到「老解放區」人民的生活。好像家家都沒有房門。我沒看見男人。天氣晴朗，陽光普照，打麥場邊怎麼沒有一群孩子嬉戲，沒有幾隻狗搖著尾巴團團轉，怎麼沒有老翁抽著旱菸袋聊天，怎麼也沒有大雞小雞覓食，也沒見高高堆起來的麥稈高粱稈。安靜，清靜，乾乾淨淨，一切投入戰爭，當初「不拿人民一針一線」，而今「人民不留一針一線」，這就是解放戰爭的魅力，這就是每一個班長的驕傲。

我在俘虜營的那段日子，外面發生了兩件大事，蔣介石總統宣佈「引退」，副總統李宗仁代行職權；傅作義接受局部和平，北平解放。我們看不到報紙，兩件事都由班長口頭宣佈，我還記得，蔣氏引退的消息夜晚傳到俘虜營，我們都已躺好，宿舍裡沒電燈，班長站在黑暗裡說，蔣介石「引退」了，理由是「不能視事」。他聲調平靜，用字精準，還把「不能視事」重複了一次，表示強調，很有政治水準。也許是黑暗遮住了臉孔吧，大家竟鼓起掌來，那時大家在心理上忽然變成觀眾，歹戲拖棚，不如早點落幕，散場回家。

散場以後一定可以回家嗎？天曉得！資料顯示，內戰第一年，六十萬俘虜參軍，第二年，七十萬俘虜參軍。濟南十萬俘虜，或參軍，或勞動生產，一個不放。中共佔有東北全境後決定釋放俘虜，而我恰恰在這個時候被俘，硬仗已經打完，俘虜太多，無處消耗，索性由他們投奔國民黨，國民黨既要照顧他們，又要防範他們，雙方必然產生矛盾，他們縱然抗拒洗腦，多多少少仍然要受一點影響，他們不知不覺會把影響帶到國府統治的地區，成爲活性的「病灶」。世事總是如此，又是如此，千千萬萬小人物的命運繫於大人物一念之間。必須說，中共這一著高明！千千萬萬「匪區來歸官兵」到了台灣，跟軍政機構之間恩怨難分，敵我不明，消耗多少元氣。

我們在俘虜營過陰曆年，萬年曆顯示，那是一九四九年一月二十九日，歲次己丑。事後推想，那時他們已經決定釋放我們了，所以停止一切爭取吸收的工作。大約是爲了留些「去思」，過年這天午餐加菜，質量豐富，一個高官騎著馬帶著秧歌隊出現，據說是團政委。我第一次看見扭秧歌，身段步伐很像家鄉人「踩高蹺」，親切，可是無論如何你不能拿它當作中國的「國風」。他們唱的是「今年一九四九年，今年是個解放年，鑼鼓喧天鬧得歡，我給大家來拜年。」先是縱隊繞行，然後橫隊排開，唱到最後一句，全體向我們鞠躬，我又覺得折煞。

團政委登台訓話，我用我的一隻眼睛努力看他，希望看得清、記得牢。他的氣質複雜，我當時用三句成語概括記下：文質彬彬，威風凜凜，陰氣沉沉。我被俘以後見到的解放軍人，跟我在抗戰時期見到的共產黨人完全不同，後者比較陰沉。有人解釋，中共陰沉是由於俄共陰沉，俄共陰沉是由於氣候嚴寒。有人作另一種解釋，中共陰沉是因爲他們捨身革命，生活在逮捕和屠殺的陰影之下，因而培養出特殊的氣質。還有一說，中共黨員長期浸潤在唯物辯證之中，而唯物辯證法是一種陰術。

家鄉父老常說「一分材料一分福」，團政委口才好，勝過連指營指。他稱讚我們都是人才，可惜走錯了路，迷途知返不嫌晚，誰願意參加解放軍，他伸出雙手歡迎。然後他加強語氣，誰對國民黨還有幻想，解放軍發路費，發路條，願意去南京的去南京，願意去廣州的去廣州，願意去台灣的去台灣，你們去的地方都要解放，你們前腳到，解放軍後腳到，水流千遭歸大海，誰也逃不出如來佛的手掌心。一番話鏗鏘有聲，驚心動魄。他最後強調解放軍守信用，說話算數，路條路費明天就發給你們，任你們行動自由。大家聽呆了，「啼笑俱不敢」，沒人鼓掌。演說完畢，團政委上馬，他還要到另一個村莊去演說，大概他要走遍附近的村莊。

解放軍說話算數，第二天路條到手，我打開一看，有效期間只有兩天，我今天出了這個門，明天路條就成廢紙，以後的路怎麼走？路條的效期是兩天，路費也是兩天的伙食錢，他們好像假定我兩天以後就可以到南京到廣州了！我是否可以找指導員申述困難？正在猶豫不決，有個小伙子在我身旁急得團團轉，他反覆自問：「我的戒指呢？我的手錶呢？」

我想起來，我們進村子那天，人人把財物掏出來，一起放在大籮筐裡，交給解放軍保管，當時指導員明確交代，受訓期滿之日發還。這時候，有一個人，我心裡一直想著這個人，現在我才下筆寫到這個人，他也是個俘虜，看樣子是個中年人，是個病人，每天閉目打坐不說話，如果夜晚我們上了床不睡覺，如果我們談天說地東拉西扯，他才喝一聲「趕快睡覺！不要擾亂別人！」倒還有幾分精氣神。有時候，我們三五個人在院子裡閒談幾句，他也要站在門口喝斥：「走開走開！」聲調毫不客氣。他真有先見之明，總是我們聽從他的喝斥之後，班長就像獵犬一樣跑過來，察言觀色一番。當那小伙子滿口戒指手錶追問不捨的時候，那個沉默的中年人又喝一聲：「你這個混蛋！還不快滾！」人間確有當頭棒喝，我和那個小伙子陡然醒悟，兩百人的手錶戒指都混雜在一個大筐裡，哪個是你的？怎麼發還？當初解放軍收集俘虜財物的時候，並沒有一人一個封套包裝起來寫上名字，可見壓根兒就沒打算發還，那還嚕囌甚麼？難道想留下不走？我們大澈大悟，四大皆空，萬緣放下，急忙上路。咳，那中年病夫是有心人，是好心人，文章寫到這裡我思念他，不知他後半生何處浮沉沉，可曾風平浪靜。

一九四九年一月十五日天津失守，我當天被俘。一月二十九日過年，我次日釋放。中間管訓十五天，解放軍果然說話算話。無奈人心不足，我時常想起某某公司設計的一張海報：美女當前，含情望著你，下面的文字是「某某公司信守承諾：某月某日這位女郎全身脫光」。人人記住這個日期，到了那一天，急忙去找海報，海報換新，女郎果然全裸，海灘遼闊，她只是個遙遠的背影，下面一行文字：「某某公司永遠信守承諾」。

——原載二〇〇四年九月二～四日《聯合報》

詹澈／

隧道口

詹　澈

本名詹朝立，台灣彰化人，1954年生。屏東農專農藝科畢業，曾任校刊《南風》主編、《草根》、《春風》、《詩潮》詩刊同仁、《夏潮》雜誌編輯、《春風》雜誌發行人。曾任台東地區農會推廣股長、台灣農權運動發起人、台灣農民聯盟副主席、農漁會自救會辦公室主任等，現為台東縣政府文化局專員。著有詩集《土地請站起來說話》、《海岸燈火》、《西瓜寮詩輯》、《海浪和河流的隊伍》、《小蘭嶼與小藍鯨》、散文集《海哭的聲音》、報導文學《天黑黑唛落雨——十二農漁民大遊行傳真》等。曾獲洪建全兒童詩獎、陳秀喜詩獎、年度詩人獎。

我不知坐了幾次環島鐵路，爲了促銷白米和果汁，爲了農會之間的串聯，爲了農民權益。有時爲了不知所以然的喜歡，就坐一段火車，在火車上看一本書，在火車上看一段喜歡的風景。或者說體驗火車過隧道時，經過一段黑暗後重見光明的感覺。然而火車經過的小站很多，總是記不清名字，有的小站已經廢站，但不知什麼原因，有時火車會停在那廢了的小站上，彷彿火車也有記憶，或者那小站還有話要說……可這麼多小站和風景，都會在一個隧道口給濃縮進去，再放出來時，已是從北往南，進入台東家鄉鹿鳴橋的一段了。從這裡開始，我總是張開眼睛看著鹿寮溪在這裡會合卑南溪，往出海口奔流而下。橋下綿延的西瓜園，有綠色輻射的溝畦，可以看見模糊的，在風沙或水氣中若隱若現的我家的西瓜園，彷彿父親一直還走在西瓜園的溝畦間。火車過橋的聲音特別響亮——當列的列的、工農工農、累的累的聲音被火車拋在後面，又會從前面迴來時，就知道岩灣站前的隧道口到了，卑南溪和都蘭山的風景將要進入尾聲，在隧道口與隧道口的空隙間，被夾扁又放大的風景、空氣、陽光，消失又出現，這是隧道的魔術，在時間與空間的轉換中，讓人信以爲眞。

然而隧道口也是一段記憶的出入口——那年父親在卑南溪的大水未退時，就和利吉利吉村的阿美族朋友南麥，在溪水中用竹竿標示出西瓜地，西瓜地位置就靠近岩灣隧道口的山壁下，山壁倒映在卑南溪水中，溪水也運載著火車掠過的身影，有如小黃山小桂林的景色。從西瓜園仰望山壁，可以清楚看見岩灣鐵路的隧道口，像一顆永遠睡眠不足的瞳孔，望著卑南溪的出海口……。有一天，父親坐在西瓜園和卑南溪邊之間的一塊大石頭上，愣愣的看著鐵

隧道口

◎詹　澈

路那端的隧道口，時值初春，我看著父親耳鬢的白髮絲在海風與山風中飄動著，我自然的坐在鄰坐的石頭上，父親又重複了那段隧道口的故事了——

時值初春，哦，是立春向清明走的季節，他說：當時，二次大戰快結束了，日本已顯出敗相，我在日本兵部隊裡已感受到了，吃飯的時候飯量分配減少了，也看到從百姓家裡徵收來的鐵釘、鍋鏟等熔爲鐵以後，準備製造武器。所有原料都在減縮管制，就是因爲這樣，才和那兩個日本兵班長打架。那天，中飯顯然不夠，但日本兵和台灣兵不同待遇，台灣兵的菜和飯都不夠。於是，那天我值伙食班，台灣兵就把一些飯糰藏在帽子裡，可有一個東部高山族同胞的飯糰從帽子裡掉下來被發現了，那位高山族同胞立刻被日本兵班長打倒在地上，那日本兵班長又要用腳跟踹他胸部，我看一定會把肋骨踹斷，會吐血，心急之下，就跳出來出手把日本兵班長推開，並用日語大聲說——同樣要操練，同樣要打敵人，同樣會死，爲什麼我們台灣兵的飯菜就比較少，飯糰是我裝的，由我負責，要打就打我——那位日本兵班長睜大眼睛，不敢相信台灣兵裡面還有這號人物，看了一下，立刻用他空手道鐵砂掌劈了過來。之前，就聽說這班長的空手道很厲害，柔道也是黑帶了，所以特別小心，我一閃而過，他立刻用腳跟迴旋踢過來，我還是一閃而過，他轉身抱住我，要用柔道把我摔倒，我用大腿頂住他的胯間，蹲下馬步站住樁，雙手用擒拿法纏住他的雙臂，如此，僵持了很久。突然，我背後被踹了一腳，我和他才分開了，但我已倒在地上，是另外一位班長來助陣了，那位日本兵班長立刻在我身上踹一腳，我一翻滾就跳了起來，重新站好馬步，另一位班長冷不防甩了我的耳光，我下意識的向他的腋下回了一拳，他立刻蹲坐在地上悶哼了。我就向兩位班長說；如果眞要打，要比高下，今晚十二點到廣場邊如何？想不到他倆也很乾脆，不甘示弱的答應了。那晚午夜，在廣場邊，他倆脫下軍裝，站在我面前，表示是平等決鬥。我當下眞是高興極了，這是當日本兵以來受盡欺辱報仇的好機會，我可以放開顧忌，把從小在濁水溪畔，從唐山師傳承給西螺七崁再傳下來的國術好好發揮了。那時，我們習武時，我的師父用藥丹內服用藥水外敷，幾乎把我們幾個師兄弟練成了金鐘罩鐵布衫，根本不把空手道放在眼裡。我要他們兩個一起打，他們不願意，就一個一個來，他們的手腳太慢空隙太多，肩膀稍微晃動，眼睛一轉我就知道他想打那裡。那晚，許多台灣兵的伙伴都偷偷跑出來躲在角落偷看我們的決鬥，我很快把他們兩個打倒了，並告訴他們；日本快戰敗了，對台灣兵好一點會有好報。我看到其中一個班長若有所思，眼中含著淚光，向我一鞠躬後就認輸的走了，另一個也行了一個軍禮後走了，那晚的夜氣很重，但我心裡眞是舒暢……。不久，日本天皇宣佈日本無條件投降了，整個兵營裡的台灣兵眞是像鬼打到一樣的狂叫高興，日本兵班長們則垂頭喪氣，好像要死了，又怕我們打他們，齊聚在營房裡，我叫台灣兵伙伴們不能打他們，大家準備回故鄉。

應該是，記得是立春走向清明的季節，父親說著；我揹著簡單的行李，從岡山跳上一列北上的火車，火車上擠滿了人，都是逃難或歸鄉的人，那時，不知爲什麼，美軍的飛機還在轟炸，前方的鐵路被炸了，火車頭像車畚斗倒栽入水田中，後面的車廂像疊羅漢一樣疊起

隧道口

◎詹 澈

來，我立刻跳下火車，在哀哀叫的鬧聲中，沿著鐵路走回家。記得是下午了，陽光很軟了，我走進村口，遠遠的就看見我母親，你祖母，在土地廟口拿著香拜，她看到我安全回來，眼淚像雨水一樣流下來，拉著我的手急忙向土地公謝拜……就這樣，回到村中一晃就是兩年，我都到處砍甘蔗和割稻維生，認識你母親也是在甘蔗園認識的，她很美，村內人都知道。也就在那時，有一天，同是當日本兵的阿清跑來找我，說台北那邊出事了，國民政府軍到處捉人，外省人和本省人打起來了，我們也必須有所行動，他說的我們，就是當過日本兵的夥伴們，當時的日本兵是看不起國民政府軍的，因爲在東北三省和台灣，他們曾是侵略者、統治者，然而這樣的國民政府軍卻打了我們，這樣想著，就和阿清他們一夥約二十餘人，拿起武士刀往集集火車站而去。集集火車站的火車聽說坐了很多外省人，那裡有一個隧道，我們一夥人就守在隧道口，等著火車。記得是，應該是立春走向清明的季節，隧道口附近罩著茫霧……終於有一列火車從隧道那邊來了，我們在鐵道上堆滿石頭和木柴，火車停下來了，我們抽出武士刀，跳進車廂，逢人便用閩南話問對方的姓名，要去那一站，從那一站來，對方如果表情奇怪，用國語回答，就認定是外省人，立刻用武士刀押出車外，令其跪在鐵道旁，不論婦孺老少都如此，大概有三十來人，我們叫他（她）們跪在鐵道旁，然後叫火車開走。阿清他們打算當場砍掉他（她）們的頭以爲報復，我們討論著如何下手……那時，我突然想到，假使這三十多個人裡面有不會講閩南語，但卻是客家人或者是高山族同胞該怎麼辦？而且，那時，我看到了幾個婦女抱著小孩哭，哭的顫抖，跪在地上的男人，有的也在發抖。我想起了那兩個認輸的日本人的班長，其中一個班長眼中含著的淚光。我想，都是因為中日戰爭才會落得如此下場，都是受害的中國人老百姓為什麼還要互相兇殘。於是，我心中不忍了，做不下去了，勇敢的，大聲的叫阿清他們不能砍頭，我的態度強硬，阿清和大夥們都屈服了。最後大家決定用刀柄重重的敲昏那些男的，婦孺則叫她們沿著鐵道走回去，我看著她們一蹩一步的，相扶著走進隧道口，向著來時的路，在黑暗的隧道裡不見了……那個隧道口，好像肚子餓的人張開的嘴巴……。

那件事情過後，父親說著說著，點起了一根菸，煙霧嬝繞上升，彷彿他背後的都蘭山上的雲捲，父親說：那件事情過後，阿清告訴我，最好躲藏起來，從阿清口中我才知道台北發生的事情叫「二二八事件」。於是，我就隨著割稻隊伍從南往北的一路割上來，或者在甘蔗隊伍中到處走，或者四處買賣雞隻，做一個雞販。你知道嗎？我曾經用走的走到凍頂烏龍茶的「凍頂」上喝眞正的凍頂烏龍茶，那「凍頂」其實也不過幾甲地，終年罩著茫霧。實在是好茶，我的胃口就是那時被寵壞了，這一生花在喝茶的錢也不少了，後來四處都是凍頂烏龍茶，都是吃名聲的，我就覺得好笑……不久，阿清又告訴我，因為我們沒有參加任何組織，沒有留下任何名字，所以比較沒關係，但大夥中已有一人被捉去審問了，還是躲遠一點比較好……就是因為阿清的話，使我後來決定在八七水災後徒步到東部的。村裡的人其實都弄錯了，他們以為我是在打倒隔壁的村霸雄仔，怕被報仇才遠離家鄉到東部，他們錯了，我既能打倒雄仔，又有師兄弟們相挺，我那會怕他報仇？等到八七水災後，水田都淹沒了界限模糊，我的父親，你的祖父，要分田給我們七兄弟感到爲難，那時，我就用去東部開發的理由離開了濁水溪邊的西畔村，記得是，應該也是立春走向清明的季節……。

父親說著說著……然而父親已經往生兩年了，火車經過岩灣隧道口時，我彷佛總會看見他剛從西瓜寮裡走出來，坐在西瓜園和卑南溪邊的大石頭上，說著；說著那個隧道口的故事……。

——原載二〇〇四年九月十四日《聯合報》

龔萬輝／

隔壁的房間

龔萬輝

1976年生，福建晉江人，於馬來西亞成長。1996年赴台就讀國立台灣師範大學美術系。2001年返馬從事文字、繪畫創作和設計工作。現為副刊插畫作者和專欄作者。詩作收入《有本詩集》22詩人自選集。大部份圖文作品經網路和報刊發表。曾獲聯合報文學獎散文首獎、花蹤文學獎散文首獎、旅台文學獎散文首獎和小說首獎。個人新聞台 http://mypaper.pchome.com.tw/news/jwas/

在我的記憶裡，那些整齊陳列的房間，像時鐘上刻畫的間隔那樣依偎相連。秒針逐一巡過每個房門，在環形的長廊上留下了漸遠漸杳的跫音。我有時會以爲自己仍然躲在幽暗的某處，臉頰緊貼牆壁，屏住呼吸傾聽著隔壁細微的聲響。滴答。一如我七歲的安靜時光。

像是凝固在記憶裡的時間標本，我仍清晰地記得那一年，我擁有了第一個屬於自己的房間。小房間其實是屋子當初的儲物室，格局並不大；年幼的我斜躺在小床上，伸腳就能擱到對面的窗框。我常常幻想著自己正躲在一個密封的狹窄箱子裡，在某種魔法之下，外頭的人們再也找不到我了。我任意地把從學校贏回來的超人貼紙都粘滿整面木板牆上，或者用鉛筆塗鴉著我胡想出來的人物故事。其實是那樣安靜而寂寞的時光呀。凝滯著的時間，像滴落的麥芽糖那樣粘稠。而我就躺在那裡看著一方從窗格溜進來的午後陽光，在牆上緩緩爬行。

那時，我的哥哥就躺在隔壁的房間，和我僅隔著一道牆板的距離。然而因爲擔心我吵著生病的哥哥，家人總是不准我跑到哥哥的房間裡去。每次我故意地在哥哥的房門外賭氣，媽媽就把我拉到一邊，手指豎在唇上，板著臉對我說：「阿魯，別吵。」自從我哥從醫院回到家裡之後，我就未曾再進入過他的房間。家人凝重不語的神情，彷彿是一堵沉重冰涼的巨牆，把我和哥哥隔開。我經常趁著家人打開房門，端飯給躺在床上的哥哥，或者扛著水盆爲他清洗身體的時候，從門隙間張望著房間裡的情景。然而那些透出來的破碎光影，總是馬上就被砰然關上的房門截斷。我僅能回到自己的房間裡，把耳朵貼在牆上，傾聽著隔壁房間傳來的聲音，想像那樣暗晦的情景裡，正躺著一個虛弱不堪的男孩……。

隔壁的房間

◎龔萬輝

還是回到了房間。許多年後，我陸續打開了許多時間的房門：那扇漆色剝落的門，旋轉門把上也許還粘印著最後一次關上房門的指紋；那扇嵌上了紗窗的木板門，我仍記得在帳網破漏的地方，用ＯＫ繃草率地粘補起來，在後來卻沾染上暗沉類似油垢的顏色，仿如一枚一枚結痂的印記；是呵，甚至我還想起了，有一扇門總在開關之間，因為在某關節處生了鏽卻未及上油的緣故，就會發出咿咿噢噢的聲音。我在賴床到中午的矇矓之中，就依憑著那一串熟悉不已的輕響來判斷著誰走進了房間，或者是誰剛穿好了衣服正在離開。

我清楚地記著房門之後那些各自不同的空間，甚至我還可以仔細描述著天花板漏水漬印的形狀。我在失眠的時候，就看著車燈的流光在牆上爬行，從浮現到消逝，永遠依據著那道固定不變的軌跡。

然而我有時會站在這個市街，例如在等著公車或者在快餐店裡排隊點餐的時候，就會突然錯愕地想不起來：「到底是什麼時候，總是一次一次地，從那些房門之後走出來了？」

你聽到了，時光流逝的微細聲響。滴答——

再回到七歲的房裡吧。我記得有一次，無意間就在床底下發現了一條通往隔壁房間的祕密通道。那是原本房間角落牆板一個朽壞的地方，後來不知什麼時候被蝕掉的一個如五元硬幣大小的破洞。入夜之後，隔壁房間的光會從洞裡透進來，在闇夜裡畫上一個銀色的圓圈。

後來我終日沉迷於對牆洞另一邊的探視。總是聽到隔壁房間開門的聲音之後，我就趕緊鑽到床底，湊著牆洞看著人們來去奔走的腳踝，偷聽他們的對話。有時我會聽到哥哥激烈的咳嗽，家人忙著準備濕毛巾和清理一地的嘔吐物。我緊貼著洞口，那些晃過的肉色足踝，像忙亂飛舞的蛾群。有時媽媽會獨自走進房間，就在熟睡的哥哥身邊，像在等候著什麼，佇立了許久，卻什麼話也沒說……。

那樣圓形片狀的光景，彷彿一直是童年裡一個奇特而不眞實的夢。那樣的光度。那樣細瑣的聲音。那樣躋身在狹隘的床底用一隻眼睛湊在小洞的怪異姿勢。明明就在隔壁啊。然而是什麼時候開始的呢？像被惡作劇的電影剪接師揮刀一剪，我和哥哥就被遺棄在各自的身世框格之中，再也沒有連接的情節。

我自此無比懷念著童年的最初，只有那裡還殘留著一些笑聲。我還記得和哥哥在大屋子裡玩捉迷藏的快樂時光。從一數到一百，那樣緊迫而慌張不已的時限。哥哥背對我開始數算。我在那些房間裡，忙亂地想要尋找一個最隱祕的藏身之處。我靜悄悄地爬進媽媽的衣櫃裡。記得那段漫長時光，我就蹲坐在一堆柔軟的衣物之中，在掛著的大衣之間悶得滿頭大汗。側耳傾聽門外的動靜，隱約聽見我哥在遠處逐一打開房門的砰然響聲。他還大聲喊著：「阿魯——我知道你躲在哪裡。」我屏著呼吸不敢發出任何聲響。（你看不到我的。）我哥後來還是走進了我躲藏的那個房間，我聽到拉動桌椅和掀開床單的聲音。他就近在咫尺，還一直喊著我的名字嚇我。我從門縫間看見他晃過的身影，像浮光一樣回來地暗去又覆明亮。

我所藏匿其後的那扇門，始終沒有被他打開。我哥哥後來在某個夜裡死去。就在那麼靠近的地方，和我僅隔著一道牆板的距離。

隔壁的房間

◎龔萬輝

有一段很長的時間裡，家人把哥哥的房間一直原封不動地空置著。而我仍然躺在隔壁的小房間裡數算著孤獨的時光。（從一數到一百。）我時常在夢中驚醒，彷彿隔壁房間有開門關門的聲音。我貼著牆板側耳傾聽，闇夜裡其實只有遠處的蟲鳴和犬吠。隔壁的房間，寂靜曠冷如昨。我這才想起我哥原來已經死了，就把頭埋在枕頭裡慟哭起來。

在我哥死去多年之後，有一次我趁著家人都不在時，一個人悄悄地走進了他的房間。（那的確是我第一次，以爲自己眞的跨過了那個小時候無法逾越的框格之中。）窗簾緊緊地攏在一起，整個房間一片灰濛。哥哥的床，還維持著他被醫院的急救人員匆忙抬走時的凌亂。床單中央彷彿還留著隱約是一個瘦長身形的凹陷。房裡的一張摺疊桌上，散落著幾本蒙塵的漫畫書、一幀我們兩人小時候的合照、眼鏡、還有瓶瓶罐罐的藥……。

時間在這個房間裡凝結了。牆上的日曆仍舊停頓在那一天。我獨自把房裡的事物一一地拭擦乾淨。突然想到了那個通往隔壁的祕密洞。我俯身在角落裡尋找，那個牆洞還在。我像以前那樣，湊著洞口往另一邊窺探。彷彿是已經長大的我，正在伏身想要窺視在那小房間裡頭年幼的我。不是就在隔壁嗎？隔壁就是我童年的房間。如今洞裡卻是黑暗一片，什麼都看不見，什麼也聽不到了。

（到底是什麼時候，總是一次一次地，自那些時間的房門走出來了呢？）

關於時間的迷失。我記得那樣的一次經驗，其實本來就只是想找個合適的四格書櫥的，我一個人來到那幢宏偉的家具大賣場。那裡眞的什麼都有：極簡主義的單色桌椅、彷若未來科技的各種燈飾、可以憑你想像任意組合的櫥櫃、樣式迥異的沙發和床（不介意你躺上去試試它的柔軟哦）……他們把那些家具擺設成客廳廚房或臥室的模樣，讓你彷彿是進入了他們所塑造的一個一個美麗優雅的房間。你走著走著，摸摸沙發的皮質或櫥櫃的原木紋理，卻因為那些刻意鋪陳出來的房間都未置門戶而漸漸在心底泛起了一絲奇異的感覺：我們是如何穿越而至另一邊呢？

我想起了童年的自己，仍蹲坐在悶熱的衣櫃之中，其實心底無比期待著門會在下一刻被驟然掀開。然而我和哥哥卻被阻隔在某一個關鍵時刻裡，然後在逐漸擴大的時間框格中不再相遇。（明明就在隔壁）他沒有打開我躲藏在背後的那扇門。我聽到他從房間走出去了……。

滴答——

然而我們是如何穿越時間，而至另一邊呢？我記得，我就在那幢巨大的家具賣場裡恍惚地走著。後來在臥室擺設區裡，看到有一個瘦弱的男孩正在那些睡房之間心急地找尋著什麼。他掀開花紋斑斕的落地窗簾，然後伏下身體鑽進床底，又在幽暗的桌子下面探頭探腦……咦那不就是我的哥哥嗎？他就在隔壁，卻沒有看到我。（哥。我在這裡。我在這裡——）我慌忙追了上去，卻發現自己在一個一個時間框格裡迷了路，最後再也看不到男孩的稀薄身影了，只聽見一串跫音漸遠漸杳，在喧嚷之中留下了細微的回聲。

——原載二〇〇四年九月十六日《聯合報》

（本文榮獲第二十六屆聯合報文學獎散文類大獎）

駱以軍／
觀落陰

駱以軍

安徽無為人，1967年生。文化大學中文系文藝創作組畢業，國立藝術學院戲劇研究所碩士。小說〈運屍人〉曾獲九歌2001年度小說獎，並獲選為2004「金石堂年度出版風雲人物」。著有小說集《紅字團》、《我們夜闇的酒館離開》、《妻夢狗》、《第三個舞者》、《月球姓氏》、《遣悲懷》、《遠方》；散文集《我們》。曾獲聯合文學小說新人獎、時報文學獎小說首獎等。作品多次獲時報開卷、聯合報讀書人年度十大好書。

「我的世界一點一滴從這墨鏡下流走。」

一開始，她誰也不敢去說，像少女時期學生宿舍謠傳的那些祕教儀式：深夜十二點整在臥室映著月光的梳妝枱前梳髮一百下，妳未來的男人的臉就會栩栩如生地浮現在那鏡像世界；或是某某某抽屜中藏的，原該在壁龕中焚香祭拜的日本神偶，那穿著鉑金紋徽和服，面容艷麗卻沒有瞳仁的年輕男子；或是有一天，她隨姊妹淘去一處道館「觀落陰」，一室紙窗光點細灑的趺坐眾人，閉目打嗝如節拍器左右搖擺，她閉著眼，聽導引師說：「現在你們面前是一級又一級爬滿青苔的石階，兩旁是淙淙水聲和竹林搖晃的娑颯聲……你們不要爲之分心，順著階梯往上走，往上走……」

黑暗中她幾乎忍俊不住想笑，但突然地，那景象那畫面就出現在她眼前，不，像是便宜的兒童捲紙卡通投影機在極窄的距離間慢慢轉動那些印刷粗劣的墨水紙。在她的眼皮和眼球之間，完全照著導引師催眠的聲調展列著單薄光度幽黯的畫面。一個發光讓妳睜不開眼的千手千眼觀世音菩薩，祂慈悲地笑著看著妳，不要怕，妳向祂頂禮問訊後繼續往上爬，有一個寶塔，有幾層？一、二、三、四、五、六、七。對，那就是七層浮屠。走進去，有一群穿著古代甲冑頭盔留鬍子手持各式法器的男子在低低的雲上看著妳。不要怕，祂們是龍天護法。妳有沒有聞到一股香氣？是我這裏替妳捻香持咒，所以諸佛禮讚，冤親債主惡鬼凶剎莫敢近妳元神，妳推開那朱漆紅門，莫理那兩隻石獅，裏頭是一片園林迴廊、古松奇石、流水淙淙，莫貪戀，往裏走……。

觀落陰

◎駱以軍

導引師的聲音轟一下消失。她突然無比清楚地置身在那畫裏的世界。像日光曝曬，蟬鳴洶湧的夏日午后，一個古代的大院落。飛簷翹頂，彩繪雲霞與纍纍繁複雕工的展翅鳳凰和仙鶴。她想：我這不是在仙境了吧？奇怪是眼前景象愈立體分明，她自身的形體感卻愈透明單薄一如影子，（也許她在被催眠狀態任意聯想受到宮崎駿電影《神隱少女》的暗示？）天上白雲悠悠，雲影隨風疾走映在院心的青石板磚上。她走進建築物中。

沒有人……。像闖進非假日，管理員打盹或出小差的靈骨塔。一格一格分層齊整收放靜物的置物櫃。寂靜，歲月悠長卻隱藏著一種「妳確實正在侵入某種私密處所」的細微張力。裏頭收放的並不是骨灰罈，卻是一種同樣脆弱、易灰滅破碎，貼近生命本體的什麼……。

生死簿？那一格一格裏收著的檔案簿本，裏頭墨水宣紙寫著所有人一生會經歷、發生的所有事。何時生、何時死、姻緣、災厄、榮辱、事業、與哪些人成爲親人或冤仇……像《紅樓夢》裏寫的「警幻仙境」一樣，不知爲何，她腦中被置放了衛星定位系統千里大遷移的候鳥，毫無困難（「我就是知道收放在哪一格」）地走到其中一格的前面，裏頭擱著一本藏青色絹帛硬殼封面，燙金的魏碑體三個字，那是她的名字。

……看見了……

那裏面記載著她這一生已發生過的或將會發生的每一件事，如果這是在電影裏，他們會處理成書頁翻開即有乾冰效果的煙霧冒出，她俯瞰著的走進一個果凍狀仍在輕微晃動的立體鏡面後方的另一個世界，影像播放著她置身其中的電影，時不時疊焦重印上一行一行無標點文言文的預識文字……但眞實的是，在那個夢裏（在那趟觀落陰的旅途），她究竟有沒有翻開那本，品評臧否，閑閑數言便將她一生輪廓速寫的「生死簿」？她的個性，會不會在這千載難逢逼近好奇心最內裏的一膜窗紙前，突然拗彆了起來：「我想自己一點一滴地經歷看看」？或者她其實在那塔裏的無人藏書閣裏翻看了，「原來這就是我的一生。」一目了然，但那夢境自有它隔阻眞實與夢境的保護程式，當她醒過來，在冥界所觀事物便悉數忘光？

所以她並不記得，後來會發生在身上的這些事？只要不說出來，密藏在暗室裏的那一切，便不會在光天化日的世界眞正地發生（或是重演一遍）。

但世界的顯影，確實正一點一滴地，從她視網膜的投影上消失了。像那個廣告的顚倒，HP彩色印表機，移動的人群，紅男綠女，街道櫥窗，推門進去，辦公室的人形，舉咖啡杯的手，桌上的文件堆或保溫杯……一個流動著、活著的世界，在HP彩色印表機雷射光點掃描和彩色墨水匣的覆色下逐漸出現，「HP給你繽紛色彩人生」。她的人生則是逐一消滅抹去，色彩從某些較不重要的銜接處消失。立體感不見了，剩下斷肢殘骸或移動的人形，她有時眞想叫她的創意夥伴們來看看她眼前的這幅景觀：「眞他媽像那種電影裏熱感應監視螢幕上，顯示某一太空艙禁區有異形生物出沒的，紅色橘色黃色流動又潰散的熱輻射光體！」她甚至職業病地想像：如何在一支二十秒的廣告片中，拍出這種衰竭死灰之境。同時得用負片，或是高反差曝光的效果。

觀落陰

◎駱以軍

到底，到底是怎麼回事？這是一個懲罰嗎？或是有時間限制的惡作劇？像是她的「照夜白」——那是一輛二〇〇二年款的標緻小敞篷跑車，她替它取了個唐太宗八駿圖其中一匹雪白寶馬的漂亮名字——突然在她家後山小陡陂找停車位時，引擎冒煙竟然就燒起來了。她第一瞬間的反應就是按手機輸入那些人的電話：賣車給她的業務員小湯，或是保險公司，或是信用卡銀行提供的〇八〇免費拖車服務……直到路旁社區大廈管理員拿了一筒粉末滅火器漫天雲霞覆蓋住她那已燒得焦頭爛額的照夜白。或是她的電腦，某一封匿名郵件，一行警示字幕要她降低電腦防毒係數，她乖乖照著指令按鍵，結果整台電腦就這樣不抵抗地被一無恥小病毒給打掛了……總是這樣，她可以像軍火商熟記每一種精密武器各自不同殺人想像的貼心小設計一般，和她的姊妹們傳教延緩老化的最新科技，兩大種類：服用與注射，「抗自由基」與「荷爾蒙注射」，前者是抗氧化物、酵素；後者是褪黑激素、ＤＨＥＡ、ＨＧＨ生長激素。抗老青春、植入永續電池，變成那隻其他同類都已耗竭僵停如化石而獨自一個敲鼓不止的金頂電池兔子，或是那一個療程六十萬元的胸腺素醫療，脈衝光治療，符合對抗自由基理論的漢代《神農本草經》……；她可以像遙遠少女時光痛苦無比背誦化學週期表把「鋰鈉鉀銣銫鍅鋅鐵錫鉛氫」變成失戀獨白「妳那假如設法心鐵惜牽輕」，好強地在和客戶抬槓宏觀調控下的中國究竟會硬著陸還是軟著陸時，硬生生地背出那些數據：ＧＤＰ、存貨金額、工業生產毛利率、核心物價上漲率……似乎世界，那個網絡交織可換算成不同數字的世界，就藏在她眼皮跳閃後面的那個硬生生將大量資料壓縮的記憶體，透過描述，她可以讓世界的時間空間任意拉扯變形……。

但結果是，她的視窗中了病毒，資料貯存在裏面叫不出來。世界如此熱鬧，卻慢慢黯黑下去，光度徹底消失前，有一陣子她每天揀客人稀少的傍晚時分，走進一家懷舊情調的咖啡館，對著牆面上用圖釘釘上的一些舊版黑膠唱片封套練習視力：阿巴的「The Name of the Game」豪華版，右下方一隻白鴿圖徽寫著「鳴麗——附歌詞」、「Rocky Ⅲ」（財神有聲出版社）、「The Best of Blondie」、Ray Chayles的「The genius hits the Road」（第一唱片）、Siman & Garfunk的「The Graduate」（一隻胖腳橫在賽門的身前）、The Beatles的「Francois Glorieux」、Air supply的「Lost in love」……她一個字母一個字母地辨識它們，不解其意，不記得那些旋律多年前她曾如此熟悉。

她的天使，圖尼克，她總這樣喊祂，噢，圖尼克你聽我說……在捷運月台、百貨商城或是大街騎樓被那些摩肩接踵的人群粗暴推擠撞倒時，她會哀切地、喃喃地說：圖尼克，不是我看不見這世界了嗎？怎麼變成他們看不見我了？我這個樣子是不是很難看？像陰溝裏的倒影？像那些爪子往人身上亂撈亂摸的骯髒老太太？

彷彿大天使圖尼克就斂翅垂翼站在她的身旁，冰雕般的立體臉廓僅隔幾公分貼近她的臉前，凝視著她，聆聽她。

圖尼克。讓她身旁這座可詛咒的城市靜止不動，像按下暫停鍵的那些高樓上的巨大電視牆。讓時間失去重力。她活在一個彷如百貨公司玩具賣場那些內裝了油液和彩色小圈圈的壓克力透明盒裏。慢速的動作。物理現象完全迥異於我們外面的這個大氣壓力和地心引力主宰的單調世界。一個玩具。

圖尼克，我受到的這個懲罰究竟要到何時結束？

雖然她看不見祂，但她總用少女時代著迷過的一套漫畫：《惡魔的新娘》裏那個惡魔形象來想像祂：西班牙風的舞台戲裝，一身黑，黑天鵝羽毛坎肩，窄腰窄臀的緊身褲、荷葉翻領和喇叭袖口襯衫，外罩一件帥斃了的黑天鵝絨馬術小外套。垂耳在肩胛後的一對大翅膀，永遠的旁觀者。祂能穿梭時空，在波旁王朝皇宮上方的大型水晶吊燈棲止，用那俊美冷峻的失聰者般的臉，靜靜看著王室裏華服甜美的公主們，如何僅爲著小小的嫉妒、猜疑、執念、怨恨……最後釀成慘不忍睹，莎翁舞台般的大屠殺悲劇……。

那都是少女時代夾藏在課桌抽屜和黑色學生裙間的驚悸和浮想翩翩了。沒想到許多年後圖尼克用這樣的方式把自己裝進郵包快遞到她眼瞼下那個狹窄的夾層。（多棒的一則廣告構想！）

圖尼克，你告訴我，他們怎麼能……。

一開始她想起這一系列的報導，像視覺暫留：

「……美國紐約知名攝影師圖尼克的全球裸照之旅，現在到了巴西南部大城聖保羅，這次總共有超過一千名民眾自願上場，躺在大街上，充當免費裸體模特兒，許多人天一亮就來到現場，迫不及待的脫個精光……」

「……美國紐約知名攝影師圖尼克的全球裸照之旅，星期天來到了英國倫敦的塞福瑞吉百貨公司。好幾百名自願前來當裸體模特兒的男男女女，在百貨公司光著身子跑來跑去，場面相當壯觀。圖尼克說：『不准穿襪，我知道有些來這的男士脫光之後，就是不脫襪。』……」

「……一向以在街頭拍攝人群裸體聞名的行動藝術家圖尼克，這次在西班牙的巴塞隆納又有了新作品，他號召七千人一起全裸入鏡，……在歡呼聲中，一群全身赤裸的民眾，陸續走進攝影師圖尼克的藝術空間，透過麥克風，圖尼克指揮著廣場的民眾，或站或坐，或蹲或躺，不管大人小孩，男女老少，每一個人都成了圖尼克鏡頭下的主角……」

「……來自全美將近三千人，星期六湧進俄亥俄州克里夫蘭公園，爲了證明裸體之美，脫得一絲不掛，二七五四人赤條條攻佔大街，從遠處看來彷彿一片裸體汪洋，讓人嘆爲觀止，只不過攝氏十幾度的寒風，還眞是折磨人。民眾：『眞的很冷，是啊！太冷啦！』

「……攝影師一聲令下，一千八百名民眾就這樣赤裸裸的在水牛城的舊火車站裡，展現最眞實的自我。參加民眾說：『他只是要求我們安靜一下來傾聽火車的聲音，那眞的是最令人感動的時候。』……」

「……武夷山舉辦千人裸體攝影……大批志願者希望能在秀麗的山水中展露自己的胴體……當中不僅有年輕少女、更有夫妻檔、姨甥組合，甚至六十多歲的老太太也要在裸體攝影中展露一下……一位五十多歲風韻猶存的女士與姨甥女一起報名，她表示年輕時因社會風氣保守而不能大方展示自己，現在應及時把握機會；而一位六十多歲的老婆婆也表示爲了開拓視野情願一脫……」

「……圖尼克說：『大家請轉身，靠在別人身上，沒關係的。大家靠緊一點。』……」

圖尼克。祂讓這個世界停止下來，有時她忍不住想問：「究竟你是那個攝影師？還是到處趕場自願應召混進那些老小胖瘦的胴體間挨蹭的裸體模特兒？」

圖尼克，他們怎麼能……。

她總想問祂：那是怎麼樣的一種滋味？躺在那些，（玉體橫陳？肉身森林？）那些橫七豎八的肱骨、肩胛、背脊，那些怕冷起雞皮疙瘩的白膩臀部和泛起淡薔薇色的大腿內側，枕在那些溺水被撈起的雛幼貓頭鷹的卵囊附近，或那些紡錘狀的綿軟乳房及稍下方堅硬戳人的肋排、那些枯乾岩礁石花菜一般的鬈曲毛叢、那些肚臍，因爲集體而形成一種液態晃動的肚腰肥油、那些膚白如雪近距離可以透視的藍色靜脈血管……那些靜止的身體裏，是什麼樣的滋味？總不會和人挨著人擠公車，幸福而卑屈地嗅聞著貼在你身體四周各種體味、狐臭、髮油、香水脂粉味是同樣的體驗吧？在那靜止的集體時光裏，總沒有人不上道地，在翻身中裝作無意地用手肘碰碰身旁美婦的奶袋或手指撈過滑過捏一把枕在耳際的哪個漂亮犢具害它在一片靜穆莊嚴的聖詩歌合唱班（傾聽火車的聲音？）之中豎立起來？

像不很久以前，她在某個漂浮的房間醒來，（ＫＴＶ？某五星飯店的豪華家庭套房？某個小威或尼克或阿哈的表姊或阿姨在陽明山的別墅或宜蘭稻田中的透天厝？）一絲不掛，全身瘀青，身旁一對瘋奶趴著抱著她的是昨晚魔High之前纏著她一直陳述自己有躁鬱症恐慌症人格解離症及每一家醫院不同門診等候區光景不同醫師的粗暴言行在不同掛號窗口和白色走廊間流浪經歷的眼鏡妹；地毯上歪倒亂棄著哪個公子哥炫耀的銀質呼麻小炮筒、空空如也的火雞牌、馬蒂斯威士忌空瓶，還有一坨坨鼻涕亂甩般的用過的粉紅色、強力膠色的保險套……那些橫疊散睡一地，集體從鼻孔噴出酒精呼氣的男孩女孩，表情純眞的像她曾看過一部電影《瑪歌皇后》裏，大屠殺後城市街道屍骸遍地，暗白色的金髮紅髮黑髮的漂亮身體們堆成小山丘（尤其是那些白得像蠟燭的翹臀）的畫面……她總把這種裸裎身體混在一大群身體之中的靜止時刻，連結上諸如惡心、宿醉後牙根潰痛的燥乾臭味，或是對著一池漂浮了一萬根菸屁股、前面不知好幾個混帳的嘔吐物和黃褐色的尿湯的馬桶中嘔吐……這些靈魂激爽飛升之後，蛇蛻般必然的身體穢黯印象。

唯一一次大天使圖尼克對她說話，祂說：「因爲他們和妳一樣，都想把自己湊靠進一個整體，一個全部。」龐大的時間之流，不，時間的海洋，眾生禮佛圖，或恰好顛倒過來，萬佛受難圖。不是你在凝視事件，而是事件以千手千眼不同面貌變化無窮之姿凝視著你。

或者如她戴上墨鏡後，讓自己萎縮成一朵白晝曇花坐在捷運車廂的博愛座上，竊聽身旁之人嘈嘈不休恍若無人地交談那些讓人臉紅的隱私之事。眼前浮現是一被摺疊壓扁的平面，彼此看不見對方的人們按鍵讓一個字一個字跳出。會客聊天室。白日宣淫哪。她身旁一個愛貓的家庭主婦羞人答答地向對座另一位上了年紀的貴族夫婦（她從她們的談吐和歐語詞判斷出來的）傾訴替家裏十幾隻撿來的流浪貓結紮的辛酸故事；後來話題不知怎麼轉到老婦這邊的家族故事來：她描述一幢坐落在台北市信義區的透天厝（不得了哪那保守估計一坪五十萬最少也是上億），三層，分給三房兄弟妯娌，一房一層，沒有公寓樓梯間或裸露於建築外側的舷艙式樓梯，而是藏於屋內像煙囪直直貫通三層的迴旋鐵梯。三個家庭各有廚房、客廳、兩套以上的衛浴和許多個房間，卻又可以自由無隔阻地穿梭進入另一層家庭的私密空間。她說，大房住在最頂層、祖先牌位神龕也供在那裏，老大有兩個老婆是一對姊妹（她平淡無奇地說：兩吔某是同母生的姊妹仔），原先的大老婆是姊姊，身體一直不好，妹妹照顧了一輩子到後來根本是一家人了，那個男的就乾脆把她娶過來做細姨；老二家住在中間那層，那個男的一輩子荒唐，吃喝嫖賭在外頭玩女人，什麼樣的女人——粉味、舞廳大班、小歌星、菜市場查某、委託行女老闆、連人家地下錢莊的女會計師都敢碰——沒有斷過，結果有一天他老婆檢驗出子宮頸癌，末期。他二話不說，所有塵緣都切斷，帶著這個老伴，兩人一起躲到平溪山上一個房子住下來。沒有接電話噢，從前的狐朋狗友酒店小姐找都找不到。

（那第二層不是空下來了？）

是啊。老三住在最下一層，平日沒事就往台北近郊跑（他們的祖厝在那），經營一個有機觀光農場，晚上才回那個透天厝住。

她聽不出老婦在這個故事裏是那一個角色。她是住在哪一層？是那一對同命姊妹裏的姊姊或妹妹？或是第二層中那個臨終才享受到丈夫堅貞之愛的無面容女人？還是敘事中隱去不揭的，經營農莊的老三的夫人？

——原載二〇〇四年十月號《壹週刊》

呂政達／

沒有戰爭的海岸

呂政達

台南市人，1962年生。輔仁大學應用心理系畢業，目前是《張老師月刊》總編輯。曾長期在自立晚報任職，擔任記者、副刊主編和總主筆等工作。著有散文集《怪鞋先生來喝茶》、《走出生命幽谷》、《偷時間的人》等，作品曾獲時報文學獎散文首獎和評審獎、聯合報文學獎散文大獎、梁實秋文學獎散文獎、宗教文學獎等。

請為我敘說海洋的訊息，夏日圍繞的海洋。

竹筏馬達劃過潮水，灰色的帆布篷在風裡翻動，傳送來濃濃的氣息，我們的船駛過龐大的蚵架旁，永遠的靜默蔓延在水底裡。遠遠的，翻過對面沙洲的木麻黃林，才是海峽，那當地的導遊透過擴音器說，這是一片永遠風平浪靜的海面，蘊藏豐富的漁產，候鳥相約飛來過冬，颱風總在海口處轉彎。我默默觀看眼前的海景，就是這裡了。

竹筏停靠在沙洲上，安排遊客觀賞招潮蟹的洞穴，沙岸邊，有漁家搭起帳幕賣炸蚵仔。下船，我獨自走進木麻黃林，眺望平靜的海面，內心沒來由的傳來一陣悸動，就是這裡了，我放下負在肩上的包裹。早晨的霧仍沒有散去，再遠，還能看見些什麼？我彷彿看見昔日的海戰場，戰艦從甲板射出繩索鉤住敵船，燃燒的帆，溫度節節昇高，將旗仍在火海裡飄揚，砲彈射進海面，激起龐大的水柱，數百艘戰艦的將兵一起吶喊，回音飄蕩，繼續迴旋在歷史裡。在多年後寧靜的夏日海岸，我窩起手向遠方的海看過去，卻只見鷗鳥的盤旋。

那場海戰，即使改變島嶼的歷史，但將軍並不知道，他永遠不可能知道了，船艦才剛靠岸，他發下號令，率領兵士去追趕敵軍。據說曾有部下勸他紮營休息，將軍卻執意追趕，他必定曾匆匆穿過這片木麻黃林，海岸，看見我身處的這片風景，海風同樣從我們身旁掠過，他們繼續趕路，當年，會有靜默的蚵架，鹽田和虱目魚塭嗎？

八百名兵士追進平原深處，當年，這裡有高大的蔓草叢，漫無邊際，一走進去即迷失方向，只有荒疏的日頭指引。他們說不定看見過驚慌走避的鹿群，幽靈在寂寞的草原間行走，驚動候鳥從他們腳邊飛起。黃昏，他們紮營，造飯，將軍卸下浸透汗水的戎裝，設想敵軍的行蹤。然而，就在那夜色即將掩來的時刻裡，將軍顯然並沒有設想到，歷史將爲他設置的命運。

將軍，我細聲唸著他的名字，如海岸邊的祈禱，我祖父的祖父的祖父，我們的血管裡都流著他的血。時日如舊，仍有灰鷺鳥停留在露出海面的木柱上，紋風不動如同雕像；仍有黑面琵鷺群圍成圓圈，合力追捕水裡的魚隻；烏魚在陽光裡扭動尾鰭，閃亮鱗片。海岸彎成擁抱的姿勢，留住這一灣水，在內陸和外海間，如同海洋的記事簿，那場戰爭的記憶，也必然書寫在某段海面的紋痕上，隨著潮夕翻騰，在從不瞑目的沉船間，長滿青苔的盔甲，魚兵蝦將的巡邏取代了死去的誓願，他們還來不及登上期待的海岸。

我們家族的記憶，則一直保藏在舊厝的廳堂。小時候，我們這些小孩即對供奉在祖先牌位邊的書卷感到好奇，卻都要等到滿十八歲，才許開盒觀書。我始終記得自己的十八歲，天色尚明，廳堂裡長明燭佇立供桌兩側，祖父燃香祝拜，請下用紅綢緞布包好的木盒，「感謝將軍的庇蔭，家族裡又有個十八歲的男丁了。」我心知祖父嘴裡喃喃唸著的男丁就是我，低下頭，翻看盒裡的將符、璽印和手書，經過幾個世代的翻閱，那方宣紙已顯泛黃陳舊，悄悄褪色的墨水寫著「一死豈憑丹心知，忠勇付與子孫訓。」四百年前寫字的人內心充滿悲壯，恍如準備要在死神面前繳械了。四百年後，輪到我來看這幅字時，我看著祖父虔誠的臉孔，內心底滿是惶惑：祖父，你還要派我去打那場戰爭嗎？

那場戰爭的結局，是悲麗的滅絕。敵軍趁暗夜悄悄包圍過來，襲擊，火槍從草叢間伸出，在明滅的彈火間，只有幾名兵士突圍而出，讓後人得以了解那晚的事件。後來的史家一直想知道，爲什麼那天將軍執意要追趕敵軍，然後遭受死亡的命運呢？黑夜裡響起的槍聲如高牆包圍，將軍臨死的心緒在想些什麼？歷史在喧嚷裡爭辯多年，在巨大的時代變遷與轉動裡，筆尖沾著墨水，卻還沒有將這段最後的追趕寫定，他們一直想知道，失去主將的這場戰爭，應該算是勝利，還是失敗？

在長久的歷史時光裡，我們終究都失敗了。我彷彿看見將軍仍伏在桌案上，拿著毛筆寫字。天色尚明，氣氛凝重，從他緊握的手勢裡寫出來的楷書，也像接受發號施令，在宣紙上站好自己分派的位置。他的神情鐵肅，一個字接著一個字，慢慢的寫，好像想把他來不及用完的壽命，他分配到的時間，都耗盡在這場書寫裡。隔天，他就要離開家人，帶領艦隊遠航了，那時，他是不是已預見到自己的死亡？我們這些還沒有輪到出場的子孫，在許多年代後屏息觀看他的書法，長明燭嘆息垂淚，黃昏的家訓，一去不回的青春歲月，全都在攤開書卷的剎那間湧向眼前。那次的出航從此決定家族的命運，像連根拔起的盆栽，植栽在一座熱帶的島嶼上，回歸線向南，北極星當空，然後發芽、結枝、連葉，孩子們跑過廳堂，高聲喧鬧，總覺得他仍坐在神主牌位裡，眼神炯炯向這邊的方向觀看，陌生而又熟悉。

小學五年級，我第一次在歷史課本裡看見他的名字，心裡滿是驚訝，咦，這個人從我們家的神案走下來，轉身，就走進歷史課本了。那場海戰仍未結束，雖然結局勝負已知，卻每在有人翻開歷史課本時，繼續漫天的烽火，海上全是燃燒的船艦，屍體飄浮，魚群紛紛閃避，鷗鳥躲藏在礁岩間，而將軍的船艦仍將一再的靠岸，全身戎裝，刀箭齊整，發下號令，開始他最後的追趕。那天下課回到家，放下書包，急忙拿著課本到祖父面前：「阿公，你

沒有戰爭的海岸

◎呂政達

看，這個人的名字，也出現在我們的課本裡呢。」祖父靜默地望我一眼，笑笑，好像是他早就知道的秘密。然而，我們有沒有遺傳到他的勇敢，他面對滅絕時的鎮靜自若？他的執著？我們能不能像他一樣，在死神來臨時解械，放下手裡的弓箭，卻仍執意抬起臉孔，露出傲然的笑容？

我的祖父一生都在農事裡度過，印象最深刻的，卻是夏季微風襲來時，他躺在廳堂後側的榕樹下乘涼，有一天午後，祖母來叫他進去吃飯，他卻沒有再起來過，就這樣解械了。長一輩的都說，日據時代祖父做過里長，曾經解救過鄉人的性命。故事有許多版本，常聽到的是日本警察上門來抓那名鄉人，祖父用日語騙他們說，門裡面有蛇，嚇得日本警察不敢進去，這也該算得上是勇敢吧。直到去世前，祖父從沒有提起過這段往事，然則，祖父，你還要派我去打那場戰爭嗎？

再下一代，我的父親放棄農田，轉到小學裡教書，相親結婚，生下我們，我從不記得他有可稱爲勇敢的事蹟。然而到了我這一代，我常覺得自己的個性像足父親，喜歡獨處，一個人去旅行，在陌生的遠方得到心靈的解放，正如眼前靜默的海岸，木麻黃在風裡翻動，萬古的浪潮向前推進海沙，沉浸，迅速退去，一如往常沒有多餘的爭辯。潮退，招潮蟹才從小小的洞穴現身，爭先恐後的向四方散去，那是牠們的自然本能，那場海戰發生在這裡時，牠們還沒有出生，沒有佔到觀看歷史的位置。眼睛如果望向海平線，再遠，踮起腳尖來看，我還能看見些什麼？記憶的開端和結束，像鯨魚從海面驚鴻一瞥？

那導遊遠遠從木麻黃林走來，召喚我，該是返回去的時候了。他們世世代代都住在這裡，守衛著海岸、蚵架和黑面琵鷺，那是一段很長很長的故事了，像綿綿伸展的海岸線，他認得這裡的每一株植物，叫得出每個鄉人的名字。我們往回走幾步路，停下來交談，我說，請再等等，我還有件事要做。我提到那場海戰，提起將軍的名字和他必然的結局。導遊疑惑地側過臉來，咦，你怎麼這麼熟悉，是讀歷史的，還是有家族關係……我慌張地低下頭來，總以為只要坦白承認，對方就會拿歷史裡將軍的形象和眼前這副肉身做比較，想起讀國中時，歷史老師在課堂上提起將軍的名字，全班同學的眼神全投在我身上，試圖從我的神情、身影裡尋找將軍的模樣，但就是有，也已是稀釋過的血液，如蒸發掉鹽分的海水，被馴服的獸類，我同樣緊張地低下頭來。

這是秘密，噢，我一點也沒有遺傳到他的勇敢，常常，生命裡的一些小失敗，已足夠將我擊潰，抱著頭喊痛，總像有一根箭穿過渾濁的空氣，急急在後面追趕，聽見後面大隊人馬的嘶喊，火般渦漩從激戰的海面飄來，烏雲密布，我總是處在逃遁的隊伍裡，拚命的想逃進遠處高大的草叢，喪失所有的心神與意志，在絕望焦灼的谷底，這才會想起，像有人適時提著一桶冰淋向腦袋，是的，我的血液裡流著將軍的血，我祖父的祖父的祖父，忠勇的後裔。我應該停下來，轉過身，對著侵襲的那一方伸出我的拳頭。

最後的時候，將軍並沒有伸出他的拳頭。就在戰場的附近，有名農夫開墾田地，挖掘出八百多具骸骨，考古學家認定，應該就是將軍和部兵的埋骨處。其中一副仍戴著完整的盔甲，綬印，他的刀還別在腰側，還準備要拔出來，向看不見的敵人揮砍。他們發現鐵彈貫穿他的額頭，在頭骨留下一個圓圓的窟窿，這樣的死去，一定來不及細想自己將至的結局。

新聞報導出來後，學術機構前來聯繫，表示要找與將軍有直系血親關係的人前去驗ＤＮＡ，確認那具骸骨的身分，全家族的成人聚在一起開會，決議由我代表。那天，我坐在一具陌生的儀器前，伸出手臂，針頭刺進來時會有微微的刺痛，我用另一隻手掌捏著棉花，心裡想著：「是啊，我把自己的血還給將軍了。」想像那枚四百年前的荷蘭鐵彈嵌進將軍額頭的感覺，巨大的疼痛進入腦漿，替代了所有的思考，我唯有在這種遙遠的想像裡，才能覺察到體內一絲的勇敢。世代傳承其實像是一場血的割香禮，一代一代的分靈出去，他血裡的血，肉裡的肉，在眾人的血管裡踏著慢板節奏行走。如果勇敢也確是可以遺傳的ＤＮＡ密碼，在迷宮般的基因圖譜裡，生命的訊息拼湊組合，完成所有的型態。如同嬰之未孩，早在我擁有這副軀體的慾望、想像、意志、懦弱和勇氣前，都脫離不了將軍的凝視。

我把自己的血還給將軍了，心裡這樣想著，那才是我自己的戰爭。檢驗報告出來後，確認了將軍的身分，我們計議迎回將軍的骸骨。時辰接近，在廳堂外，擠滿了攝影機和採訪記者，家族全體論輩排列相迎，堪堪將近四百年，將軍從荒草古塚回到了子孫興建的祠堂，歸位，奉祀，一死豈憑丹心知，將軍從長久的夢裡醒來，穿過熱鬧的空氣，絆倒一名搶鏡頭的攝影記者，他一一檢視陌生的子孫們，好奇這已是什麼年代，那場海戰後來究竟有沒有打贏？那只是我的想像，我排在行列的最後面，默默祝禱，想起我自己的十八歲，祖父從神案請下書卷的神情。陽光在廳堂的屋頂跳躍，祖父，這就是你要派我去打的那場戰爭嗎？行列的後面，我知道還會有孩子的孩子的孩子，在靈魂未歸位爲軀體前，混沌的末孩，已經寫好了宿命的篇章，墨色鮮明，我們血裡的血，肉裡的肉，將軍的後裔，等待他們自己的十八歲。

將軍，我細聲唸著他的名字，如海岸邊的祈禱，再細聲，則唸給自己知道。那一刻，我還給他的血，又再度返回脈搏，將軍匆匆掠過我的身旁，如一陣永遠的海風，他回過頭望我一眼，但該是回去的時候了，我打開包裹，南風吹來，讓將軍的骨灰灑向海洋，回到沉船間繼續發號施令，將一切還給清楚，回到肉身和靈魂未成形前的宇宙，意識悠悠盪盪，歷史的勝敗功過也就由它去吧。我回過頭，陽光耀眼的潟湖，那群鷺鳥仍停留在白色的木柱上，等待追捕魚群，木柱浸在海水裡，只剩一截露出，從什麼時候開始，那些木柱就已插在這裡了呢？從什麼時候開始，鷺鳥群就懂得守在海口，等待漲潮帶進來的魚群？

回程，遊覽車穿過鹽田，漫無邊際的甘蔗田，在海岸線外，落日的剪影貼著車窗，追趕著我們，多像那年將軍最後的追趕。海面上烽火尚未澆熄，落日也曾追趕在他們身後，然而，他的死亡才是一切的開始，他垂下的手從來不及拔出腰刀。

我閉上眼睛，當記憶逐漸冰冷，灰燼散開，在回家的路途上，將軍，請爲我敘說海洋的訊息，夏日圍繞的海洋。

——原載二〇〇四年十月十六日《中華日報》

（本文獲第十七屆梁實秋文學獎文建會優等獎）

瓦歷斯・諾幹／
舍遊呼

瓦歷斯・諾幹
漢名吳俊傑，台灣原住民泰雅族，1961年生於台中縣和平鄉Mihu部落。畢業於台中師專，曾主持台灣原住民文化刊物《獵人文化》及「台灣原住民人文研究中心」。現任職國小教師。曾獲時報文學獎、聯合報文學獎、台北文學獎等。

「舍遊呼」是我們部落方塊漢譯的名字，如果使用圓滑的羅馬拼音——Sr-yux，你應該可以發音正確一點，尾音的「呼」幾乎是無聲的，大概只有我們山林泰雅人的耳朵聽得出這近乎無聲的「ㄨ」音。在我們東邊山區老祖宗的起源地，「舍遊呼」指的是一種連善攀爬的猴子都難以登上的滑溜的大樹，大樹就在部落入口處，往上看就像一座山那樣高，但它沒有一座山胖胖的腰圍，而是像獵槍一樣直挺挺伸向情緒捉摸不定的天空。我的父親、祖父、族老的口徑都一致，更重要的是，他們經常帶著飽含情感的語調進行述說，你可以從呈顯著深淺不一的黃褐色澤的眼珠子感受到這口傳的眞摯，但是有文字的民族總是輕易地推翻了我們鎔鑄了幾千年的記憶，所以我們部落的名字只存在我們腦殼的記憶庫裡，只要一些日子不用，記憶就像缺乏關愛的倉庫堆滿了時光的塵埃，如今在文書資料一張張的白紙上註記著「三叉坑」的黑字，至今我們都無以理解這個字詞準確的意義，就像我們同樣無法理解爲什麼可以任意更改部落的名字，我們相信名字、名稱、語言、生物是有靈魂的，祂們的秩序就是我們人類的軌道，這個簡單的道理就像你不能將一隻活躍在岩壁間的鹿稱作那是一匹奔跑在草原上的馬。大家都知道並且遵循這些禁忌與傳統，就像春天的雨水滋潤草木，我們就必須來到小米田感謝苗芽吸取了養分；就像午後的雷陣雨將山溝摔成發怒的棍棒，我們就知道必須居住在石頭滾累停歇的地方。所以我喜歡祖父生前唱出從祖居地分離時的頌歌，歌聲織進了時光的梭影，也暗示著祖先與泛靈對話取得的平衡：

舍遊呼

◎瓦歷斯・諾幹

你們將各自掛在溪邊的角落
這樣的話，但願你們尋獲兒女腰面寬廣的美事（註一）
然而，你們彼此不可忘懷，你們中間誰的袋底稍高的。（註二）
揹網的肩帶將幫助你們，不妨去挨户尋問（註三）

後來掛著長刀與留著山羊鬚的日本人來了，他們說祖先的歌與獵槍是同樣的可怕，沒收了獵槍也沒收了我們的喉嚨，族中的男人失去了獵槍也就失去了求生的意志，部落失去了發聲的喉嚨也就失去了遵循大自然的秩序，於是大家約定Mgaga（註四），將留著山羊鬚的警察頭顱祭拜祖先，緊接著像一座森林的長槍上山啦，還有兩個生著悶氣的機器哈路斯（註五）給部落種上一朵朵紅火，我們只好告別可以觀看女人之河（大甲溪）的部落，踏著山羌羞怯的腳印躲到「居住河水邊」（註六）的親族，敵人的追擊讓我們只能看著男人之河（大安溪）思念家鄉。隔了幾次小米收穫的時間，祖父從裹布的嬰孩成爲茅草般晃動不安的小孩，雖然想要回到Vai-Saurai（麥稍來）舊地，但舊地沾滿了Lutux（鬼靈），幸好「腰面寬廣」的埋伏坪親族迎接我們到下部落，讓族人的心跳終於有了山霧般的呼吸。我們的呼吸直到遠方聖靈的來臨開始起了變化，從太魯閣大山的族人帶來一種會震動心靈的Gaga，我們必須在「鬼火之山」（鞍馬山）鑽進岩洞啓動心靈的顫抖並以呼號接觸祖靈，據說這種「眞耶穌教派」是祖先散失的弟弟傳下的，這讓埋伏坪的頭目有了我們是Lutux的藉口將我們趕離部落，再一次，我們又唱著遷移之歌來到大型動物飲水的地方居住，祖父沒有忘記邊走邊唱著：

讓我送給你們一張布之舌和枴杖的節（註七）
願諸惡之風和荊棘的莉都閃過你們
願你們腳踏的地方平滑順暢

這時候已經是三顆灶石（註八）的時代了，小米的種植也已經讓肥胖的稻米取代，等到讓牛一樣喘的客運車走的路開好了，族人再搬遷到靠近產業道路的小平台，在一根鐵柱立起的黃綠招牌上，我們第一次看見了漢人稱呼我們部落的名字——三叉坑，有人說是第一個進來經營雜貨店的漢人老闆看到這個地方插上三把番刀故名，有人以地理學的觀點說明這是因爲兩條野溪匯流呈γ狀所致，不論如何，我們還是喜歡以部落入口那一棵讓猴子爬不上去的Sr-yux來稱呼自己，我也喜歡祖父說心要像Sr-yux一樣直挺挺，做人要像Sr-yux的皮膚光潔坦白，但是政府開始要我們種植油桐，然後是麻竹，又接著梅子，然後是讓人吐血的檳榔，最後我們都不知道該種什麼才能讓政府高興讓家人塡飽肚子，因爲每一座山的大樹都不見了，清澈的河水泛著黃濁的污泥，更糟糕的是，不分男女老幼人手一杯廉價的太白酒，誰會相信對人類有益的水會裝在鐵筒裡呢？但是公賣局的水麻痹了我們的想像，軟弱了我們的意志，也阻斷了我們和祖先溝通的話語，當我們不再唱祖先的歌、不再跳祖先的舞、不再說祖先的話、不再遵循Gaga，我知道天空的臉就要變顏色，地下的靈魂就要不安，果然，還沒有迎接到千禧年，「九二一」先震垮了部落，這次沒有人唱遷移之歌，只有受傷的心靈和驚慌的腳步來到日據時期將我們圈在隘勇線的牛欄坑駐在所（日警派出所），爲了要重建Sr-yux，我們要學著將心弄直，要試著找回太陽下山後怎樣在寒夜裡彼此取暖，更要試著集合族人的意志成爲一座矗立的Sr-yux樹幹，因此在四年後的「七二水災」，雖然山溝的大水再一次灌進組合屋，我們也只是將它當成鍛鍊的過程。這一次，我將重拾祖父的頌歌回家：

不論你們散落在任何溪邊的角落
不要渾渾噩噩過日子
不要像那掉落的葉子
願你們像星星一樣增漲
好讓你周邊的人稱讚你們、敬畏你們

看著部落打好的地基，看著族人圍坐計畫未來，記憶著祖先顚沛的遷移之路，我要說，對於部落認識的改變，就是改變部落的開始。

註釋：

一、黑帶・巴彥在《泰雅人的生活型態探源》中（新竹縣文化局出版，二〇〇二）指出，「腰面寬廣」，腰表示力量，面表示榮耀，全意即「為子孫勢力發展設想」。整個頌詞採取艱深的古語，今人多已無法解析。

二、同註一，「袋底稍高」，意指「生活較富裕者」，告誡族人不可因富驕傲，而忘記了一同遷移之苦。

三、同註一，「揹網的肩帶」，肩帶如果不堅固，即使狩獵運氣好，也拿不回來。隱喻著「長老的賜福」。

四、Mgaga，獵首祭。

五、哈路斯是神話中破壞大地的巨人，他會毀壞作物，引起地震。在此指日本陸軍大砲。

六、今台中縣和平鄉桃山部落舊址。

七、意指祝願遷移的子孫懂得說話知所進退，並擁有排除萬難的信心。

八、國民政府到部落宣揚三民主義時說道：「三民主義就像你們山地人煮飯的三顆石頭，所以三民主義就是人人有飯吃。」

——原載二〇〇四年十一月二日《聯合報》

（本文獲國家文學館主辦、聯合報副刊協辦的故鄉的文學記憶散文獎首獎）

黃寶蓮／

我和影子一起走過歲月

黃寶蓮

台灣桃園人，1956年生。文化大學中文系文藝組畢業，自1983年起，先後居住紐約、香港、倫敦，現居香港。作品多次入選九歌、爾雅年度散文、小說選及港台小說選。著有旅行筆記《流氓治國》、《未竟之藍》，散文集《愛情賬單》、《簡單的地址》、《仰天45度角》、《無國境世代》，短篇小說《七個不快樂的男人》、《七個不快樂的女人》，長篇《暴戾的夏天》等。

書寫者

緣於某種意外的福分，我獲得一個在此同你說話的機會，並且被允許這樣一個空間，以及無所限制的自由，說我想說的話。然而，不幸因爲這種自由，我反而墜落思想的牢籠裡，理不出一條完整的思路也無能思索一個深刻的命題、或者只是一個簡單的事理。我紛亂無序。

如果誠實，我應該說的是關於這個年歲這個世代像我這樣一個人的尷尬，生爲現代人的憂愁，以及現世書寫的困窘。

作爲一個無法完全介入，又不能徹底割離的書寫者，我沒有對象，沒有假想的讀者，也沒有意圖，更不敢有野心，我之書寫，如鞋匠之所以擦鞋，木匠之所以刨木，或者藝術家之於彩筆，最初可以源自一種趣味，稍後才磨成一種伎倆，再來便是一種生活；不幸又不若鞋匠木匠，書寫難以維生，除非是名家，否則就要善於行銷；寫作人本來只跟文字親密，跟靈魂交道，了不起跟命運撒嬌，跟自己過不去；當今，卻必須跟一個叫市場的怪物較量，如果沒有循序走進商業世界特定的行銷機制，一本書的問世，往往是一個書寫者心血的枉費，編輯美工打字印刷運送行銷的耗損，一棵樹平白的犧牲。書被放在無聲的靜默角落，迅速生滅！讓書寫，不論嚴肅或隨性，變得如此寂寥還需帶著歉疚，對所有認眞思索與傾心文字的人。

我和影子一起走過歲月

◎黃寶蓮

然而，我繼續書寫，如鞋匠之繼續擦鞋，無所謂卑微或壯烈，人都有活下去的理由和原因，不論是細小或偉大。

我只是憂愁。

好了，我這樣過日子！二十年，當初也沒有設想往後將如何過日子，一個來自遠方友人的邀約，一個即興或說浪漫的念頭，有如：滑過冰湖去看瀑布，就可以慫動我的貿然出離，走出生活的常軌，意外地也改變了日後生活的場景與時空，調換了我亞熱帶的生活版圖，以致日後的流離遷變，浪蕩漂泊，命中相士預言：他鄉遠走，越遠越騰達。

顯然，我還走得不夠遠，況且還頻頻回顧。

我總想那些日子，初次離開自己生長的土地，開始在一個不同文化不同人種不同氣候的異鄉生活，那時並不知道自己有多大能耐，也不知道離家去國是不是一個正確的抉擇，二十出頭，生活再沒有比遠走他鄉浪遊世界更遼闊的夢。那是一九八〇年代初，三毛已經在撒哈拉寫下無數浪漫的沙漠情事。

還記得第一次興奮地在往波士頓的高速公路休息站裡買兩杯飲料：一杯加牛奶不加糖的咖啡，一杯不加糖不加牛奶的熱紅茶。我緩慢而清楚地說出每一個單字的正確發音，組織一個歪七扭八的英文句子，買到了我所需要的兩杯飲料，當場學了一句 take away，自此，所有路上可讀可唸的廣告招牌、路標告示，我都貪婪地吸取，像一隻吃單字的怪獸，上超級市場就記下所有蔬菜果肉的名字，很快學會了日常生活裡需要的單字用語。學習是一種像食欲一樣需要被滿足的靈魂飢渴。

只是這樣的熱情只維持初始的幾週，等到熟悉了街道布局，銀行超市雜貨店，新環境的新生活也驟然失去了新鮮感，不知不覺就步入尋常的單調與平凡。

所有陌生疏離或寂寞的感覺，都在事過境遷之後，不經心憶起的某個時辰，某個場景的某一種心境，在偶然中回顧。

第一個在北美的冬天，大湖邊上的城鎮，潔白的雪花堆積在枯黑的樹枝上，火紅的夕陽在遼闊的西天下，地平線上一片燃燒的赤烈與銀光雪花交互輝映，那是生平第一次看到的雪景夕陽，冰的冷冽與火的激情。

是這樣一個瑰麗冰寒的北半球黃昏，偶然看了賈木許的《天堂陌路》，電影中的女子一個人提著皮箱說著口音濃重的英文，孤單來到一個陌生城鎮，過著安靜而孤獨的異鄉生活。這冬日的雪景在回憶裡混合著自身處境，隔著時空距離，才顯現昔日的形單影隻，那身影裡盡是異鄉的詩意與情愁。

我和影子一起走過歲月！

那被我遺忘在身後的島嶼，蟄居的淡海沙崙，濱海最後的一棟房子，河口就在廚房窗外，潮汐起落，魚群來了又去。我和貓，來了就不堅持廝守的狗，以及一個年輕的戀人。

二十一年後的二〇〇四，驅車經過淡水河對岸的八里，眺望當年蟄居的濱海小角村落，海天之間矗立的屋宇樓房，從荒蕪的記憶中魯莽冒升的海市蜃樓，捷運將人潮從城市帶到濱海的漁人碼頭，昔日天藍海闊，沒落的小村，如今遊人如織，假日裡寸步難行。我即若尋著往日足跡回頭探訪過去的生活印記，恐怕都無跡可尋，那個老房東，如果還活著，已經一百一十二歲了。

一個城市的興發宛如奇蹟，生活彷彿一場夢幻！當初都沒有設想。

我所緬懷的過去已難追尋，何況，這已是一個網路世界的無國境世代。

生活在哪裡

她出門有自己的司機轎車，住處有會所游泳池，我不過在市場和自家廚房裡庸庸碌碌。司機帶她來家裡晚餐，青菜沙拉橄欖油陳年醋，看我一邊說話一邊就把菜端上桌，還用乳酪烤大蝦，放了蒜蓉和白酒，不經心似的，居然還好吃，就也心血來潮，說要學做菜。

可是，做菜不只是動手在鍋裡鏟它幾下的事而已，還要採購、洗滌、切斬預備之類的細瑣過程，柴米油鹽醬醋不小心都會弄髒漂亮衣服，上市場也不是那麼詩情畫意，提著菜籃也需要力氣。

我說，就讓開車的開車，擦鞋的擦鞋，有智慧有才能的人去發揮他們的長處，天生我材必有用，各得其所。

但是，那沒有生活呀！她說。

可是，什麼是生活？生活在哪裡？那天天在市場買菜，天天需要下廚做菜的人也一樣概嘆：沒有生活呀！

我們都要色香味美，都要五味俱全，都想轟轟烈烈，都要多采多姿。但，人各自都有造化啊！

困窘

本意是離開去旅行，暫時遠離家中的一切，到另一個不受拘束的時空，我們卻用科技讓自己飛得很遠，然後讓機器來遙控我們的身心還自以爲享受了文明科技的妙處而沾沾自喜，不知道自己從此逃避不了小小遙控器的方寸掌心。

在哥白尼之前，在科學理性之前，在人們最高的信仰，最終的虔誠，最無上的榮耀都歸之於神的時代，那聲音裡如此崇高、純潔無瑕的、令人動容的讚頌，我總在心無旁騖的時候坐下來，屏氣凝神全神貫注地聆聽，不容有一絲雜念在心頭，不容一點俗務打擾，十二世紀黑暗時代時期的宗教歌曲。

我們的世界不再有什麼神明，我們只有自己推選的偶像與天王，那種短暫即消逝的時尚與潮流，那種集體的盲目與瘋狂。

我想認識一個政治不正確的人，聽她說說眞話。

我也想聽一個不懂理論的人說一說自己的話，我們的生活已經被過多的理論解析得分崩離析，孩子不相信自己的父母，相信用高價買來的專家的理論，理論告訴他，所有生活的不快樂，做人的失敗，生活的不順遂，婚姻的破裂，都是源自小時不健康的童年，父母給了他性心理和身體的凌辱和虐待。

生活被理論帶進了抽象而複雜的結構的世界，人在理論的精密解析中失去了自己。到如今，每一個微小事件的背後都有一套深奧的理論去支解它的來龍去脈，前因後果和實質本意。你不再能相信自己的判斷和自覺，你有一個不可理解的自己，你需要專家的分析、提議。而我們也居然需要經由理論來解釋自己和生活以及社會和周遭一切的現象和趨勢。

現代人不論穿衣款式、吃飯菜式、住居樣式、開車型號，以致去哪裡度假、做什麼運動、看什麼電影、戲劇、表演，無一不隨著潮流亦步亦趨。人們生活在流行意識與專家的建議裡，成了意見的產物。瑪丹娜結婚生子，單身貴族便不再是時髦，好萊塢的明星吃素，素食便是飲食的聖經，誰靜坐修禪，禪便是一種生活哲學與態度。這一代年輕人做什麼都有guru，以致於到頭來每個人都需要一個專門介紹guru的guru。

流行促使人們放棄自己的思想感覺來決定吃什麼穿什麼，這是一個guru當道的時代，人們經由名師專家指導應該如何吃、如何穿、如何瘦身、如何性感、如何做愛、如何長命百歲、如何變成百萬富翁……。

我不想依賴理論生活，那是專家們的事，而專家們也會走火入魔。

一個言論最自由的地方，一個眞正爲享受憲法所賦與人的權利的國度。三十年來的演變，把言論自由變成公眾輿論的專制。世界的警察，教條主義，人人害怕說錯話，被動而無能，都想主動討好得勢的一方。

那些所謂政治正確，文本、解讀，都是理論所駕馭的思維，都是專家使用的術語，有時也像流行服飾，未必符合自己個性，但還是穿，爲了時髦。

流行也是現代病。

到了一天，說什麼話都不在乎了。錯的，對的，每一句話有太多不同的含義，不同的人在不同的場景和不同的對象在不同的天氣不同的燈光和不同的氣溫不同的氣味都可能說出不同的話。何況，每個人還有不同的經驗不同的期待不同的心情錯綜這些本來就不知道自己應該是什麼的語言。語言不能表達眞相。語言只能記錄一種情狀。

最後，我們以爲可以期待眞理，而世間甚至連眞相都不可得，眞理是上帝的事，而我們已經沒有一個可信賴的神祉！

在這樣的時刻，我每天醒來還是去開電腦，查電子信箱，閱讀電子報，我不需要離開電腦，已經和世界打了招呼，二十四小時，除了吃飯睡覺，一個人很可以耗在電腦前，坐僵一把椅子，坐呆身姿，大指頭小指頭，滴滴答答敲打鍵盤，一天裡的工作，甚或一輩子就在一個固定的姿勢裡完成。

我們已經是半個有思想的機器人！繼續還狂想造出有感覺能思想的機器人！我們夢想複製自己！這是人類理解自己的奇特方式！

——原載二〇〇四年十一月六日《聯合報》

隱　地／

菱形人生

隱　地

本名柯青華，浙江永嘉人，1937年生於上海，七歲時送至崑山千燈鎮小圓莊顧家寄養，十歲時由父母接來台北，一住五十八年。創辦爾雅出版社。著有《漲潮日》、《十年詩選》、《人生十感》、《自從有了書以後……》、《身體一艘船》等三十一種。另有《隱地序跋》，由蘇州古吳軒出版社印行。曾獲合報二０００年讀書人最佳書獎及「年度詩人獎」。《漲潮日》進入《文訊雜誌》專家推薦「新世紀文學好書六十本」。

秋，是一年中的第三季。人的一生，一旦邁入秋季，其實人生的高峰已過。秋，代表收成，可收成之後，接著就要向豐收季告別。以後，是縮小的人生——前面的路愈走愈窄，眞的是「夕陽無限好，只是近黃昏」。

人生下來，只有一個光裸之身。父母養育我們，讓我們吃食、穿衣，並賜給我們名字。從搖籃到學習走路、讀書、寫字。一個一無所有的我，在成長過程裡，開始擁有思想，逐漸發展出屬於自己的人生見解和人格特質。青少年時代，世間的一切對我們都是新鮮。追求、追求、追求，……我們追求一切有形的無形的，嚮往精神生活，也渴望物質生活。名利，我們要；吃好的，穿好的，住好的，也都是我們日思夜想的夢。每天，我們至少都有三個願望。望著遠方，望著光，每一個青少年，身上都掛滿慾望的零件，眼睛張得大大的，看著對方身上擁有的好東西，心裡想著爲什麼別人都有我沒有？於是有人努力讀書，希望求得好成績得到奬學金將來還能出國，回國後謀到好職位，從此一帆風順，過著理想人生。也有人不願循正常的奮鬥之路——學士、碩士、博士……多麼辛苦、漫長的路，不如逆勢操作，到燈紅酒綠之地討生活，追求墮落的快樂。墮落有時讓我們年紀輕輕就快速累積財富。不過錢財是奇怪的東西，往往來得容易去得快。許多靠皮肉賺錢的所謂高級妓女或牛郎猛男，色衰之後依然兩袖空空，只能說春去也。的確，一江春水向東流，東流的財富，一如江水一去不回頭。

我們太悲觀了。理論上年輕的生命總是奔騰而上。絕大多數的人，隨著年歲的加大，擁

菱形人生

◎隱　地

有、擁有……我們擁有之物愈來愈多。青壯之輩，尤擅開疆闢土，建立起自己的名號，也建立了自己的財富。菱形人生——人生像一隻菱角，中間大，兩頭小，我們從小溪溯流而上，就像一個鄉下人，進了城，天啊，摩天大樓讓我們必須仰望，然而曾幾何時，我們已經住進摩天大樓，成爲摩天大樓的主人。命運奇特，如今我們老早已經是一個都市人。一個完完全全的都市人——縱橫股市，情海翻滾，呼風喚雨……看來，世界屬於我們，從東半球到西半球，時而紐約時而巴黎，進出五星級旅店，吃香喝辣，汽車換了又換，人生多麼拉風。

先是悲觀，現在又太樂觀了。人生哪有那麼順暢，十有八九，就算到了人生高峰——就以四十歲爲分水嶺吧，多數四十歲的人，也許有了自己的房屋、自己的汽車，仍然朝九晚五，辛苦非常，就算有人當了老闆，其實比夥計更加辛苦，又要管前門，又要管後門，人生到處是風雨，菱形人生的巔峰期，就算精神生活和財富並進，也不過行至人生中途，終於可以喘口氣，偶爾小歇小歇，如此而已！

春天多麼短暫，春燕剛剛飛來，怎麼轉個身牠又飛走了。激烈的夏天來勢洶洶，勇猛在人生漫長又短暫的生命史上，只是一場驟雨。練了半輩子的肌肉，怎麼說萎縮就萎縮了，一個強而有力的男人，看來可以頂天立地！你以爲他不畏風雨，禁得起風霜雨露，可眼前卻走來一個彎腰駝背的老人，居然他手裡還拄著枴杖，天啊，他昨天的勇猛之力，已被時間之神收了回去，連激烈的夏天都逃之夭夭，秋，已經悄悄地來了。

秋天的光臨，讓我們生出下山的心情。坐在沙發上，我望著屋裡的裝潢，牆上的畫，連著天花板的書架，書架上躺著站著的書，每一樣家具，每一種裝飾，杯盤碗筷，玻璃櫥裡亮晶晶的高腳水晶杯，落地座鐘，以及衣櫥裡的箱子，箱子裡的冬衣……一切一切，甚至鞋櫃裡的每一雙鞋，都是東一件西一樣不停地從各地各處買回來的，每一樣物品都是一個蒐集的故事。夢的完成。然而當秋光奏鳴曲響起，我們會有一種驚覺，原來貪心已經把我們的家庭塞爆，不管是客廳或臥室，廚房或浴室，甚至起居室和儲藏間，都顯得太小太小，蒐集的東西愈多，我們屋子的空間相對的好像不停地在縮小中。

年輕的時候蒐集，年老的時候丟棄。我們要開始學習送和丟。譬如，我收到齊邦媛老師給我的禮物，她還附了一張精美的卡片：「這三個芬蘭史詩繪本盤子隨著我走了很遠的路，你和貴眞最能了解。二十年後可以作獎品給更年輕的文人。歲月就是價值。祝福今生！」秋臨大地，菱形人生，面對的是「縮小的人生」，中間大，兩頭小，我們已走過巔峰，現在，要把自己縮小。縮小到讓自己覺得是一個平凡人。有了名，不肯把自己的名收疊起來會有許多苦惱。人在秋天，把心情調適好，才能平靜地邁入冬天。冬天是收尾的季節，收得好，人生才眞能達到美滿之境。

你說什麼？收尾——收尾是屬於冬天的故事，我還不到七老八十，何況現在多的是九十出頭的老人，百歲人瑞也不稀奇。你現在就要我過減少的人生，未免讓我不甘心。雖說菱形人生，一過四、五十歲，高峰已過，但秋天還有一塊最絢麗的顏色——秋天一去冬來到，在冬尚未來到之前，讀書滋潤我們快要枯竭的心靈，讀書是心靈維他命，是靈芝草，它會讓我們延長夏天的蓬勃朝氣，擴充我們的心靈版圖。人是屬於心的動物，一顆豪氣萬丈的雄心，或是一顆寧靜平和的幸福心，都是我們繼續活在這個世界上的意義。心活，人才值得活，心死，就算還有一口氣，活著也是歹活，活著只是痛苦。

要讓心不死，要讓心充滿希望、幸福或有一種寧靜感，最好的方法就是讀書，聽音樂，接近藝術。讀書可以把我們前半生美好或不美好的人生經驗連接起來，咀嚼美好的，把對人生的感恩和感激重新回味，把思想變成行爲，做一些報恩的拜訪。以前幫助過你的人，現在或許正落魄著，他們需要你的協助。以前他們是你的貴人，現在，你可以做他們的貴人。每個人都在期待貴人出現，卻很少人發現，自己其實也可以做別人的貴人。

或許你的生命不順暢，已經五、六十歲的年紀，卻什麼成績也說不上，你感覺忿懣，你在心裡抗議這世界不公平。幸福之神從來不曾眷顧你，反而噩運總是揮之不去。認爲自己是一個痛苦的人。你不停地喝酒，發牢騷，不停地在老朋友面前罵東罵西，愈放大自己的痛苦，你看來眞的像一個一無是處的人。其實千錯萬錯，只有一樣錯，就是你從來不肯進植物園吸收芬多精。植物園，不錯，閱讀，聽音樂，欣賞藝術作品，這三者就是我們都市裡的植物園。一個永遠不進植物園的人，他的胸中吸了太多戴奧辛，於是他吐出來的也是精神的戴奧辛。他放大著自己的痛苦，把痛苦傳染給別人。如果他停止叫喊，靜下心來，打開書，就算是金庸的武俠小說，對他也大有助益，他會發現書中世界眞是有趣，有奸臣謀國，也有貪瀆小人，但更多的是行俠仗義之人，俠義永存人間，讀書的人，永遠對世界不灰心。

也有灰心的讀書人，擲書而歎，歎世間之不平——但此時他爲書中人而歎，爲書中人鳴不平，他已縮小了自己的痛苦，甚至忘了自身的痛苦。

讀書眞好。年輕時候，我們也讀書，多半讀課內的工具書。許多世界經典，自己國家的名著小說，都因忙碌，無法從書架上拿下來好好欣賞。如今，年齡已達秋天的我們，從職場退休了，讀書正是我們青少年時候的夢。所有我們想讀的長篇鉅著，都可慢慢瀏覽。當然，我們也可以讀些短篇，這世界上多的是充滿哲理的短篇或隨筆小品。甚至，我們完全不必管他什麼人生哲理不哲理，我們如今都是成人，百分之百的成人，可以把以前不能讀，不敢讀的限制級小說翻開來，細讀慢嚥，天啊，即使是情色小說，原來也有那麼多人生奧妙，它一樣讓我們得到啓示，增加智慧。

只要文字好的都是好書。一個人讀書讀到爲文字著迷，恭喜你，你已經是書國的優質子民，通過了最嚴格的考驗。

最初，我們都爲了故事讀書，跟著情節跑。若有一天讀到不想情節，只爲文字的高檔，流連忘返，此時，你可以打開任何一本書，隨意讀，你已經有了自己讀書的品味，文字不好，你自然就會放下。

讀書讀到這種境界，你已經不會害怕冬天在門口拜訪你。當你七老八十，或九十，你正快樂的在讀唐詩宋詞，或莎士比亞的十四行詩，當然，此時你也一定會喜歡新詩，一個讀新詩的老人，他就是一個快樂的老人！

人生最後的一段路，是在抵抗髒，抵抗亂，抵抗醜。如果我們心中有詩，峰迴路轉，一切皆能化腐朽爲神奇。坐在搖椅裡，一卷新詩落地，伴著小提琴聲，你和世界說再見！菱形人生，你正拉下人生最後一幕；這也是我嚮往的人生結尾。下輩子，我還要做一個讀詩的人，寫詩的人！

——原載二〇〇四年十一月九日《自由時報》

賴鈺婷／

來去蚵鄉

賴鈺婷

台灣台中人，1978年生。國立高雄師範大學國文系畢業，現任教於臺北市立復興高中。曾獲時報文學獎鄉鎮書寫獎、南瀛文學獎散文首獎、台中縣文學獎、大武山文學獎、全國學生文學獎、海洋文學獎、南風文學獎等。

身旁的蚊香賣力冒著煙圈，生鏽了一整個冬天的電風扇喀拉喀拉的轉動著。我任意切換電視頻道，百無聊賴。在台北城當慣了夜貓子，回到這小鎮來，要我早早吃完晚餐，收拾妥當就上床，還眞是睡不著呢。十一點半，房間裡的燈亮了。母親一手梳理著頭髮，一邊問：「還未愛睏？」我搖著頭，楞著看她東抓西拿收拾了一袋。「門先來鎖一下。」她朝裡吩咐一聲便披著外套出門。

從大理石椅上，起身。鎖門的那一瞬間，我突然意識到母親已經不再年輕了。此刻，一整日疲累勞苦的父親鼾聲正甜，母親趁著夜色出門。一切都是我自幼以來再熟悉不過的情節。

我想像著母親先去巷仔底等七嬸，然後幾個穿著塑膠鞋戴著手套的女人就這麼踏街似的穿過芳漢路。堤防上，遠遠的三兩人影拎著各自的工具，逐漸向海灘靠攏。

沙灘上的蚵寮，會有燈泡映照著女人們的臉，也會有蚊子嗡嗡飛舞，女人們就散落圍坐在蚵椅上，專注地工作著。

「鋟蚵仔，是要技術的，不小心是會皮破血流的。」有一年暑假，我跟著母親出門，拿著以前阿嬤在用的「鋟仔」，嚴嚴實實戴著帽子口罩手套，穿著長褲襪子，爲的就是怕夏夜海灘上噬血的蚊子。母親仔細教我鋟仔的握法，另一手如何握著蚵殼，施力的角度、力道等等。我笨拙地握著鋟仔，滑溜的蚵殼頻頻不聽使喚地掉到地上。我根本沒想過會這麼難，不

來去蚵鄉

◎賴鈺婷

過是個木頭柄配上指頭般尖長的一片鐵刀啊，我竟拿控不住，不出十分鐘，施力的虎口已僵硬顫抖。窗架上吊著的蚊香熏得我頭昏腦脹，母親在旁邊頻頻提點：從蚵殼的尾股刺下去，對，然後，整粒翻開，用刀尖把蚵仔從中間劃下來。笨拙地完成一顆，顫巍巍學母親順勢用刀尖盛著蚵肉丟入眼前的鋁盆。一整夜，我和一屋子的姨嬸婆媽不斷做著重複的動作，眼球酸乏乾澀，十隻手指像是被水燙傷那樣，一碰即痛。

清晨時分，漁民來收貨。各人管著自己的鋁盆秤重。一斤十一元。一桶桶新鮮蚵仔被放上鐵牛車準備運往大市批發，我看著母親疲憊的神情，看著她手上握著的溼軟鈔票，看著自己一雙錍不到百粒蚵殼卻顫抖酸疼的手。原來她是這樣把我養大的。

成長過程中，我只去過蚵寮一次。面對母親邀約，我總是裝睏、顯累、示乏。這麼辛苦工作一夜，賺一張疲軟無力的鈔票，是需要精神毅力的。我做不來。可是母親不說累、不倦乏。只要哪家欠蚵工，暗暝她也去。

父親也沒閒著。他通常是晚間看完漁業氣象後就回房睡覺，隔天一早天還未亮，就駕著「排仔」巡蚵棚去了。

「養殖蚵仔的過程，親像養子，苦心粒積，才一點大。蚵民攏同款，辛苦賺的錢，就像鹹水潑面，有得呷，不得剩。」面對觀光客，高職畢業的父親，常常為鄉民鄰人代言。

相較於錍蚵仔，我比較喜歡和父親搭著排仔去蚵棚。起初母親總不肯我跟，怕幼小的我栽到海裡去。我央著，用軟軟的童音跟父親撒嬌。父親在母親怒目的注視下，允許我一同出海。我興高采烈，一整夜睡不著覺，等著父親黎明時分的叫喚。天一亮，我迅速起身穿上達新雨衣，套著雨鞋的腳把磨石子地跳得蹋踺響。父親幫我覆上頭巾，戴上帽子、口罩、手套，我被包裹得如同冰天極地裡的小雪球。事實上，那天父親叔伯們要做的是「寄蚵苗」，整個人下半身都得浸入冰透的海水中，過於矮小的我根本不能插手，只能坐在排仔邊看大家工作。

排仔上一大摞待綁上椿的蚵串。這些蚵串是請人代工趕製的，他們通常在空蚵殼上鑽洞，然後八九個一串等距綁在塑膠繩上。舉目望去，清晨透亮的海面上到處是沉浮其中的蚵民，穿著色彩各異的雨衣，人人一把蚵串在手，滯步緩行於水中。

我暗想著，海水浮動中，蚵苗將順勢黏附殼上。十條一綁的蚵串穩穩固定著蚵殼。然後再過幾週，叔伯父親會再齊聲吆喝：「該分蚵嘍。」這些已寄生且初長成的蚵苗將會一串串分別被綁上椿柱，隨著海水的挪移律動緩緩吸食浮游生物，然後長得肥大鮮美。

像是農夫需要天天巡田，寄苗完畢，大多數的日子裡父親仍得日日浸一回海水，「巡蚵棚」。在蚵仔長成的過程中，時時得守護著：蚵架是否被海水沖散了？蚵仔的生長速度、樣子對不對勁？棚底是不是纏繞了漂流物？最重要的是，還得像農人抓麻雀般，蚵民得經常浸身在海水中抓「蚵螺」以保護蚵仔。蚵螺，是吸食蚵仔的害蟲，抓不勝抓，好處是蚵螺的肉質也很鮮美，可以烤來吃，抓得多，可以賣。

父親和村子裡大多數的蚵民一樣，長年骨頭浸水，風溼得厲害。自小就跟阿公入海的大

來去蚵鄉

◎賴鈺婷

伯甚至腿骨變形，「一入海水，雖然隔著雨衣，寒氣猶如萬蟲鑽骨，咬牙抽痛。總說一句，這是漁村的命，只有池王爺會保庇咱們這些歹命子。」

大伯口中的「池王爺」是王功的守護神。相傳王功原名「下保庄」，一直以從家鄉奉承來的「池王爺」當作鎮庄神明。鄉里的耆老說，清嘉慶年間海賊四起，大海盜蔡牽在王功殺人遍野、縱火搶掠。一夜，池王爺突然神威大顯，頓時風雷電掣。蔡牽率領的幾艘海盜船破底沉沒，海盜們紛紛跳水，溺死了十幾人。僥倖爬附上岸的蔡牽回到泉州後，責令小盜採買上等木材、連同雕刻老師傅，一船運至王功改建池王爺廟。耆老們說，這個蔡牽啊，還是信神重諾的海盜。他通令所有海盜艦隊，航行至此，絕不能搶，且須舉香遙拜「王爺宮」。「王宮庄」一詞便在海上流傳開來，村民感念池王爺恩威，便將庄名改爲「王功」。

民國八十五年，全國文藝季開拔到這小漁村。當時到台北念大學的我，回鄉接受解說員的訓練。

媒體、遊客一波波湧入，這個小漁村好像被黑潮暖流流過，那麼風光、沸騰、熱烈。「富麗漁村，王功甦醒」的旗幟鮮麗招搖，在岸邊堤上樹立著。父親叔伯們奔走來回，用鐵牛採蚵車載著遊人捉招潮蟹、採蚵摸貝。海風鹹黏，兩小時一趟，一日六七趟的張嘴說解，每個人的聲音早就沙啞了，可是臉上洋溢著光榮振奮的神采。

我帶著絡繹不絕的民眾，參訪這生長了二十年的小鎮。竹管屋、海寮、福海宮、龍泉井、日日穿梭在芳漢路上，帶著饕客吃蚵嗲、枝仔冰、買花生油、蚵螺肉。我驕傲的跟遊客講：「這是我家的蚵田！」「以前常跟母親來這個蚵寮鋟蚵！」「這家炸粿是芳漢路上有名的，我姨婆祖是創始人！」我在解說中眉飛色舞，驚嘆聲此起彼落，大家兜攏著我，英雄般崇仰著。

能夠向眾人侃侃而談家鄉的物事，就算是英雄嗎？這個文藝季，讓我們這些離鄉遊子自各地回返，然後，長串的鞭炮一放，鑼鼓喧天中，遊客來了。新聞報紙說這漁村是西海岸的瑰寶，左鄰右舍姑嫂叔伯開大嗓門說話，整個王功燒起來一樣滾著熱鬧人聲，我在眾人的驚嘆聲中粉墨登場，成了看似瀟灑的英雄……。事實上，到外鄉讀書後，我和多數的王功子弟一樣，連自家採蚵時都不曾浸身下水，更別說是跟著老輩們四處當蚵工了。連鋟仔都握不穩的我，如何能理直氣壯地說自己是海鄉兒女，說漁村的滄桑與溫柔、傳統與繼承？

此刻，母親應該已經在蚵寮工作了吧。而我，剛從台北返回久違的家，整夜窮極無聊地轉著選台器。多年來，母親早就不再邀我了。鎖門後，我不禁想像，暗夜海潮在沙灘上來去湧散，蚵寮裡，收音機傳來一陣陣哀怨歌聲，母親微佝的身軀蹲坐在蚵椅上，雙手不停的動著……。

——原載二〇〇四年十一月十二日《中國時報》

（本文獲第二十七屆時報文學獎鄉鎮書寫獎）

吳永馨／

18

吳永馨

台灣屏東人，1980年生。國中以前都生活在南部，高中聯考前隨家人搬到台北，從此台北變成第二個故鄉。

那年我十八歲，雖說十八歲，但那也不過是眞實世界的法律所界定的，心智上，總是自認成熟得擁有三十八歲的滄桑。剛剛高中畢業，大學聯考理所當然的失利，墮入南陽街嘈嘈雜雜、熙熙攘攘的年輕學生之中，並適度地，讓自己融入其中。事情是這樣發生的，那天，酷熱的夏夜，走出補習班的涼爽冷氣，我的眼鏡及鼻腔立刻被潮濕、悶熱的空氣團團包圍，好像說好似的一古腦的進攻，身體的毛細孔似乎也在那一瞬間颼的一聲全都大口呼吸天然空氣。黏膩、不舒服。我有好長時間都活在人造世界中，無法適應接受眞實世界。晚自習結束，十點，肚子餓得咕嚕咕嚕叫，怎麼樣身體還是年輕的。循著氣味，我獨自一人走去覓食。突然暗巷裡有大叫聲傳出，踏踏的腳步由遠而近，我還沉溺在身體的黏膩中，一時之間看著眼前的景象無法理解，就像只是應付似的看著一團透明的空氣。下一秒，我就被撞倒了，跟著我滿身的書也被撞倒了，然後失去意識的昏迷了足足有六十七天之久，直到能夠把儼然是獨立存在的那段時間提筆寫下時，已經又過了悠悠的兩年。

•

那六十七天，一六〇八個小時，我安安靜靜像個端莊淑女一樣躺在床上，對身邊儀器的滴答聲、家人的啜泣聲、外界的一切都沒有反應，毫無體會的躺著。身體是如此，那靈魂呢？發生在靈魂裡、內部的思緒呢？在肉眼看不見也觸摸不到的內在呢？我努力回想，那六十七天，兩個多月的時間，就那樣暫停了，像固體般眞實的凝結在我過往的生命和記憶裡，可以用空白來形容，但卻又是確實存在、不容抹殺的。

我夢見了我媽媽，這一點是我斬釘截鐵地認知到的。我的母親，坐在一張龍椅上，穿著黃袍，像皇太后一樣雍容華貴地坐著，我和我的家人、我的父親和姊姊，像朝臣一樣站立兩側，母親安詳地笑著。沒有人哭泣，沒有人交談。

一連串的夢境，無止境地沉睡。

止不住的飛翔，超人式的大跳躍，許許多多潛藏在意識中的人臉、場景和語言都一一浮現，簡直像在做一場人生回顧大展一樣，連觸覺和氣味都會出現。真實人生。從門縫中見到的一雙邪惡的眼，手杖輕輕的敲著地面，我連呼吸都想停止地想保持安靜不被發現，意念中奮力抵抗我決不會說出任何一個字，出賣任何一個人。匍匐著，像青苔一樣低矮。三角形的面具，面無表情的持有者。死亡，在那一瞬間，又在另一個地方以不同的面貌重生，或許更茁壯，但大多時候是脆弱的。注定似的，等待下一次死亡的來臨。

我慌忙、極度恐懼地奔逃，「決不能被抓到！」看不見的人追趕著我，看不見他們，卻知道對方有兩個人。空氣來不及進入肺部的窒息感，身後無臉，模糊的兩團空氣卻越來越近。「快跑呀！」恐懼抽出的另一個我，不停地大叫著，汗珠豆大，眼淚也不停。場景猛地一跳，回到小時候居住的屏東老家，日本式的房舍依舊散發著讓人心安的氣味，我被周遭一直安詳著的空氣搞得摸不著頭緒，跌坐地上，兀自喘息著。地板涼涼的，有風和陽光，那是夢中和現實的兩個我都確實知道的，但是我是怎麼到這裡的？並不是剛睡醒的優閒午後呀，心臟還撲撲跳著，氣息也還未平復，隱約透露著被追逐的線索。

夢中的我幾乎是自己的主宰，可以控制我的夢，正確地說來，是控制我在夢中的行動而已。不然怎麼會逃不過那些糾纏不休的殺人魔？

那段時間一次又一次的死亡，是那麼樣淋漓盡致地眞切感受，身體也一定曾痛苦的扭曲吧？「沒有。」我父親說。「你眞的是一動也不動的在那裡，像懶成精地孩子一樣，一坐定了，便再也不動了。連翻身、手指偶爾的抽動都不願意。」怎麼可能？我幾乎歷經了各種死法，報紙上許多曾看過的社會案件，眞實或加劇地重演身上。當然也有瑰麗的夢，但那畢竟是少數。

•

在搬家。現實生活中只搬過一次而已，不過那只能稱作是心理上的搬家及生理上的移動而已。沒有繁瑣的行李打包，也沒有苦力的抬東西等，只是在父親開車的後座上，安安穩穩地睡了四個小時，醒來就到家了。新家的氣味，充滿陽光香味的房間，一直隔了許多年都還是可以輕易想起。空間迷幻起來，顏色匯集，像說好一起旋進下水道一樣，我在靠近洞口的地方，最絢爛地那一段正好在我眼前。我站在產生和消失的交界。模糊的影子，卻都是具體的表現。我站在一旁，饒富興味的看著無動於衷的我。

實際軀體呈現停滯的我，卻在夢中過著動作巨星般的生涯。

18

◎吳永馨

什麼都是假的，只是夢，我知道，卻掙脫不出，是那麼眞實地抓住我的靈魂，狠狠地折磨著。

又得逃亡了，又是兩個影子，絞殺我。在歷經山谷大跳躍之後，我逃入市集，從空曠遼闊變成摩肩接踵的藏匿。撥開人群，尋找出路。冀望在擁擠中可以自動隱形。失策，仍舊緊追不捨，一伸手就可以抓到我了，卻延遲我的死期，面無表情地看著我汗流浹背，遁入醫院。從後門逃亡，一回身，子彈貫穿腦部，白色和紅色的液體噴出，我成爲旁觀者，看著我死去。死亡以慢動作不斷重播，不同的角度，人們冷漠的表情，相同的痛楚，撕裂我的腦。死亡以實際的形體留在來往人群的腳下。

其實應該有兩個我，一個負責體會一切，另一個則是導演這一切的導演。或是有無數個我。

我累了。對無止境的逃亡和不停的死亡感到厭倦了。一通電話來了，一看見號碼心就揪起來了。是前男友打來的。他的聲音充滿我的世界，久違了的他的聲音，還是一樣不當一回事的隨口問候我，我還是一樣不爭氣地努力平穩自己發抖的嗓音。是興奮嗎？這麼久了應該不至於，但是那樣的悸動，是很眞實的。被挖空了，一直逃避的東西浮現眼前。

我的生活，動和靜的極端，優游在夢境中，無數個我。一個比一個冷靜，一個比一個殘酷，冷眼旁觀。生與死，明與暗，現實與幻夢，冒險與安逸，兩種遙遙相對的狀態此時卻和平共存。異境。

有時像電影畫面一樣，風都靜止了，但人們仍匆忙的奔走，陽光耀眼，世界卻是無聲的，我也靜止了，靜在騷動的人群中。

空氣香香的，我究竟是死了還是活著，分不清，世界旋轉，不得不隨之起舞，我，是什麼？一串靜默灑地。

活著和死了怎麼界定？醒著和睡著怎麼區別？我的人生被一秒一秒的切割堆砌著，卻由不得我不讓它流失，安靜地坐著，哀悼。

很美的音樂，我和一群人走在沙灘上，旁邊是荒廢的水田，許多人捲著褲管在裡面抓魚，然後我飛起來了，優雅的和一群有著銀翅膀的魚一起飛翔，風順勢吹著，我舒服自在的享受無重力的快感，音樂清柔淡雅的飄送，風突地加劇，我的身體像風箏一樣的被狂吹往前，眼看就要撞到山壁了，就要腦漿碎裂而死了，卻仍貪戀著耳邊的樂音，眼前所見的昇平樂舞。

我死在不斷慘死的夢境裡，重新活在現實爭鬥、汲汲營營的世界裡，成爲一隻白兔，等著下一次眞實的死亡降臨。

醒在哭泣中，像初出娘胎的孩子一樣，也是夢喚醒了我。我夢見我慌亂的尋找我的母親，我直覺她出事了，很緊張的想趕快打電話給她，想聽到她的聲音，但我找不到電話，一個人慌張得不知如何是好。張開眼，陽光遍地，微風徐徐，我滿腦子還是要打電話給我的母親，過了五秒，我想起來我的母親已經過世了，再怎麼樣都找不到她了，再也聽不見她的聲音了，再也沒有辦法和她吵架了，然後我哭了，眼淚一直流一直流，哭得不能自已，我的掛念，我的擔心，一切都沒辦法了、一切都無法挽回了，我的母親過世了，這件鐵一般的事實卻把我從死亡的邊緣給喚了回來，再一次的用哭泣來迎接亮晃晃的陽光，和辛苦的人生。

——原載二〇〇四年十一月十五日《中國時報》

（本文榮獲第二十七屆時報文學評審獎）

楊　照／
懷念連載時代

楊　照
本名李明駿，台北市人，1963年生。台大歷史系畢業，現任《新新聞》副社長，寫作多年，著有長篇小說、中短篇小說集、散文集、文化文學評論等三十餘種。近著為《問題年代》。曾獲吳三連文藝獎、賴和文學獎、洪醒夫小說獎、聯合報小說獎等。

1

翻讀舊雜誌，一九七五年九月出刊的《書評書目》上，有一篇題目爲〈文學之死〉的文章，裡面凶悍地批判：

「朱羽的崛起，正好說明了各報副刊的墮落。朱羽的小說取材於民初的江湖人物，恩怨加上仇殺，完全是武俠小說的翻版，無新思，更談不上境界，但他能投編者（或者說是報館老闆）所好，在每日刊出字數的末了，一定製造一個『扣子』，引誘你明天再看，……他的小說……一篇接一篇的在《中國時報》、《聯合報》、《中華日報》和《大華晚報》連載，而眞正作家的文學作品，卻乏人問津！」

曾經擔任過聯副主編的平鑫濤，在回憶錄《逆流而上》，則是提到了他剛接編副刊時，對連載的武俠小說非常感冒，一直想把它停掉，可是卻遭到業務部門強烈反對，認爲不登武俠小說會影響報份。平鑫濤後來還是不動聲色地腰斬了連載，等下一回開會，業務部門報告最近業務如何蒸蒸日上，突然發言表示：「這證明了停刊武俠小說對報紙銷售沒有負面影響。」業務經理當場目瞪口呆，因爲他甚至沒留意武俠小說已經不在版面上了！

嗯，那個逝去的時代，那個每家報紙都有副刊，每份副刊上面天經地義一定要有武俠小說連載的時代，那個金庸在香港靠著每天在自家報紙上寫武俠小說，創造了「明報傳奇」的時代。那個文學中人，對連載小說又愛又恨的時代。

懷念連載時代

◎楊　照

我去翻出了在那個時代，曾經比朱羽還要風光十倍的古龍的代表作《絕代雙驕》，除了重溫那有名的簡短文句、古怪對話外，還發現了一個祕密，古龍小說的情節，是靠連綿不斷的意外轉折來推動的，這裡突然出現了一個人、那裡突然飛來兩枚暗器、應該死掉的人卻復活了、被點了穴道應該不能動的人卻動了，……這些無窮無盡的意外轉折，其實都是前面引文裡講的「扣子」。在每天連載字數結尾，擺上一個出人意表的神祕現象，於是就達成了「欲知後事，請看明天」的效果。換句話說，那些都是吊讀者胃口的小把戲，因爲必須不斷吊讀者胃口，結果小說中就非得不斷有意料之外與奇妙巧合了。

古龍這種筆法，和朱羽一樣，能迎合報館賣報紙的業務要求。不過依照眾家友人對古龍個性與生活習慣的記錄、描述，我一邊讀《絕代雙驕》，一邊彷佛看見已經喝得微醺的古大俠，看看報館來取稿的時間到了，攤開稿紙隨意寫寫，寫到後來時間愈是緊迫，說不定報館的人都已經佇立門口了，於是匆匆草草編了讓一個聲音、一個人影、一樣武器憑空竄出，於是只要故弄玄虛形容形容那聲音那人影那武器，就能塡滿字數交差了事了！

至於那聲音那人影那武器，究竟是什麼？交完稿回頭喝酒的古大俠，應該就沒興致再去想了吧！等明天再說。等明天又要交稿時，再來傷腦筋解釋。沒到下筆那刻，古龍自己也不知道究竟天外飛來的是人是鬼、是刀是箭。

這是那個年代連載小說最大的特色，應該也是連載小說最被詬病的地方吧——連作者都不知道小說再下來要寫什麼，更不知道小說要發展到哪裡去。

不寫武俠小說，但在連載時代跟朱羽、古龍一樣紅透半邊天的高陽，有他自己的方式對付門外等稿子的人。高陽寫歷史小說，照理講故事前因後果、來龍去脈都已經先被史實給卡緊了，不可能像武俠小說有那麼大任想像隨意揮灑的空間；歷史小說得靠眞實的歷史人物來承載敘述，也不可能像寫武俠小說那樣在中間穿插編造那麼多神奇意外。沒關係，跟古龍一樣才氣縱橫、跟古龍一樣任俠好酒的高陽，自有他「跑野馬」的絕招來應付連載所需。

高陽式的「跑野馬」就是在歷史故事主線中，挑出一項零星瑣事，岔出去開始滔滔不絕累積相關的掌故資料。例如說要寫汪精衛南京偽政權前後始末，一個歷史名人都還沒出場前，高陽光大寫特寫抗戰前後南京的賭場，設在哪、玩什麼、怎樣規矩、如何一夕致富或破產的軼事，接連而來，令人目不暇接。

讀高陽小說，我也似乎看到了微醺中的高陽懶得費心編派情節，順手拈來就寫自己記得的、正好讀到的掌故材料，從這條牽到那條、由這椿聯想及那椿，野馬一跑隨心所欲想到哪裡寫到哪裡，自然就可以快快交稿，回頭再去赴宴續攤了。

這種歷史小說，表面看似乎有一定的框架，實則中間可以無窮無盡旁枝歧出，也就近乎可以無窮無盡連載下去。換個角度看，寫連載歷史小說的高陽，跟寫連載武俠小說的古龍一樣，都不可能預先設想自己寫出的小說會有怎樣的結構，不可能預先規畫排比好小說將具備的完整面貌。每寫一天，小說就展現一種新的可能，沒到連載結束，作者也不曉得結局是什麼。

3

這種寫法違背了小說作爲嚴肅藝術的標準。藝術應該灌注了作者一種追求完美的精神，多一字不可減一字不可，謀篇有伏筆有呼應、有比例有策略，而且最好數易其稿刪刪增增、左挪右移，才會達到精緻典範的程度。連載小說完全反其道而行，大段大段「跑野馬」的部分跟主文間沒什麼必然、有機關係，寫到後面忘了前面，以至於自我矛盾衝突是常有的現象，甚至整部小說看來就是由眾多複雜部分，雜混拼湊起來的。

難怪帶著嚴肅現代小說品味的讀者，會那麼不滿意於朱羽、古龍，乃至高陽了！不過說老實話，連載小說與現代文學品味標準間的齟齬，並非起自朱羽、古龍，而有更久的遠源。

看看晚清如雨後春筍大量出現的小說吧，這些小說有文言有白話，內容上有社會寫實、有未來預言還有科技奇幻，不過有意思的是，不管其語言爲何、其精神主旨爲何，這批小說在形式上最大最特殊的共通點竟是——絕大部分都沒有寫完。

光是號稱「清末四大小說」的，其中只吳妍人的《二十年目睹怪現狀》，算有正式結局；其他劉鶚的《老殘遊記》、曾樸的《孽海花》及李伯元的《官場現形記》全都沒完。吳妍人後來又幫《二十年目睹怪現狀》寫了續篇，實質上打破了原本小說的結束狀態，句點也成了逗點。

五四新文學開路先鋒胡適之，在〈建設的文學革命論〉裡不客氣地說：「我以爲現在國內新起的一班『文人』，受病最深的所在，……在沒有高明的文學方法，我且舉小說一門爲例。現在的小說（單指中國人自己著的）看來看去只有兩派。一派最下流的，是那些學《聊齋誌異》的箚記小說。篇篇都是『某生，某處人，生有異稟，下筆千言，……一日於某地遇一女郎……好事多磨……，遂爲情死』；或是『某地某生，遊某地，眷某妓，情好綦篤，遂訂白頭之約，……而大婦妒甚，不能相容，女抑鬱而死，……生撫屍一慟幾絕』；此類文字，只可抹桌子，固不值一駁。還有那第二派是那些學《儒林外史》或是學《官場現形記》的白話小說。上等的如《廣陵潮》，下等的如《九尾龜》。這一派小說，只學了《儒林外史》的壞處，卻不曾學得他的好處。《儒林外史》的壞處在於體裁結構太不厚嚴，全篇是雜湊起來的。……分出來，可成無數箚記小說；接下去，可長至無窮無極。《官場現形記》便是這樣。如今的章回小說，大都犯這個沒有結構，沒有布局的懶病。……所以我說，現在的『新小說』，全是不懂得文學方法的；既不知布局，又不知結構，又不知描寫人物，只做成了許多又長又臭的文字；只配與報紙的第二張充篇幅，卻不配在新文學上占一個位置。」

對晚清小說做過最全面整理研究的王德威則說：「……晚清小說即使以中國的標準視之，其形制也都大有問題。晚清小說情節之蕪蔓無序、資料之僞飾堆砌、主題之無聊炫耀，

懷念連載時代

◎楊　照

以及角色之光怪陸離，組成了一種龐雜的敘事類型（或反敘事類型），每每威脅作品的統一性與我們對其結構的感知。……晚清作家太急於說故事，根本沒時間好好地發展一個角色或一幕場景。在敘事正當中他們會轉向不相干的事；他們會彼此剽竊或重複；等而下之的是，他們連作品完成與否都不放在心上。」（見《被壓抑的現代性》，第一章）

晚清小說這種明顯的缺點，有一大部分何嘗不是來自當時盛行的「連載風氣」的制約？正因為這些小說逐日逐期連載，「與報紙的第二張充篇幅」，所以作者也就逐日逐期地寫，再加上報紙雜誌提供的稿費驚人優渥，於是作者也就想方設法把小說寫得長些，最好可以永永遠遠連載下去，都不必面臨連載下檔上檔的閱讀與酬勞風險。這跟有收視率的連續劇總會拖慢步調、總會橫生枝節越演越長，是完全一樣的道理。

雖然胡適說得輕蔑，「只配與報紙的第二張充篇幅」，晚清連載小說的這項社會功能，非同小可。在新聞事業剛剛起步，社會上對於種種光怪陸離已經萌生了大好奇，可是相應記者這行、採訪報導這門功夫，卻還未能成熟到位，眞能滿足好奇、引誘大眾掏錢買報的，主力其實反而在這「報紙的第二張」。

「報紙第二張」關係報社存亡榮枯，大意不得。眞能日復一日製造滿足好奇心的作者，並不太多，於是他們就在那個時代的商業競爭下，成了搶手貨，這裡開個連載、那裡又開個連載，忙得不亦樂乎，同時日進斗金、快速致富。

也別小看這些連載小說作者的本事。對照一下，今天的《壹週刊》得用多大的人力編制，才能蒐羅排比那麼多社會的光怪陸離，每週滿足一下讀者的好奇。晚清小說作者，通常得「一人抵一社」，一個人一枝孤筆寫出來的內容抵得上今天一本《壹週刊》。

正因爲買報看「第二張報紙」的人，要看的是社會的光怪陸離、奇情異聞，晚清小說自然就長成了「社會大雜燴」的面貌。這些作者日日寫日日交稿，常常還要一心多用寫幾個連載，也自然只能東抓西抓、東抄西偷，怎麼顧得到什麼結構與統一性呢？

那個時代連載小說之結束，往往也不是由作者從創作意念上予以控制的。最普遍的理由，是連載寫到讀者膩了煩了，至少是報館主事者膩了煩了，下令結束。還有同樣普遍的理由，是連載小說的報紙或雜誌，經營不善不得不改組，甚至關門大吉。還有我們現在很難想像的重要原因，小說作者突然遭逢變故，或是大病一場，交不出稿了連載被迫中斷，等事過病好了，反正讀者都忘了跑了，再接舊連載就一點意義都沒有了，乾脆另起爐灶再開新篇章。

想想這些現實因素，晚清小說會寫不完，也就不足爲奇了。寫作的人心中固然沒有現代文學那種對於作品整全度與完成度的尊重，社會條件上也沒鼓勵、更沒逼迫他們寫完作品的條件。

4

我們如果把眼光再往上看，還會發現這種小說又臭又長而且有頭沒尾的現象，倒也不是

懷念連載時代

◎楊　照

中國晚清一代的專利。十九世紀的歐洲，尤其是法國跟英國，不也產生過一堆轟動社會的大眾小說，而且也幾乎都是一部比一部長。

例如說大仲馬的名著《基督山恩仇記》，是一八四五年八月二十八日起，開始在巴黎的《辯論報》連載的。小說一出，讀者如響斯應。爲了知道故事發展，讀者不只搶買新印好的報紙，竟然還有人到印刷廠去買通印刷工人，只求能「先睹爲快」。

《基督山恩仇記》的故事原型，來自於從巴黎警署退休的檔案保管員寫的回憶錄，講到了一樁眞實的案件。拿破崙時代，巴黎一家咖啡館的老闆盧比昂和三個鄰居，對隔壁剛訂了婚的鞋匠皮科開了個惡意的玩笑。他們跑去誣告皮科是英國間諜，導致皮科被捕下獄。

皮科在獄中待了七年，偶遇同遭囚禁的一位義大利人，結成好友，義大利人臨終前竟然留遺囑將龐大遺產全都送給皮科。七年後，皮科出獄，不但自由而且有錢，可是卻遭受更深的打擊——發現當年的未婚妻早就嫁給了陷害他的盧比昂。

皮科因此誓願復仇。他喬裝化名到盧比昂的咖啡館服務，藉機殺死了同謀鄰居當中的兩位。而且耐心地花了十年時間，一定要讓盧比昂嘗到家破人亡的痛苦。不過他最後要下手殺盧比昂時，卻反而當場被那倖存的第三位鄰居給殺了。

在這奇情社會檔案上面，大仲馬將之增飾附麗而爲一部超過百萬字的小說。讀者除了被基督山伯爵復仇計畫深深吸引之外，一定也會記得卡德魯斯撬鎖夜盜那段，記得貝爾圖喬講邁貝內代托身世的趣味，記得羅馬強盜榨乾了唐格拉爾財產的精采過程……。

喔，且慢，前面那個「一定」，下得武斷了一點、快了一點。我應該講得周全些：「如果讀完全本《基督山恩仇記》的讀者，一定也會記得……」不過事實是，絕大部分中文讀者讀的，都是節譯本，而我剛剛列舉的那幾個段落，在通行節譯本中，不一定找得到蹤影。

爲什麼要用節譯本代替全譯本？不只是全譯本工程浩大、印製成本昂貴，而且因爲完整版冗長囉唆，違背了現代小說結構規範，被視爲冗長囉唆、必去之而後快的，正是那些跟主軸主線似乎沒什麼必然關係的插曲，哈，大仲馬也愛「跑野馬」。

刪掉了那些「枝節」，還眞不影響我們理解基督山恩仇的來龍去脈，然而老天，那些「枝節」讀來多麼過癮！

5

連載是項奇特的制度，連載打破小說獨立自主的時間意識。小說時間與現實生活時間平行流淌著，而且不斷地互相指涉。現實生活無窮無盡日復一日地走下去，於是小說似乎也就會同樣地無窮無盡日復一日連載下去。連載小說因而沒有了具體的頭中尾的分配，不只是結構鬆散的問題，而是永遠隱伏著一個呼之欲出的「然後呢？」

有頭有尾有中腰的文學作品，講究的是選擇好一段具特殊意義的時間，把它從長流中切截開來，封閉成一個完整、有機的單位。有頭有尾有中腰的文學美學，在意講究小說應該有個「絕對」的開頭、「絕對」的結尾。小說內在要展現出一種意義一種姿態，「行於所當行，止於所當止」，就是在這裡，小說完結了，多說一句都是累贅、都會破壞作品的完整性。

連載小說不吃這套。或者說，連載條件使得這種小說不可能如此講究。同樣都叫「小說」，邊寫邊登的連載小說其實是獨樹一格的文體，具備專屬的風格，因而也就刺激誕生了不一樣的寫作與閱讀經驗。

我們看到連載小說的種種毛病，其實是因爲透過有頭有尾有中腰的美學，而不是連載小說自身的邏輯來進行評斷的。

連載小說有自己的邏輯、自己的美學嗎？我認爲有的。連載小說能提供別的小說不能提供的樂趣，就在其豐富的內在多元性，以及其層出不窮的意外轉折。講白一點，連載小說之可貴，就在那些「跑野馬」的內容，就在那些爲了吸引讀者讀下去而刻意穿插的花招。內在多元性與意外轉折，除了來自考慮「勾住」讀者的因素外，還受到作者寫作過程的強烈影響。

連載作者幾乎無可避免，都會把在漫長寫作年月中的所遇所感所讀所思，帶進作品裡。連載每天交稿、每天要找題材寫下去，當然逼著作者東抓西捕，拉進什麼是什麼了。連載小說跟隨著作者呼吸、跟隨著作者生活、跟隨著作者成長或老化。好的連載小說，就是作者能夠善用這些生活變化，順帶將小說寫得多彩多姿，絕無冷場。

大家都說金庸小說好看，很多人讀到金庸小說裡有當時現實政治的影子，這兩件事其實二而一、一而二。爲什麼金庸小說比別的武俠小說好看？因爲別的作者用固定方式炮製武俠故事，金庸卻邊寫武俠邊辦報寫政論，報業興衰榮枯、政治是非得失，全在他眼中、全在他心上，也就全到了他的筆下。所以他的武俠隨日子而變、隨政經情勢而走，就不會落套，不會無聊重複了。

6

台灣報紙副刊有一段奇異的轉折歷程。在報業競爭中，副刊扮演過重要角色，副刊走向企畫編輯、支持以文學介入社會甚至改造社會的行動主義理念，在那種氣氛下，臥龍生、東方玉的武俠小說越來越顯得不搭調、跟不上時代。於是武俠小說，乃至南宮搏式的插圖歷史小說，慢慢淡出副刊版面，可是刊登連載小說的習慣卻沒那麼快隨而停止。於是副刊上開始出現非歷史非武俠的連載現代小說。這是將兩種不同傳統的東西、兩套相異美學的條件，混雜在一起了。結果竟然還混出不錯的結果。

依照當時的現實狀況，如果沒有副刊連載，台灣的小說家們大概很難寫出長篇小說來吧。嚴肅小說的出版市場胃納有限，單靠出版版稅，不足以支持小說家苦捱幾月幾年來寫長篇。副刊連載稿費撐住了作家的生活，每天見報也給了作家足夠的動機壓力。

現代小說、嚴肅小說也能邊寫邊登連載嗎？能。連載形式帶來的性格，就滲入了那個時代的長篇小說裡。在沒有辦法一氣寫完、也沒有辦法大幅刪修整編的情況下，那個時代的長篇小說展現了清楚的駁雜與多元。也比一般完整作品更容易看出作家生活與情緒的波動。

我是個讀連載小說長大的人，開始寫作時又剛好趕上連載制度在台灣消逝前最後的尾聲。《大愛》這部小說，就是從一九八九年起在《自立晚報·本土副刊》連載的。那是我第一次嘗試寫長篇小說，寫的是一個時空交織錯亂的故事，而我人在美國，進入史學博士班研究課程的第二年，卻又保持和島內風起雲湧社會騷動，密切觀察的關係。那種生活，也是時空交織錯亂的。

坦白承認，如果沒有連載的刺激與壓力，《大愛》決不可能完成。那個時候，不像後來寫《暗巷迷夜》，寫《吹薩克斯風的革命者》，已經養成了基本的寫作紀律，可以安靜孤獨按照既定的大綱表，把意念一步步化成爲文字。

《大愛》不是沒有事先規畫擬定的大綱表。可是後來寫出來的，不到大綱規畫預定要寫的一半。這當然意味著寫進了很多當初沒打算要寫、沒料到會寫的東西。

我還記得那時的生活，主要是以不同性質的閱讀來劃分的。一早起來，閱讀美國報紙《Boston Globe》和《New York Times》，也讀自由派雜誌《New Yorker》和左派雜誌《The Nation》。看人家如何報導新聞、如何評論批判政治社會事件，逐漸形成我對新聞行業，尤其是自由派新聞價值的認識與信仰。

北溫帶的陽光暖起來之後，我就開始穿梭課堂與圖書館之間，從上午到下午，接觸閱讀的就大部分是專業學術書籍。中國思想史、西洋近代思想史、中西經典古籍，再加上人類學社會學的書籍，因為修的課很雜很散，需要讀的書也就很雜很散了。

晚餐過後，時間幾乎都留來翻閱家人朋友從台灣寄來的報紙雜誌。哈佛燕京圖書館藏了四十五萬冊中文書，裡面有很多珍貴的舊日台灣出版品，還有全套台灣銀行經濟研究室編纂的史料叢刊，更有助於滿足我對台灣歷史沿革變化的好奇。常常一整個晚上穿梭逡巡，從十七世紀海洋台灣降至李登輝執政初期的黨內鬥爭，上追清末大小租界社會經濟慣習，再到日據時代帝國殖民政策的種種演變，時而憂心、時而焦躁，時而又因在字裡行間讀出特殊歷史變化消息，而為之拊掌擊節、激動不已。

到了週末，常有各方同學好友齊聚家中。最多的是在哈佛或周圍波士頓其他學校就讀的台灣同學。跟我一樣學歷史的很少，卻有學文學、宗教、人類學、心理學、教育，乃至數學、生化、公共衛生的。也有其他美國同學或宿舍裡的鄰居。反正一定是一夕高談闊論，天南地北，聊到東方將白才盡興散去。

那眞是我生命中不可思議的資訊、知識大爆炸時期。每天接收那麼多書面或口頭的新鮮東西，等到坐在桌前要寫《大愛》續稿時，再怎樣努力都不可能將這些所讀所聞所思完全排除在小說之外吧？

這些資訊與知識，日日改變著我對現實的認知、對歷史的評價，也就必然日日滲透衝擊著小說裡那個虛構時空的意義，甚至進一步直接影響了時空虛構形式。就這樣，現實與小說一路彼此相攜相助、相抗相鬥，兩股都很繁複的時間之河灘湍流急速地沖刷激盪，終至兩者都不可能繼續維持在原本的河床上，終至許多地方兩者互動混同，似乎再也分不清哪個是「作者」，哪個是「敘述者」；哪個是發生在台灣的《大愛》情節，哪個是我遠在太平洋彼岸的生活了。

7

二十四萬字的《大愛》，塞進了比本來就很長了的篇幅，更多更雜的內容。而那蕪雜正是讓書寫《大愛》的過程那麼值得珍惜與懷念，最重要的原因。連載結束，我也不能再把這部小說刪修增補成嚴格縝密有頭有尾有中腰的作品，只改掉了明顯前後矛盾的部分，保留了多元龐雜、旁枝繁複的面貌。

對了，就是那種連載時代產生的連載小說的面貌。誤打誤撞、多元龐雜、旁枝繁複，剛好也是《大愛》要記錄的那個解嚴威權乍放時代的核心精神，內容與形式、書寫者的思想狀態與閱讀者的情感關懷，竟然就呼應勾搭了。

《大愛》舊版在一九九一年夏天，由遠流出版公司印行，收在當時由陳雨航主持的【小說館】系列中。在那之後，沒幾年間，連載小說就從台灣的副刊逐步撤退，以迄消失於無形了。不只這樣，副刊也從報紙逐步撤退，由中心而邊緣，由邊緣而至掙扎求存。不只這樣，報紙也在電視與網路的競爭逼擠下，漸次改變了其社會位置。

懷念連載時代，有多重的情緒。懷念誕生《大愛》這本舊作的外在氛圍。懷念一種被遺忘的閱讀享受，懷念因爲這種閱讀方法消失而被湮沒埋葬了的眾多奇異小說。懷念一個文字仍能「扣住」讀者，讓讀者日日追讀連載小說的時代。

懷念自己年輕時期，對於各種異質現象、知識、思想、價値，仍然充滿激動好奇與認眞，那種積極的力量。

——原載二〇〇四年十一月二十七～二十八日《中國時報》

李　黎／

星沉海底

李　黎

本名鮑利黎，安徽人，1948年生。台灣大學歷史系畢業，七〇年代赴美，在普度大學政治研究所研究，曾任編輯與教職。著有《最後夜車》、《天堂鳥花》、《浮世》、《初雪》、《傾城》、《浮世書簡》、《袋鼠男人》等小說集，及散文集《別後》、《悲懷書簡》、《天地一遊人》、《世界的回聲》、《晴天筆記》、《尋找紅氣球》、《玫瑰蕾的名字》、《海枯石》等。曾獲聯合報短篇及中篇小說獎，劇本《樂園不下雨》獲行政院新聞局優良電影劇本獎。

他像一棵樹般溫柔地倒下，一點聲音也沒有……。

——《小王子》，第廿六章

不久之前讀到法新社發出的一則新聞：法國文化部「水棲暨海洋考古研究所」宣佈，法國考古小組的水底打撈人員，最近在地中海濱馬賽附近的外海，發現「失蹤」了六十年的法國名作家聖修伯里當年駕駛的洛克希德P38閃電戰鬥機的殘骸，以及——他的遺骨。

讀著這則新聞時，我的心情是矛盾的：一方面，一樁長達六十年之久的失蹤之謎終於揭曉了；身爲《小王子》的一名書迷，我理應爲作者的死亡原因眞相大白而感到安心。然而另一方面，在我心深處，一則帶著神祕色彩的、童話式的猜想，恐怕就此幻滅了。

是的，我雖然早已過了迷戀童話的年齡，然而每當重讀《小王子》的時候，我願意再一次回到聆聽童話的時光；我願意換回一顆孩子的心，才能走進書裡去，被那些奇妙的字句觸動，微笑、好奇、心疼、流淚，對著最後一頁簡單卻美得出奇的圖畫癡癡地沉默許久……什麼「殘骸」？什麼「遺骨」？這些都不是屬於童話的字眼。我寧可永遠不曾知道所謂眞相，永遠不讓謎底揭曉，而暗暗相信聖修伯里的「失蹤」並非偶然，而是以他筆下那個神祕又可愛的小男孩的結局作爲預言，悄悄安排了他自己以同樣的方式步向歸途……。

安堂·聖修伯里，全名是Antoine Marie Roger de Saint-Exupery，一九○○年出生於法國里昂，一九二一年就加入了法國空軍，五年後成爲職業飛行員。可是他更爲世人熟知的另一面，則是位以詩意的語言書寫飛行文學的作家。在舉世聞名的《小王子》問世之前，他已寫出了《南方信件》和《夜間飛行》兩部小說，以及《風、沙與星》和《飛往阿哈斯》兩本哲理性的書。還有一本身後才出版的《沙的智慧》，是用他的筆記編輯成書的。但是讓他六十多年來成爲世界上許許多多孩子和成人都喜愛的作者，還是童話書《小王子》。

二次世界大戰爆發，聖修伯里再度從戎加入法國空軍，在一次任務中座機被擊落而逃到美國，暫居紐約。一九四二年的夏天，他在長島寫下童話故事《小王子》，懷念在納粹佔領下的祖國，和在那裡受飢餓苦難折磨的好朋友Leon Werth。在扉頁的獻詞裡他還說：「所有的成年人都曾經是小孩——雖然很少人記得。」所以他強調這本書其實是獻給還是個孩子時的Leon Werth。

不久聖修伯里就回到戰火中的歐洲，加入反納粹的空軍偵查特勤部隊，仍是擔任飛行員。一九四四年七月三十一日這天，當他從北非飛越法國南部進行偵查任務時，連人帶機突然從雷達畫面消失，從此下落不明。這位才華洋溢的作家和勇敢的飛行員，始終未能親見那年年底法國解放，和次年大戰結束、和平到來。

而今聖修伯里的飛機遺骸找到了，號稱揭開了懸疑六十年之久的生死之謎。爲什麼我卻有一份惆悵之感？

《小王子》寫的是一個飛行員，由於飛機故障，被困在非洲撒哈拉沙漠，遇到一個外星來的小男孩——小王子，兩人交成了摯友的故事。小男孩對作者「我」描敘他來自的地方——

一個非常非常小的星球，小到只需把椅子轉個方向，就可以隨時欣賞日出或者日落；那裡有三座小火山（兩座活的，一座熄滅了），還有一朵嬌氣的玫瑰花……他敘述一路探訪過的星球和上面的居民，多半是些孤獨而怪異的成年人（其實正是芸芸眾生相），讓他大開眼界。最特別的是他在地球上交到的好朋友：一隻聰明而深情的狐狸，從狐狸那兒他懂得了如何建立和延續感情。在這段漫長的星際之旅中，小王子學到了最寶貴的功課：他終於學會了如何愛、如何欣賞珍惜愛的對象、如何與她相處；他也學到了愛的恆久責任。於是他決定這是回家的時候了：他應該回到自己那獨一無二的小星球上，照顧那朵世上獨一無二的玫瑰花。

然而他的回家之旅，必得用一種令人心碎的方式完成——讓一條毒蛇咬「死」，然後他才能輕盈自在地昇回星空……作者自繪許多幅可愛有趣的插圖，最後一頁卻是再簡單也沒有的寥寥數筆，闔上書以後怎樣也忘不了——沙漠的地平線上渺無一人，什麼也沒有了，只有一顆星星懸在天上。

多年來，我總覺得聖修伯里忽然連人帶機失蹤，必也是類似的神祕安詳的情景吧。我不能想像寫出這麼溫柔的故事的人會慘烈地死去；我願意相信他是像小王子一樣，身體消失在沙漠裡，靈魂便自由自在地飛到屬於他自己的小星球去了……唯有這樣，《小王子》才更像是他給這個世界的暗示，而書中的話語，也像就此得到了實證。沙漠上空那顆星星，怎麼能沉到海底去呢？

記得二〇〇〇年在巴黎，看到許多店家擺出《小王子》和聖修伯里的其他著作，紀念他的百年誕辰。法國人視他如偶像——其實不止是法國人：《小王子》一九四三年在法國出版後，同年便譯成英文在紐約出版，至今已譯成一百多種語文，有三百多種不同的封面——想像一下，把這三百多本說著世上不同話語、面貌各異的《小王子》全擺在一起，會是何等熱鬧壯觀的景象！一九七五年還有一顆小行星被命名爲「聖修伯里」呢。一百歲的聖修伯里、六十歲的小王子，依然讓這個星球上許許多多大人小孩著迷。

前些時，有一次陪晴兒逛電腦店，在電腦遊戲架上忽然發現一個眼熟的圖象：《小王子》這本書竟然有遊戲光碟了！原來是爲《小王子》出版六十週年而推出的。六十年來，這本書的讀者群也跨越幾代了吧，而今竟然做成e世代的電腦遊戲光碟，這可是作者當年怎樣也想像不到的。我毫不猶疑地爲兒子——其實是爲自己，買下了生平第一張打算自己玩的電腦遊戲。

晴兒那時還沒讀過《小王子》，我們一道玩光碟遊戲，等於把書中場景細細走過一回。最好玩也是最需要耐心的是跟狐狸交上朋友：我們必得一天又一天地慢慢等牠、找牠、跟牠玩遊戲……最後成爲朋友的狐狸送我們一件禮物：一幅美麗的版頁，可以打印出來作信箋、賀卡。

光碟也有書的文本，晴兒終於讀完了全書。我可以理解他讀到結尾時的困惑——小王子爲什麼要叫毒蛇咬死他呢？我的小男孩問。我試著讓他懂得：那並不是死，那只是小王子回到他那遙遠的家唯一的方法。「可是他怎麼能離開他的狐狸，和他的飛行員朋友呢？」我的小人兒又問。「沒有辦法的，他來自另一個地方，他屬於那裡……」我的心開始微微作疼：「有一天，我們每一個人，即使捨不得，也都終將回到我們來自的地方。」

晴兒知道我可能比他更喜歡小王子，後來在書店發現聖修伯里的「嘉言集錦」——《給成年人的指引》(*A Guide for Grown-ups*)，就取下來要我買，還強調是他送給我的，不過書錢暫時由我墊付。重讀那些語句，我試著回想第一次遇見小王子的心情——

我想，每一個讀者，在不同的人生階段閱讀《小王子》，多半都會有不同的感受吧。從七歲到七十歲，每一個人生命中都遇見過他自己的小王子、玫瑰花，還有狐狸——或許，成爲另一個人的狐狸，或者玫瑰花；而遇見，也意味著未來離開和失去的可能……。

第一次讀《小王子》時還在大學裡，讀的是中譯本。十幾二十歲不到的少女，關注的處處是對友情、愛情的解讀。聰明的狐狸教會小王子什麼是「屬於」——當情感的聯結建立之後，對方就成爲獨一無二的，而世間萬物也就有了全新的意義。當狐狸與小王子結成好友之後——牠用的是個非常特別的字眼：「馴養」，被小王子馴養了的狐狸，眼中曾經是平凡無奇的麥田就不再一樣了，因爲金色的麥浪會讓牠想起小王子的金髮，牠更會喜愛聆聽風吹過麥田的天籟……（記得綠羅裙，處處憐芳草？）

馴養——to tame這個字，在法文裡是apprivoiser。從書上、從狐狸的話裡，這個特別的字義是去認識、聯結、記取、許諾、付出——尤其要付出時間；去負起責任，成爲永遠、成爲生命中的唯一。狐狸叮嚀道：「人們忘記了這個道理，但是你千萬不可以忘記：對於你所

星沉海底

◎李　黎

馴養的，你永永遠遠負有責任。」

小王子和飛行員終於也彼此「馴養」了。飛行員永遠記得小王子對他說的這些話——

「人們沒有時間去學習，他們到店裡買現成的東西。可是『朋友』是店裡買不到的，於是人們就沒有朋友了。」

「只有用『心』才能看得清。最要緊的東西是眼睛看不見的。」

「一個人悲傷的時候，就愛看夕陽……」

「如果一個人愛一朵花，億萬星球中就那唯一的一朵，就足以讓他在看著星星時感到快樂。他可以對自己說：『在某個地方，我的花兒在那裡……』」

「在晚上，你會仰望星空……我將住在其中一顆星星上，在那顆星星上笑。當你在夜晚看著天空時，就會像是所有的星星都在笑……你——只有你——擁有會笑的星星！」

二十年後，少女已為人母，我買了一本英文版的《小王子》，送給當時正好十歲的我的「小王子」。三年之後的一天，他忽然離我而去，就像小王子那樣。那段日子裡，每當我的思念洶湧得將要潰堤時，竟是書中許多句子和意象安慰我、幫助我平靜下來：

「當你的悲傷平復之後（時間能撫平一切悲傷），你會高興認識過我。你永遠會是我的朋友，你會想要與我一起笑。你會時不時為著這份樂趣打開窗戶，而你的朋友們可能會為你看著天空發笑而莫名其妙！你就會告訴他們：『是的，星星總是讓我發笑！』……就好像是我給了你許多會笑的小鈴鐺，掛在星星上面……」

尤其下面這段話，我再讀時簡直是震撼，好似頭一回讀到，更像是只對著我說的：「你不該來看我，你會痛苦的。我將會看起來像是死了，可是那並不是眞的……（我來自的那個星球）太遙遠了，我沒法帶著這個身子而去。它太沉重了……它只會像個陳舊廢棄的空殼子罷了。一個舊殼子是沒什麼好爲它悲傷的……」

從未曾有過的，我對一位作者懷著如此深的感激：他的文字給予我難以估計的安慰和超凡的信念。他使我相信：我們每一個人都像小王子一樣，爲著不同的緣故離開了自己的星球，來到這個世界旅行、探訪、學習。死亡只是一種方式——或者形式，讓我們學成之後回去，就像小王子那樣。所以我們每個人都是外星人，都是留學生，今生今世只是來到地球的學習之旅。但願到了該畢業返鄉的時候，我們都學到了許多寶貴的功課，不虛此行。

星沉海底了嗎？其實並沒有。那個新近發現的遺骨，只是他留在這個充滿戰亂紛爭的地球上的一具廢棄的空殼子、一件陳舊的太空衣而已。我決定繼續相信聖修伯里是像小王子一樣，回到了他來自的星球，正在陪伴他那朵早已和解了的玫瑰花，告訴她旅行中遇見的許許多多有趣的人和事……多謝他在離去之前，留給我們這些美麗的話語。

——原載二〇〇四年十一月三十日《聯合報》

周芬伶／最藍

周芬伶

台灣屏東人，**1955**年生。政大中文系、東海中文研究所畢業，現任東海中文系副教授。跨足多種藝術創作形式，著有散文集《絕美》、《戀物人語》等；小說《妹妹向左轉》、《世界是薔薇的》、《十三月》等；少年小說《藍裙子上的星星》、《小華麗在華麗小鎮》等，曾被改拍為電視連續劇；並成立「十三月戲劇場」，擔任舞台總監，編有《春天的我們》等劇本。作品被選入國中、高中國文課本及多種選集。曾獲中山文藝獎、吳魯芹散文獎等。

接近凌晨路過中港路，四周幾乎燈滅，只有霓虹燈詭魅地閃爍，在一片漆黑中，陡立一棟高樓，層層燈火通明，透明的玻璃帷幕裏有些人在跑步，遠遠看去像凌空騰躍，有些人在騎腳踏車，他們像奧林匹克的神祇，健碩悠閒，無憂無慮，Ｓ，這是夢嗎？在夢中我見到天堂。

再來談那本母親與死去的兒子的陰陽對談，兒子形容的天堂，是比人間更優美更寧靜的異次元空間，房屋建築景色與人間無異，只是那裏的人可以穿牆走壁。人在親密的人死去時，似乎可以感受那個世界如實地存在，一般人會說這是迷信，迷信也罷！他們哪裏明白倖存者能得到亡者的一句話，是如何安慰，可以解救他不再墮入痛苦的萬丈深淵。

第一次尋找通靈者溝通亡者，是在年輕時情人驟然喪生，一句話都沒留下。好幾個月沒有辦法脫離痛苦又怨恨的情緒，來到通靈者面前，她的眼光銳利又慈悲，說我的靈魂已矮到剩幾公分，再不自救十分危險，她幫我尋找亡者的訊息，在一陣閉目沉默與緊皺眉頭後，她睜開眼睛說，她看到他站在西方的天父身邊，並交代三件事，那三件句句切中要點，而且是存在我們之間的密語，當他說到，亡者說：「琴弦已斷」，我像被閃電擊中，它像一句偈語，說明著生者的執迷，一廂情願難回天，可不是情弦已斷！

Ｓ，幽冥如眞有入口，上窮碧落下黃泉，不過是要得到一句話。我覺得你的話汨汨不斷，毋需通靈，我自明瞭。

我決定走進那棟天堂大樓，經過繁瑣的手續，照了兩次相，終於取得進出天堂的許可

最藍

◎周芬伶

證。我換上白衣白褲白跑鞋，只差沒有裝上翅膀，拾級而上至二樓，但見空曠的大廳中擺著好幾台跑步機，我稱之爲太陽神的戰車，跨上它你可以騰雲駕霧，那裏的人幾乎不交談，各踩各的，近十台大電視輪流播放，奇怪的是，只有畫面沒有聲音，我的左右分別是DISCOVERY與HBO，螢幕上出現的字幕如同幽浮發出的宇宙密語……海獺是大自然最厲害的建築師，牠們可在兩天內咬斷一棵樹，一年咬斷兩百棵樹，不久，屬於牠們的水壩將會完成，這是牠們私有的基地，沒有人可以侵入……凱莉，你非跟那個俄國人去巴黎不可嗎？你忘掉了自己是誰！米蘭達，爲什麼你總要跟我唱反調，你有丈夫，夏綠蒂也有，連色曼莎都有愛她的人，而我難道要抱著我的書虛度一生，我只是去追求我的生活！凱莉，是他的生活，不是你的！……公麋鹿的鹿茸還沒長出來，牠追著母麋鹿到水邊，有時牠們彼此追逐，一起沉入水中，這對青梅竹馬的小情人，還沒有修好戀愛學分，甚至還不能懷孕，但他們彼此跟隨好幾年，直至愛情的箭射中他們，現在他們決定一起橫度草原……凱莉，我花了很多時間才來到這裏，請讓我說完，我愛你，十分確定，我曾經錯待你，請你原諒我……等等，你又在開我玩笑了對不對，在我夢醒之前請重重的捶我一下……公野牛常以打鬥作爲遊戲與練習，這隻母野牛生下小牛後，先要吃掉胎盤，但是她吃錯了瑪蒂的胎盤，瑪蒂嗅到自己的胎盤，認錯母親，想吃母親的乳，卻被母牛生氣地趕跑，這種錯誤常在草原上發生，但不過多久，每隻小牛都會找到自己的母親，一切步上正軌……大人，爲了我你會離鄉背井被放逐到遠方，這樣沒關係嗎？爲了我你會過著吃草根的日子，變成賤民，這樣沒關係嗎？長今，沒關係，就是因爲你，所以沒關係……。

這樣複雜且濃密的感情密語，令人無法承受，看我已是氣喘吁吁，汗流浹背，這時下雨了，雨水沿著玻璃帷幕，形成盛大的水簾，整個天堂彷彿在哭泣，我得離開這地方，走進到處是水藍光的池子，先泡進冷水池，再泡進溫水池，這裏裸體的夏娃四處遊走，少女的纖美固然令人讚嘆，但最令人驚駭的是七八十老嫗的身體，她們像鱷魚一樣渾身斑紋皺摺，無視於他人的注目，美與醜的極端一樣偏激震撼。剛才在大廳跑步，那老嫗就在我身邊跑，以極緩慢的速度慢跑，她的背已弓，還能作這種運動，除非是神人，可是這裏的人都不交談，帶著自己的裸體悠閒地走來走去。只有在蒸氣區，她們變得有點焦躁，溫度實在太高，這裏離太陽很近。

所以我要到更大的泳池游泳，這裏男女老少都有，池畔種滿熱帶植物，不敢相信這裏有火鶴花和雞蛋花，坐在躺椅上，我大都會想到兒子，並傳簡訊給他，如果沒回答，縱身跳入憂鬱深藍水池往至藍中游去。在沒離開家時，常跟兒子一起游泳，他老愛在水中捉我的腳，每捉到一次喊一次媽媽，是否他在泳池游回子宮，不斷找機會喊我。我們的天堂必有土耳其藍的泳池，一個永遠長不大的孩童，一個永不老去的媽媽。

S，常常感到你在這附近遊走，你透過電視機螢幕對我低語，或在水中，水藍的湧泉，深藍的倒影，每次從珍珠之門走出，我的靈魂經過一番洗滌，是可以成仙成蝶，與你共翱翔。

遂覺得街道格外晦暗，燈光一片模糊，人臉佈滿陰影，被框在灰黑的天空中。人是該經歷一些事，抽離五濁惡世，找一個自創的天堂讓靈魂休息一下。那次我們要去香港，到機場才發現港簽過期，兩個人提著行李都不甘心回去，於是轉往花蓮，看山看海泡溫泉，女人眞是水作的，一見水就往裏走，就算是大海，也毫不猶豫往裏走。

•

那時我們對於妻子的角色十分厭膩，寧願說謊也不願回家。我發現你擅於說謊，連一絲罪惡懷疑也無。我不知你爲什麼要一步一步將我們拖離家庭。近四十的女人逃家像小學生逃學，編各種無其不有的謊言。我們的丈夫不能算不愛我們，但婚姻到了十幾年，不知何時丈夫變成老師，散發著納粹氣息與斯巴達精神，那令我們自我退化的到底是什麼？

是奧賽羅的陰魂不散，讓同床共枕的人變成敵人，不！這樣說對丈夫那方不公平，好幾次你逃到我台中住處，你的丈夫像得了重病，以微弱的聲音到處打電話找你。我們相互掩護，站在同一陣線，一同對抗老鷹捉小雞的丈夫，爲什麼男女關係是這麼可悲？

只能說，我們的性別關係令男女漸行漸遠，我們的社會不夠成熟到讓夫妻在婚姻關係中找到幸福。

你以死亡結束這種可悲的關係，而那無怨無悔守在病床邊看你閉上眼睛的是你丈夫，老鷹捉小雞的遊戲終於結束，你的丈夫成了完美無缺的聖人。

而我們變成罪人，表面上我們逃避家庭，逃避作為母親與妻子的責任，事實上是死神在後面追趕，如果我知道死神追你這麼急，我會更包容你的乖張。有些種族，人知道自己將死，會爬至亡靈齊聚的山巔，在大自然中等待死亡，在《楢山櫛考》影片中，老母親想爬到山上等死，兒子百般阻撓，拗不過母親，只好揹著她一步一步走向山頂，將她放在雪地裏。兒子不捨，母親一直趕他回去，她要自己面對死亡。

死前的執著乖張，我終於懂得，原諒我沒有陪你上山。我的祖父在死前，性情大變，總是要出去，把每個親友看一遍，不管別人有沒有空，說來就來，從台灣頭一路訪視到台灣尾，撿回許多紙屑，他說是愛惜字紙，好幾次在熟悉的城市走失，被警察帶回來。他在找尋他的死亡之巔，卻沒有人懂得。

S，原來我們的情緣，是為學習死亡功課，我一次又一次遭逢死神，狡猾地逃開，沒有勇氣直視。所以必須一次又一次重修，你來告訴我，死亡一直在那裏，我們以美食美衣麻醉自己，以旅行逃逸，以愛情遠走高飛，但是它一直在那裏，從來沒有離開。我們活著感受死亡，將它視為生命的一部分，並自創一個天堂。

現在讓我再一次穿越珍珠之門，走到十台電視之前，聆聽宇宙密語，有時你在第一台：……你害怕嗎？我很徬徨，你很徬徨嗎？我很迷惘，你很迷惘嗎？我很害怕……；有時在第二台：全省各處發現紅火蟻，正午地震超過七級，錢櫃KTV週年大優惠，王子與公主之戀受矚目，總統金孫滿兩歲了……；有時你在第三台：眞言宗的弟子為追求死後肉身不朽，通常在最後階段，展開長期的絕食，他們喝的水是法師指定的溫泉水，其中含有砷，它可造成緩慢的死亡，還可殺死體內器官的細菌，這時只吃松樹皮，其中的松脂亦是上好的防腐劑，如此他漸漸走上死亡，並完成肉身不朽……。

當我被混亂的話語攪得無所適從，只有靜心聆聽尋覓，你是那場雨吧！溫柔地包裹整個世界，自己卻哭得那樣傷心；或者你是那扯動風鈴的風，叮叮噹噹似有奧義在其中，我維持聆聽的姿勢，直到背脊一陣酸痲。

——原載二〇〇四年十二月二十九日《中國時報》

楊　牧／

抽象疏離

——那裡時間將把我們遺忘

John Cheng／攝影

楊　牧

台灣花蓮人，本名王靖獻，1940年生。東海大學外文系學士、愛荷華大學藝術碩士、柏克萊加利福尼亞大學比較文學碩士、博士，曾任華盛頓大學教授、東華大學文學院院長。現為中央研教院文哲所特聘研究員兼所長。十五歲開始以「葉珊」筆名發表新詩，後以「楊牧」筆名寫詩、評論、散文；著有詩集《時光命題》等，散文集《方向歸零》等。曾獲國家文藝獎、吳三連文藝獎、中山文藝獎、時報文學獎等。

在生命某一階段剛開始的時候，我忽然發覺屢次被人好奇追問，根據個人經驗，他們總是說：詩究竟是怎樣才發生的？我想這應該是生命中一階段正在開始之際，但也不太確定，也許是一個階段剛結束的時候，就有人這樣問：怎麼會想到寫詩？爲什麼選擇了詩，而不是別的？我在錯愕之餘，也多少還即席整理出一些答案，關於記憶裡如何鋪紙抽筆，試著在文字的結構安排裡追逐無窮盡的實與虛，以之賡續，捕捉孤獨時光的幻想，如此縹緲，不著邊際。但我知道這些充其量只能算是我們心智未曾設定以前，生命裡自然就有的偶發現象，縱使頻繁出現，終於不能讓我們通過它，就更了解自己。我應該承認，甚至我的那些答案也大都是後設，無限定的，在湮遠的年代後爲我這思維駁雜的當事人浮現，如一貫串，準確的隱喻群，在修辭過程裡陸續產生，並且再三平衡，互補，蔚然成篇，如此縝密而嚴謹，對我自己也具有龐大的啓發性。

起初我想到可能就是自然，大自然的啓迪。這看似抽象的命題在我們有些人的語境裡或許沒有根據，但對創作者卻眞實無比。對我說來，起初無非是便利，或爲敘述，或爲議論，既然掌握到一種形上的辨證，以之反射到宇內目所能及的大環境，例如其中的山林，河川和大海，於是就尋到一些令人喜悅或心悸的鬼神靈靦之類意象，在那裡棲息，旋飛。如葉慈（W. B. Yeats）說：

我心縈繞無數的島嶼，和許多丹黯海灘，

抽象疏離：那裡時間將把我們遺忘

◎楊　牧

那裡時間將把我們遺忘……

I am haunted by numberless islands, and many a Danaan shore,
Where Time would surely forget us...
（The White Birds）

把創造力和相關的潛在皆訴諸神話與傳說，毋寧是天地給你的賞賜，何況那並不只是一時的，是恆久，而且廣大，無限，支持著你創造的力，以及探索，突破的勇氣。縱使在你遠離開那原始天地，長久之後，它還存在你的心神之中，即是唯一的自然界，甚至在闊別之後，依然如故。自然於是存在你的思維和想像，並因爲那思維和想像變化無窮，與你維持著強烈，略帶靦覥的祕密關係。葉慈想像他因爲這樣的嚮往，即將化爲白色的飛鳥，和愛人「在海波上浮沉」。

而即使這其中缺乏愛爾蘭式的神話與傳說，那些陰鬱，生動，不滅的形象來縈繞你的心，時時刻刻，只要眼前的山與水都如此完整地以形以色以聲存在我們的世界，那激越的活力蹶動著我們的思考與想像，啓發我們的詩，甚至反覆創作我們獨有，私密的另一組全新的神話系統。雪萊（Percy Bysshe Shelley）這樣形容他對自然界形上與形下的追尋：

少年愚騃我一心尋覓神與鬼，快步
穿越許多傾聽的屋室，窟穴，廢墟，

以及星輝的樹林，疑懼的步履追逐
但願能和死逝者介入侃侃的高談。
我呼鴆羽有毒之名，童稚的哺食；
它們置若罔聞——渺茫不見，
而我沉溺思索著人生
命運……

While yet a boy I sought for ghosts, and sped
Through many a listening chamber, cave and ruin,
And starlight wood, with fearful steps pursuing
Hopes of high talk with the departed dead.
I called on poisonous names with which our youth is fed;
I was not heard--I saw them not--
When musing deeply on the lot
Of life...

（Hymn to Intellectual Beauty）

直到有一個春天當萬物甦醒，百花風蕊競開，少年詩人一時感悟，忽然發覺有什麼影像

抽象疏離：那裡時間將把我們遺忘

◎楊　牧

落在他的身體，「我驚呼，繼之以擊掌狂喜！」那是知性之美（intellectual beauty）對雪萊的宣示。我們在這轉折的進程裡體會到少年的心情，即使時光遙遠，形象渺茫，死者的音容和神貌猶栩栩然存在於那些必然以及偶發的事件關頭。其實，超越那一切的還有人情之美，是我們詩的源頭吧，「如自然之眞」。愛，希望，憂傷，快樂，工作和休息，所有那些都教我們好奇，想在其中發現什麼，體會什麼。起初就緣附這些紛紜的事件思索著人生，所以就有歸來和離去，遺失和拾得，足音，歎息，徜徉，相遇；所以就有一山風雨「如憂鬱飄落」，或者「雲彩恰似寂寞」從水邊悄悄飛過。

但有時我也懷疑這樣率性弋獲的文字是不是詩的開始，雖然率性最靠近詩的眞。我不懷疑，即使在那愚騃的少年心思裡，當我們一意覓句，悲落葉於勁秋，喜柔條於芳春，刺激反應，晨昏繼續，這樣尋找，傾聽，追逐，介入，思索，是不是詩的開始？有時我想這其中必有眞意，反而久之就不知道怎麼形容它，那種專一，執著。我們可以確定的是，那樣持續的追尋和思索終於，至少，培養了少年超越平常的感性，如雪萊所說的，接近了鬼神，在陌生的屋室，窟穴，廢墟和樹林中間，能和死者的幽靈對談，發掘人生命運的啓示。唯其如此，經過這麼徹底的介入，似乎在形下與形上之間找到一些相通，一些區別，急著加以把握，設法去理解。

我自覺地開始寫詩，不但在篇幅裡驅遣文字以追摹心情和感性的痕跡，並且完全有意地嘗試將那些文字一組一組規畫，界定在不移的形式當中，遵守我心目中想像的詩的紀律，如何發生，展開，終結一些困頓中摸索出來的典範，回憶起來，已經是大學時代了。我可能無端就厭倦了太多的感性抒情，精巧的隱喻，和象徵的雛形吧。我想創造另外一種語法，通過它來試探陌生或不尋常的理念，尤其抽象如憂鬱和寂寞之類，看看迥異的思維能不能尋到合適的藝術形式來展現它自己；而我應該只是一個見證的人，文字的組織者，小心翼翼地佈置，驅遣，雖然在那試驗創作的時代，我知道我因爲選擇了詩的表達方式，屬於藝術的前衛陣容，終於享有異常的自由，在修辭語法中出沒，有時甚至超越了藝術或哲學的命題，隱遁在繁複的文字結構中，似乎也因此可能爲一己的時代面貌創造一種異類風格。其實，在這情形之下，我應該承認我已經自覺地開始抗拒著一己慣習的思考模式和詩的方法，爲自我設定挑戰的層級，去面對障礙，困擾，並因此感覺優越。所以每當有人質疑我轉折的表現形式是否執拗，不合理的時候，即使「少年愚騃」，我猶竊自暗喜，爲自己之能迂迴進程，並可能得到連續的突破，感到這樣自覺的工作可能就是對的，必然指向一定的計畫創作。

所以，好像就還在那「沉溺思考」的階段裡，有一天，我開始寫〈給憂鬱〉，一首遵循著某種特定規矩的詩，共四節，每節十行，以「異域」兩個字直接開啓了暗晦的意象。異域先是陰冷呈現在方寸之中，轉而又回歸古代，沉悶無歡，是我們死後的異域，何等遙遠，幽冥，其中來回出沒的是一不可名狀的神似，是我們的主人：「你無懼於黑暗」。詩的確維持著一種具有設計痕跡的語調，通篇藉與憂鬱抽象對話進行，或快速或緩慢，試圖將我心中蘊有的意念揭示在控制的文字當中，環繞那暗晦的意象轉折，既用以爲憂鬱寫客觀的定義，更蓄意發抒屬於自己的情志，對詩的主觀格局毫不避諱。這首詩發表時，我在題目下轉引了歐陽修的一小段文字，一個戛戛其難的修辭疑問：「奈何非金石之質，欲與草木而爭榮。念誰爲之戕賊，亦何恨乎秋聲？」於是就在這一年同一個月裡，相去不過幾天，開始寫〈給智慧〉，也是一首形式有條不紊的詩，共三節，每節十四行，看得出來是以英詩商籟體爲念，從那形式演化出來的；詩前也有引言，這一次正是曾以他的〈給憂鬱〉感動我二十一歲心靈至深的濟慈（John Keats）：「哀愁即智慧」（sorrow is wisdom）。詩既然是對智慧獻頌之辭，則「你」宜乎指的是智慧，但意念與形象還是不免於變化，往往被以「你」的名呼出的對象又一轉而爲或人：「讓我們交換彼此的翅膀」，彷彿就是濟慈——他二十一歲的詩就以荷馬和魏吉爾懸爲藝術嚮往的鵠的。我生澀的格律詩以智慧與濟慈來回爲傾訴對象，時而分離，時而合一，在散見的典故間游移，或莎士比亞的蟾蜍雲雀，或宋詞婉約的宮牆柳，或伊莎朵拉・鄧肯（Isadora Duncan），當然還充斥了濟慈不同凡響的意象和觀念。但那時到底知道多少形上形下的人生奧祕？憂鬱可以設法捕捉，感受；但智慧？哀愁在什麼情況下眞可以歸屬智慧？

我有能力演繹，詮釋，將那些發展爲接近知性的論述？我的能力顯然微不足道。但無論如何，我已經爲自己高懸起我嚮往的鵠的。所以我說那是我眞正自覺地開始寫詩，當我有意，立志放棄一些熟悉的見聞，一些無重力的感歎類的辭藻或句式的時候，我當然是在私自執行著個人的砥礪，練習，期能朝向更深更遠，更超越的領域從事創造。我想我在那兩首中規中矩的少作裡並未提供太多需要進一步思索的命題，但那哲學性的抉擇卻讓我覺得珍惜，把它當著是一件證據，揮別必然的愚騃。何況，應該就是在發覺原來寫過憂鬱可以緊接又寫智慧的時候，我體會到一個人的意志竟已凌駕趣味好惡，體會到有一種值得鞭策的計畫創作顯然可以勝過藉隨興的喜怒哀樂衍生的小品，爲長遠的挑戰而設。詩的創作是有組織的，那計畫必須篤實執行，策略隨時評估，修正，將前景統攝於眼界最遠能及的天外，認識並且確定你的目標。

我知道在憂鬱和智慧之後，我將繼續類似思考的命題，一些立即，迫切的命題。我向內心要求可以持續的力，我必須寫一系列探索，追問的詩，它們彼此連貫，呼應，平衡，這樣一系列可以表達我的意志的詩。

這系列詩的下一首即是〈給命運〉。

寫〈給命運〉其實是在一年之後，也就是一九六三年。現在回想起來，知道這必然就是我計畫中的寫作，爲了完成一系列組詩非執行不可，終於選擇了命運，最順理成章的題目，靈魂，淚水，血液之餘，聽見霹靂，狂風的聲音，以黑暗爲主調，直指貝多芬赫赫的死面。同年寫〈給寂寞〉，堅持將寂寞人格化，以情緒和思維，以記憶和夢，顯示爲一多愁善感的知音少女，迷惘，悲傷，疲倦乞憐，遂依偎著我：寂寞竟「軟弱而求寵地靠著我的肩，睡了。」命運和寂寞的表現截然不同，當然是蓄意的，在安排的字裡行間尋找不同的骨骼，肌理，血色。

第五首〈給時間〉探問遺忘和記憶，藉那疑惑的表情反覆思索時間的消息：

告訴我，什麼叫遺忘
什麼叫全然的遺忘——枯木鋪著
奄奄宇宙衰老的青苔
果子熟了，蒂落冥然的大地
在夏秋之交，爛在暗暗的陰影中
當雨季的蘊涵和紅豔
在一點掙脫的壓力下
突然化爲塵土
當花香埋入叢草，如星殞
鐘乳石沉沉垂下，接住上升的石筍
又如一個陌生者的腳步
穿過紅漆的圓門，穿過細雨
在噴水池畔凝住
而凝成一百座虛無的雕像
它就是遺忘，在你我的

雙眉間踩出深谷
如沒有回音的山林
擁抱著一個原始的憂慮
告訴我，什麼叫做記憶
如你曾在死亡的甜蜜中迷失自己
什麼叫記憶——如你熄去一盞燈
把自己埋葬在永恆的黑暗裡

遺忘和記憶不可捉摸，不可方物，唯時間或可能將它顯影，但也可能抹煞淨盡，所以我雖然把這首詩繫在本系列發端後第二年，或更晚，但也未必就是。現在回想這一組詩之寫作，到此已經有些時日，接下去唯餘二題即將停止，不免有些感觸，因爲七首以獻頌節制的詩當中，我自己衷心最喜歡的應該就是〈給時間〉。不錯，一個剛告別少年歲月的人對時間能有多少認識？如何干預那超越想像之魔力運行，咄咄書空？然而，此刻重讀這遙遠的作品，感覺悠然閒閒的文字所鋪陳起來的，並不是完全沒有把握，對遺忘和記憶之爲物，對時間。在以後這漫長的日子裡，我又屢次試探時間，從不同角度窺伺它的形貌和聲音，或者說，想像它之無形，太希冥默，如何去體會，解讀其寂寂空靈而不覺得失落？我調整過不少角度切入互異的背景，替換光影強弱，甚至創造截然不同的心態，知與未知，每隔一段日子就繞回到這一點，觸及時間的問題，並且有些新發現；但我還是珍惜這首少作其中自然取擇的比喻，一種沉甸兼以揚躍的結合，時間的動靜：「鐘乳石沉沉垂下，接住上升的石筍。」

第六首〈給雅典娜〉，我想應該寫於兩年後的柏克萊，是看一幅希臘女神雅典娜銅像攝影後連續草成的三短詩結合之作。我確定那是某一出處不明的銅像，而不是石雕，因爲盔甲和判然莊嚴美麗的側面有歲月累積的薄銹，青銅的痕跡，令我深深著迷。若干年後我曾援筆以散文記載心目中的雅典娜如下：「她藍睛，冷豔，通常作戎裝打扮，甲冑儼然，持干矛與盾牌。」這個觀察或許殘留了當初寫作此詩神往心馳之所凝聚，或許是一種袚除，提升。我在巴黎羅浮宮親眼目睹的雅典娜披薄裳，褶縐宛然，足蹬涼鞋，略無戎裝印象。現在看這首以小型組詩的獨立結構參與一略具規模的較大型的組詩，最深的感想是，原來我竟把雅典娜也當作一個抽象意念，正如憂鬱，智慧，命運，寂寞，時間和接續而至的死亡之爲抽象意念；其次是我自從四年前開始在這個計畫裡寫作這一系列的獻頌之詩，一路頗自限於某種格律，於聲音，語氣，用色，和一般的造句遣辭各方面，都步步爲營，看得出有些城府，不少羈絆，鮮少自由。但我雖然有計畫，知道這系列之單元將處理什麼樣或哪一類題材，卻沒有一個完整，明確的大綱，起初並不知道「時間」以下是「雅典娜」，並隨之風格轉變，傾向自由的新形式，而「雅典娜」以下是「死亡」，卻又回到嚴峻，凌厲的格式，以它結束早年青春歲月全力，持續追求的一組彷彿永遠追求不到的詩，以隱喻浮現抽象，試探形而上的意識，觀念，生命裡勢必對我們顯示的知性之美。

這是一個追求的過程。

起初我只知道，爲了找到我的詩，我有必要將慣習俗見的詩先行擺脫，戒除一般刺激反應的模式，摒棄感官直接守候的五音，五色，有必要反其道而行，進入一個思維的和高度想像的創作模式，講究知識，理性，紀律，甚至在這條線上暫且將自由詩的權宜放到一邊。這個過程當然也不是天大的難事，因爲那一一割捨的舉動，其實，正是獲取，掌握信念的時刻，逐漸接近著我心中眞正意向的詩。這個過程看似一種自我篳楚，磨難，但實際上是無痛的，因爲你每走一步就愈越提升，站在更高更廣的地位以觀來時路，不但對自己的選擇突破無怨尤，而且靜言思之，亟思奮飛超越。這是我第一次自覺執行並終於加以完成的創作計畫，這樣的一個過程。

若干年之後，有一天當我從學院的書堆裡抬起頭來，感受到舊文學所加諸於我的莊嚴，沉重的壓力，一則以欣喜，一則以憂慮，而且我的閱讀書單早在抒情傳統裡更增添了大量的敘事詩以及戲劇等西方古典，深知文學的領域廣闊，繁複，不是瞑目枯坐就能想像的；這對任何一個在學院裡身體力行接受訓練的人是壓力，對我這樣尙且懷抱信念要把詩寫好，把文學的創作當一生追求的志趣的人，更形成一種洪鐘巨響，使我即刻覺悟，那些耳熟能詳的文學主題和表現方法太容易流於平凡的窠臼了，知之無益，假使我不能從我的閱讀經驗裡體會古典或現代文學的蘊藉內涵，以及各自合宜，有效的表現方法，轉益多師，再一次出發去搜索，尋找我的新詩，爲自己的文學理念和形式下定義，則學院的紀律和專屬特權，傳統文學累積加諸於我的啓示，和快樂，豈非多餘。

就當這樣的疑慮左右搖撼著我的時候，這一天我就提筆寫下了〈延陵季子掛劍〉。

我心裡在想的是，到那一年爲止我已經潛心於柏克萊的比較文學研究所學業達三年之久，然則我是不是荒廢了一向耿耿於懷的詩創作？在通過學位口試的翌日，回頭檢視長久以來的自我期許，承諾，是不是錯過了什麼，閃失了什麼？而且，果眞如此，是不是也辜負了誰，或「我心縈繞的島嶼」，那些少年愚騃尋覓的神與鬼？

我爲你瞑目起舞
水草的蕭瑟和新月的寒涼
異邦晚來的擣衣緊追著我的身影
嘲弄我荒廢的劍術

果然，我的心情如彼，筆墨落實者如此。延陵季子名季札，爲春秋時吳王壽夢少子，傳位不受，歷聘列國，故事見《左傳》與《史記：吳太伯世家》，襄公二九年觀樂於魯，歎其次第粲然；古詩〈徐人歌〉曰：「延陵季子兮不忘故：脫千金之劍兮帶丘墓」，記其友誼重然諾的傳說。我寫〈延陵季子掛劍〉定稿前一年曾寫過至少三個草稿，皆棄去。現在因爲思考方向已定，正探索新的表現策略，遂想到友誼然諾的主題，自覺可以權且進入季子的位置，扮演他在人情命運的關口想當然所以必然的角色，襲其聲音與形容，融會他的背景，經驗，直接切入他即臨當下，發抒他的感慨，亦詩以言志之意。然而這個寫法雖未脫詩言志的古訓，卻因爲所言實爲我姑且設定乃是延陵季子之志，就與平常我們創作抒情詩的路數有異，其發生的動力乃是以客體縝密的觀察與一般邏輯爲經，以掌握到主觀神態與聲色的綱要爲緯，於是在二者互動的情況下，推展一個或簡或繁的故事情節，亦即是它富有動作的戲劇事件。

這也就是說，我在使用一種詩的策略發展那特定的故事，但又不一定順頭中尾的次序呈現，而就像古來那些看似啓人疑竇，卻回味無窮的傳奇之類的敘事文學一樣，行於當行，止於當止，或發端於事件末而徐徐倒敘，或以跳躍的方式省略，銜接，有話則長，無話則短。我相當確定，在這平生重要的時刻我竟選擇用詩的形式去掌握一個所謂故事之情節，應該和那前後所讀書有關，尤其是西方古典。何況，我正在重新思考「詩言志」的問題，開始懷疑整個抒情傳統的寬與廣，深度，密度，乃至於效用等問題。在累積的閱讀領悟之餘，思考到一個詩人創作當下主觀，自我的流露和詩的客觀表現，那種普遍，超越或結合了美學和道德的潛力，應該如何對應，相提並論。我們如何評估這二者的關係？我們通過創作追求的是詩，還是詩人？我相當確定我要的是什麼，所以才認清了一種合宜的結構，並加以實踐，在一種戲劇性的獨白體式裡一方面建立故事情節，促成其中的戲劇效果，一方面於細部決不放鬆，期能將言志抒情的動機在特定的環境背景（包括時間，場域，和人際互動的關係）表達無遺。

抽象疏離：那裡時間將把我們遺忘

◎楊　牧

選擇延陵季子的故事來發展上述諸類屬於詩的理想，或許可以略加說明。季子北遊過徐，以寶劍示徐君，徐君甚悅之。季子承諾聘事畢南旋則以劍相貽。迨季子歸途經徐國，君已死，季子掛劍墓前遂去。這樣一個簡單的故事，說的是人與人間的友誼，然諾，失誤和延宕，無窮的遺憾，曾經使我爲之極端感動，自少年時代就覺得其中含有無窮教訓，啟示。我的詩由這基礎開始，提出個人的詮釋。所謂個人的詮釋，當然，根據悉在自我，我的思索和想像，戲劇的理與勢，詩的必然。首先，延陵季子聞徐君已死，遄赴故人墓前，作劍舞。當其舞踊收放之際，正是細說別後，悔恨傾訴之時，所以季子將他北遊的見聞和經驗和盤托出，一個南人在高度文明的北方的遭遇。此處爲了創作，我擅自增加一枝節，即以季子北遊之餘既心嚮往於北地胭脂，和齊魯衣冠，更不期然爲孔子講學所吸引，誦詩三百，變成「一介遲遲不返的儒者」。孔門弟子七十人獨不見季子之名，何況根據《左傳》，季子於襄公二九年觀樂於魯，孔子方八歲，所以延陵季子當然不可能是子路和子夏等人的同門。我增加這一節，純係爲戲劇張力的思考。

到了八〇年代寫〈妙玉坐禪〉和〈喇嘛轉世〉時，我回顧自己於戲劇獨白體的創作其實已近二十年，雖然處理的題材隨時代變化，原始信念依舊，對那些天地間屢次遭遇的人物好奇不減，持續以詩的想像和文本傳說之飣餖嘗試推演，而其中曾經最令我怡然的是〈喇嘛轉世〉的寫作。我幸運能有機會在一首詩裡宣說，即使這個世界混亂污濁，暴力血腥一至於此，終因爲那西藏密宗小喇嘛的轉世出生，他不吝爲人知的肉身和精神，已經爲我們銜結起一種普世的信念，就是我們多麼嚮往，期待的愛，和平。這喇嘛的事是在八〇年代中以後傳出的，在一個擾攘不安的年代，於混亂和暴力之外，我們聽得見他超然的呼聲：「找我找我在遙遠的格拉拿達」，一個幼童的呼聲，卻如此沉著，有力，充滿了希望。就我個人的體會來說，這詩的完成使我特別感動，無非因為前此我在這一系列戲劇獨白中觸及到的多為懷疑，無力，失望，灰心一類的主題，甚至〈妙玉坐禪〉所見亦復如此，揭示一表面冰清玉潔的女尼終不能壓抑內心洶湧的狂潮，為愛慾雜念所折磨，致不能安於禪修，走火入魔。我回顧那許多年的創作，竟有了這樣一種傾向厄難的著眼，不免愕然，但想想或許在過去比較長的歲月裡，因為閱讀和思考方向的關係，對於人性，或者人在緊急關頭危機處理的能力，總是懷疑的，永遠瀕於敗績，甚至導向死滅，是所以舉目望去人生無盡的悲劇。而詩之功能就是為了起悲劇事件於虛無決絕，賦與莊嚴回生，洗滌之效，以自覺，謹慎的文字。

我也刻意探求過快樂和崇高的主題，例如勝利。在中斷十三年之後，我又回到這系列戲劇獨白的創作，所以我說縱使沒有一個原始綱目限制或指引我不同階段的寫作計畫，但我也有一個自覺，謹慎的心思，能在逐日進行的書寫之餘，自然想到這平生的承諾。我寫〈平達耳作誦〉以凸顯美麗，燦爛，勝利的主題，通過希臘詩人平達耳（Pindar）在特定的發生於公元前四七二年的一點，後設地讚美傑出的馬術，競走，與快跑，一個男性競技者超越其餘，不凡的表現；超越而不凡，因為他的生父是浪跡南邊的神，生母是海裡浮出來的水妖。一次偶發的遭遇導致他的出生。雖然他們都已不知所終，但秉自神異的骨血在成長過程裡因爲一對灰眼大蟒蛇的照顧撫養，自然就在運動會競技項目裡輕易擊敗其餘，獲得勝利。平達耳爲勝利者譜作誦詩，結構完整，修辭宏偉，韻類崇高，千古流傳自無可置疑，只是詩人心思綿密，卻疏忽未交代勝利者生母的下落，終於就是不完美的，變成千古一件憾事。

我以爲我至少也正面，集中地宣說了勝利的主題，在〈平達耳作誦〉這首讚美的詩裡，但隱隱約約似乎強調的反而是怎麼樣的一種遺憾，輕度的失落感。或許，競技者超越的體能和技術是我們都看得到的，深受稱揚，如詩人在奧林匹亞頌歌裡所熱中渲染的，展現了力量與美的極致，說不定他就不覺得遺憾或失落，詩也因此證明爲力量與美的極致，縱使我們念念不忘的是那英雄人物的生母何等晦暗，缺少交代，但那畢竟不是詩的結構，修辭，或韻類有錯，而是詩人有錯。

第二年作〈以撒斥堠〉。

以撒是我六〇年代認識的一個朋友，猶太人。他來自波士頓，平時以打零工度日，熱中翻譯中南美洲以西班牙文寫的新詩，有所作輒以示我，自喜不勝。我們在柏克萊的反越戰示威聲中喝茶，談中國的文化大革命，巴黎知識分子的街頭運動，日本赤軍連，和中南美的游擊革命，尤其是厥．格伐拉（Che Guevara）之死，以及墨西哥非法移民在加州的困境。他偶爾會對我傾訴家庭出身的糾葛關係，猶太背景和他的性格，習性，甚至「命運」等問題，但那時我可能並不完全明白，更不了解其嚴重性。有一天，以撒對我說他要離開一段時日；我問他要去哪裡，他說這不方便講：「因爲我有任務在身，不能洩漏祕密。」他答應到達目的地後會給我來信，但只能談天氣，不談別的；若回歸有日，就在紙緣寫《舊約》裡的〈詩篇〉一句：「我們把琴都掛到柳樹上，因爲擄掠我們的人要我們唱歌。」

終於，那一天我眞的收到以撒從南斯拉夫寄來的信，發信地點是諾未色，大概是一個離多瑙河不遠的古城吧，因爲他提到河水閃光，但接著連日下雪不斷。除外，信裡並未多說。我雖好奇以撒去南斯拉夫做什麼，甚至懷疑他可能只是返波士頓探親，故弄玄虛，但信封上確實貼有蓋上南斯拉夫戳記的郵票，又教我不得不信。但以撒到底去南斯拉夫做什麼？後來我果然又收到他一封信，又用打字機描寫了半頁的雪景，並且如約在紙緣打上：「我們把琴都掛到柳樹上，因爲擄掠我們的人要我們唱歌。」不久以撒就在我面前出現了，在柏克萊一直不減溫暖的春天。我問他到底爲什麼目的去了南斯拉夫？他忍俊不禁，莞爾說道：「這本來是個祕密，但我的任務是爲族人的斥堠。」

〈以撒斥堠〉是一首相當長的詩。從上面的緣起本事可以看出來，就是這樣一個人在怎麼樣的時候，忽然爲了什麼不足爲人道的什麼原因，選擇去到一個地方——這樣的動作，使我願意集中精神和心力去探索——與其說我想找出他出走的原因，不如說我眞正，原始的目的是爲一個平生邂逅的相識造像。我想說明的是，這其中總有一些無論我如何努力都無從指認的證據，徵象，以撒的血緣，他的族群意識，一些對我無限神祕，重複出現的神色，或空白，都停留在虛實之間；以撒的性格，閱讀，知識判斷，他強烈的好惡，偏激，智慧，以及他屢次流露出來的不道德傾向，對平凡小事，嚴重地迷惑了我。我也考慮過換一個方式將這

抽象疏離：那裡時間將把我們遺忘

◎楊　牧

故事鋪敘即罷，甚至改採散體，直接繫其年月，說不定更容易讓讀者採信，接受。不錯，這其實好像是一個離家或回家的故事，或者說是一個離開繼之以回歸，而終於又離開的故事，但我不敢確定他是不是把那地方當他的家。權衡之餘，我發現我可能就是必須固守著詩，因爲除了詩這樣的形式，其中自然擴充的包容，方生未死的限制，寓確定於游離狀態之中，有機稀釋，復歸於凝固，只有詩能有效，準確地表達以撒的散漫，隨性，與完全非我能掌握的不確定性。而且我相信，唯有詩的形式能同時儲蓄內在無窮的潛力，並屢次於轉折之際不妨害它次第展現我指定，選擇的題旨，隨我心之所欲，設想這其中值得層層剝開的，美學或道德的礦苗以發現火燄，和珠玉。

我知道我持續在這些詩裡追求的是什麼，在詩的系列創作裡追求一種準確，平衡的表達方式以維繫頡頏上下的意念，將個性疏離，爲了把握客觀，執著，抽象，普遍，但即使當我深陷在駁雜紊亂的網狀思維中，欲求解脫，我知道我耿耿於懷的還是如何將感性的抒情效應保留，使它因爲知性之適時照亮，形式就更美，傳達的訊息就更立即，迫切，更接近我們嚮往的眞。

就因爲這一份對文學的信心，我們承認說故事說得好的時候，言者諄諄也能觸動道德的思維，但又不免感歎，深怕從美學上看，其中文體風格常有不逮，或流於平鋪，或流於冗雜，漢文學傳統所見的敘事詩空有情節大綱，往往欠缺詩的迴蕩之力和懸疑，轉折，乃至於破解的密度結構。但我們知道詩的形式，毫無疑問，除爲抒情言志之外，也合爲敘事與戲劇表現所用。在這之前，我曾爲了設想韓愈貶官的心境作〈續韓愈七言古詩山石〉，從他頗見氣勢的煞尾二句「嗟哉吾黨二三子，安得至老不更歸」接寫，揣摹一個儒者的風度和口氣，不避重複屢用「我」字，則前後所提到的經驗和觀念等，都是爲流謫潮州途中侘傺之餘猶不免倨嚴驕傲的韓愈而設定，想當然如此，我是不能免的。稍後作〈流螢〉，續採第一人稱觀點，但尋仇的「我」除對事發當夜記憶猶新，也頗能全知地領略整個悲劇的教訓，思念前生未了的愛，似乎也對那致命的廝殺流露出悔恨之情，這樣一個親眼看見被他誤殺的妻，就是仇家的獨生女，已經化爲螢火在廢園舊樓間飄流酖酖一個死去許久的俠客，白骨早風化成缺磷的窘態。從個人這樣對照的創作過程，我發覺爲了達到以詩的密度維繫故事結構於不墜，更保證詩的抒情或言志功能可以發揮到極限，同時預留足夠的想像空間給與讀者，我最好的策略就是採取一種獨白的體式，逕取一特定的第一人稱之位置，置於稍不移易的場域，通個文字語氣之指涉逐漸揭開前後因果，使之交集於一舞台之當下，故稱之爲戲劇獨白體，相當於英詩的 dramatic monologue。

我致力以詩的戲劇獨白體創造特定時空裡的人物，規範其性格，神氣，及風度，揭發其心理層次，爲他個別的動作找到事件情節爲依據，即以〈延陵季子掛劍〉開始。這些年來我不一定甚麼時候，就會偶發地回到這系列詩的寫作，但我從開始就已經決定了要保持一個「否定的肯定」：不知道這一首詩完成後，下面一首將會處理甚麼，甚麼人或事，因爲我同時還在從事其他工作。但我確定每隔一段時間就會想到這個體式，回到那樣一個我選擇的人物正處在一截取的生命情節裡，正從事他必然只屬於他的工作。所以，這就是爲甚麼〈掛劍〉之後五年作〈林冲夜奔〉，又三年作〈鄭玄寤夢〉和〈馬羅飲酒〉的原因；我處理的人物事件彼此差距甚大，但論詩的發生與完成都有一個共通的形式。林冲的故事來自說部文學，去延陵季子的原型極遠自不待言。〈鄭玄寤夢〉據《後漢書》列傳所載這樣一個寤夢的傳說加以擴充，探索一個皓首窮經的弘毅之士怎樣看視末代的時運氣數，當紛爭崛起的軍閥南北猖獗，而學術至此似乎已經累積到一個前所未有的高點，或危殆可憂彷彿岌岌然隨時將經不起新時代的考驗而崩潰。處理這樣的人物，我惟有謹慎以意逆志，應該就是以我一己之意逆取那人物之志，謹慎地，但有時也不免就放縱詩的想像，使它與所謂可信的史實競馳，冀以發現普遍於特殊，抽象於具體，希望獲致詩的或然，可能之眞理。我以這個理念與方法探求東漢末年的經學家鄭玄，也追索文藝復興時代英國的戲劇詩人馬羅（Christopher Marlowe）。我當然沒有經驗過他們的經驗，但我願意，而且以最大的自覺誠心去設想他們的處境，感情。「未曾經驗過的感情，」艾略特（T. S. Eliot）論詩人之用事說：「正如那些一向熟知的感情，同樣爲他所用。」

——原載二○○四年十二月二十八日～三十日《聯合報》

附錄：九十三年散文紀事

杜秀卿

一月

●為了追懷九十二年十月間去世的作家王藍，由九歌文教基金會、中國文藝協會、道藩文藝中心、中華民國筆會合辦的王藍先生追思會，一月九日在台北市中國文藝協會舉行。

●曾出版近二十本散文、詩集的趙寧，一月中旬出任佛光人文社會學院校長一職。

二月

●作家劉俠於九十二年二月八日驟逝，生前原擬出版自傳，卻因意外辭世未及付梓。在她逝世屆滿周年之際，其遺作《俠風長流：劉俠回憶錄》由九歌出版，並於二月四日舉行新書發表會。

•由台灣省文藝作家協會舉辦的第二十五屆中興文藝獎，二月七日舉行頒獎典禮，其中兒童文學獎得主爲吳涵碧，潘家群獲頒特別貢獻獎。

•《皇冠》雜誌於二月二十日舉行成立五十周年慶祝晚會，同時推出平鑫濤自傳《逆流而上》，記述他所看盡的五十年來文壇興衰。

•九歌版的《九十二年散文選》、《九十二年小說選》、《九十二年童話選》在二月底出版，並於二月二十九日舉行新書發表會暨頒獎典禮。此次散文選主編爲顏崑陽，共選出作品五十四篇，年度散文獎得主爲龍應台〈在紫藤廬和STARBUCKS之間〉。

三月

•第五屆綠川個人史文學獎公布得獎名單，獲獎者爲：第一名簡明雪〈用愛打造生命奇蹟〉，第二名小林正成〈多謝台灣〉，佳作戴鐵雄〈春蠶〉、張清海〈漫漫荊棘路〉。

•由修平技術學院主辦、文建會指導的「二○○四年戰後台灣文學學術研討會」，三月二十七日在台中舉行，共有七篇論文發表，論題涵蓋現代詩美學、女性散文、創作歌謠及原住民文學等範疇。

•創刊於民國四十三年的《幼獅文藝》，三月三十日舉行五十周年慶祝茶會。

九十三年散文紀事

◎杜秀卿

四月

• 青年作家袁哲生，四月六日疑因躁鬱症自縊身亡，得年三十八歲。告別式於四月十七日舉行。

• 由中國大陸《新京報》及《南方都市報》共同主辦的第二屆華語文學傳媒大獎，四月中旬公布得獎名單，余光中獲得年度最佳散文獎。北京評委指出，余光中的散文雍容華貴，九十二年出版的散文集《左手的掌紋》，雖然只收錄他散文篇章的一小部分，但已充分展示他的散文個性。

• 散文名家林文月推出兩本散文新作《回首》、《人物速寫》。

五月

• 由清華大學台灣文學研究所主辦的「台灣文學研究生學術研討會」於五月一、二日舉行，發表了〈「典範」的省思：論一九八〇年代台灣原住民文學史的建構〉、〈愁城囚徒——殖民地下苦悶的象徵：以莊雲從爲例〉等十八篇論文。

• 聯經出版公司於五月四日舉行三十週年社慶茶會，同時推出一套十冊、達四百五十萬字的《胡適日記全集》。

• 遠景出版社的發行人沈登恩，五月十二日清晨因肝腫瘤驟逝於台北榮總，得年五十六歲。

•《中華雜誌》創辦人胡秋原，五月二十四日因病過世，享壽九十五歲。

•由文建會指導，中央日報、明道文藝共同主辦的第二十二屆全國學生文學獎，五月底公布得獎名單，大專散文組：第一名馮子純〈山頭〉，第二名詹于慧〈五百塵修〉、謝韻茹〈蛻殼〉，佳作董欣〈相思托月〉、張輝誠〈喪亂帖〉、魏崇益〈父親的黑手〉；高中散文組：第一名陳麒如〈木偶〉，第二名李雨潔〈綠紗窗後的水聲〉，第三名林宛樞〈夜貓湯〉，佳作陳安弦〈給約翰的一封信〉、楊乃甄〈海行〉、江佳瑛〈存在〉、林孟寰〈闔家•平安〉、陳若瑜〈斷臂娃娃〉、柯探微〈絕美〉、陳燕欣〈Van Gogh你頭上的烏鴉飛走了沒〉、林美儀〈打開一扇門〉、吳珮綺〈流浪者之歌〉、周庭宇〈句號〉。頒獎典禮於六月十九日舉行。

六月

•本名蔡濯堂的資深作家思果於六月八日病逝美國，享壽八十六歲。思果作品以散文和翻譯見長，著有《沉思錄》、《林居筆話》、《翻譯研究》等書。

•高齡八十歲的文學評論家齊邦媛，六月九日舉行第一本創作散文集《一生中的一天》新書發表會。

•彰化縣文化局主辦的第六屆磺溪文學獎公布得獎名單，特別貢獻獎得主為康原，創作獎散文類：吳易澄〈呼喚勇士〉、范富玲〈黃菊、百合、幸運草〉、王宗仁〈完成・未完成〉、黃莉棉〈奔跑〉、李昭鈴〈文明街三號〉；報導文學類：謝瑞隆〈「東螺溪」采風行〉、邱美都〈忠實歲月舞春風〉、余益興〈風華歲月——記永靖鄉果菜市場的變遷〉。

• 靜宜大學於六月十九、二十日舉辦「楊逵文學國際學術研討會」，邀請橫地剛、陳芳明、施淑、彭瑞金等中外學者發表十餘篇論文。

• 現年八十六歲、旅居美國二十載的散文大家琦君，六月二十一日偕同夫婿回到台北，定居淡水。

• 前輩作家王祿松，六月二十四日凌晨因心臟病發去世，享年七十二歲。

• 新竹市文化局主辦的二〇〇四竹塹文學獎揭曉，散文類得獎者：首獎陳廣道〈給你作一個風箏〉，貳獎張耀仁〈廚光〉，佳作廖文麗〈風之密語〉、鍾明燕〈風吹過小園〉。

七月

• 已去世六年的作家嶺月，生前著作及譯作將近兩百本，爲了紀念她的成就，七月一日，家屬與友人舉行《嶺上的月光——嶺月作品選集及紀念文集》新書發表會。

• 以推廣台語白話文並鼓勵台語文學創作人才爲目的而設立的第一屆海翁台語文學獎，徵獎類別分爲詩、散文、小說、兒童文學童詩四類，七月初公布得獎名單，散文類得獎者：正獎張翠苓，佳作陳廷宣、許立昌。

•爲了配合台北建城一百二十年，由台北市文化局主辦，以「時間 空間 台北城」爲徵文主題的台北市公車暨捷運詩文獎，七月十八日舉行頒獎典禮，其中小品文組得獎者：首獎李芷蘅〈鐵皮屋頂上的貓〉，優選柯延婷〈麻糬慶〉、楊亞霖〈台北電影結〉、王文玉〈約定〉、曾琮琇〈秘密〉、周宏瑋〈十七歲高中男生的褪綠書包〉，入選裴學儒〈那天我看見一座海市蜃樓〉、洪碧婉〈雙溪〉、余峰〈愛〉、廖泰唯〈角色扮演〉、鍾嫣慧〈記憶•深情凝視〉、葛兆晃〈101想像〉、嚴幸美〈台北搬家了〉。

•《文星》雜誌創辦人蕭孟能，七月二十三日病逝上海，享年八十四歲。

•台中市文化局主辦的第七屆大墩文學獎公布得獎名單，文學貢獻獎得主爲林廣，創作獎散文類得獎者：第一名鄭宗弦〈太陽餅〉，第二名秋停〈望不斷藍色的雲和霧〉，第三名張欣芸〈我的父親母親〉，佳作楊瓊梅〈猶記得那股魚腥〉、張軒哲〈十年〉、岑欣〈樵，我終於擁有你〉。

八月

•苗栗縣文化局主辦的第七屆夢花文學獎暨張漢文先生文化紀念獎，八月三日公布得獎名單，散文類：優等獎林上興〈湖心琴鍵〉、張耀仁〈學生裙上的星空〉，佳作獎林惠苓〈紅色號香水〉、戴玉珍〈東河灣的春季〉、涂寬豫〈鬼魂ECHO〉、許榮哲〈多年

九十三年散文紀事

◎杜秀卿

後，重測水溝的寬度〉、吳子鈺〈吃，魚〉、吳慧貞〈迷路〉。報導文學類：優等獎劉嘉琪〈傳承客家獅〉，佳作獎鄧榮坤〈山南山北走一回〉、黃正幸〈我的鄰舍「阿文伯」〉。張漢文先生文化紀念獎得主爲李國綱〈消逝的地名〉。

- 新竹縣文化局主辦的二〇〇四年吳濁流文藝獎揭曉，散文類得獎者：首獎蘇家盛〈光塊之屋〉，貳獎賴舒亞〈暗記〉，參獎王文美〈言靈〉，佳作徐譽誠〈盒內時光〉、張耀仁〈嚴霜〉、江幸君〈蟬訴〉、林金郎〈我發現一種生物〉、廖文麗〈遺書〉、陸麗雅〈禮物〉。
- 中國文藝協會主辦的九十三年度青年文學創作獎，徵獎類別分爲新詩、小說、散文三類，散文類得主爲黃宜君，需在一年內出版個人第一本散文集。
- 南投縣文化局主辦的第三屆玉山文學獎業已揭曉，散文類得獎者：首獎陳南宗〈望鄉的孩子〉，優選李展平〈八卦台地之戀〉，佳作趙啓明〈移動的旅程〉、鄭宗弦〈茶與梅〉、何晉勳〈試上高峰〉。
- 作家張曼娟推出第一本飲食散文集《黃魚聽雷》。

九月

- 國軍第四十屆文藝金像獎文字類得獎名單於九月一日揭曉，散文項得獎者：金像獎汪啓疆〈變體樹〉，銀像獎鄭惠月〈劍與刀的辯說〉，銅像獎鍾正道〈胡導長〉，優選梁成明、許自行、楊為荃、郭靜儀；報導文學項得獎者：金像獎楊繼宇〈風雨同舟——七二水災國軍救災紀實〉，銀像獎張簡碩彥〈關於一起逾假事件的反思〉，銅像獎吳淑如〈讓我們看雲去！女青年隊半世紀風華之旅〉，優選連一周、林健華、林宏智、吳嘉偉、費啓宇。

- 台南縣文化局主辦的第十二屆南瀛文學獎，九月七日公布得獎名單，南瀛文學獎得主為李勤岸。創作部分散文類得獎者：首獎楊淑娟〈漫游者〉，優等李志強〈秋日的雲〉，佳作包垂螢〈吉他表演〉、陳怡君〈歸零、房子、居住〉、許榮哲〈一個人〉。
- 第二十六屆聯合報文學獎，九月十六日公布獲獎名單，散文類得獎者：大獎龔萬輝〈隔壁的房間〉；評審獎陳慶元〈口〉、莫非〈說不完的畫〉。
- 由聯合報主辦的第二十一屆「吳魯芹散文獎」揭曉，自然生態作家劉克襄以「建立了報導與紀實散文的美學方向」獲得肯定。
- 桃園縣文化局主辦的第九屆桃園文藝創作獎公布得獎名單，散文類得獎者：第一名王文美〈愛憎廚房〉，第二名吳文超〈狠角色〉，第三名周世宗〈泡麵〉，優選許耕僑〈山犬之界〉、田新彬〈扇墜兒和她的學生〉。
- 席慕蓉、劉海北夫妻檔聯手推出散文集《人間煙火》、《人間光譜》。

九十三年散文紀事

◎杜秀卿

十月

●第二十七屆時報文學獎，十月二日公布得獎名單，散文類得獎者：首獎胡淑雯〈界線〉；評審獎吳永馨〈18〉、陳木百青〈武俠片編年史〉。鄉鎮書寫獎（不分名次）：賴鈺婷〈來去蚵鄉〉、鏡如〈鄉〉、王美慧〈她，住在風鄉沙城的麥寮〉、王美玉〈台灣情〉、李崇建〈漂流巴士〉。

●由文建會策畫的全球視野創作人才培育計畫，公布獲選名單，文學類得主爲夏曼•藍波安、馬筱鳳、胡慧玲。

●陳水扁總統於十月十五日頒授「二等卿雲勳章」給資深作家柏楊、鍾肇政、葉石濤、琦君和齊邦媛，表彰他們致力文藝創作的貢獻。

●宜蘭縣文化局主辦的第一屆蘭陽文學獎，徵獎類別分爲傳統詩、散文和小說，十月十六日舉行頒獎典禮，散文組得獎者：第一名黃信恩〈母子〉，第二名鄭宗弦〈金棗孅〉，第三名陳廣道〈戲子〉，佳作莊華堂〈回來噶瑪蘭〉、李忠一〈狐死正丘首〉、楊孟珠〈凶暴之年〉。

●屏東縣文化局主辦的第六屆大武山文學獎業已揭曉，得獎名單如下，報導文學組：第一名周明傑〈一甲子的邀約——日本文獻中排灣族歌者的追蹤與研究〉，第二名陳志豪〈平原之末、半島之始〉，第三名簡志龍〈新園新惠宮人文與建築的考察〉，佳作黃世暐〈六堆風雲〉、林榮淑〈校園變色龍〉、張榮峰〈水火的祈禱——東隆宮建醮溯源〉。散文組：第一名黃信恩〈檳榔，在記憶的半島築城〉，第二名賴虹伶〈大武山成年禮〉，第三名陳玉芬〈阿媽、颱風與第一節車箱〉，佳作戴天亮〈鄉情〉、翁麗修〈相遇〉、劉蘋華〈光陰的故事〉。

• 由中華發展基金管理委員會主辦、佛光人文社會學院文學系承辦的「兩岸現代文學發展與思潮學術研討會」，十月二十九、三十日舉行，發表〈論近二〇年台灣散文的變異〉、〈昨日重現的記憶——台灣九〇年代以降女性家族史書寫〉等二十篇論文。

• 由國家台灣文學館主辦、聯合報副刊承辦的故鄉的文學記憶散文獎徵獎活動，十月底公布得獎名單，首獎瓦歷斯・諾幹〈舍遊呼〉，二獎田威寧〈爺爺與甲骨文〉，三獎李清鈿〈聖諭〉，佳作賴舒亞〈曩者〉、施善繼〈我的陽台〉、楊孟珠〈比戀愛還恆久〉、鄭華倫〈戀戀淡水〉、戴伯芬〈記憶，寶斗里〉。

• 高雄縣政府主辦的第四屆鳳邑文學新人獎業已揭曉，散文類得獎者：第一名張欣芸〈爺爺的芋泥餅〉，第二名王浩翔〈神隱之店〉，第三名王大衛〈太陽公公快出來〉，佳作柯品文〈掃墓〉、黃世暐〈妖鬼囝仔〉、巫麗安〈繭玩〉。

• 《聯合文學》創刊二十週年，十月三十一日舉辦慶祝茶會。

• 散文家簡媜同時推出兩本散文集《好一座浮島》、《舊情復燃》。

◎杜秀卿

十一月

• 作家無名氏去世兩年後，文壇友人於十一月六日爲他舉行文學作品追思會，並發表《無名氏文學作品探索與追懷》一書。

• 由靈鷲山佛教基金會、聯合報副刊、聯合新聞網、世界宗教博物館合辦的第三屆宗教文學獎，十一月十四日舉行頒獎典禮，散文類得獎者：首獎呂政達〈諸神的黃昏〉，二獎馮平〈憂患之光〉，三獎張耀仁〈有求〉，佳作莫非〈最後一章〉、向鴻全〈關於貓與鳥的一些禪思〉、徐意晴〈血路〉。

• 由國家台灣文學館主辦、聯合報副刊承辦的「台灣新文學發展重大事件研討會」，十一月二十七、二十八日舉行，探討十四件台灣新文學發展的重要事件。

• 由文建會、台灣日報、琉璃工房、愛盲文教基金會合辦的「文薈獎——第六屆文建會全國身心障礙者文藝獎」得獎名單揭曉，小品文組：第一名高世澤〈我的身旁總空著一個位子〉，第二名吳孟雨〈祝福吾愛〉，第三名許琦玲〈攻頂〉，佳作方中士〈目送手揮告別文字〉、黃柏龍〈視的日子〉、王秋蓉〈瞞〉。心情故事組：第一名胡承波〈來，再吃一口〉，第二名官忠樞〈重量〉，第三名包垂螢〈小童〉，佳作羅春雲〈花生〉、蔡美治〈我的故事——一個腦性麻痺兒媽媽的心聲〉、李換〈跟著走就好〉。

十二月

•年中甫自美國返台定居的知名作家琦君，十二月一日赴中央大學參與「水是故鄉甜——琦君作品研討會暨相關資料展」活動，資料展展出琦君照片、作品新舊版本及相關研究資料；作品研討會則發表三篇論文：〈琦君散文及其文學史意義〉、〈從花果飄零到靈根自植——琦君的離散書寫〉、〈《橘子紅了》的文本衍義〉。

•九十三年度教育部文藝創作獎得獎名單揭曉，十二月三日舉行頒獎典禮，散文類得獎者：優選楊孟珠〈公園裡的父親〉、何晉勳〈鄉韻三帖〉、許琇禎〈早安〉，佳作林媽肴〈少年島嶼〉、劉俊輝〈家〉、張耀仁〈貓生〉。

•由行政院文建會、中華日報社、台北市政府文化局合辦的第十七屆梁實秋文學獎，十二月三日舉行頒獎典禮，散文創作組得獎者：文建會優等獎呂政達〈沒有戰爭的海岸〉；佳作卓玫君〈有柚子樹的秋天〉、蔡佩君〈做醮〉、許耕僑〈今夜，與你所醉之夜〉、盧兆琦〈我家浴佛節〉、葉國居〈客家菜脯的證明〉。

•由國家台灣文學館主辦、台灣文學發展基金會、文訊雜誌社承辦的「文學與社會學術研討會：二〇〇四青年文學會議」，十二月四、五日舉行，發表十五篇論文。

•苗栗縣文化局主辦、聯合大學全球客家研究中心承辦的第四屆「台灣客家文學研討會」，於十二月十四日舉行，共有十九篇論文發表。

九十三年散文紀事

◎杜秀卿

- 《講義》雜誌首度舉辦的「年度最佳作家」，十二月中旬揭曉得獎名單，共有美食作家韓良露、旅遊作家葉怡蘭、漫畫家朱德庸、插畫家李瑾倫四人獲獎。
- 金門縣文化局主辦的第一屆浯島文學獎，徵選類別爲散文，得獎名單揭曉：第一名顏炳洳〈迷•藏〉，第二名吳育仲〈島與島之間〉，第三名李俊瑋〈雙鯉湖畔的一齣大戲〉，佳作楊忠彬〈故鄉島〉、陳榮昌〈東門員外〉、陸麗雅〈望〉、林媽肴〈貢糖石〉、吳淑鈴〈花、霧事件——在金門〉、歐陽柏燕〈流向浯江〉、魯森〈吹過浯洲的風〉、張軒哲〈我聽見•浯島•冬風〉、陳王釧〈偉大的存在〉、莊火練〈原鄉情懷〉。
- 聯合報「讀書人二〇〇四最佳書獎」於十二月十九日公布入選書籍，文學類有十部作品，散文著作得獎的有陳映眞《父親》（洪範）、簡媜《好一座浮島》（洪範）、齊邦媛《一生中的一天》（爾雅），十二月二十一日舉行贈獎典禮。
- 中國時報「二〇〇四開卷十大好書」於十二月二十六日公布入選書籍，中文創作類有八本書，散文著作得獎的有章貽和《往事並不如煙》、《最後的貴族》（出版社不同，內容相同。時報、牛津大學），九十四年一月八日舉行贈獎典禮。
- 知名少兒文學作家李潼，十二月二十日病逝羅東，得年五十二歲。李潼創作文類相當廣泛，並曾以本名賴西安發表多首膾炙人口的民歌創作。九十四年一月二日於宜蘭演藝廳舉行「告別李潼——望天音樂會」。
- 被喻爲「台灣第一才子」的日據時期作家呂赫若，生前日記由國家台灣文學館出版，並於十二月二十八日舉行《呂赫若日記》新書發表會。

•台北市文化局主辦的第七屆台北文學獎，得獎名單揭曉，市民寫作獎得獎者：王建中〈高塔〉、李志強〈青春〉、李佳達〈踏尋台北人〉、李宣佑〈2047〉、李清鈿〈台北水庫〉、林逢平〈圖解〉、林王玉如〈那悲傷餵養的日子〉、林維修〈繭絲歲月〉、柯品文〈城市聽覺漫遊〉、范婷婷〈生物走廊〉、徐國明〈夢幻部落〉、郭軍衛〈想像眞的在那〈一種遊戲〉〉、陳秋茹〈出軌的地圖〉、陳瑞杰〈下班〉、湯舒雯〈「客」居〉、黃崇凱〈醒覺於地圖開闔之間〉、黃靜宜〈台北居〉、蔡宛玲〈築夢台北——那城•那街•那棟樓〉、羅喬偉〈想像的城市〉；文學年金獎有四人入圍：吳瑞璧〈台北，眞幸福——身心障礙朋友的「台北故事」〉、楊佳嫻〈我的溫州街，及其他〉、韓良露〈台北回味：城市與庶民味覺地圖小史〉、謝金蓉〈歡迎多元文化來到台北——三個歷史時間點的記述〉。頒獎典禮於九十四年一月八日舉行。

◎本文承蒙文訊雜誌社提供剪報資料，謹此致謝。再者，囿於筆者閱歷與學養，疏漏之處在所難免，懇請讀者不吝指教。

九歌文庫 718

九十三年散文選

Collected essays 2004

主　　編：陳　芳　明
發 行 人：蔡　文　甫
執行編輯：李　彩　敏
發 行 所：九歌出版社有限公司
臺北市八德路3段12巷57弄40號
電話／02-25776564・傳眞／02-25789205
郵政劃撥／0112295-1
網　　址：www.chiuko.com.tw
登 記 證：行政院新聞局局版臺業字第1738號
門 市 部：九歌文學書屋
臺北市長安東路二段173號（電話／02-27773915）
印 刷 所：崇寶彩藝印刷公司
法律顧問：龍躍天律師・蕭雄淋律師・董安丹律師
初　　版：2005（民國94）年3月10日

定　價：320元

ISBN 957-444-208-X　　Printed in Taiwan

國家圖書館出版品預行編目資料

九十三年散文選／陳芳明主編. —初版.
—臺北市：九歌，2005〔民94〕
面；　公分. —（九歌文庫；718）
ISBN　957-444-208-X（平裝）

855　　　　　　　94002123